मेरी चिन्ता उनको लेकर है जो हर जगह से बेदख़ल हैं

जिन्हें किसान कहा जाता है उसके अनेक भेद हैं—बड़े फार्म हाउस के मालिक, बड़ी जोत वाले, मँझोले किसान, छोटे या सीमान्त किसान जो लगातार भूमिहीन होते जाते हैं, और बेज़मीन खेत मज़दूर तथा रैयत। सबकी समस्या अलग है।

प्रकृति की सबसे ज़्यादा लूट उद्योगों के साथ बड़े किसानों ने की है। ज़मीन को लगभग बंजर बनाकर, उसकी अतिरिक्त उपज को, यानी अतिरिक्त मूल्य को हड़पकर; धरती के पानी को सोख कर और खेत-मज़दूरों का शोषण करके उसने भारी तबाही मचायी है। उसे बिजली, पानी, खाद, टैक्स सब पर भारी रियायत मिलती है। मैं उनका पक्ष नहीं ले सकता। दूसरी तरफ़ छोटे किसान हैं जो लगातार कंगाल बन रहे हैं। खेती के औद्योगीकरण ने छोटी जोतों को बेकाम कर दिया है। इसी के साथ खेतिहर भूमिहीन मज़दूर हैं जिनकी आबादी लगभग तीस प्रतिशत है। इनकी हालत सबसे ज़्यादा ख़राब है। ये अधिकतर दलित या दूसरी समकक्ष जातियों के हैं।

पहले भूमि सुधार, ज़मीन का बँटवारा, जो जोते ज़मीन उसकी ये बातें होती थीं, अब नहीं होतीं। लेकिन होनी चाहिए। पता करिए कि बिहार में सबसे ज़्यादा ज़मीन किस जाति के पास है। मैं बेज़मीन मज़दूरों के साथ हूँ। खेत और कारख़ानों के मज़दूर मिल कर लड़ें। एक तीसरा समूह भी है। वो है ग़रीब आदिवासियों का जिनकी ज़मीन उनका जंगल है जहाँ से वे लगातार बाहर ढकेले जा रहे हैं। चौथा समूह नदी, समुद्र के मछुआरों का है जिनसे उनकी खेती यानी जल छीना जा रहा है। सबै भूमि गोपाल की जिस पर अमीरों का कब्ज़ा हुआ। फिर जंगल और जल पर। मेरी चिन्ता उनको लेकर है जो हर जगह से बेदख़ल हैं। एक और समूह है कारीगरों का—धुनियाँ, बेंत की कुर्सी बुनने वाले, चाकू पजाने वाले, मिट्टी के बर्तन बनाने वाले, ठठेरे, कंसारा, मदारी वग़ैरह। इनकी हालत बहुत ख़राब है।

पूँजीवाद जीवन और काम के हर इलाक़े में थूथन घुसेड़ चुका है। आज पूँजीवाद शब्द चलन के बाहर है। सारी राजनीति जात और भगवान तक सीमित है। पूँजीवाद को खेत का हर टुकड़ा चाहिए। कश्मीर और निकोबार और रेगिस्तान चाहिए—कुछ भी मुनाफ़े से छूटे नहीं। किसान आन्दोलन को पूँजीवादी हड़प के विरोध में सभी सर्वहारा का साथ लेना चाहिए और उनके साथ बराबरी का व्यवहार करना चाहिए।

धूमिल का महान बिम्ब है—एक मादा भेड़िया एक तरफ़ तो अपने छौने को दूध पिला रही है, दूसरी तरफ़ एक मेमने का सिर चबा रही है। यह नहीं चलेगा। मैं सर्वहारा के साथ हूँ, चाहे वे किसी भी जाति या धर्म के हों।

प्रसिद्ध कवि अरुण शीतांश द्वारा सम्पादित *किसान की सदी* नामक पुस्तक की शुभकामना देता हूँ।

—अरुण कमल

किसान की सदी

अन्धकार से उबरते हुए किसान

सम्पादक
अरुण शीतांश

प्रबन्ध सम्पादक
राम प्रपन्न दुबे

वाणी
प्रकाशन

प्रकाशन के उत्कृष्टतम 62 वर्ष

vaniprakashan.com

पेपरबैक प्रथम संस्करण : 2025

वाणी प्रकाशन

4695, 21-ए, दरियागंज, नयी दिल्ली-110 002

फ़ोन : + 91 11 23273167, 23275710

शाखाएँ

अशोक राजपथ, पटना-800 004, बिहार

कॉफ़ी हाउस कैम्पस, महात्मा गांधी मार्ग, प्रयागराज-211 001, उत्तर प्रदेश

महात्मा गांधी अन्तरराष्ट्रीय हिन्दी विश्वविद्यालय, वर्धा-442 001, महाराष्ट्र

sales@vaniprakashan.in
vaniprakashan@gmail.com

Kissan Ki Sadi
Edited by Arun Sheetansh

ISBN : 978-93-6287-349-1
Non-Fiction

मूल्य : ₹ 525

आर. टेक ऑफ़सेट, दिल्ली-110 093 में मुद्रित

वाणी प्रकाशन का लोगो मक़बूल फ़िदा हुसैन की कूची से

बाबूजी पं. श्रीपति दुबे को, जो किसान थे,
साथ ही विष्णुपुरा गाँव के किसानों को,
जो आज भी संघर्षरत हैं

अनुक्रम

कवि और कविता

आलेख

सम्पादकीय

एक किसान परिवार की सोच

किसान का बेटा हूँ, इसलिए किसानों की पीड़ा समझ सकता हूँ।

किसान के बच्चे शिक्षा और स्वास्थ्य में आज भी पिछड़े हुए हैं। उनके बच्चे आज भी फटे हाफ पैंट पहनते हैं। ठीक ढंग से भोजन नहीं नसीब हो पा रहा है। जोत कम हुआ है। प्रोटीन की मात्रा नहीं के बराबर मिल रहा है। हम एक जिम्मेदार नागरिक हैं। इसलिए तमाम सुविधाएं एक किसान परिवार को मिलना चाहिए।

इस विषय पर आलेख लिखवाने के लिए पापड़ बेलने पड़े। जो बहुत बोलते रहे वो तो वादा कर मुकर गए कि हम आलेख देंगे ही। हो सकता है समयाभाव भी हो। साहित्य के कर्णधारों ने इस विषय पर सहयोग नहीं किया। केवल अपना राग अलापने में और अपनी छवि बनाने में संलग्न रहे। जिनकी जिम्मेदारी थी, उन्हें अवश्य लिखना था। खैर।

किसान रैली और धारणा में शामिल लोगों ने क्या से क्या कर दिया। इसके परिणाम सामने हैं। अन्तत: उनकी मांगे पूरी हुईं। उत्तर भारत के बिहार और उत्तर प्रदेश जैसे राज्यों में छोटे किसानों की समस्या इतर है। नहर के पानी की समस्या उसमें प्रमुख रूप से है। मैंने बचपन में देखा था कि बाबूजी हाड़ मांस गला-गला कर खेती कर रहे हैं। इसके बाद भी वही समस्या ज्यों का त्यों इक्कीसवीं सदी तक बनी हुई है। खेतों के टुकड़े हुए, बंटवारे हुए। आय कम से कमतर होती गयी। यूरिया खाद्य की समस्या भी बनी रही।

साहित्य में धड़ल्ले से कविताएँ, कहानियाँ और उपन्यास लिखे गए। और लिखे जा रहे हैं। लेकिन उन लोगों का यह कहना कि यह शोध का विषय है। मुझे लगता है कोई लिखने में मेहनत नहीं करना चाहता। बावजूद यह एक ऐसा अंक बन पड़ा है कि इसे हाथों-हाथ लिया जायेगा।

मनुष्य ने लगभग-लगभग सारे क्षेत्रों में काम किया है लेकिन खेती और किसानी के क्षेत्र में वह इस इलाके में आज भी पिछड़ा हुआ है। देशज पत्रिका समकालीन पत्रिकाओं की भीड़ में अलग पहचान बनाई है।

इसका ग्यारहवां अंक आपके हाथों में है। मुझे लगता है कि अगला अंक जल्दी ही हम ला पाएंगे। कोरोनाकाल के बाद यह अंक आया है। उम्मीद है आप सब इसका स्वागत करेंगे।

–अरुण शीतांश

भूमिका

नयी सदी के नये किसानों का यथार्थ चित्रण

राजस्थान के सबसे पिछड़े जिले सिरोही के एक निम्न-मध्यम वर्गीय किसान परिवार में जन्म लेने के कारण मेरे लिए अरुण शीतांश द्वारा सम्पादित पत्रिका 'देशज' (अंक अगस्त 2024), जो नयी सदी के नये किसानों पर केन्द्रित विशेषांक है, बहुत ज़्यादा महत्त्वपूर्ण है क्योंकि इसे पढ़कर न केवल मेरे बचपन की स्मृतियाँ तरोताज़ा हो जाती हैं, बल्कि मेरे घर-परिवेश, खेत-खलिहान, समाज के त्योहार पर्व, सगे-सम्बन्धियों और पूर्वजों के चेहरे भी आँखों के सामने उभरने लगते हैं। वह राजस्थान, जिसके अधिकांश ज़िलों में पेयजल का पूर्णतया अभाव है तो फिर वहाँ खेती कैसे की जा सकती हैं? दूर-दूर तक खेती का नामोनिशान नहीं हैं। और जहाँ राजस्थान में थार रेगिस्तान की प्रसरण रेखा अरावली पर्वत श्रृंखला के उत्तरी हिस्से में जिस तेज़ गति से फैल रही है, उतनी ही ज़्यादा अपने पीछे छोड़ती जा रही है खखारती बंजर धरती। ऐसी अवस्था में मेरे कृषक पुरखों के भाल पर वैसी ही रेखाएँ, चेहरे पर झुर्रियाँ और सिर पर पथरीली धरती जैसा चाँद निकलना कोई आश्चर्य जैसी बात नहीं हैं। आजकल तो कभी-कभी थोड़ी-बहुत बारिश होती हैं, मगर मेरे बचपन के दिनों में सिरोही में बहुत ही कम। उस समय वर्षा ऋतु में पुरखे टकटकी लगाये देखते थे आकाश की ओर, मगर पानी की दो बूँदें नसीब नहीं होती थी। छोटा तालाब, मँझला तालाब और कालका जी का तालाब सब एकदम सूखे पड़े रहते थे, जिसमें बबूल के पेड़, थूहर और अन्य झाड़ियाँ अपने आप उग आती थी। कुएँ, बावड़ियों में पानी बहुत नीचे चला जाता था, उनकी ईंटों और पत्थरों वाली दीवारों को फाड़कर कहीं-कहीं पीपल के छोटे-छोटे झाड़ निकल आते थे।

एक पोपले मुँह वाले बुजुर्ग की तरह आपको मेरे जीवन के पचास साल पहले की ये सारी बातें सुना रहा हूँ। कल जहाँ खेत थे, आज वहाँ कॉलोनियाँ बस गयी है, कंक्रीट के जंगल उग आये हैं। कल जहाँ पीपल, बरगद, नीम के पेड़ कहीं-कहीं इधर-उधर दिख जाते थे, आज वे पेड़ भी दूर-दूर तक नज़र नहीं आते हैं। जहाँ तक

नज़र जाती हैं, नज़र आते हैं बबूल, थूहर और खेजड़ी के कँटीले पेड़ और रेत के टिब्बे। दस-बारह साल में कभी थोड़ी-बहुत बारिश हो जाती थी, कुओं में पानी आ जाता था और तीन-चार घण्टे वाटर पम्प चलता था, खेतों में गेहूँ अथवा सरसों की फ़सल लहलहाने लगती थी। उस समय माताजी-पिताजी के चेहरे पर ऐसी मुस्कान खिल जाती थी मानो उन्हें कोई अप्रत्याशित सोने का ख़ज़ाना मिल गया हो। मेरे जीवन में ऐसे क्षण एक-दो बार ही आये, जब मैंने गेहूँ की बालियाँ से लहलहाते खेत में पिताजी को अपनी पारम्परिक वेशभूषा यानी धोती, काला कोट और सिर पर गुलाबी साफा पहने उन्हें फ़ोटो खिंचवाते देखा।

साथ में माँ भी खड़ी थी, गहरे आसमानी रंग का धब्बेदार घाघरा, लाल चुनरी पहने और हाथों में फावड़ा लिए हुए। वह क्यारियों में पानी के प्रवाह को समायोजित कर रही थी, जिसे स्थानीय भाषा में 'पोनत करना' कहा जाता है। अन्यथा राजस्थान के किसान के नसीब में ऐसे दिन कहाँ होते हैं!

जिस खेत में कभी माँ और कुछ महिला मज़दूर हँसियाँ-दराती लेकर फ़सल काटती हुई नज़र आती थी, आज वहाँ मिट्टी के ठेलों के छटकने की आवाज़ सुनाई पड़ती है। जहाँ कभी किसी एक छोटी क्यारी में गुलाब, कनेर, चम्पा के पौधों पर फूल खिलते थे और कभी पेड़ों पर निंबोली, गूँदे, रान और जामुन आते थे, तीन-चार चन्दन के पतले पेड़ अपनी सुवास बिखेरते थे; वहाँ आज उस खेत में मरघट-सी नीरवता छायी हुई हैं। कल जहाँ 'ओडू' (कुएँ के पानी को इकट्ठा करने के लिए बनाया गया कुण्ड) के सामने खूँटे से बँधी गायों और उनके बछड़ों के रँभाने की आवाज़ आती थी, आज वहाँ न कोई खूँटा है और न खूँटे की रस्सी से बँधने वाला गो-धन।

हमारे बचपन के बदलते चेहरे की तरह सब कुछ बदल गया।

आज हम अपने जीवन की उत्तरार्ध की ओर अग्रसर हैं। लहलहाते गेहूँ और सरसों की क्यारियों के बंजर होने की तरह काले घने बालों से भरे हुए हमारे सिर भी गंजेपन की ओर अग्रसर होने लगे हैं। जिस तरह सिर के पिछले हिस्से में सफ़ेद बालों के गुच्छे इधर-उधर नज़र आते हैं, वैसे ही खेत के सीमा पर उगे कैक्टस के पेड़। यही तो जीवन है—आना-जाना, घर से खेत के रास्ते में पड़ती श्मशान हर बार यही याद दिलाती है।

मेरा घर मिट्टी की दीवारों से बना, खपरैल से ढका हुआ, कच्चा घर था। जिसमें कहीं-कहीं खपरैल की छत से छेद दिखाई देते थे। उन छेदों से गर्मी के दिनों में सूर्य-रश्मियों में धूल-कणों की यादृच्छिक गति (जिसे विज्ञान की भाषा में

ब्राउनियन मूवमेंट कहते हैं) देखने को मिलती थी तो बारिश के दिनों में कहीं-कहीं पानी छूता था, जिसे रोकने के लिए पानी की धार के नीचे बाल्टी रखी जाती थी। घर में अनाज-संग्रहण के लिए काग़ज़ की लुगदी के 'ढाटिये' (टोकरी जैसे) और कोठी बनायी जाती थी। और एक आले में लकड़ी के पाटले के एक सिरे पर किसी धातु के नाग की बहुत छोटी मूर्ति लगी होती थी और पाटले के अग्र हिस्से वाली दीवार पर सिन्दूर से त्रिशूल और उसके ऊपर ॐ का निशान बना हुआ होता था, जिसके इर्द-गिर्द रंग-बिरंगे चिकने काग़ज़ चिपकाये जाते थे–ये थे हमारे कुलदेवता 'खेतलाजी'; जिसे शुद्ध हिन्दी में 'क्षेत्रपाल' देवता कहते हैं। राजस्थान पाली के सेवाड़ी गाँव में बने 'क्षेत्रपाल' जी के बड़े मन्दिर में आज भी हमारे कुल के बच्चों की जातर उतारी जाती हैं अर्थात् होली की ढूँढ़ के बाद मन्नत के तौर पर पहली बार नवजात शिशु का केश कर्तन किया जाता है। घर की बड़े दरवाज़े वाली 'पोल' (बड़ा आँगन) में तीन-चार गायें और भैंसें बाँधने के लिए खूँटे गड़े हुए थे। तिकोने खपरैल के नीचे तिकोनी जगह पर मसान बाँधी जाती थी, जिसमें पुआल, खाकला और मवेशियों का चारा रखा जाता था। आज न पोल हैं, न खेतलाजी वाला घर। वहाँ बन गया है दुमंज़िला भवन, जिसके नीचे दो दुकानें और ऊपर 'वन बीएचके' जैसा मकान।

जैसे-जैसे हमारी उम्र बढ़ती गयी, बाल सफ़ेद होने लगे, दाढ़ी सफ़ेद होने लगी, मुँह के दो-तीन दाँत हमेशा के लिए चले गये, दो-तीन दाँतों की सुरक्षा के लिए कैप लग गयी, आँखों पर बड़े-बड़े चश्मा लग गये, वैसे ही हमारे शरीर की तरह खेत का शरीर भी दिन-ब-दिन जर्जर होते गया। ऐसा अब कुछ नहीं रहा, जिस पर गर्व किया जाये। न काया पर, न खेत पर। कभी खेत में मोटर-पम्प चलने से 'ओडू' भरता था, जिसमें सुबह-सुबह हम नहाते थे, फिर सूरज की ओर देखकर सूर्य नमस्कार, ध्यान-धारणा करते थे। ओडू के सामने ईंटों और पत्थरों की दो हाथ ऊँचे अर्धवृत्ताकार गोबर से लिपे आँगन में चूल्हा जलाकर शकरकन्द या मूँगफली सेंककर गुड़ के साथ खाते थे; आज वह सब अतीत बन गया है। याद आता है वह पेड़, जिसकी जड़ें जितनी ज़मीन में थी, उतनी ही शाखाओं से नीचे की ओर भी निकली हुई थी, मगर बरगद का पेड़ नहीं था। टहनियाँ भी घुमावदार थीं, इधर-उधर मुड़ी हुई। ज़्यादा ऊँचा नहीं था पेड़, इस वजह से वह हमारे 'सात सन्तोलिया' खेल खेलने के काम आता था। और उसकी छाया के तले रबारी जाति की एक बुढ़िया दो-तीन मटकों में पानी भरकर आने-जाने वाले प्यासे राहगीरों की क्षुधा तृप्त करने का पुण्य काम करती थी। आलेख लिखते हुए आज उसका चेहरा आँखों के सामने

उभर आया है, उसकी मधुर बोली, स्नेहिल आँखें, राजस्थानी वेशभूषा, भाल पर गोदी हुई टेटू जैसी आकृतियाँ और दाहिने हाथ पर गोदा हुआ नाम 'दरिया'। सचमुच वह प्यार का दरिया थी। वह सहृदय थी। उसके भीतर हिन्दुस्तानी हृदय था। गांधी जी सही कहते थे कि हिन्दुस्तान गाँवों में बसता है।

ये थीं अतीत की स्मृतियाँ हमारे खेत ढेड़ावा की, जो आज पूँजीवाद के सामने नतमस्तक हैं और बिकने की कगार पर हैं, दशकों से अकाल की मार झेलते और वर्तमान बेरोज़गार और कम रोज़गार प्राप्त पीढ़ी की महत्त्वाकांक्षाओं के आगे साष्टांग दंडवत होकर। यह खेत था हमारे दादाजी के हाथ का, उत्तराधिकार में मिला मेरे पिताजी और उनके अन्य दो भाइयों को; और अब हम अपने पिताजी के चार बेटे और दो बहिनें; और सात चचेरे भाई एवं पाँच बहिनें। अगर खेत बिकता है तो हाथ में आने वाली धनराशि बहुत ही न्यून होगी, तीन-चार महीने की मेरी तनख्वाह से ज़्यादा नहीं होगी।

आज इस खेत में न गाय-भैंसों का निवास है और न ही उनका गोबर उठाने वाली हमारे माताओं जैसी गृहणियाँ। हम सब पढ़-लिखकर छोटी-मोटी नौकरियां करने लगे। घरों में पढ़ी-लिखी बहूएँ आ गयी और उनके लिए गाय-गोबर अस्पृश्य हो गया। गायों का बाड़ा खाली हो गया, मेरी नौकर लगने के एक-दो साल के अन्दर-अन्दर मवेशी बेच दी गयी और आज तक, 30 साल से ज़्यादा हो गये, गोधूलि वेला में घर के आँगन में दूधमुँहे गो-वत्सों के रंभाने की आवाज़ सुनाई नहीं दी और न ही गायों के प्रसव के बाद उनके गाढ़े दूध से बनी बफ़ीं खाने को मिली और न ही घर में रज के भार और उनके लिए राँधी जा रही ग्वारगम या ग्वारफलियों का चारा उबलते देखा।

आजाद पंछियों की तरह हम सब उलझ गये, अपने आप घर-संसार में और बिसरा दिया, तत्कालीन कच्चे घरों में अभावग्रस्त जीवन जीते हुए भी एक-दूसरे के प्रति त्याग और प्रेम-भावना को हमेशा के लिए। आज अपार्टमेंट के चिकनी ऊंची-ऊँची रंग-बिरंगी मनमोहक अट्टालिकाओं में रहने के बावजूद भी मनुष्य जीवन के सप्तवर्णी रंग और रसबोध क्या होते हैं, मालूम नहीं।

'देशज' के इस अंक पर लिखने से पूर्व अपने बचपन की यादों को कुरेदकर वर्तमान से अतीत में लाने का मेरा मुख्य उद्देश्य था कि वर्तमान के बचपन के साथ मेरी तुलना करना। पहला कारण, हो सकता है, भारत के कई बचपनों में मेरे जैसा बचपन अपनी उपस्थिति दर्ज करवा रहा होगा। समय अपनी जगह है, स्थिर है, हम बदल रहे हैं और बदलते जा रहे हैं व्यक्त से अव्यक्त की ओर, अनित्य

से नित्य की ओर, विकारी से अविकारी की ओर, असत से सत की ओर। दूसरा कारण, जिस तरह दलित साहित्य के लिए दलित और नारी साहित्य के लिए नारी होना आवश्यक हैं ताकि उनके भोगे हुए यथार्थ जीवन को आँकने के लिए उनके मन की अथाह गहराइयों की टोह ली जा सके, उसी तरह मेरा मानना है कि किसान साहित्य के यथार्थ चित्रण के लिए भी पूर्ण किसान होना ज़्यादा ज़रूरी हैं, नहीं तो कम से कम किसान परिवार में जन्म लेना और अपने बुजुर्गों के जीवन-शैली और उनकी अनुभूतियों को अपने भीतर आत्म-सात करना। अंग्रेज़ी में भी कहते है कि बिना मरे स्वर्ग नहीं दिखता, इसी तरह बिना किसान हुए न तो 'देशज' जैसी ऐसी पत्रिका का सम्पादन किया जा सकता हैं और न ही उन पर कोई साहित्य लिखा जा सकता हैं। किसानों पर केन्द्रित 'देशज' पत्रिका की साहित्यिक सामग्री को मैं निम्न हिस्सों में बाँटता हूँ :-

1. किसानों पर आलेख

प्रोफेसर सेवाराम त्रिपाठी ने अपने आलेख 'किसान आन्दोलन : स्थापन' और विस्थापन की शुरुआत स्वामी सहजानन्द सरस्वती व प्रेमचन्द के कोटेशन से की हैं। सहजानन्दजी के अनुसार भारत का शासन अन्न-वस्त्र उपजाने वाले किसान के हाथों में होना चाहिए, जबकि प्रेमचन्द कहते हैं कि यह मानना कि पूँजीपति किसानों की हीन-दशा से लाभ उठाना छोड़ देंगे, कुत्ते से चमड़े की रखवाली करने की आशा करने जैसा है। इस ख़ूंखार जानवर से अपनी रक्षा के लिए हमें स्वयं सशस्त्र होना पड़ेगा। प्रेमचन्द शुरू में गांधीवादी थे, फिर गांधीवाद से उनका मोह-भंग हो गया। तभी तो वह सशस्त्र होने की कवायद करते हैं, मगर मेरा मानना है आज के इस संवेदनहीन निर्मम युग में निशस्त्रीकरण की ज़्यादा जरूरत है, न कि हथियार उठाने की; अखिल मानवता के रक्षा हेतु।

हमारे देश में किसानों का आन्दोलन कोई पहला आन्दोलन नहीं है, किसानों के संघर्ष पावना विद्रोह, वेभागा आन्दोलन, कूका विद्रोह, चम्पारण आन्दोलन, बारडोली सत्याग्रह, मोपला विद्रोह, स्वामी सहजानन्द आन्दोलन आदि में यत्र-तत्र बिखरे पड़े हैं। प्रोफेसर सेवाराम त्रिपाठी जी इस आलेख में हमें सचेत करते हैं कि किसानों को लूटने वाले केवल जमीदार या पूँजीपति नहीं है, बल्कि आधुनिक समय में सत्ताएँ भी शामिल हो गयी है। जिस पर कवयित्री जसिंता केरकेट्टा व्यंग्य-बाणों से प्रहार करती हैं :– *"उनकी लाशें दुनिया को बता सकेंगी /उन चन्द खास भूखे लोगों की दास्तान जो लाखों वोट और करोड़ों नोट डकार कर/ अब भी जीते हैं चुनाव में*

नयी जीत के लिए और अँधेरे कमरे में तड़प कर कैसे/मर जाता है सुगना भूख से/ सुगना की आवाज़ कब्र से निकलकर बाहर दुनिया तक पहुँचेगी जरूर/ यही कहने को उग आया कब्र पर वह मडुआ का अंकुर।" (पृष्ठ-137)

'किसान आज : खेत, खाइयाँ और ख़ुशी' में महेश कटारे नयी सदी के किसान की बात करते हैं। हमारी पीढ़ी देश की आजादी के बाद की तीसरी पीढ़ी हैं। पुरानी पीढ़ी या तो खत्म हो चुकी है या खत्म होने की कगार पर है। आज खेत, खेत नहीं रहे। या तो हिस्सों हिस्सों में बँट गए या फिर बिक गये, नहीं तो पूँजीपतियों द्वारा हड़प लिए गये। 20% गाँव नगर, महानगर या कस्बों की चपेट में आ चुके हैं और तत्कालीन बाग-बगीचे 'मैरिज गार्डन' में बदल गये हैं। विकास और डायवर्सन के नाम पर सरकार ने अपना हस्तक्षेप का दायरा बढ़ा लिया। बैल, बैलगाड़ी की जगह ट्रैक्टर आ गये हैं और हल की जगह कल्टीवेटर; कटाई की जगह हार्वेस्टर है। थ्रेसर भी पुराना हो गया। फावड़ा, गेंती, कुदाली-सब तकनीकी की चपेट में आ गये हैं। प्रेमचन्द के 'गोदान' का किसान अब नहीं रहा। उनके समकालीन इटली के उपन्यासकार इग्ने जियो सिलोनी ने अपने उपन्यास 'फाण्टामारा' में इटली के एक गाँव की कहानी लिखी थी, जिसका प्राक्कथन यहाँ उद्धृत करना समीचीन प्रतीत होता है :-*"सब जानते हैं कि पुस्तकों में इटली स्वर्ग के समान देश है। (जैसे हमारे यहाँ-'मेरे देश की धरती सोना उगले, उगले हीरा मोती-जाने वो हीरा मोती धरती पुत्र किसानों की झोली में कभी क्यों न आये?) जिसमें किसान गाते हुए खुशी-खुशी पुत्र पर जाते हैं। जिसमें सुन्दर स्थानीय परम्परा के परिधानों में आवृत्त युवतियाँ समवेत गान माती हैं। (हमारी की तरह) जैसे कि पास के वन में बुलबुल्लें...। पर फॉन्टमारा में यह सब कभी नहीं हुआ। फ्यूसिनों (फॉन्टामारा) गाँव के किसानों को केवल 'मरने से बचते जितनी' आय होती है। प्रतिवर्ष खेती से जो धन उत्पन्न होता, वह वहाँ नहीं रहता था-शहर और शहर से राजधानी चला जाता था।"(पृष्ठ-149)*

इस आलेख में महेश कटारे जी आगे लिखते हैं कि आज किसान अपने खेत पर भेड़ियों के झुंड से इतना भयभीत नहीं होता है, जितना थानेदार, मुंशी, तहसील के मरगिल्ले से बाबू और पटवारी के सामने सिर पिटाता है क्योंकि थाने, तहसील और कचहरी की ईंट-ईंट पैसा-पैसा पुकारती है। यह दूसरी बात है कि आज का किसान बाबूओं के सामने सिर झुकाकर खड़ा नहीं रहता है, मगर उनसे उलझना भी तो नहीं चाहता हैं।

भले ही, बाहर से किसानों में एकता कहीं-कहीं दिखाई पड़ती है, मगर आन्तरिक तौर पर वे भी बँटे हुए हैं। अधिकांश तो उनके जीवन को प्रभावित करने

वाली राजनीति से भी पूरी तरह उदासीन नज़र आते हैं। आज भी उनके मन में एक ही ख्याल बना रहता है कि 'कोऊ नृप हो हमें का हानि', मगर वे अच्छी तरह जानते हैं कि आखिर यह हानि किसको उठानी पड़ती है।

सन्तोष दीक्षित अपने आलेख 'एक किसान : दुख हज़ार' में अपनी बात रखने के लिए मिस्टर ब्रुक्स की पुस्तक 'लॉ आफ़ सिविलाइजेशन एंड डिके' का सहारा लेते हुए कहते हैं : *"पृथ्वी जब से आरम्भ हुई है तब से आजतक के किसी व्यवसाय में इतना नफा नहीं हुआ। कितना भारत की लूट से अंग्रेज़ों को हुआ है। वज़ह जो हो, प्रारम्भ से ही गोरे राजपुरुषों ने आजतक जिस निर्दयता के साथ किसानों को लूटा है, उससे भारत का प्राय: तमाम संचित अर्थ खत्म हो गया है। शिल्पियों ने भी वाणिज्य संग्राम में हार कर खेती की शारण ले ली है। कम्पनी राज की समाप्ति के बाद जब महारानी विक्टोरिया का राज भारत में कायम हुआ, जिसमें प्रत्येक प्रजा को समान नागरिक अधिकार एवं दर्जा प्राप्त करने की सरकारी घोषणा थी, किसानों का यह शोषण बिना किसी भेद भाव के बदस्तूर जारी रहा। कम्पनी के समय जिस प्रदेश के किसानों को डेढ़ करोड़ रूपये राजस्व देना होता था, महारानी के समय उन्हीं को सन् 1862 में दो करोड़ तीन लाख का राजस्व देना पड़ा था।" (पृष्ठ-153)*

भूमि अधिग्रहण क़ानूनों में संशोधन हुआ और आज भी बदस्तूर जारी है, मगर इसकी आड़ में सरकार और पूँजीपतियों ने किसानों की अनमोल ज़मीन को कौड़ियों के भाव में हड़पा। यही नहीं, ऐसी SEZ के नाम पर भी यह कार्य अनवरत जारी रहा। सरकार 'न्यूनतम समर्थन मूल्य' 50% बढ़ाएगी, स्वामीनाथन आयोग की सिफ़ारिशें लागू करेगी? मगर कब? इधर अँधाधुँध रासायनिक खाद के कारण ज़मीन की उर्वरा शक्ति खत्म होती जा रही हैं, उधर किसानों की आत्महत्याएँ, ख़ासकर महाराष्ट्र के विदर्भ और उत्तर प्रदेश के बुन्देलखण्ड में रुकने का नाम नहीं ले रही हैं। भारत प्रसाद अपने आलेख 'खाँटी मनुष्यता का कालजयी आश्चर्य' में नागार्जुन के वाक्य 'अन्न ब्रह्म ही ब्रह्म है, बाकी ब्रह्म पिशाच' खेती की विकल्पहीन अर्थवत्ता को समझने के लिए पर्याप्त है, का उदाहरण देते हुए कहते है कि किसान विकल्पहीन है, मगर दुनिया इस सत्य को मानने के लिए तैयार नहीं। उसे आम से खास बनाने का कोई साहस भी नहीं करता है। आज भी हमारे देश में किसान या तो अशिक्षित है या फिर अल्प-शिक्षित, *'मसि काग़ज़ छूयो नहीं, कलम गह्यो नहीं हाथ'* के जीते-जागते उदाहरण। राजस्थान में आज भी उन्हें चिलम, अमल के नशे से छुटकारा मिले तब तो? खेतिहार के पास सौ-सौ एकड़ ज़मीन है, मगर किसान

के पास एक एकड़ भी नहीं। ज़्यादा ज़मीन वाले लोग दबंग हो गये हैं, उनके पास चार-चार ट्रैक्टर है, ट्रोलियाँ है, कटाई-बुवाई की अत्याधुनिक मशीनें हैं, मोटी रकम देने वाला धंधा और कमीशनखोर नौकरशाहों से मिली भगत। दरअसल वे किसान नहीं हैं, भू-माफिया हैं। वे भूमि कुबेर हो गए हैं, जमींदार हो गए हैं। गाँव में रहते हैं, मगर शान-शौकत का जीवन जीते हुए। उनके बच्चे 'दुखरन मास्टर' की पाठशाला में भर्ती नहीं होते हैं, बल्कि शहर की बड़ी-बड़ी पब्लिक स्कूलों में पढ़ते हैं। किसान और किसान में कहाँ हैं समानता? भारत कृषि प्रधान देश है। 80% जनता कृषि पर निर्भर करती है, मगर कृषि को उद्योग नहीं मानते हैं। कथाकार मिथिलेश्वर ने 'वागर्थ' के मार्च 2020 के अंक में लिखा था कि जितना उद्योगों का महत्त्व दिया जाता है, उतना कृषि को भी महत्त्व दिया जाना चाहिए। प्रेम कुमार मणि ने भी 'वागर्थ' के मार्च 2023 में लिखा है कि भारत में ज़मीन के अधिकांश मालिक ऐसे लोग हैं, जिनके लिए हल, फावड़ा, हंसिया छूना मना है, हराम है। ऐसे लोगों ने भी अपने आपको किसान घोषित कर दिया है। हरी पगड़ी बांधने वाले 'नकली किसान' भी देश में बहुत मिल जायेंगे। ब्रिटिश कालीन भारतीय किसान की हकीकत का बयान करते हुए रवीन्द्र नाथ टैगोर ने भी लिखा था, "सौ साल की अंग्रेज़ी हुकूमत के बाद में अपने गाँवों में देखता हूँ कि खाने-पीने की बराबर, कमी बनी रहती है। *सफाई और दवा-दारू का कोई इंतजाम नहीं है। आवाजाही के साधनों की तरफ़ ध्यान नहीं दिया जाता। शिक्षा के लिए लोगों को झींकना पड़ता है।' (वर्ष 1936, 'आज का भारत' रजनीपामदत्त-पृ. 76)*

मगर आज 78 साल बाद भी देखेंगे तो किसानों की उस अवस्था में कोई खास परिवर्तन नज़र नहीं आयेगा। आज किसानों के बच्चों के पास के शहरों में काम करने के लिए पलायन कर रहे हैं और जब पन्द्रह-बीस साल बाद वे घर लौटते है तो स्वस्थ काया वाले गँवई नौजवान अपने साथ लाते हैं पीलिया, दमा, ब्लड कैंसर जैसी अनेक व्याधियों का पिटारा लिए हुए। वे शहरों में करते क्या है? सब्जी की दुकान खोलते हैं, अनाजों के बोरे ढोते हैं, भेलपूरी-सब्जी का खोमचा लगाते हैं। वहाँ भी उपेक्षित, ग़ुमनाम और बैरंग-बैढंग रोज़गार। इस सन्दर्भ में पूर्वोत्तर भारत के प्रमुख दैनिक अख़बार 'सेंटिनल' की यह ख़बर प्रासंगिक लगती है :-*आने वाले दिनों में कुछ प्रमुख विकासशील देशों के सामने भुखमरी का ख़तरा पैदा हो सकता है। इसमें भारत भी एक है....... जहाँ किसान पहले से ही संघर्ष कर रहे हैं। (4 जून, 2011) भूख से मर जाने या क़र्ज न चुका पाने के भय से आत्महत्या कर लेना भारत*

में कुछ नयी बात नहीं है। यह जरूर है कि पहले इन्हें दुर्घटनाओं के रूप में देखा जाता था, किन्तु अब ये किसान जीवन की अनिवार्य नियति, ललाट पर खींची हुई पत्थर जैसी लकीर बन चुकी हैं। भूख से मौत और क़र्ज के कारण आने वाले दिनों में कुछ आत्महत्याएँ आज भारत की हर दिशा में हैं, हर जनपद, हर प्रदेश में हैं। फर्क इतना ही है कि किसान के सीने पर नाचते इस दुर्भाग्य का असर कहीं ज़्यादा है, कहीं कम। शताब्दी की शुरुआत में इन दोनों घटनाओं का सिलसिला बेतहाशा बढ़ गया। आन्ध्रप्रदेश देश के नक्शे पर कराहता हुआ प्रांत बनकर तब उभरा जब वहाँ कपास की खेती करने वाले हतभागी किसान सिलसिलेवार आत्महत्या करने लगे, तब प्रदेश को हाईटेक प्रगति के पथ पर दौड़ा देने का नारा देने वाले चन्द्रबाबू नायडू मुखिया थे। किसी प्रांत या देश की अत्याधुनिक ढाँचागत उन्नति का दुष्प्रभाव सीधे आम आदमी पर किसान पर, मध्यवर्ग पर और मज़दूर वर्ग पर पड़ता है। चन्द्रबाबू नायडू ने विकास-पुरुष बनने की सनक में प्रदेश के प्रत्येक ग्राम-पंचायत को कम्प्यूटराइज्ड करने की योजना बनाई और बहुत हद तक योजना को मूर्त रूप देने में सफल भी रहे। लगने लगा कि आन्ध्रप्रदेश शेष भारत के लिए तकनीकी और प्रौद्योगिक विकास का चमकता हुआ माडल बनकर उभरा है, तभी अचानक कुछ सालों के भीतर आन्ध्रप्रदेश के ग्रामीण, खेतिहर इलाकों में कपास की खेती करने वाले किसानों की आत्महत्या का दौर शुरू हो गया। नायडू साकार की पुरजोर कोशिश रही कि इन दुर्घटनाओं की सूचनाएँ दबा दी जायँ, क्योंकि बाहर ऐसी घटनाओं की खबर उनके विकास के नारे की हवा बिगाड़ सकती थी, आखिरकार हुआ भी यहीं। देखते-देखते दो-तीन साल के भीतर समूचा आन्ध्रप्रदेश दहकते हुए शमशान और अन्तहीन कब्रगाह के रूप में तब्दील हो उठा। अब वह प्रायोगिक प्रदेश के बजाय आत्महत्या-प्रदेश का सुपर मॉडल बन गया। आश्चर्य यह कि इस दक्षिण-पूर्वी प्रांत से किसानों की आत्महत्याओं का भूचाल जा उठा, वह सिलेवार महाराष्ट्र, पंजाब, गुजरात, राजस्थान, मध्यप्रदेश, बिहार और उत्तर प्रदेश कृषि संस्कृति के धनी प्रांतों में भी आरम्भ हो गया। इधर 10-15 वर्षों के भीतर भारत के हिन्दी और गैर हिन्दी भाषी प्रांतों में किसानों, मज़दूरों, श्रमिकों और रोज़गार शून्य देहातियों ने जितनी संख्या में और व्यापक पैमाने पर आत्महत्याएँ की है. उतनी शायद भारत के समूचे इतिहास में कभी नहीं हुई होंगी। सिर्फ़ कपास ही नहीं, क़र्ज लेकर नकदी फ़सल उगाने की हसरत पालने वाले हज़ारों किसान ने भी ताबड़तोड़ आत्महत्याएँ की हैं। मध्य भारत वर्षा की दृष्टि से हतभागी इलाका है, जहाँ सूखा-सूखा और सूखा

शाश्वत कटु सत्य है। वर्षों से बुंदेलखंड के खेतिहर किसानों की हालत इतनी बदतर है कि देखते-देखते यह भी भूख से तड़प-तड़प कर मरते अस्तित्व की राह पर है। एन.डी.टी.वी. का दो टूक भयावह आँकड़ा यहाँ पेशे-खिदमत है-13 साल में कुल 2 लाख 16 लाख किसानों ने आत्महत्याएँ की। अकेले 2009 में 17,000 किसानों ने आत्महत्या की। महाराष्ट्र, आन्ध्रप्रदेश, उड़ीसा, मध्यप्रदेश और छत्तीसगढ़ किसानों के लिए कब्रगाह बन चुके हैं।" (29 फरवरी, 2010) (पृष्ठ-163)

प्रसिद्ध साहित्यकार स्वयं प्रकाश 'परिकथा' में लिखते हैं कि देश की आजादी के बाद किसानों की अधोगति का कारण है; कमजोर, कामचोर, मक्कार, भ्रष्ट और गिरी हुई नौकरशाही। प्रेमचन्द के गोदान का किसान 'होरी' लू से नहीं मरता है। बल्कि वह मरता है शोषक-शासकों द्वारा खड़ी की गयी बेइलाज़ गरीबी से अपने श्रम की लूट से, सीने पर चढ़े सूद से और भीतर-भीतर अपनी बदहाली की अहक से। पार्वती तिर्की ने अपने आलेख 'आदिवासी अर्थव्यवस्था : जंगल और कृषि' में अतीत और वर्तमान की तुलना की है। कवियत्री ग्रेस कुजूर की काव्य पंक्तियों से, "कहाँ गयी वह सुगन्ध/ महुआ और डोरी की/ गूलर और क्योंद की। कितना जल्दी बदल गया पारिस्थितिकी-तन्त्र। आदिवासियों का गीत है, *"बारिश होने लगी है। देखो पहाड़ जल रहे हैं।"*

मैंने कालाहांडी में अपनी यात्रा के दौरान देखा कि वहाँ आदिवासियों ने जंगल काटकर और चट्टानों को समतल करके लोगों ने अपने खेत बनाए थे। बारिश होने से पहले पहाड़ जलाए जा रहे थे, ताकि पत्ते जलकर राख बन जाती थी। फिर जब बारिश होती थी, तब अवशिष्ट रूप में बची राख बारिश की पानी के साथ खेत पर उतरती थी। बारिश और राख मिश्रित यह पानी खेत को उपजाऊ बनाता था। मिट्टी की उर्वर क्षमता को बढ़ाने का यह उनका प्राकृतिक तरीका था, जिसे वे 'पोड़ाचास' कहते हैं। इससे मिट्टी की उपजाउता लम्बे समय तक बनी रहती थी।

भारत के आदिवासियों में संथाल, मुंडा, हो, कुडुख, खड़िया आदि पशुओं का पर्व 'सोहराई' मनाया जाता हैं, इंदर जातरा का आयोजन करते हैं, बारिश की कामना की जाती हैं। धान के अलावा मडुवा, गोंदली, उड़द आदि की खेती करते हैं। मगर आदिवासियों में आत्महत्या जैसे किस्से सुनने को नहीं मिलते हैं। चूँकि आदिवासी कृषि व्यवस्था मौसमी बारिश पर आधारित रही है, अत: उन्होंने बारिश के अनुमान का तरीका भी खोजा था। जेठ की गर्मी के बाद आसारि राग के गीत गाए जाते हैं।

आकाश की ओर टकटकी लगाए आदिवासी गीत गाते हैं। ये बारिश की कामना के गीत हैं–*"बादल ख़ूब गरज़ रहे/भंडारकोना की तरफ़/बादल ख़ूब गरज़ रहे/कुदाल और टंगिया पकड़ो/खेत में मेढ़ टूट रहे हैं।"* झारखंड के कुडुख आदिवासी समूह के पुरखों ने 'भंडारकोना' का अनुमान लगाया है। उनकी ज्ञान मीमांसा कहती है कि उत्तर-पश्चिम की दिशा में बारिश का भंडार है" (पृष्ठ-172)

नेतरहाट फायरिंग रेंज, कोयलकारी परियोजना, जादूगड़ा की यूरेनियम खान में वन, फ़सल और खेती की क्षति हुई है। नेतरहाट में जंगल बचाने के लिए आदिवासियों ने 30 वर्षों तक संघर्ष किया। 'अर्थव्यवस्था और किसान' आलेख में डिंपल जेनिफर फर्नांडिस ने कोविड़-19 से किसानों को हुए अपूरणीय नुकसान की ओर ध्यान आकर्षित किया है। मज़दूर नहीं मिलने और परिवहन की सुविधा नहीं होने के कारण कर्नाटक में खरबूजा, टमाटर, गोभी की खेती करने वाले किसानों खेतों में ही उपज सड़ने के लिए छोड़ दी थी।

ऋचा वर्मा का आलेख 'अपना हिन्दुस्तान कहाँ' में दर्शाया गया है कि पुरानी अवधारणा वाली किसान प्रजाति लुप्तप्राय दिख रही है। फिर भी लेखिका आशावादी हैं। वह कहती हैं 'every cloud has a silver lining', कितना भी अन्धेरा हो रोशनी की एक किरण दिल में आस जगाती ही है। इन दिनों गाहेबगाहे अख़बारों में पढ़ने को मिल जाता है कि फलां इंजीनियर या एम. बी. ए. ने बहुत मोटी तनख़्वाह की नौकरी छोड़कर कर खेती करने की ठानी है, फलां जगह 'खेती नवाचार' के अन्तर्गत कॉरपोरेट सेक्टर के तर्ज पर 'प्राकृतिक खेती' के साथ-साथ कुछ किसान 'कृषि पर्यटन' को बढ़ावा देकर अच्छी कमाई कर रहे हैं। इसके अलावा सरकार और किसान, 'न्यूनतम समर्थन मूल्य पर विचार और आन्दोलन वगैरह कर रहे हैं तो लगता है कि किसानों की हत्याओं की खबरें जो हमें अक्सर सुनने को मिल नातीं हैं उन पर शायद विराम लगे। सरकार भी कृषि बजट में बढ़ोतरी कर रही है साल 2023' इंटरनेशनल ईयर ऑफ़ मिलेट्स'घोषित किया गया है। हम 'स्मार्ट कृषि', 'किसान सम्मान निधि', 'किसान क्रेडिट कार्ड', 'कृषि अपशिष्ट प्रबंधन और कचरे से ऊर्जा उत्पादन द्वारा किसानों की आय बढ़ाने की भी बात सुन रहे हैं। 'सहकारिता मंत्रालय' बना है। सिंचाई को व्यवस्था दुरुस्त करने के क्रम में 'पर ड्राप, मोर क्रॉप जैसी अवधारणा पर बातें हो रही हैं। ड्रोन के जरिए ज़मीन और घरों के हिसाब-किताब रखा जा रहा है। साथ खेतों दोन एक साथरों में हमने पढ़ा है कि विकास का उद्घाटन किया।" (पृष्ठ-209)

2. कविताओं में किसान

अरुण शीतांश द्वारा संपादित पत्रिका का शीर्षक 'देशज' बहुत आकर्षक लग रहा हैं क्योंकि शब्दों के वर्गीकरण में तत्सम संस्कृतनिष्ठ होते हैं, तद्भव उनके रूपांतरित शब्द, देशज शब्द किसानों जैसे अन्य देशी श्रमिकों की अपनी शब्दावली और विदेशज शब्द तो विदेशी आक्रान्ताओं के अपने शब्द होते हैं, जिसे हमने अपने दैनिक जीवन में अपना लिया हैं। अरुण शीतांश द्वारा संपादित 'देशज' के इस अंक में एक खंड में किसानों पर केन्द्रित कविताएँ दी गयी हैं।

नीरज सिंह की कविता *'आम का पेड़ और सपने'* में किसान आम के पेड़ों पर मँझरी लगी देखकर खुश होता है, मगर हर वक्त शरद, पाला, आँधी-तूफ़ान, बारिश के कहर की आशंका से डरा-डरा भी रहता है। जैसे-जैसे गुठलियाँ कठोर होती जाती है, वैसे-वैसे उसका उत्साह और आत्मविश्वास मज़बूत होने लगता है। और जैसे ही आमों की खुशबू किसान महंगू के नथुनों में भरने लगती है, वैसे ही इधर उसे महाजन की गालियाँ याद आने लगती है और तो उधर जवान होती बेटी के हाथ पीले करने का सपना और हर साल की तरह यह वर्ष भी महाजन के क़र्ज उतारने में लग जाता है और उनके सपनों पर पानी फिर जाता है। उसी तरह पूनम सिंह की कविताएँ 'कीड़ा-मकोड़ा' में धनिया किसान द्वारा अपने खेत को ख़ून-पसीने से सींचने के बावजूद कीड़े-मकोड़ों द्वारा बीज को खा जाने के कारण उसके सप्तरंगी सपनों पर पानी फिर जाता है। कविता की कुछ पंक्तियाँ देखें :-

"धरती के सात परतों के नीचे/कहाँ दब गया वह बीज?" किस पाताल पानी में बह गया/ हमारी देह का सारा नमक?

हाय धनिया! बैलों के साथ जुतकर/कितने हौसले से तोड़ी थी मैंने/अधिया पर ली मालिक की ज़मीन /साहु से उधार लेकर ख़रीदा था विदेशी बीज/ हाय! किस तरह पेट में कनकिरबा (बच्चा) का बोझ उठाये/निहुर-निहुर की थी तुमने धन रोपनी?

सोचा था इस बार अगहन की खुशियाँ लेकर/आयेगा मौसम हमारे घर तो/ महाजन के सब क़र्ज चुका दूँगा।" (पृष्ठ-19)

विजय सिंह की कविता *'अकाल'* नागार्जुन की कविता के कुछ दृश्यों की याद दिलाती है। सन्तोष चतुर्वेदी की कविता *'मिट्टी की उम्मीद'* में मिट्टी की एक को हज़ार करने की ताकत दर्शाई गयी है, *'किसान की हिम्मत'* में टिड्डी दल का प्रकोप, अकाल की मार सहने के बाद भी किसान खेतों में फ़सल बोने की हिम्मत करता है क्योंकि वह अनाज के एक-एक दाने की क़ीमत जानता है। इसी तरह

'किसान का स्वभाव' कविता में अनाज की झुकी बालियों से किसान के स्वभाव और फ़सल के पीले रंग से उसकी हालत का पता चलता है, लेकिन जैसे ही धान पककर खिलने लगता हैं, वैसे ही बनियों, दलालों, ठेकेदारों और जमाखोरों के कान भी उसी क्षण खड़े होने लगते हैं। उनकी एक अन्य कविता *'जब तक खेतों में उगते रहेंगे धान'* में मनुष्य की जिजीविषा और आत्म-सम्मान के अक्षुण्ण रहने की आशा को प्रकट किया गया है। कविता की कुछ पंक्तियाँ द्रष्टव्य हैं :–

"कहते हैं। शुरू-शुरू में धरती और आकाश/पास-पास हुआ करते थे। इतने पास कि/अपने हाथों से कोई भी छू सकता था आकाश/धान कूटती एक स्त्री के मूसल का सिरा/ टकराया जब आकाश से/तब दूर बहुत दूर चला गया आकाश

"हमारी परम्पराओं से आज भी/शिद्दत से जुड़ा है धान/ और रिश्ते जोड़ने में/यही आता है काम/ जब भी मिलते हैं आपस में दो लोगों के धान" (पृष्ठ-17)

अभिनव कुमार उपाध्याय की कविता *'मेरी दास्तान'* में क़र्ज से डूबे किसान का वर्णन है तो पूनम सिंह की कविता *'लोहे का गुलमोहर'* में किसान आन्दोलन के समय राजपथ की सड़कों पर ठोकी गयी कीलों को देखकर कवि के मन में किसानों के पथराए होंठों पर लाल गुलमोहर के फूलों और पाँवों में बिंधे शूलों की कल्पना की गयी है। *'लोहे का गुलमोहर'* कविता की पांतियों से, *"इस खतरनाक समय से/लोहा लेने के लिए/ज़रूरी है कुछ खतरनाक हथियार/तुम्हारे पास भी हो/ तुम्हें मालूम होना चाहिए/लोहे गलाने की कला/फिर गले लोहे को/ इस्पात में ढालना भी/ आना चाहिए तुम्हें" (पृष्ठ-21)*

ओमनागर की कविताओं *'राजपथ पर किसान'* और *'प्राइम टाइम पास'* में जहाँ किसानों के आन्दोलनकारी दृश्यों को प्रतिबम्बित किया गया है, वहीं अन्य चार कविताओं में *'मिट्टी में मिट्टी होने के सिवाय'*, *'किसान कथा'*, *'मौत का सफ़ेद साया'* और *'क्या चाहिए तुम्हें'* में किसानों की दुर्दशा और बिगड़ती हालातों पर आलोकपात किया गया है। कैलाश मनहर की कविताओं *'धरती को बचाने'* और *'सरकार के घुटने टेकने तक'* में सरकार के काले क़ानून को रद्द करने के लिए उमड़ते जांबाजों के जुलूस की सराहना की गयी है, जिसे देखकर सरकार के घुटने टेकना अवश्यंभावी है। कनक किशोर की कविता *'उनकी सुन'* में राजनेताओं से औद्यौगिक घरानों की चापलूसी छोड़कर किसानों के दर्द सुनने की अपील की है, *'उनकी सुन' कविता से, तुम राजनेता/देश के निज़ाम/दिल्ली के सड़कों पर/ कहाँ खोज पाओगे/किसानों का दर्द,/हमारी भूख/मेरे माथे पर के क़र्ज का बोझ/*

पढ़ने हेतु/तुझे आना होगा गाँव/जहाँ बसती है। मेरी आत्मा,/गाँव की मिट्टी में/खेत खलिहान में/आँगन दुआर में/मेरे साथ जीयोगे/ तब जानोगे मुझे" (पृष्ठ-55)

नीलोत्पल की *'किसान मोर्चा पर है'* शीर्षक वाली कविता में 34 छोटी-छोटी कविताएं है, जिसमें उन्होंने अन्नाता के संघर्षों पर जनता के चुप रहने, न्याय मांगते किसानों को अनसुना करने, उनके प्राकृतिक प्रकोपों के साथ-साथ सरकारी तन्त्र से जूझने, सच्चे धरतीपुत्र होने पर भी देशद्रोही के तमगे से नवाजने उन पर लाठी मार करने और यहाँ तक अपने जीवन के संघर्षों से थक-हारकर आत्महत्या के लिए प्रेरित करने पर एक सवालिया निशान लगाए है कि क्या इसके लिए हमारा समाज, लोकतन्त्र और सरकार जिम्मेदार नहीं है? *'किसान मोर्चे पर है' कविता से :-"अन्नदाता की रोटी खाकर आप चुप रहे/अन्नदाता की आत्महत्या के समय आप चुप रहे/फ़सल की तबाही देखकर आप चुप रहे/यहाँ तक कि परमाणु बम गिरा तब भी आप चुप रहे/ आप हमेशा से चुप थे आप एक बेकार चुप से ज़्यादा कुछ नहीं।" (पृष्ठ-25)*

विहाग वैभव अपनी कविता *'ईश्वर को किसान होना चाहिए'* में कवि ने ईश्वर से शिकायत की है कि इस देश में ईश्वर का महाजनों और पण्डितों के प्रति कुछ ज़्यादा ही झुकाव और अथाह प्यार है, इसलिए उसे किसानों की पीड़ा समझ में नहीं आती है। अगर ईश्वर किसान होता तो किसानों के समस्याओं से अवश्य परिचित हो पाता। उनकी दूसरी कविता 'यह कविताओं को खेतों में जोतने का समय है' राम मनोहर लोहिया के कथन 'अपने देश की सर्वांगीण उन्नति के लिए हमें कलमघसीटू नौकरियाँ छोड़कर खेतों में अनाज उगाने के लिए फावड़ा, कुदाली, गेंती और हँसिया उठाना चाहिए।' की याद दिलाती है। सरिता सेल की कविता 'ईश्वर' में कुछ ऐसे ही स्वर मुखरित हुए हैं। जिस तरह दलित साहित्यकार अपनी लेखनी से प्रेमचन्द के फटे जूते की तरफ़ ध्यान आकर्षित करते हैं, उसी तरह शालू शुक्ला की कविता 'किसान का बनियान' में किसान की गरीबी, अनावृष्टि, बेटियों के दुपट्टों के छेद, प्राकृतिक प्रकोप, भ्रष्टाचार से समझौता आदि की तरफ़ ध्यान खींचने का प्रयास करती हैं, जिसके दर्द को इस कविता में बयान किया गया हैं:-*"सरकारी अफसर कई योजनाएँ लेकर/उसके दरवाज़े पर खड़े हैं/अब वह अपनी जवान बेटियों का ब्याह/धूमधाम से करेगा/किसान के अच्छे दिन लौट आये हैं/किसान का क़र्ज माफ हो गया है/ किसान बहुत खुश है,/पत्नी ने जगाते हुए बताया कि-/ अफसर आया था कहकर गया है। कि क़र्जमाफी के काग़ज़ाद वह/अपनी बेटी लेकर बंगले पर आयेगा तभी*

मिलेंगे // सपने में हँसने वाला किसान/हकीकत में रो रहा है।" (पृष्ठ 85)

जहाँ राजवंती मान ने किसानों को 'धरतीपुत्र', 'माटी के लाल' की उपमा देती है, वहीं अरुणिमा रमेश उन्हें 'अन्नदाता' कहकर पुकारती है। जबकि शिरोमणि महतो ने अपनी कविता 'भोर का दृश्य' में सुबह-सुबह खेतों में धान रोपते किसानों का प्रतिबिंब उजागर किया हैं। अनामिका चक्रवर्ती की 'पकी हुई फ़सल', शैलेंद्र जय की 'खेत मेडों से दिनभर', दिव्या श्री की 'मैं किसान की बेटी हूँ', 'किसान', 'किसान और कवि, सुरेश सेन निशान्त की रो रहा किसान', 'खेत' और ममता पंत की 'आत्मकथा अन्नदाता की', 'कैसा होगा यह साल', 'न रुकना पथिक तू कभी' आदि कविताओं में किसान की दिनचर्या के साथ-साथ उनकी आर्थिक, पारिवारिक, सामाजिक जीवन का चित्रण किया गया है, जबकि ओड़िया कवयित्री पारमिता षांडगी की कविता 'अनाज' में किसान के ख़ून-पसीने, साहूकार की रक्ताक्त आँखें, किसान का खाली पेट, घर के टूटे दरवाज़े की तरह उसके टूटे सपने का वर्णन हैं। पद्मश्री से सम्मानित संबलपुरी कवि हलधर नाग की 'एक मुट्ठी चावल के लिए', 'चेतावनी', 'स्वच्छ भारत' और 'मिट्टी का आदर' आदि कविताओं का मेरा हिन्दी अनुवाद भी संकलित हैं, जिसमें हलधर जी ने बहुराष्ट्रीय कंपनियों द्वारा अपने रसायनों और बीजों का हमारे देश में प्रचार करने पर करारा व्यंग्य किया है कि उनके रसायनों और बीजों से किसान एक ही बार अन्न उपजा सकता है। अगले साल फिर उसे नए बीज खरीदने की जरूरत पड़ती है ऊपर से इन रसायनों के इस्तेमाल से खेतों की उर्वरा शक्ति दिन प्रतिदिन घट रही है। जो प्रतिभा मिश्रा के आलेख 'बहुराष्ट्रीय कंपनियों का फैलता जाल एवं किसान' में उद्धृत प्रभाकर श्रोत्रिय के कथन "कृषि उन्नत खेती के उपक्रम हुए और बहुराष्ट्रीय कंपनियों को धड़ल्ले से आमंत्रित किया गया। कृषियोग्य भूमि पर बड़े-बड़े कारखाने लगाने, इमारतें बनाने और उन्नत कृषि-बीज, उर्वरक तथा कीटनाशकों के अति प्रयोग से पृथ्वी की उर्वरा शक्ति को अपूरणीय क्षति पहुँची इससे किसान की अन्न उपजाने की सामर्थ्य भी लगातार घटी है क्योंकि उपज, क़र्ज और धरती की उर्वरता के क्षरण में अटूट सम्बन्ध कायम हो गया जो बढ़ता गया और किसान को हताश करता गया।" की सटीक पुष्टि करती है। जिस पर कृषि विशेषज्ञ गौरीनाथ जी कहते हैं *"धरती पर अनाज, फल, सब्जी वगैरह की पैदावार तो तब भी होगी, लेकिन खेती किसान नहीं, बहुराष्ट्रीय कम्पनियाँ करेंगी अपने फार्म हाउसों में। सकल कृषि भूमि पर उन्हों कंपनियों का अधिकार होगा और कृषक जन मज़दूर बन जायेंगे।" (पृष्ठ-225)*

इसी तरह जहाँ सुनील गंगोपाध्याय की *'धान'*, शक्ति चट्टोपाध्याय *'अंजुरी बन खड़ा है'*, झूमर पांडे की *'विपन्नता शोक लाती है'* आदि बांग्ला कवियों के मीता दास द्वारा किए गए हिन्दी अनुवाद भी 'देशज' की शान बढ़ा रहे हैं, उसी तरह उनकी अपनी स्वरचित कविता 'किसान काटो गेहूँ भी शामिल है।

गया प्रसाद शुक्ल 'स्नेही' ने 'किसान' कविता के माध्यम से किसानों की बहुत ही दयनीय स्थिति का वर्णन किया है। कवि ने लिखा है, *"कितने ही बेढ़ब सूदखोर, लेते हैं हड्डी तक चिंचोर/ है मंत्रसिद्ध मानो अघोर, निर्दय, निर्गुण, निर्मम, कठोर,/ है जिनके हाथों में किसान। "* तो भास्कर चौधुरी ने 'किसान' कविता के माध्यम से कहना चाहा है कि किसान ने जिस पेड़ को रोपा था, उसी पेड़ के ऊपर उसकी लाश लटक रही है। उसको लाश का उस पेड़ से लटकना, उसकी विडंबना है, नहीं तो उसने उस पेड़ को बहुत हो जतन से लगाया था। जबकि मैथिलीशरण गुप्त अपनी 'किसान' कविता में किसानों की जीवटता का वर्णन करते हुए कहते हैं कि किसान हर मौसम का सामना करते हुए या सहते हुए चौबीसों घंटे अपने खेत पर डटा रहता है। उनके शब्दों में *"बरसा रहा है रवि अनल, भूतल तवा-सा जल रहा,/ है चल रहा सन सन पवन, तन से पसीना बह रहा // देखो कृषक शोणित सुखाकर, हल तथापि चला रहे,/ किस लोभ से इस आंच में, वे निज शरीर जला रहे।"*

त्रिलोचन ने 'उठ किसान ओ कविता में किसानों का आह्वान किया है कि ऐ किसान! उठो, तेरे बादल रूपी साथी आ गए हैं। कविता की पंक्तियाँ हैं–*"हरा खेत जब लहराएगा/हरी पताका जब फहराएगा/छिपा हुआ बादल तब उसमें/रूप बदलकर मुसकाएगा।"* सर्वेश्वर दयाल सक्सेना ने *'शाम-एक किसान'* कविता में शाम का मानवीकरण किया है-एक किसान के रूप में। किसान आकाश रूपी पगड़ी बांधे हुए है और सूरज को चिलम के रूप में खींच रहा है। पहाड़ के घुटनों पर नदी चादर-सी फैली है। कवि ने इसे इस प्रकार अभिव्यक्त किया है–*"आकाश का साफा बांधकर/सूरज की चिलम खींचता/बैठा है पहाड़,/घुटनों पर पड़ी है नदी चादर-सी/ पास ही दहक रही है/ पलाश के जंगल की अंगीठी/अंधकार दूर पूर्व में/सिमटा बैठा है भेड़ों के गल्ले-सा।"* केदारनाथ सिंह ने 'फ़सल' कविता में किसान की सहजता का बहुत ही मार्मिक वर्णन किया है। उनके शब्दों में, *"दुनिया में कुत्ते, बिल्लियां, सूअर/सबकी जगह है/इसलिए नफरत नहीं करता था वह/कीचड़, काई या मल से/ भेड़ें उसे अच्छी लगती थीं। ऊन ज़रूरी है-वह मानता था/ पर कहता था-उससे भी ज़्यादा ज़रूरी है। उसके थनों की गरमाहट/जिससे खेतों में ढेले/ जिंदा हो जाते हैं।"*

मदन कश्यप ने *'इन दिनों'* कविता के माध्यम से आज के गाँव का असली चेहरा उजागर किया है तो श्री प्रकाश शुक्ला ने *'किसान'* कविता में किसानों की होती जा रही दयनीय स्थिति का वर्णन किया है। इसका परिणाम भी मालूम है कि किसान दयनीय आत्महत्या के सिवाय कोई चारा नहीं है। हरीशचन्द्र पांडे ने *'किसान और आत्महत्या'* कविता के माध्यम से किसानों की विडंबना का वर्णन किया है। वे सदियों से किसानी करते आ रहे हैं, लेकिन कभी भी वे खुशहाल नहीं हुए। सुभाष राय ने *'वजूद'* कविता के माध्यम से सरकारी तन्त्र के कारनामे को ही उजागर कर दिया है। किसानों की आत्महत्या को वे बीमारी से या अवसाद से घोषित कर देते हैं। शंभुनाथ ने *'गणतन्त्र में ट्रैक्टर'* कविता के माध्यम से गणतन्त्र दिवस के अवसर पर दिल्ली में किसानों की ट्रैक्टर रैली के माध्यम से प्रतिरोध का वर्णन किया है। यह उनका सरकार के प्रति विरोध दर्ज करने का एक तरीका है। कवि ने लिखा है-*"यह कारपोरेट भूख के विरुद्ध/जीवन की भूख का परेड है। यह राष्ट्र के विसर्जन के विरुद्ध/धरती की चीख का परेड है। यह जल टैंकों की धार के विरुद्ध/जन-जन का परेड है"*

कौशल किशोर ने *'बॉर्डर पर किसान'* कविता के माध्यम से किसानों के आन्दोलन के विविध पक्षों का वर्णन किया है। ये भोले-भाले किसान अपने घर-गाँव छोड़कर राजधानी में जमे हुए हैं, वह भी ठंड के मौसम में अमरजीत कौंके ने 'ये इस देश के अन्नदाता हैं कविता के माध्यम से किसानों की वास्तविक प्रतिरोध को अभिव्यक्त किया है। शहंशाह आलम ने 'बैल पिता' कविता के माध्यम से पिता को बैल की तरह बँटते हुए दिखाया है। पिता रात-दिन बैलों की तरह खेतों में जुते रहते हैं।

3. कहानियों में किसान

'नयी सदी का किसान और हिन्दी कहानी में किसान' आलेख में मुरारी शर्मा प्रसिद्ध कहानी 'पूस की रात' का उदाहरण देते हुए कहते हैं कि मुंशी प्रेमचन्द के दिन चले गए, अब भूमंडलीकरण, नव उदारवाद, बाजारवाद के दिन छाए हुए है। नामवर सिंह जी ने ठीक ही तो कहा था प्रेमचन्द ने किसानों को साहित्य में प्रवेश दिया और उसे परवर्ती कल में आगे बढ़ाया फणीश्वर नाथ रेणु, राही मासूम रजा, श्रीलाल शुक्ल जैसे वरेण्य लेखकों ने; जिन्होंने भूमण्डलीकरण के युग में नष्ट होती ग्राम्य-संस्कृति और आत्महत्या के लिए विवश किसानों को केन्द्र में रखकर अपना

साहित्य रचा। नए दौर में खेतों की जगह नज़र आने लगे हैं ग्रीन फील्ड, हवाई अड्डे, सुपर हाईवे, जल विद्युत परियोजनाओं के लिए बने बांध, रेल लाइन, मॉल, बड़े शहर, स्मार्ट सिटी; जिस वजह से वहाँ के निवासियों को विस्थापन का दंश झेलना पड़ा। यह पीड़ा तेजी से हिन्दी कहानियों के कथानक के रूप में उभर कर सामने आई। जिनमें मार्कण्डेय की कहानी 'दौने की पत्तियाँ', विद्यासागर नौटियाल की 'फट जा पंचधार', विजयकान्त की 'इंद्रजाल', महेश कटारे की 'छछिया भर छाछ', रामकुमार आत्रेय की 'ट्रैक्टर और सुहागा', जयनन्दन की 'छोटा किसान', उदय प्रकाश की 'हीरालाल का भूत', बद्री सिंह भादिया की 'घुग्घू', कैलाश वनवासी की 'बाजार में रामधन', मुरारी शर्मा की 'मुट्ठी भर धूल', नरेश पण्डित की 'जहर की खेती', तारा पांचाल 'मुनादियों के पीछे' ऐसी अनेकों कहानियाँ प्रमुख है, जो नव उदारवाद, भूमंडलीकरण और बाजारवाद की पोषक सत्ता पर कड़ा प्रहार करती हैं।

4. उपन्यासों में किसान

डॉ महात्मा पांडे ने अपने आलेख 21वीं सदी में हिन्दी उपन्यासों में बदलता किसान' में रामधारी सिंह 'दिनकर' के 'अकाल संध्या', श्याम बिहारी श्यामल के 'धपेल' (1993), कमलाकांत त्रिपाठी के 'बेदखल' और 'माही घर', कामेन्दु शिशिर के 'बहुत लम्बी राहें' (2003), राजू शर्मा के 'हलफनामा' (2006), शिव मूर्ति के 'आख़िरी छलाँग' (2008), सूर्य दिन यादव के 'ज़मीन' (2006), पंकज सुबीर के 'अकाल महोत्सव' (2016) आदि उपन्यासों को अपने आलेख का विषय बनाया है। 'अकाल संध्या' में बिहार के लोग आर्थिक रोज़गार की तलाश में गाँव से शहर की पलायन करते हैं, इस वजह से गाँव की कृषि व्यवस्था चरमरा गयी है। 'धपेल' उपन्यास पलामू जिले के अकाल-सूखा प्रसंग को केन्द्र में रखकर लिखा गया है।

श्यामबिहारी श्यामल का चर्चित उपन्यास 'धपेल' 1993 में पलामू जिले के अकाल सूखा प्रसंग को केन्द्र में रखकर ही लिखा गया है। अन्याय, शोषण, उत्पीड़न, बंधुआ मज़दूरी, सूखा, भुखमरी, जंगलों की अवैध कटान, पशुओं की तस्करी जैसे अनेकों क्रूरतम अमानवीय कृत्यों द्वारा धन उगाहने तथा लूटने की प्रवृत्ति का ऐसा धपेलीकरण हो रहा है कि पूरे पलामू जिले में वह रुकता ही नहीं है, बल्कि वह दिन प्रतिदिन बढ़ता ही जाता है। पिछड़े आदिवासी क्षेत्रों के सीधे भोले और ईमानदार लोग वृक्षों की दुर्लभ वन औषधियों की तरह, वन्यचरों जातियों-प्रजातियों की तरह खत्म होते जा रहे हैं। इसी तरह से कमलाकांत त्रिपाठी का उपन्यास

'बेदखल' और 'माहीघर' भी तालुकेदारों और जमींदारों के अत्याचारों तथा जोतदार किसानों की विवशता एवं उनके दुखों को ही प्रकट करता है। 'बेदखल' उपन्यास में छोटी जोत एवं पिछड़े तथा दलित कहे जाने वाले किसान और खेतिहर मज़दूरों ने अपने सामूहिक प्रतिवाद और नेतृत्त्व के बल पर अपने ही इतिहास को पैदा किया है। यह उपन्यास कहीं न कहीं इस सवाल को भी बड़े ही प्रभाशाली ढंग से रेखांकित करता है कि किसानों का आन्दोलन किसानों के ही दम तथा उनके ही पैसों पर खड़ा होगा। कर्मेंदु शिशिर का उपन्यास 'बहुत लम्बी राह' सन 2003 में आता है, और काफो चर्चित भी होता है। उनका यह उपन्यास एक भूमिहीन खेतिहर मज़दूर महतो को व्यथा-कथा कहता है। ग्रामीण समाज की विकृतियों, क्षुद्रताओं तथा संघषों का जीवंत दस्तावेज यह उपन्यास प्रस्तुत करता है। "बहुत लम्बी राह' उपन्यास का कालखंड लगभग सातवें आठवें दशक का है। आजादी के बाद ज़मींदारी प्रथा खत्म तो हुई लेकिन व्यावहारिक स्तर पर पूर्ण रूप से जमींदारों का खात्मा नहीं हो पाता है। पुराने जमींदार तथा नए-नए धनी लोग बड़े किसान के रूप में अधिक शोषण करने लगे हैं। अत: कह सकते हैं भूमिहीनों की समस्या आज भी ज्यों की त्यों बरकार है। गाँव के परती-पठार, पोखर और ज़मीन पर भी मालिकों का कब्जा बना ही रहा। बिहार जैसे क्षेत्रों में जमींदार-पुलिस गठबंधन ने इस अन्याय को शय देने में अपनी महत्त्वपूर्ण भूमिका निभाई है।

इसी तरह से 2006 में राजू शर्मा का चर्चित उपन्यास 'हलफनामे' भी मुख्यत: किसान आत्महत्या के साथ-साथ जल संकट की समस्या को भी चित्रित करता है। किसान आत्महत्या पर प्रकाशित हिन्दी में यह पहला उपन्यास भी माना जाता है, उपन्यास का नायक मकईराम अपने पिता की आत्महत्या को लेकर उन्नीस हलफनामे कमिश्नर को प्रशासनिक भ्रष्टाचार का राजनीतिक गठजोड़ के चलते देता है। इसी तरह 2006 में ही प्रकाशित सूर्यदीन यादव का एक चर्चित उपन्यास 'ज़मीन' हमारे बीच आता है, और इस उपन्यास में ज़मीन को ही आधार बनाकर दो विशेष अंचल की बात की गयी है। इस उपन्यास की भूमिका में ही लेखक सूर्यदीन यादव लिखते हैं कि 'ज़मीन किसी की निजी बपौती नहीं होती, वह सार्वजनिक सर्वराष्ट्रीय बल्कि विश्व की धरोहर होती है। धरती या ज़मीन की गोद और आकाश की छत्रछाया के बिना हवा की कोख से असंख्य जीव सृष्टि में जन्म लेते हैं, *और उसे हम मान्य रखते हैं। स्वीकार करते हैं हम जिसे गैर की नाजायज चीज समझकर, उस ज़मीन की उपज यह कृति है।"*

ठीक इसी तरह से सीमान्त किसान को आर्थिक उदारीकरण की नीतियों को जिस प्रकार से बर्बाद किया है, उसका यथार्थ चित्रण कथाकार शिवमूर्ति ने 2008 में प्रकाशित 'आख़िरी छलांग' शीर्षक उपन्यास में किया है। जिसका कथानक परस्पर उलझी हुई किसान जीवन की अनेक समस्याओं का जंजाल भी है, इसके कथानक का आधार पूर्वी उत्तर प्रदेश का ग्रामीण परिवेश ही है। इसका नायक पहलवान भी एक किसान ही है, उसके समक्ष विरासत में हासिल हुई तथा नयी विकास नीतियों के कारण निर्मित अनेक समस्याएँ भी हैं। वह अपनी बड़ी बेटी के लिए दो साल से लड़का तलाश रहा है, बेटे की इंजीनियरिंग की फीस का जुगाड़ भी नहीं हो पा रहा है, पिछले तीन साल से गन्ने का बकाया भी नहीं मिल पा रहा है, सोसायटी से खाद के लिए लिया गया क़र्ज भी अभी तक चुकता नहीं हुआ है। प्रत्येक दूसरे महीने ट्यूबवेल के बिल की तलवार भी सिर पर लटक जाती है। इस तरह की तमाम परेशानियों को झेलते-भोगते पहलवान किसान के जटिल मुद्दों को कथाकार शिवमूर्ति ने 'आख़िरी छलांग' उपन्यास में उठाया है।

पंकज सुबीर के उपन्यास 'अकाल में उत्सव' में रामप्रसाद जैसे किसान की समस्या भारत के किसान की ही समस्या है। जहाँ पर श्रीराम परिहार जैसे कलेक्टर अफसर शाही की सनक में सत्ता के साथ गोटी बैठाने के फ़िराक में किसानों का उनके लिए कोई महत्त्व ही नज़र नहीं आता है। उनके लिए तो सिर्फ़ और सिर्फ़ मनोरंजन या उत्सव ही प्रिय हैं, अकाल की चिन्ता तो बिल्कुल भी नहीं, तभी तो एक तरफ़ कलेक्टर के साथ एक तरफ़ पूरी टीम जश्न और उत्सव मना रही है, वहीं किसान रामप्रसाद हताश और निराश होकर आत्महत्या करने को विवश होता है। इस उपन्यास पर अपनी बेबाक टिप्पणी दर्शाते हुए रोहिणी अग्रवाल ने कहा है कि "उपन्यास बड़े फलक के साथ क्रूर सच्चाइयों को महीन परतों को उघाड़ने में समर्थ है। 'अकाल में उत्सव' किसान आत्महत्या जैसे बड़े सामाजिक सरोकार के संदर्भ में समय का अक्स प्रस्तुत करता है।"

बहुराष्ट्रीय कंपनियों के दुष्प्रभाव को संजीव ने अपने 'फांस' उपन्यास में अभिव्यक्त किया है। इसी तरह एम. एम. चन्द्रा के उपन्यास 'यह गाँव बिकाऊ है' का बल्ली मध्यम दर्जे का किसान है जिसकी दुर्दशा और आत्महत्या का मूल कारण बहुराष्ट्रीय कंपनियाँ ही हैं। अनंत कुमार सिंह ने अपने उपन्यास 'ताकि बची रहे हरियाली' में बीजों व किसानी को लेकर जो चिन्ता व्यक्त की है वह जायज है। आज बाज़ार से जो टमाटर और हरी धनिया उपलब्ध हो रही है उसके स्वाद

में भी काफी पहले से अन्तर है। यह ठीक उसी तरह है जैसे बाजारु घी से उसका सुगन्ध गायब है।

5. सिनेमा में किसान

भारत की 70% आबादी एग्रीकल्चर पर निर्भर करती हैं। दूसरे शब्दों में, हमारे देश में 70% आबादी किसानों की हैं। सन 1917 में चम्पारण आन्दोलन से लेकर आज तक हमारे देश ने अनेक किसान आन्दोलन देखे हैं। 1857 की सैनिक क्रान्ति में किसानों ने समर्थन दिया था। सन 1951 में विमल राय के निर्देशन 'दो बीघा ज़मीन' फ़िल्म रवीन्द्र नाथ टैगोर की कविता 'दुई बीघा ज़मीन' पर बनी हैं, जिसमें बलराम साहनी ने किसान की भूमिका निभाई हैं। बलराम साहनी गाँव में ज़मीन छीन जाने के बाद शहर में रिक्शा चलाते हैं, वहाँ इधर एक हादसे में उन्हें चोट लगती हैं और उधर पत्नी के साथ भी ट्रेजडी हो जाती हैं। इलाज में अर्जित सारी पूँजी खत्म हो जाती हैं। गाँव से लौटने पर देखता है कि उसकी ज़मीन बिक चुकी है और वहाँ मिल बन रही थी। यह देखकर उसका पिता पागल हो जाता है। जब किसान ज़मीन की एक मुट्ठी मिट्टी लेना चाहता है, मगर गार्ड उसे लेने नहीं देता है। 'गोदान' फ़िल्म प्रेमचन्द के उपन्यास पर भोला और होरी जैसे किसानों की सामाजिक, आर्थिक और पारिवारिक जीवन का वर्णन हैं, 'मंथन' फ़िल्म श्याम बेनेगल के निर्देशन में बनी हैं, जिसमें खेती और पशुपालन करके परिवार का पोषण करने वाले किसान परिवार की कहानी हैं। 'गाभरिचा पाइस' में आत्महत्या के लिए विवश किसान के जीवन का फ़िल्मांकन हैं, जिसमें अनावृष्टि से घर वाले इस कदर परेशान है कि कहीं घर का मुखिया आत्म-हत्या न कर लें। 'मर्दू थोड़ारची मालाई' फ़िल्म में खेत में काम करने वाले मज़दूर की कहानी दिखाई गयी है, जिसमें वह खेत का मालिक होने का सपना देखता हैं। फ़िल्म 'मदर इंडिया' में मां से लेकर किसान तक जीवन संघर्ष करते हैं, मगर साहूकार लाला किसानों को बेवकूफ बनाकर अंगूठा लगवाकर ज़मीन छीन लेता है और उसकी बुरी नज़र किसान परिवार के बहन-बेटियों पर होती है। अन्त ख़ूनी संघर्ष के साथ के कहानी का अन्त होता है। 'उपकार' सर्वश्रेष्ठ सफल फ़िल्म मानी गयी है। जिसमें लाल बहादुर शास्त्री का नारा 'जय जवान, जय किसान' साकार सिद्ध होते दिखाया गया हैं। 'पीपली लाइव' सरकारी व्यवस्थाओं पर करारा प्रहार करती है। जिसमें हास्य व्यंग कहानी को फ़िल्म का आधार बनाया है।

अन्त में, हरिश्चन्द्र पांडे के देशज के संपादक अरुण शीतांश द्वारा लिए साक्षात्कार में उनके उत्तर पूरे देश के किसानों की आर्थिक तंगी, बीमारी, अंधविश्वास, जातिवाद, धर्मभीरुता का प्रमुख अशिक्षा हैं, जिससे मैं पूर्णतया सहमत हूँ। अतः किसानों की अवस्था सुधारने के लिए हमें उनमें शिक्षा का प्रचार-प्रसार युद्ध स्तर पर करना होगा।

– दिनेश कुमार माली

तालचेर (ओड़िशा)

प्रयाग शुक्ल

जल के साथ जल हूँ

जल के साथ जल हूँ
खेतों तक उसे लाता हुआ

बीज के साथ बीज हूँ
उसे उगाता हुआ

हवा के साथ हवा हूँ
फ़सल के साथ लहराता हुआ

धूप के साथ धूप हूँ
धान पकाता हुआ

ठंड के साथ ठंड हूँ
पहरे पर जाता हुआ

दिन हूँ, रात हूँ
सुबह-दुपहर-शाम हूँ

अनथक बेचैन हूँ
आपका और अपना चैन हूँ

अन्न के ढेर लगाता हुआ
नन्हें दुधमुँहों के मुँह से
बड़े बुजुर्ग मुँहों तक
मैं ही तो हूँ
दुखी या मुस्कराता हुआ

आर्त-सा कुछ

(एक कविता मनजीत के लिए)

आर्त-सा कुछ
पसरा हुआ है एक पीला-
पीली धूप-सा।
या लाल, बिना सलवटों के
दमकता

वहीं हैं वहीं, कामधेनुएँ
सोचती बांसुरी की धुन में
अपना मौन, अपनी करुणा

आर्त-सा ही कुछ है
आर्त पुकार-सा ही कुछ-
जहाँ चलता है एक नट
संसार में बिन सहारे
रस्सी पर!

लेकिन अकेले नहीं-
सब तो हैं साथ : पशु-पक्षी-मानुष
वनस्पतियाँ फल-फूल

बदल भी लेते हैं अपनी जगहें
आने को एक-दूसरे के पास!
भरोसे से भरोसे में एक-दूसरे के
उजास! उजास!

नीरज सिंह

आम का पेड़ और सपने

1

हर साल आते हैं बौर
हर साल लद जाती है डालियाँ
मंजरियों से
और हर साल जवान हो जाता है
महंगू के दरवाज़े पर खड़ा आम का पेड़ ।

दरअसल
आम का पेड़ का जवान होना
ऋतुराज बसन्त के आगमन की
सूचना होता है
राजा के आने के पूर्व
जैसे भरे दरबार में गूँजने लगता है तुरही का नाद
आम्र मंजरियों की गन्ध का हवा में फैलना
कुछ वैसा ही होता है।

अगर वैसा नहीं होता
तब फिर क्यों
महगू की झुकी नज़र धीरे-धीरे सीधी होने लगती!
क्यों आँखों की चमक

क्रमश: तेज़ होने लगती?
क्यों दिखाई पड़ने लगती
खेतों में चारों तरफ़ फैली हरियाली
क्यों उसे लुभाने लगती चने की फलियाँ
क्यों उसे गेहूँ की बालियों का रंग
सुनहरा दिखने लगता
और क्यों
भूले बिसरे सपने हर रात उसकी आँखों
में डूबने-उतराने लगते?

2

शरद कालीन आँधी और वर्षा के
थपेड़ों से बचते संभलते बौर
जैसे जैसे लुभावने टिकोलो में
तब्दील होने लगते हैं
वैसे वैसे तीसी के नीले फूल भी
फलियों की शक्ल अख्तियार करने लगते हैं

धरती के अन्नपूर्णा बनते जाने की
इस प्रक्रिया के समानांतर ही
बलवती होने लगती हैं महंगू की कामनाएं

इस साल पाला नहीं पड़ा अगर
तो अठकट्ठवा खेत में खड़ी मटर
निहाल कर देगी उसे
कि मसूर के दाने खनक उठेंगे उसके आँगन में
गोया टकसाली सिक्के हो
कि चने और गेहूँ से भर जायेगी
कार्तिक से खाली पड़ी बखरियाँ
कि वर्षों बाद इस बार हो जायेगा

उसका सीना उतान और
इतरा कर चलेगी
उसकी बूढ़ी हो आई मेहरिया।

3

सचमुच सतुआन के दिन
निछक्के चने के सत्तू के साथ
परोसी गयी
दरवाज़े पर खड़ी खड़े आम की चटनी
तुष्ट कर देती है
महँगू के मन का कोना कोना

गुठलियों के क्रमशः कठोर होते जाने के साथ ही
दृढ़ होता जाता है उसके भीतर उग आया यह विश्वास
कि कठोर मेहनत
और
किस्मत के तालमेल से
सहज ही बदला जा सकता है
श्रम-सीकरों को बहुमूल्य मोतियों में;
कि उतारा जा सकता है अपने आँगन में स्वर्ग;
कि अपने सर को
हिमालय से भी ऊँचा किया जा सकता है!

4

समय बीतते भला कब देर लगती है
जो इस बार लगती?

खलिहान से उठकर घर आया अनाज
और दरवाज़े पर खड़ा आम का पेड़

अमृत फल टपकाने लगा ।
आँगन से उठती चूल्हे पर सिंकती रोटी की गन्ध
और
पके आमों की खुशबू से एकाकार हो
भर जाती मंहगू राम के नथूनों में;
फिर तो उसका मन
अश्वमेध का घोड़ा बन जाता
और पल भर में जीत लेता दिग्दिगंत!

'देखेगा! देखेगा
कि कौन बेट्टा महाजन आता है
इस बार दरवाज़े पर
और गालियों की चाबुक से
लहूलुहान कर जाता है उसका तन-मन!

देखेगा कि कौन माई का लाल
दहेज के अभाव में नहीं पीले होने देता
उसकी जवान बेटी का हाथ!
देखेगा-देखेगा इसबार मंहगू राम ।'

5

पता नहीं!
ऐसा क्यों होता है हर साल
कि जैसे-जैसे फलहीन होता जाता है
दरवाज़े पर खड़ा आम का पेड़
वैसे वैसे रीतती जाती हैं बखरियाँ;

महाजन का क़र्ज उतरते-उतरते
फिर चढ़ने लगता है
बाढ़ के पानी के सदृश;

तय होते-होते रह जाता है बेटी का ब्याह
और सीधी होते-होते
पहले से भी ज़्यादा झुक जाती है
मंहगू राम की कमर।

पता नहीं ऐसा क्यों होता है
कि हर साल रीत जाता है
दरवाज़े पर खड़ा आम का पेड़
और देखते-देखते उजड़ जाती है
महंगू राम के सपनों की दुनिया!
हर साल हर साल हर साल!

***सम्पर्क :* वीर कुंवर सिंह नगर, कतिरा, आरा, बिहार-802301**

सन्तोष चतुर्वेदी

मिट्टी की उम्मीद

वह जानता है कि
मिट्टी बड़े काम की चीज है
इसीलिए मिट्टी को वह सहेजता है

दूसरे देख कर उसकी
खिल्ली उड़ाते हैं
लेकिन किसान
इसकी परवाह नहीं करता
वह जानता है कि
मिट्टी में ही
एक को हज़ार करने की ताकत है

मिट्टी गढ़ती है चुपचाप
छांह की दुनिया
मिट्टी सिरजती है हर वक़्त
साँस की आकृतियाँ
मिट्टी के मोल को
पहचानता है किसान ही

आज जब
कोई सोना बटोरने में लगा है

कोई चाँदी
कोई लोहा बटोरने में लगा है
कोई हाँडी
किसान ख़ामोशी से
मिट्टी की उम्मीद
अपने मन में रोप रहा है

पेट भरने का हुनर

अनाज बेच कर
रुपया हासिल किया जा सकता है
रुपया खर्च कर अनाज ख़रीदा जा सकता है

रुपए में बहुत गुण है
कुछ भी खरीद सकता है वह
ज़मीन ही नहीं
जमीर को भी दास बना सकता है

लेकिन अनाज न हो अगर तो
रुपया पेट नहीं भर सकता

दुनिया का पेट भरने की हुनर
किसान के पास ही है
रुपए वाले का अपना ही पेट नहीं भरता
वह भला क्या भर पायेगा
एक भी किसान का पेट

किसान की हिम्मत

जितने की जरूरत होती है
उतना ही जुटाने में
लगा रहता है किसान
वह जानता है
एक एक दाने का मूल्य
वह पहचानता है भूख की गणित
इसीलिए कुछ भी
अतिरिक्त नहीं उसके पास

अभाव को स्वभाव नहीं बनने देता
किसी के सामने हाथ नहीं फैलाता
जूझता रहता है वह विकट परिस्थितियों में भी
वह जानता है कि
मौसम का कोई भरोसा नहीं
फिर भी मौसम पर यकीन करता है

किसान जानता है
कि अकाल पड़ सकता है
कि बाढ़ उसकी सारी मेहनत पर
पानी फेर सकती है
टिड्डी दल चट कर सकते हैं
चुटकी बजाते ही उसकी समूची फ़सल
फिर भी वह हार नहीं मानता

उसकी हिम्मत तो देखिए
हर नकार को नकारता है वह
हर भरोसे को स्वीकारता है वह
और खेत में बो देता है फ़सल

किसान का स्वभाव

ये सिर्फ़ धान ही नहीं
किसान के स्वाभिमान हैं
झुकी बालियां बता रही हैं
किसान का स्वभाव
पीला रंग बता रहा है
किसान की हालत

खिले हुए हैं जब से धान
दलालों, ठेकेदारों, जमाखोरों
और बनियों के खड़े हैं कान

किसान भोला भाला नहीं
पता हैं उसे जमाने की सारी चालाकियां
फिर भी
धान है तो
मान है, सम्मान है
कुदरत का सुखद गान है

किसान को सब पता है

जब तक खेतों में उगते रहेंगे धान

जल से भरी धरती पर
धान ही वह अन्न था
जो जद्दोजहद कर पाया

पहला अनाज था वह
जिससे परिचित हुआ मनुष्य

खेती की दुनिया में
साकार किया मनुष्य ने धान को ही
और तभी से धन के साथ जुड़ गया यह धान्य

कहते हैं
शुरू शुरू में धरती और आकाश
पास पास हुआ करते थे
इतने पास कि
अपने हाथों से कोई भी छू सकता था आकाश
धान कूटती एक स्त्री के मूसल का सिरा
टकराया जब आकाश से
तब दूर बहुत दूर चला गया आकाश

हमारी परम्पराओं से आज भी
शिद्दत से जुड़ा
है धान
और रिश्ते जोड़ने में
यही आता है काम

जब भी मिलते हैं
आपस में दो लोगों के धान
उनके प्राण जुड़ते हैं
एक-दूसरे के साथ
धान के लावा की तरह
फैलती जाती है वंश बेल, यश, कीर्ति

धान हैं तो पुआल है
पुआल है तो जीवन की ऊष्मा है
धरती पर बचे रहने का करिश्मा है

मुनादी कर रहे हैं किसान
कि जब तक खेतों में उगते रहेंगे धान
तब तक बचा रहेगा
मनुष्यता का सम्मान

सम्पर्क : मो.नं. : 9450614857

पूनम सिंह

कीड़ा मकोड़ा

हाय धनिया!
यह क्या हो गया?
फेफड़े की सारी ताक़त झोंक कर
जिस खेत को ख़ून से सींचा था
वह धरती निपूती कैसे हो गयी धनिया?

जीते-जी मर गये हम तो
भूख-प्यास आस साँस
सब दाँव पर लगा कर की थी
जिन सतरंगे सपनों की रखवाली
उन सपनों को किस जहरीली हवा ने
झुलसा दिया धनिया?

धरती के सात परतों के नीचे
कहाँ दब गया वह बीज?
किस पाताल पानी में बह गया
हमारी देह का सारा नमक?

हाय धनिया! बैलों के साथ जुतकर
कितने हौसले से तोड़ी थी मैंने
अधिया पर ली मालिक की ज़मीन

साहु से उधार लेकर ख़रीदा था विदेशी बीज
हाय! किस तरह पेट में कनकिरबा (बच्चा) का बोझ उठाये
निहुर-निहुर की थी तुमने धन रोपनी?

सोचा था इस बार अगहन की खुशियाँ लेकर
आयेगा मौसम हमारे घर तो
महाजन के सब क़र्जे चुका दूँगा
अपनी धनिया को धानी चुनर पहना
शहर घुमाऊँगा

पर हाय! आँखों के सामने ये कैसा मंजर है?
धान के लहलहाते पौधों
मक्के के झुमते बालों में
कहीं नहीं है एक भी दाना

दलालों ने भर दिया है
राजा का ख़ज़ाना
अब मैं क्या करूँ धनिया?
क्या करूँ?

आँखों के सामने
हमारी गरीबी की यह कैसी
तस्करी हो गयी धनिया?
हाय! अपनी फरियाद लेकर मैं कहाँ जाऊँ
किससे कहूँ
कौन सुनेगा दलालों के इस देश में
निहत्थे दुःखों की गूँगी चीख़?

सुन धनिया सुन
मेरा कहा गौर से सुन

अनथक जीने की इच्छा अब छोड़ दे
यह हमारे दु:ख की आख़िरी मंजिल है
इसके आगे अब कोई राह नहीं
भूख से बिलबिलाते
अपने बच्चों के खाली कटोरे में
सल्फस की टिकिया रख दे
खा ले तू भी
मुझे भी दे दे
हम गरीबों से बड़ा नहीं है
इस देश में कोई दूसरा
कीड़ा-मकोड़ा

लोहे का गुलमोहर

(किसान आन्दोलन के समय कील ठोकी गयी राजपथ की सड़कों को देखकर)

इस खतरनाक समय से
लोहा लेने के लिए
ज़रूरी है कुछ खतरनाक हथियार
तुम्हारे पास भी हो
तुम्हें मालूम होना चाहिए
लोहे गलाने की कला
फिर गले लोहे को
इस्पात में ढालना भी
आना चाहिए तुम्हें

आओ
लोहे के गर्म अक्स की महक
फेफड़े में भर कर
इस लौह कपाट को गलाओ
याचक की प्रार्थना से

जड़-जंगम नहीं गलता
क्रूरता और दमन की चक्की
हिम्मत और हौसले से टूटती है
तोड़ो बन्द कारागार
इसके भीतर बेआवाज़
दु:खों का बसेरा है
डरे हुए दु:खों में
साहस की तपिश भरने के लिए
ज़रूरी है बोरसी की आग
और लोहार की भट्टी में एकसाथ
धौंकनी की फूँक मारना

देखो
किस तरह सुलग उठी है
धुँआती बोरसी
पथराये होंठों पर खिल गये हैं
लाल गुलमोहर के फूल
त्वचा के रन्ध्र से फूट रही है
गर्म अक्स की महक
हौसले की भट्टी में तप रहा है
लोहे का गुलमोहर

इस तमतमाये गुलमोहर के साथ
शूलबद्ध अपने पाँवों को देखो
और याद करो उस मुहावरे को
सौ चोट सुनार का
एक चोट लुहार का

सम्पर्क : मो. नं. : 9431281949

कैलाश मनहर

धरती को बचाने

हाथ में कुदाल उठा कर
घर से जाते हुये कह रहा था वह
मैं तुमसे बहुत प्रेम करता हूँ प्रिये!
किन्तु जिससे तुम भी बहुत प्रेम करती हो
उस धरती को बचाने के लिये और
बचाने के लिये अपने लहलहलहाते खेतों को
आने वाले कल के वास्ते
बचाने के लिये अपनी खेतियों के बीज को
मैं जा रहा हूँ मेरी महबूबा!
उसका रोम रोम प्रफुल्लित हो उठा

जब कहा उसकी प्रियतमा ने
जाओ मेरे प्रियतम!
जाओ मेरे महबूब!
हमारी कामयाबी के लिये मैं दुआ करूँगी
हमारा प्रेम कभी नष्ट नहीं होगा
जब तक रहेगा भविष्य के लिये बीज

खेतों में लहलहायेंगी जब तक सुनहरे धान की फ़सलें
और जब तक रहेगी यह धरती

हमारा प्रेम बना रहेगा मेरे प्रिय
मैं इन्तज़ार करूँगी तुम्हारा
कि तुम आओगे हम धरती पुत्रों के विरुद्ध बने

काले क़ानूनों को रद्द करवा कर
मैं तुम्हें अपने मस्तक पर एक गहरा चुम्बन दूँगी
हमारा प्रेम बना रहेगा शाश्वत

और समाप्त हो जायेगा एक दिन यह
काले क़ानून का अँधेरा
जब हम गिध्दा नाचेंगे समूचे गाँव के साथ
वैशाखी की चटख धूप में बेफिक

सरकार के घुटने टेकने तक

जामुनी फूल लेकर जाऊँगा
तुम्हारी भाभी के जूड़े में लगाने के लिये
और बेटे के लिये
रबर के नाड़े वाला नेकर लेकर जाऊँगा
ये काले क़ानून रद्द होते ही
अपने लिये नयी पगड़ी भी खरीदूँगा
और बेटी के लिये लेकर जाऊँगा
बटन से चलने वाली गुड़िया

रात के लंगर में दाल-चपाती खाते हुये
कह रहा था हवा सिंह
भगत सिंह का एक फोटो भी लेकर जाऊँगा
बाहरी बैठकी में टाँगने को
कि उनका ही तो हाथ है हमारे माथे पर

सुबह बार बार झिंझोड़ कर जगाने के बाद भी
चाय के लिये नहीं उठा हवा सिंह
सहन नहीं कर सका बर्फ़ीला जाड़ा
और चल बसा अपने सपने दिल में ही लेकर

अब यह लड़ाई नहीं रुकेगी
तीनों काले क़ानून ख़त्म होने तक
कहा छोटे सिंह ने
जिससे कही थी अपनी इच्छायें हवासिंह ने
दस ट्रोलियाँ और भर कर आ रही है साथियों की
इन्कुलाबियों का यह जाँबाज हुजूम
बिल्कुल नहीं मानेगा
सरकार के घुटने टेकने तक

सम्पर्क : मो.नं. : 9460757408

नीलोत्पल

किसान मोर्चे पर है

1

जन्म के पहले सिर्फ़ खेत थे
जन्म के बाद सिर्फ़ बिजलियाँ होंगी
जो आधी-आधी रात गरजतीं रहेंगी
खेत तभी बचेंगे, हल ज़मीन पर चलेंगे

चाहे हल की फाल ज़मीन में उतरी हो
चाहे मौसम की मार अधिक गहरी हो

चाहे कुएँ सूखे कालीचाट भरे हो
चाहे फ़सल आधी, पाला जमा हो

किसान मोर्चे पर है

2

अन्नदाता की रोटी खाकर
आप चुप रहे

अन्नदाता की आत्महत्या के समय
आप चुप रहे
फ़सल की तबाही देखकर

आप चुप रहे

यहाँ तक की परमाणु बम गिरा तब भी
आप चुप रहे

आप हमेशा से चुप थे
आप एक बेकार चुप से ज़्यादा कुछ नहीं

3

किसान के जीवन के सच
बीज
मिट्टी
पानी

किसान के जीवन में अन्याय
क़र्ज़ सूखा
पाला

किसान की खुशियाँ
ब्याह
बुवाई
फ़सल

किसान के जीवन में दुख
ज़मीन का बिकना
खेतों का बंटवारा
कुएँ का सूखना

4

मैं किसी ऐसे किसान से नहीं मिला
जो मिट्टी के स्पर्श हो पहचानता ना हो

उनके हाथों ने हमेशा
मिट्टी के दस्ताने पहने होते हैं

जैसे भीगी सुबह
खेत कोहरे की दुशाला ओढ़े हो

जिसने बीज में ही भविष्य देखा हो
वह प्रतीक्षा और धैर्य का
सच्चा पेड़ है

5

यह ख़त्म होते साल की
उदास पंक्तियाँ हैं

यह सर्द रातों में
मुँह में जमी भाप की
खामोश सहर है

मैं तुम्हें तब तक शुभकामनाएँ भेज नहीं सकता
जब तक एक एक किसान
घर नहीं लौट जाता

यह एक सच्चाई है
जो हर दिन पुन: उठ खड़ी होती है
किसान हमारी हथेली पर
उम्मीदों का बीज रखता है

6

न्याय माँगता किसान
उन उम्मीदों को नहीं छोड़ता
जिसे बनाने में
वह सदियों हल को
अपनी पीठ पर
कच्छप की तरह ढोता रहा

पीठ ही
इकलौती गवाह है
उसके सम्मान की

वह उस सरकार के साथ नहीं जाता
जो अन्त में उसे
छल से
पुरस्कृत करती है.

7

अगर ऋण पैसा देने से उतर जाते तो
हमने बरसों नमक, अनाज
और शिक्षा के दाम चुकाए हैं.
देश के लिए अनेकों टैक्स भरे.

अगर किसी के प्रेम का मूल्य चुक जाता
हम दिलों को संस्पर्श करने के बजाय
बाज़ार से फूलों की ढेरों लड़ियां ले आते

अगर दाम चुकाने से किताबें समझ आ जाती
तो

हम उन्हें अपने भीतर नहीं बसाते
माता पिता को अगर धन दौलत से नवाज़ते तो
हर घर अनाथालय हो गया होता

गोदाम भरने से अन्न देवता को
प्रसन्न किया जा सकता तो
गुलामी की नयी तहरीरें लिखी जा सकतीं

मिट्टी से उरिन होना असम्भव है

8

जीवन में रोटी खाना
उस वक़्त अपराध लगता है
जब उसे बनाने और उपजाने वाले हाथों में
छाला उभर आये

रोटी का कौर
मुँह में जाने से पहले
हाथ थरथराएँ
सिर्फ़ छाला नहीं दिखें
छाले की संक्षिप्त कहानी भी पढ़ी जाये

9

अगर आपका किसानों से मोहभंग हो गया है
कोई बात नहीं

आप पहले की तरह दुरुस्त रहें
आपने उनका इतना साथ दिया
यह भी काफी है

वे हमेशा मिट्टी को रोटी बनाने में मुब्तिला रहे
उन्हें इल्म नहीं था
कि बदलाव के दिनों में
रोटी तोड़ने वाले हाथ
नहीं होंगे उनके साथ

नदियों के उफ़ान में
अब वे अकेले ही तैरते रहेंगे
बेशक वे बिना इलहाम के जिएंगे
मगर कभी कभार ख़बर पढ़ते रहिएगा
उनकी मजबूरी और आत्महत्या की.

खुश रहिए
अब बुरे स्वप्न आपको कभी नहीं आयेंगे

10

सबसे अन्त में
भरोसा करना होता है

एक बीज ज़मीन में
दबे रहने के बाद भी
अपनी विश्वसनीयता नहीं खोता

बारिश की उम्मीद में
बीज लगाना
किसना का भरोसा है

11

खाली पड़े खेतों में
बिजूका की ज़रूरत नहीं होती

सूखे कुएँ में
सीढ़ियाँ ज़रूरी नहीं होती

बिना हल के
ज़मीन एक खालिस टुकड़ा है

जिन्हें मेंढ़ लगाना नहीं आता
वे घर में एक डूबा हुआ घर नहीं देख पाते

जिन्होंने हरी धनिया, मिर्च, प्याज की चटनी
और सूखी रोटी को नहीं चखा
वे अन्तिम आदमी तक नहीं पहुँच सकते

12

कविता में रोटी नहीं
रोटी की गन्ध है

कविता में खेत नहीं
खेत के गीत हैं

कविता में किसान नहीं
किसान की दास्तान है

13

सरकार से बेहतर झूठ
किसी के पास नहीं होता
लेकिन उसमें एक कमजोरी है
वह झूठ को झूठ से ढांकती है

अन्त में
उसका झूठ
हाथ की सफाई के अतिरिक्त
कुछ नहीं रह जाता

14

ताकत से दबायी गयी हर चीज़ में
ऊपर से देखने पर कुछ नज़र नहीं आता

इतना सच भी नहीं दिखता
कि सच में उसकी हत्या हो चुकी होती है

हम छिपाए गए नेरेटिव में
अपना भविष्य ढूंढ़ते हैं

15

सदियों शिकार करने वाले इंसान
ने जब पहली बार जाना
कि एक दिन वह भी मारा जायेगा
तब उसने प्रायश्चित के तौर पर
खुद को भूखा रखा होगा
यह उसका पहला साक्षात्कार था

जीवन का पहला ककहरा
जितना माँ ने सिखाया
उतना भूख भी सिखाती रही

भूख की लम्बी जद्दोजहद में
जब पहली बार अनाज उगाया
वह नहीं जानता था

अन्न भी ईश्वर है
उसने इसी ईश्वर को
सर्वत्र फैलाया
उसकी सुन्दर परम्परा
जब चारों ओर फैल गयी
लगा
जीवन का पहला कवि
धरती पुत्र रहा होगा
जिसने शब्द और अनाज
जीवन और हल का फासला
एक ही तरीके से जाना

16

कोयला बुझकर
अन्त में राख हो जाता है
मन्दिर की सीढ़ियाँ ठण्ड से जमी रहती हैं
कुएँ का खालीपन
बाल्टी की आवाज़ को भूल चुका होता है
किले की सबसे ऊँची दीवार
रोशनी के अन्तिम पहर छोटी हो जाती हैं

17

कोई भी किसान का दु:स्वप्न नहीं जानता
कैसे वह आधी रात चौंककर उठता है
जब उसे याद आता है अचानक
खेत अभी प्यासे हैं

आधी रात आधे संसार के साथ
सोयी रहती है

आधी रात जीवन का
सबसे लम्बा पहर होता है

आधी रात राजा की नींद जैसी होती है
जब उसके चारों तरफ़ गहरा सन्नाटा पसरा होता है

इस आधी रात में ठण्ड अधिक है
और कोयले बहुत कम
इस आधी रात में
महाजन का खर्राटा जोर से गूँजता है

खेत अभी प्यासे है
आधी रात किसान कंपकंपाता है

18

हमारी मनुष्यता एक विदग्ध फ़सल है
जिसे हर बार नए ढंग से उगाना पड़ता है

19

मैं पेड़ में अपने पुरखों को देखता हूँ
जैसे हल में किसान का अक्स

पिताजी कहते थे
घर के आसपास पेड़ों की मौजूदगी
हमें उस स्वप्न से जोड़ती है
जिसे अनन्त आँखों ने सँजोया था
हमारी निरन्तरता का स्वप्न

मैं खेत की डाँगर पर उगे
उस पेड़ को देखता हूँ

जिस पर हल की फाल इस तरह टिकी है
जैसे एक किसान (पुरखों के भेष में) अलसायी दोपहर
आराम से लेटा है

इस दृश्य में विलीन होती मेरी आत्मा
मानव इतिहास को
शिकारी से कृषक हो जाने तक
महसूस करती है

20

जाड़े की सर्द रात में
जब खेतों में पानी छोड़ता है किसान
ठिठुरती पाले और कंपकंपाती मेंढ़े
किसान के मुँह से निकली गर्म भाप के सहारे
ठण्डी रातें काटती है
उन्हीं रातों में

एक रात यह दर्ज होता है
जिसे कोई किताब लिख नहीं पाती
जब सारी लालटेनें बुझ जाती हैं

यह गर्माहट सबसे बड़ी अंगीठी है

21

बरसों एक कील पेड़ की आत्मा में धंसी होती है
लेकिन वह हमेशा मुस्कुराता है
उसे पता है उसकी पीड़ा
एक दिन कील गाड़ने वाले की
हथेलियों में उग आयेगी

एक कील ईसा की हथेलियों में
धंसी है सदियों से
लेकिन वह क्षमा को याद रखते है

काठ की मेख से बंधा पशु
उसके चारों ओर घुमता है
बीच-बीच में मुक्त होने की सोचता है

अन्त में जब थक कर बैठ जाता है
तो वह मेख गाड़ने वाले को याद कर रो देता है

इन दिनों सैंकड़ों कीलें
दिल्ली की सरहदों में उग आई है।

जिद्दी किसान इन कीलों को
फ़सल में बदल देना चाहता है

22

कच्ची मिट्टी के सकोरे में पानी भरकर
चारों दिशाओं में रख देने से
जितनी जल्दी सकोरा टूट जाये
अच्छी बारिश की उम्मीद बँध जाती है
किसान जानता है

जेठ, आषाढ़, भादों, सावन
इनके नाम की गूँथी
मोती रोटी के तड़कने से
मानसून अच्छा होता है
किसान जानता है

गेहूँ, तिल, बाजरा, चना, ज्वार, मुँह, उड़द, जौ
एक थाली में पहाड़ की तरह रख कर
गुड़ की एक छोटी डली पर
जब पहली बार मक्खी बैठे गुड़ पर
समझो पैदावार क्रमिक तौर पर बेहतर होगी
किसान जानता है

आखातीज पर चलने वाली हवा का रुख जानकर
मानसून को पढ़ना
किसान जानता है

लांगड़े नृत्य
अकाल और बारिश की कमी
गोलवरी नृत्य
अच्छी बारिश का धन्यवाद करता आदिवासी
किसान जानता है

बरसों के अनुभव और अनगिनत परम्परा की
अथक साधना से सम्पन्न
तुम्हें समझना
धरती को समझना है
दुनिया की कोई किताब
अनुभव से बड़ी नहीं

किसान जानता है

23

सत्ता का एक विपक्ष होता
किसान का विपक्ष किसान ही है

सत्ता विपक्ष से लड़ती है
उसे जिम्मेदार ठहरा सकती है

सत्ता के लिए यह एक नारा है
'जय जवान जय किसान' 'किसान हमारा अन्नदाता है'

किसान एक सफल पराजित व्यक्ति है
वह हमेशा बारिश की प्रतीक्षा में होता है

24

किसान छात्र शिक्षक
पता नहीं
अभी कितने और देशद्रोही साबित होंगे

कितने देशभक्त कहलाने के लिए
अपने ही लोगों के ख़िलाफ़ होंगे

कितने ही माथे की जूएँ खुजाते
विमर्शहीन होंगे

मुर्गों सी चोंच लड़ाने वाले
कितने मूर्ख किताबों को रुसवा करेगे

यह देखना बाकी रहेगा
ऊँचाई से गिरकर
कितनी क्षुद्रताएँ महान साबित की जायेंगी

25

उसकी पीठ पर हल
एक सूत्र वाक्य की तरह
गूँथा हुआ है

उसे कभी बताया नहीं गया
वह जब भी कन्धे से हल उतारता है
जैसे मृत्यु से जीवन अलग करता है

खेत जोतते समय
हम उसे दो नहीं
एक ही ढब से
मिट्टी में उतरते देख सकते है

26

बरसों बाद भी
न वाटर कैनन की बौछारें रुकी
न लाठियों से दूध निकला
न किलों से कोई करुणा बरसी

उठी दीवारों ने
मानवता का कोई पाठ नहीं पढ़ाया
न ही कोई टेलीफोन मसीहा बना

चारों ओर सिर्फ़ चुनावो का शोर था
सब ओर भाषण-संभाषण के दौर थे

जो जहाँ था वही पर
अटक गया

दिन पहले ही की तरह कठोर थे

27

यह रोटी की पुकार है
यह रोटी का संघर्ष है

यह रोटी का सच है
यह रोटी का तप है

यह रोटी का प्रेम है
यह रोटी की भूख है
यह रोटी का स्वप्न है
यह रोटी की हार है

28

जब राजा और देवता हार गये
तुमने धरती का भार सँभाला

तुमने छल भी किए तो इतने
जहाँ अन्न ही अन्न में मिलता रहा

जीवन से अधिक
मिट्टी से राब्ता रहा

जब भी शिकस्त खायी
सिर्फ़ खुद को चोट पहुँचायी

29

कान उस वक़्त बहरे होते हैं
जब वे सुनकर
अनसुना होने की दक्षता पा ले
सरकार ऐसी ख़ूबियों से लैस होती है

किसान भाई क्या तुम
ऐसा कोई मन्त्र जानते हो

30

तुम्हारी ख़ामोशी
हर पत्ता जानता है
मिट्टी तुम्हारे आँसुओं को
हमेशा जगह देती आई है

जड़ें तुम्हारी बेबसी को
अच्छे से ओट लेती हैं

उतारे गए फ़सलों के गट्ठर
तुम्हारी थकान पहचानते है

रास्ते के मेंढ तुम्हारे क़दमों की
लिपि हर दिन पढ़ते है

बादल भी तुम्हारी निस्तब्धता को समझता है
बरसने से पहले तुम्हारा अनुनय स्वीकार करता है

भूख से कुलबुलाता बच्चा
रोटी का कौर मुँह में जाते ही
शान्त होने लगता है

दरअसल
वह शान्ति ही तुम्हारे लिए
कृतज्ञता जाहिर करने का
एक माक़ूल तरीक़ा है

31

प्रलय के समय

राजा सत्यव्रत ने नाव में
किसी तरह के आयुध या शस्त्र नहीं रखे

उन्हें भान था
किसी तरह के शस्त्र से दुनिया नहीं बचेगी
इसलिए अगली पीढ़ियों को सौपने के लिए
नाव में औषधियों और बीजों को रखा
किताब और आलोक को जगह दी

यह प्रकृति से मिलने वाली
किसान का
आरम्भिक बिन्दु था

32

तुम अपने ही धर्मग्रन्थ से
कुछ नहीं सीख पाये

कंस जैसे आततायी राजा को
कर के रूप में
दूध, दही, मक्खन और अनाज को देने से
मना करने वाले कृष्ण ही थे

यह पहला विद्रोह था

33

चारों ओर अजीब सन्नाटा है

सरहद पर बैठा किसान
मन ही मन गुनगुनाता है

यह दुनिया खेत में पड़ा
बह बीज है
जिसे ज़मीन में नहीं
पहले भीतर उगाना पड़ता है

34

एक किसान की आत्महत्या
उसके जन्म से पहले शुरू होती है

उसकी निस्तब्धता को
सबसे पहले खेत समझता है

वही आरम्भ होती है
जीवन से संघर्ष की कहानी

यद्यपि इसमें मृत्यु कहीं नहीं है
पिघलते शीशे की तरह ढली ज़िन्दगी है

जैसे झरे फूलों की आवाज़
कोमल से कठोर होती जाती है

प्लेटफार्म से दूर होती गाड़ी
विदा की नमी को सोखती चलती है
जब एक पिता अपने बेटे को
क़र्ज युक्त ज़मीन सौंपता है

एक बेटा अपनी पिता की याद में
यही विरासत पुनः छोड़ता है

सम्पर्क : मो. : 09826732121, 7987725125

विहाग वैभव

ईश्वर को किसान होना चाहिए

ईश्वर सेनानायक की तरह आया
न्यायाधीश की तरह आया
राजा की तरह आया
ज्ञानी की तरह आया
और भी कई-कई तरह से आया ईश्वर

पर जब इस समय की फसल में
किसान होने की चुनौतियाँ
मामा घास और करेम की तरह
ऐसे फैल गयी है कि
उनकी जिजीविषा को जकड़ रही है चहुंओर
और उनका जीवित रह जाना
एक बहादुर सफलता की तरह है
तो ऐसे में
ईश्वर को किसान होकर आना चाहिए
(मुझे लगता है ईश्वर किसान होने से डरता है)

वह जेल में
महल में
युद्ध में
जैसे बार बार लेता है अवतार

वैसे ही उसे
अबकी खेत में लेना चाहिए अवतार

ऐसे कि
चार हाथों वाले उस अवतारी की देह
मिट्टी से सनी हो इस तरह कि
पसीने से चिपककर उसके देह का हिस्सा हो गयी हो
बमुश्किल से उसकी काली चमड़िया
ढँक रही हों उसकी पसलियाँ
और उस चार हाथों वाले ईश्वर के
एक हाथ में फरसा
दूसरे में हँसिया
तीसरे में मुट्ठी भर अनाज
और चौथे में महाजन का दिया परचा हो
(कितना रोमांचक होगा ईश्वर को ऐसे देखना)

मुझे यकीन है ईश्वर महाजन का दिया परचा
किसी दिव्य ज्ञान के स्रोत की तरह नहीं पढ़ेगा
वह उसे पढ़कर उदास हो जायेगा
फिर वह महसूस करेगा कि
इस देश में ईश्वर होना
किसान होने से कई गुना आसान है

सृष्टि के किसी कोने
सचमुच ईश्वर कहीं है
और वह अपने अस्तित्व को लेकर सचेत भी है
तो फिर अब समय आ गया है कि
उसे अनाज बोना चाहिए
काटना चाहिए, रोना चाहिए
ईश्वर को किसान की तरह होना चाहिए ।

यह कविताओं को खेतों में जोतने का समय है

प्रिय आयोजक!
उपकृतता के दम्भ से लबालब
आपका कविता पाठ का निमन्त्रण मिला
शुक्रिया,
पर क्षमा करें नहीं आ सकूँगा, अक्षम हूँ

नहीं, ऐसी कोई खास व्यस्तता नहीं है,
बस एक अधिक ज़रूरी काम आन पड़ा है
मैं मेरे कवि को लेकर एक
विरोध प्रदर्शन में शामिल होने जा रहा हूँ ।

असीम पुरातन घृणा की जायी देश की सरकार ने
मेरे पाठकों और विरोधियों और नागरिकों को
अपने ही देश की नागरिकता के सुबूत माँगे है

मेरा एक पाठक बेघर है, जिसके
पुरखों को पिछली सरकार ने गोकुशी के संदेह में
कत्ल कर डाला था
मुझे उसके लिए जाना होगा

मेरा एक विरोधी है जिसके
एकलौते तीन डिसमिल खेत के काग़ज़ात को
ठाकुर ने जाति के आग में जला डाला था
मुझे उसके लिए जाना होगा

एक और शख़्श है जिससे
मनुष्य के अलावा कोई अतिरिक्त रिश्ता नहीं है
वह मुम्बई, कोलकाता, सूरत, नोयडा, कानपुर

बनारस, हैदराबाद कहीं भी
वह कहीं भी आपको दिख सकता है

अपनी नाजुक गुलमोहर सी बच्ची की
लाल चोटी के लिए
तीन रुपये के रिबन का मोलभाव करता हुआ
वह किसी भी नुक्कड़, किसी भी ठेले पर
आपको दिख सकता है

अन्न की भूख मृत्यु को बहुत हरामी बना देती है
यह कविताओं को खेतों में जोतने का समय है

चिमनी से उठता काला धुंआ
मजूर के परिवार के फेफड़े में
काली खाँसी की तरह जमता जाता है
यह कविताओं को कारखानों में
नाधने का समय है

भूख के युध्द से बची हुई शक्ल
शहर के भीड़ में बंजारा हो जाती है
और सात समन्दर घृणा के विष से जन्मी सरकारें
बंजारा होने को देश के लिए ख़तरा बताती है

यही सही समय है कि मनुष्यता के हक़ में
मेरी कविताएँ रक्तदान करें
यही सही समय है कविताएँ इस ग्रह पर
मनुष्य के आदिम बाशिन्दगी के हक़ में
गवाही दें और अपने होने का मूल्य अदा करें

हर कविता भाषा के कोष से

मनुष्य का लिया हुआ उधार है
जब कविताओं की सबसे ज्यादा जरूरत
सड़कों पर उतर आये मेरे साथियों की थरथराती आवाज़
और तनी हुई मुट्ठी को है
तब आपके सभागर में कालजयिता के लोभ का पाठ
करती हुई मेरी कविताएँ बेहद अश्लील दिखाई पड़ेंगी महोदय
आपके निमन्त्रण में दस हज़ार का वादा है

दस हजार से याद मुझे आता है–
पुश्तैनी पीड़ाओं के संग्रहालय, वहाँ मेरे गाँव में
खून के रिश्ते से इतर मेरे एक चाचा थे
कहने को तो कमाने गए थे सूरत
पर सरकार की नालायकी छिपाने के लिए
खून बेंचकर घर इतना ही पैसा भेजा करते थे साल दर साल
वे तो नहीं लौटे, उनकी लाश लौटी
उनकी आठ साल की बेटी को चीख-चीख़कर
धरती की छाती फाड़ते हुए मैंने देखा था श्रीमान
मनुष्य के ख़ून के साथ इससे भद्दा मज़ाक
क्या हो सकता है महोदय

धार्मिक परिभाषाओं के इतर
आत्मा नाम की एक चीज़ होती है
इसके पहले की मेरा ईमान मेरी आत्मा को
सत्तर चाकू गोदकर मार डाले
मुझे इस शान्ति-मार्च में जाना होगा
मुझे हर उस विरोध-मार्च में जाना होगा जहाँ
कविताओं के बाहर इंसान का निचाट बदन
लाठीचार्ज झेल रहा है
जैसा कि पिछली सदी के एक कवि ने कहा था
मनुष्य कविताओं-फविताओं से बहुत बड़ा है श्रीमान

मनुष्य कविताओं से बहुत पहले का है
वह कविताओं के बहुत-बहुत बाद तक रहेगा

यही सही समय है कि मैं अपने कवि को लेकर
खेतों में नध जाऊँ
सड़कों पर उतरूँ और सरकार से लड़ जाऊँ
फिर फ़र्क़ नहीं पड़ता जीतूँ या मर जाऊँ ।

राजवंती मान

माटी के लाल

मेरे पुरखों ने अक्षरों की खेती नहीं की
उन्होंने नहीं पिरोयीं
अपनी मर्म पीड़ाएँ
मासूम संवेदनाएँ
वर्णमाला के सूत्रों में

वे परोपकारी, बेखबर मिट्टी गोड़ते रहे
उगाते रहे नयी नस्लों की प्योंद
धरती को रंगते रहे
कभी लाल, कभी हरी
राजे की उपेक्षाओं से बेपरवाह

नये बीज रोपने
निकल जाते रहे मुँह अंधेरे
शब्दों की काराओं से परे

लेकिन इसका अभिप्राय यह नहीं
कि दर्ज ही न हों इतिहास में
उनके तजकिरे, उनकी मजबूरियाँ
न लगाया जाये कोई हिसाब

कितनी जानें लेलीं
गणित की फांसियों ने
कितनों ने पी लिया वह जहर
जो कीड़ों- कमियों के लिए था
पगडंडियों पर चलते चलते रुक गए कदम

नहीं, यह सब कुछ नहीं दबाया जा सकता
कालीनों तले
उन्हें देखना है उनके हिस्से का आकाश
माँगनी है उनके हिस्से की मुट्ठी भर धूप
जाँचने हैं ब्याज और मूल के रजिस्टर
खँगालने हैं वे बही खाते
जो तिजोरियों में बन्द हैं
बन्दिशें ढीली करनी हैं

उनके श्रम के मतीरे को
झाबे पर मत धरो
चखने दो उन्हें उसकी मिठास

इन कमेरे हाथों की
कई पुश्तें बीत गयीं
ओक से खारा पानी पीते
उगा दी गयीं इयत्ताओं की परिधियां
उनके इर्द गिर्द
मुंडेर को छूकर
लौट जाती रहीं रश्मियां
लिखा जाता रहा
उनकी संवतों का विवरण
बन्द कमरों में
यह हदें टूटना ज़रूरी है

निकलो! इतिहास को मथने निकलो
खंगालो 'बेमाता' तक के लेख
वो सारी नेमतों की पोथियाँ
बिछाओ अपना कैनवस
और लिखो
तुम्हें चाहिए
तुम्हारे हिस्से की मुट्ठी भर धूप
ओ माटी के लाल !

धरती पुत्र

एक ही तरह नहीं आती मौत
कई तरह से आती है
कई दिशाओं से आती है
विस्मित धार सी
तेज बौछार सी
मन्दसौर की गोलियों जैसी

दीमक की तरह घर की चौखटों में घुस कर
कतरा कतरा कुतरती
कर्ज, दुर्घटना, आत्महत्या,
विलाप, प्रलाप, सूखा, सैलाब
सब उस मौत का सामान हैं

ज़रूरी नहीं कि मौत का अर्थ प्रस्थान ही हो
जीते जी भी मरते हैं
जब दिल्ली की सड़कों पर कंकाल उठाये रिते हैं
कोई परखनली, कोई कीमियागर
उनका नाभिक ताप नहीं जाँचता
विकट रास्तों का आंकड़ा बढ़ रहा है दिनों-दिन

मौत की पांडुलिपियाँ एक ही तरह नहीं रची जातीं
नहीं होती यात्राओं की कहानियाँ भी एक जैसी रंग भी जान लेता है:
भूख भी लेती है;
बन्द खिड़कियाँ भी;
कर्ज की कैंचियाँ भी

उत्तरी ध्रुव से आती सर्द हवाएँ निरंकुश हैं
धंसा देती हैं आदमी को ज़िन्दा ज़मीन में
बेपरवाह अन्धे ढोल बजते हैं
मजमें लगते हैं, पर्यटन खिलते हैं
लाशों के बाज़ार में

ताबूतों के मातमी गीत गूँजते हैं
इन कविताओं की ज़मीन में
और आखिर तक गूँजते रहेंगे
बेमौत मरे धरती पुत्र के प्रलाप
कि वे चाँद रात की अँगड़ाईयाँ से नहीं झुलसे
उन्हें सूरज की बेरुखी ने फूँका है !

खेत से

मैंने अपने पुरखों को
मुँह अंधेरे बैलों को टटकारी देकर
खेतों में जाते देखा है

जेठ की दुपहरी और पोह की सर्द रात से
हमेशा उनका मल्लयुद्ध रहा है
किसान का पूरा कुनबा लड़ता है
लोहे और स्वेद की जंग

उन हथेलियों में सूखे माँस के
अकाट्य टीले देखे हैं मैंने

हमेशा प्रिय लगती हैं
वो कठोर हथेलियाँ
बेरंग माटी में हरा रंग उगाती
जो उनके जीवन में कभी नहीं खिलता

ठण्डी खिड़कियों में जब तुम
उस पसीने का भाव
अठन्नी-चवन्नी में लगाते हुये
द्वन्द्व में उलझते हो
उन धमनियों में रक्त प्रवाह तेज़ होता है

वे जब-तब राजधानी में
बीते साथियों के नरमुंड लेकर बैठते हैं
और अनदेखे रहते हैं
कि धर्म का कांटा उनके लहू में नहीं चुभता
सच की प्रतिछाया में
वे खुद ही जीते-मरते हैं

वह भीख नहीं पसीने का मोल माँगता है
धरती का सीना चीरता है
अन्न उगाता है
पेट भरता है
उसके सवालों का वृक्ष
केवल राजपथ का रास्ता नहीं है!

मिट्टी जैसे लोग

ये मिट्टी में घुले मिले लोग
सचमुच मिट्टी जैसे
बड़े निर-भाग हैं

क्यों न कहूँ?
पोष की शरद काली रात में
जब सुनहरी लोग
तापानुकूलित शयन कक्षों में
आराम की नींद फरमाते हैं
इम्पोर्टेड दस्तानों में उँगलियाँ सेकते हैं
ये दहानों के ठिरके पानी में
कस्सी उठाए खड़े हैं

इस्पाती लोग
कहते हैं इस मौसम में प्यास बढ़ जाती है
धरती की, गेहूँ की, आलू की,
पानी की चादर चाहिए इन्हें
पाले से बचाने के लिए
माटी में माटी हुए यह लोग
यूं लुटाते हैं अपना शरद प्रेम खेतों में
कहते हैं 'खेती कसम सेती'

दीवाने लोग
हर फूटती गोभ पर हर्षाते हैं
गेहूँ की बालियों में सोना देखते हैं
बड़े लोगों ने कब देखे हैं
आलू के सुन्दर श्वेत पुष्प
मस्तक पर सुनहरी टिकुली धारे!

शहतूत की टहनियाँ लम्बी हो चली हैं इन दिनों
इनसे टोकरियाँ-पालड़ियाँ बनाई जायेंगी
कटाई के लिए हाथों की तलाश में
और थोड़ी सी बचत की आस में
फिरते दिन रात

बस, सड़क पर न बिखेरी जाये
इनकी हाड़फोड़ बेबस मेहनत
न मसली जाये पहियों तले वाहनों के
कितना समेट पाएँगे उस हाल में ये
क्या रह जायेगा इनके पल्ले
क्या रह जायेगी कीमत
ख़ून, पानी, पसीने की !

सम्पर्क : मो0. 9814676936

शिरोमणि महतो

धान

जब खेत में धान लहलहाता है
किसान के आंगन में सुख नाचता है
धान के फूलों की सुबास से
घर का कोना-कोना महमहाने लगता है
धान की बालियाँ जो हवा संग झूमती है
स्त्रियों की चूडियाँ खनकने लगती हैं

जब धान के खेत में पानी बरसता है
तो किसान सुख से नहा रहा होता है
धान का कोना-कोना सरस हो जाता है
और रोम-रोम पुलकने लगता है
धान उनके जीवन का अनमोल आनंद है

धान की बालियों में जब दूध भरता है
धूप की सेंक से रवड़ी-सा चावल बनता है
कच्चे चावल से रवड़ी-सी मिठास भर आती है
धान खेत से खलिहान में आता है
किसान के पॉव थिरकने लगते हैं
जब धान चावल से बाहर निकलता है
किसान का अंतस सुख से भर जाता है

और स्त्रियों के बोल में मधु घुल जाता है
धान तो किसान का जीवन-राग है !

भोर का दृश्य

ठेरका-सा
लटका हुआ चांद
आसमान के गले में
बुझे-बुझे से तारक
कर रहे विलाप
पलकों के पत्तों से
टपक रही ओस
भीग रहा छोर-अछोर

चिड़िया की चहचहाट से
बकरी ने आवाज़ दी
बेसुध सो रही गाय को
और गाय ने रंभाकर
जगाया किसान को
शुरू हुआ सृष्टि का संलाप

बैलों के कंधो पर
डालकर जुआंठ
किसान ने खोला
कर्म का पहला पाठ
धरती के तन से
लगा-हल का फाल
और सृष्टि ने जलाया
अरबों वाट का न्यूयॉन बल्ब !

सूरज ने पहनाया
कर्मरत किसान को
किरणों की जयमाल !

सम्पर्क: मो.नं. : 9931552982

कनक किशोर

उनकी सुन

समय बदला
जीना आसान हुआ तुम्हारा
मेरा नहीं
मैं तो किसान हूँ।

कल भी मरता था भूख से
दबा रहता था क़र्ज़ में
आज भी हालात मेरी वही है
जस का तस।

तुम राजनेता
देश के निज़ाम
दिल्ली के सड़कों पर
कहाँ खोज पाओगे
किसानों का दर्द,
हमारी भूख
मेरे माथे पर के क़र्ज़ का बोझ
पढ़ने हेतु
तुझे आना होगा गाँव
जहाँ बसता है

मेरी आत्मा,
गाँव के मिट्टी में
खेत खलिहान में
आँगन दुआर में
मेरे साथ जीयोगे
तब जानोगे मुझे
मेरे दर्द और भूख को।

पर तुम तो संचिकाओं में
मेरे दर्द को पढ़ते हो
जिसे उन बाबूओं ने लिखा है
जो किसानों को किताबों में पढ़े हैं
किसान को देखा एवं जाना नहीं है
अपनी किताबी ज्ञान के आधार पर
मेरे कल्याण की बातें
तुझे पढ़ाता है
जिसे पढ़ तू मेरे कल्याण का पिटारा
खोल दिया मेरे लिए
जो मुझे तनिक ना भाता है।

बाबुओं की सुनी
कारपोरेट की सुनी
मेरी कहाँ सुनी,
मेरी आवाज़ तुम तक पहुँचती भी नहीं
ना तुम सुनना चाहते हो
चलो कोई बात नहीं
मेरी तो भगवान ही नहीं सुनता
तू तो निज़ाम हो
वह भी दिल्ली का
जिसे विरासत में ही मिला है

किसान के कमर तोड़ने का अनुभव,
जरा रहम खा
जिसका अन्न खा रहा उनका सुन
अपनी मन की बात बहुत सुनाई
अब उनके मन की सुन।
किसान

देश का आत्मा
उसे ना मरने देना,
वह ही देश का रीढ़
जो हम बेरीढ़ों को खड़ा रखा है
उसे ना तोड़
उसकी पगड़ी ना उतार
नहीं तो देश की पगड़ी उछल जायेगी
तुझे तो उसी ने पगड़ी पहनाई है
वह कहाँ बचेगी,
आज
उनकी नज़रें
तेरी ओर टिकी है
उनकी सुन
अपनी नहीं,
धृतराष्ट्र सा अन्धा न बन
आँखें खोल
उन्हें देख
उनकी सुन।

सम्पर्क : मो.नं. : 9102246536

विजय सिंह

अकाल

1

बरसात कहाँ है
सिवाय उम्मीद के और कहीं नहीं
खेत बाट जोह रहे हैं
बरसात आये तो
वे कुछ हँस लें।

2

मेड़ अकेला नहीं है
पीली - लाल मिट्टी के साथ देख रहा है
पेड़ में बैठी चिड़िया को कि कब
वह चोंच में पानी भर लाए और
वह हरा हो ले।

3

खेत की मिट्टी से मैंने पूछा
तुम अच्छी हो
उसने उदास आँखों से कहा
आँखों में पानी नहीं है।

4

इतना चुप
पगडंडी को मैंने
कभी नहीं देखा
हवा ने पत्तियों के
कान में कहा
और सूखी पत्तियाँ
उड़ गयी
पगडंडी के पास।

5

पेड़ चुप, पत्थर पगडंडी चुप
नदी चुप, चिड़िया चुप
खेत चुप
सोमारू चुप
आसमान देख रहा है। धरती में सब चुप हैं।

6

अख़बार में छपा है
इस साल सूखा निश्चित है
और
देखते-देखते बाज़ार से
अनाज नदारद हो गये।

7

बहुत-सी कविताएँ लिखूँगा
खेत की तरह हरा-भरा
पानी की तरह लबालब
लेकिन कविता से
पानी नहीं गिरा पाऊँगा ।

8

हवा में
पानी नहीं है पेड़ में
नमी नहीं है
खेत में क्या है
कुछ भी नहीं
कुछ भी नहीं।

9

उदास है गाँव
उदास है सोमारू
उदास है डोकरी
उदास है कुकड़ी उदास है पेड़
उदास है बाड़ी
उदास है तलाब
उदास है पगडंडी
उदास है खेत
लेकिन उदास नहीं है
गाँव का मोटला साहूकार / हँस रहा है
बही-खाता नया बना रहा है।

10

सब इन्तजार कर रहे हैं
कि आकाश रोएगा मोटे-मोटे आँसू
और हम हँसेंगे
हँस सकेंगे फिर।

11

बहुत दिनों तक
बेचारा बीज खेत में इन्तजार करता रहा
लड़ता रहा, सूखता रहा
और अन्त में
हँसकर मर गया
कहकर मिट्टी से
अलविदा सूखा, अलविदा ।

सम्पर्क : मो. : 9424285311

असलम हसन

1
ऊपर उठता है सिर्फ़ धुआँ

पोटली में बाँधकर चाँद
जब कोई निकलता है निगलने सूरज
तब गर्म पसीने की उम्मीद में साँवली मिट्टी
कुछ और नम हो जाती है...
और दिन भर पिघलती हुई ख़्वाहिशें
सिमट कर कुछ और काम हो जाती हैं
शाम ढले घास और जलावन लेकर
घर लौटती उस गोरी पर चस्पाँ होता है चुपचाप
        एक और स्याह टुकड़ा
रात गये तपता है गोल-गोल चाँद
गर्म तवा पर
सिर्फ खोखला धुआँ
ऊपर उठता है आसमान

2
हँसता कंकाल

हँसता है कंकाल
वे जो पहाड़ों की सैर नहीं करते

अपने कन्धों पर ढोते हैं पहाड़...
वे जिनके बच्चे कभी नहीं जोड़ पायेंगे
लाखों करोड़ों का हिसाब
रटते हैं पहाड़ा
वे जो सीचते हैं धरती-गगन अपने लहू से
रोज मरते हैं पसीने की तेजाबी बू से
वे जो मौत से पहले ही हो जाते हैं
कंकाल
कभी रोते नहीं
शायद हँसी सहम कर
ठहर जाती है हर कंकाल की बत्तीसी में...

3

हम बेचारे

हम बेचारे
ऊपर अम्बर
चाँद सितारे
नीचे धरती
हम बेचारे
धूप छाँव और
दुशवारी लेकिन
जीना जारी
जान से प्यारा
अपना जीवन
फिर भी
ज़िन्दगी भारी
उनके हिस्से
हवा हवाई
लाल से चेहरे

साफ़-सफ़ाई
धूल भरे हैं
गाँव ये सारे
कीचड़ सने
पाँव हमारे
हम तो बस
मेहनत के
सहारे
शह के बल
पर वो जीते
घात-मात से
हम हारे
नील गगन
चाँद सितारे
सख़्त ज़मीं
और हम बेचारे...

4

अपना गेहूँ

अपना गेहूँ
उधार का आटा आँचल में लेकर
घर लौटती है वह शाम को अक्सर
ठण्डा चूल्हा पल भर जलकर
सो जाता फिर भी आँखें बन्द कर
सूनी आँखों में सपना बुनकर
वह भी सोती है पहर भर
रात भर उन आँखों का सपना
सींचता रहता है गेहूँ अपना

5

मैं मज़दूर हूँ

मैं एक मज़दूर हूँ
मेरी भुजाओं में फड़कती है धरती
ये तोड़ सकते हैं पहाड़ों को
और मोड़ सकते हैं नदियों की धाराओं को...
मेरे पाँव बड़े बलशाली...
थकते नहीं रुकते नहीं
उठता हूँ कन्धों पर संसार
मेरी मुट्ठी में क्रान्ति है
मेरे होंठों पर गीत हैं और आँखों में पानी
मेरा पेट...मेरा पेट...
नहीं मैं झूठ नहीं बोल सकता।

नीरज नीर

उम्मीद की किसानी

किसान बीजों के साथ
भूमि में रोपता है
उम्मीद का भी बिरवा
अपनी आत्मा की चौखट पर
बाँधता है
आशाओं और मुस्कुराहटों के ताबीज।
गेहूँ और धान की बालियों के साथ ही
स्वर्णपीत होती है उसके जीवन में
सुख की सम्भावनाएं...

पकी फ़सलों के साथ-साथ लहराती हैं
किसान की उमँगे।
बच्चों की फीस, बूढ़े माँ-बाप का इलाज
और पत्नी के लिए नयी साड़ी
सब फ़सल की बालियों में क़ैद होते हैं
किसी जादू के पिटारे की तरह ।

फ़सलों के साथ ही साथ
किसान भी पकता है
थोड़ा हर बार,

हर बार मंडियों में फसल के साथ ही
धर आता है अपनी उम्मीदों की पोटली
उम्मीद से सस्ते दामों में।

हर बार फ़सल की बिक्री में
ठगा जाता है किसान,
किसानों के लिए बनायी गयी मंडियों में
कभी किसानों का हित नहीं होता ।

ओम नागर

राजपथ पर किसान

उन्होंने राजपथ पर उतार दिए अपने लिबास
लोकतन्त्र की किताब के
अनेकों पृष्ठ हवा में हैं अभी भी

यह दिन
उन गुज़रे हुए दिनों से बेहतर
या फिर और भी दुर्दिनों का
आना बाकी हैं अभी

खूब तरक़्क़ी की हैं हमने
राजपथ पर भटक रहें नंग धड़ंग किसान
धरती को पत्तल आकाश को छत किये

मेरी कविताएँ कुछ नहीं
व्यवस्था का मर्सिया पढ़ती हैं बस
जिनमें रोना भी रुदालियों-सा

उन्होंने राजपथ पर उतारे दिये अपने लिबास
और मेरी आत्मा के यह जो छिलके
उतरे रखें हैं हथेली पर
उन्हें कहा रखूँ?

प्राइम टाइम-बहस में किसान

कभी विज्ञापन में था हँसता हुआ
गेहूँ की दो बालियों के बीच खुश-सा
इन दिनों प्राइम टाइम में छाया हैं किसान

चार खिड़कियों में बैठे कथित हितेषी चेहरे
किसान की सनेती के लगाएँ थे वाचालता के चार कंधे

एंकर के तीखे सवालों पर
सत्ता वाली खिड़की भड़भड़ा रही थी बे- बात

अपनी नाकामियों का कीचड़
दूसरी खिड़की में उछाल कर खुश थी भीतर ही भीतर

एक निवर्तमान खिड़की जिसकों
लम्बे राज की असफलताओं का जवाब देते नहीं बना

तीसरी लाल रँग की खिड़की
सत्ता-गलियारों में किसान-मज़दूर के नाम खुलती रहीं सदा
हर बार नया नारा गढ़ उतरती रहीं सड़क पर

सत्ता वाले विधायकजी बहुत ऊँचे स्वर में बोल रहें थे-
कभी राज में रहें हो तो जानों राज का मतलब!
हमने जो किया किसी ने अब तक किया हो तो बताओं!
क़र्ज़माफी से पहुँचती हैं किसान के स्वाभिमान को ठेस !

चौथी खिड़की में बैठा बेचारा किसान चुप ही रहा
ईयर फोन पर कपास लपेटकर बैठे था बहस में
जैसे सबके कहने के बारे में पहले से जानता हो पुखूता

एंकर ने यह कहकर किया बहस का पटाक्षेप-
कि सबने बहुत कुछ किया ही हैं जब किसान के लिए
किसानों के लिए
कभी न कभी

तो फिर किसान और फंदे का रिश्ता टूटा क्यों नहीं
यह यक्ष प्रश्न अब भी हवा लटका हैं जस का तस

डिबेट के बाद चारों खिड़कियाँ
समृद्ध नगर के बड़े दरवाज़े में खुली हँसते-हँसते
अपनी-अपनी खिड़कियों में क़ैद
राजनीति के यह खेतिहर लोग
पकड़े गये परदे के पीछे

चाय की चुस्कियों के साथ
एक-दूसरे को दे रहें थे
बहुत अच्छा बोलने पर बधाई-शुभकामनाएँ

कविता नहीं हैं यह
किसान हुए बिना किसान पर कविता लिखना
यूँ चर्चा करने से थोड़ा तो मुश्किल हैं ही।

मिट्टी में मिट्टी होने के सिवाय

1

कौन हो तुम?
किसान हूँ साहेब

क्या चाहिए
कुछ नही थोड़ा...

थोड़ा क्या
पूरा बोलों

यही कि थोड़ी क़र्ज़ माफी
और थोड़ा दाम बढ़ जायें
हमारे भी बच्चे हैं साहेब
क्या खिलाएँगे

क्यूँ बच्चे मुझसे पूछकर
पैदा किये थे
किसने कहा था तुमसे
कि खेती करो
कौन कहेगा साहेब
पीढ़ियाँ हो गयी
यही सब करते
और कर भी क्या सकता हूँ
मिट्टी में मिट्टी
होने के सिवाय ।

2

कौन हो तुम?
जी किसान ही हूँ साहेब

तुम फिर आ गए
कहाँ जाऊँ यहाँ न आऊँ

क्या चाहिए
आपको निवेदन किया था साहेब
क्या निवेदन-निवेदन
साफ़-साफ़ बताओ
दिन में लाख निवेदन आते हैं
किस-किस का माने

लेकिन मेरा तो छोटा-सा था
सुन लेते तो
बड़ी कृपा होती आपकी
मेम साहब आप ही कुछ
कहिए न साहेब से

मेम-'चलो निकलो यहाँ से
बड़े आयें छोटा-सा निवेदन वाले
देखा नहीं आपने
जुबान कितनी लम्बी हैं
इसकी।'

3

अरे तुम फिर आ गएँ!
और यह कमीज़ पर ख़ून कैसा

कुछ नहीं साहेब
आपके सिपाहियों ने बन्दूक़ चला दी
बहोत ख़ून खराबा हो गया उधर

हम भी क्या करें साहेब
मरता मरे भी
और मरने से पहले लड़े भी नहीं
अब हमसे न होगा
हमारा छोटा-सा निवेदन
तुम्हारे मोटे दीमाग में अच्छे-से
बिठा लीजिए साहेब
तुम साहेब !
काहे आत्मा दुखाते हो बिना
बात आप भी कुछ कहो न मेम साहब

या तो साहेब हमारी
फ़सल का दाम बढ़ा दें
या फिर हमें राज का
आख़िरी फ़ैसला बता दे

मरता क्या न करता मेम साहब
होना भी क्या हैं
मिट्‌टी में मिट्‌टी होने के सिवाय।

किसान-कथा

मेरी गवाही में खड़ा गेहूँ
धरती पर आड़ा पड़ा है
मेरी गवाही में महका धनिया
रोग से दुबला गया पिछले दिनों
सरसों की फलियों में भरे बीज
बिखरे पड़े दाना-दाना

खुरदरे पोरों से नहीं सिमटता
यूँ बिखर जाने का दुःख

मेरी मौत की असल पड़ताल नहीं करता कोई
भिन्न कारणों की तलाश में जुटा जाँच दल
कि मुआवजे के लिए मर रहा हूँ मैं
काश! मेरे खेत के जुबाँ होती
मेरी मौत की गवाह मेरा खेत दे सकता
सुना है !
एक बार फिर से मेरे दिन फेरने की मुनादी हुई है
एक बार फिर से फाइलों की चाँदी हुई है
एक बार फिर से ज़ख्मों पर छिड़का है नमक ।

मौत का सफ़ेद साया

इस अंचल की
काली मिट्‌टी में कभी खूब उपजता था काला सोना

यह सब बीती सदी की बात हैं
नयी सदी में खेत, घर, तिबारी और खलिहान ही क्या
चहुँओर सफ़ेद सोना बिखरा हैं

लेकिन कथीर के भाव बिकने लगा जब
सफ़ेद सोना-लहसुन
कुछ ने खेत से ही नहीं उठाया
कुछ मंडी में छोड़ आये तस का तस

कुछ दिन पहले ही कजलिया गाँव के किसान लक्ष्मीचन्द ने
खेत पर खा लिया था ज़हर
इससे पहले भी कई किसान क़र्ज़ के मकड़जाल से
मर कर ही सुलझे हैं

रुह कांप जाती है यह सोचकर ही
कि आत्महत्या का यह आँकड़ा कितना बढ़ेगा
अब यह मत कहियेगा
कि इतना लहसुन उगाने को किसने कहा था
वरना सवाल तो बहुत है
जो आप से भी पूछे जाने है अभी
जिस काली मिट्‌टी से उपजा काला सोना
जिस मिट्‌टी में फलाफूला है सफ़ेद सोना
आज उसी मिट्‌टी पर किसान के हाथ से छूटी हुई
शीशी का ज़हर टपक रहा बूँद-बूँद

खेत की मेड़ के पेड़
बहुत उदास हैं इन दिनों
ईश्वर से इसी प्रार्थना में जुटे है दिन-रात
कि-'है प्रभु! कोई दुखिया किसान को न डालना पड़े
मेरी डाल पर मौत का फन्दा
उससे पहले हो जाना चाहता हूँ धराशायी
धरती से भी भारी लगती है मुझे
किसान की मृत देह।'

थोड़ा-सा तो तुम भी जानते थे सरकार
ग्राम सेवकजी को पता था
पटवारीजी को तो सारे गाँव की खबर रहती है
अब देखिए ना जिन विधायकजी की सात पुस्ते
खेती में खड़ गयी
वो भी एक दिन टीवी पर क़र्ज़माफी को
स्वाभिमान को ठेस पहुँचाने वाली बताने से
न हिचके तनिक

सुना है!
जिनकी विधायकी जात की किसानी से चलती हैं
और जात वालों की किसानी संकट में है तब भी
वो! मज़े में है, ख़ूब मज़े में
जात के मज़मों में समाजवाद की पौ बारह है

तुम भी मरने से इतनी मोहब्बत न करो
लोकतन्त्र की सारी मज़बूती
तुम्हारी तनी हुई रीढ़ की हड्डी से आती हैं

तुम्हारे जाने के बाद
घर के आँगन में कोहराम की शक्ल में मचा है विलाप

उसे आक्रोश में ढलने तक रहने देना है जारी
अभी तो तुम्हारे दु:खों को गले लगाने वाली
सफ़ेदपोशों की भीड़ आना बाकी हैं

मुझे तो तुम्हारें अबोध बालक की आँख में उतर आये
एक अदद लाल डोरें से उम्मीद है बस !

और क्या चाहिए तुम्हें !

धरती तुम्हारी
मिट्टी तुम्हारी
फ़सल तुम्हारी
बीवी तुम्हारी

बीज हमारा
खाद हमारा
बैंक हमारा
सूद हमारा

और क्या चाहिए तुम्हें!
मौत तुम्हारी
फन्दा हमारा
गाय तुम्हारी
भैंस तुम्हारी
बकरी तुम्हारी
बैल तुम्हारा

पैकिंग हमारी
कीमत हमारी
गोदाम हमारा
पटवारी हमारा

और क्या चाहिए तुम्हें !
ज़मीन तुम्हारी
फीता हमारा

काँटे तुम्हारे
फूल तुम्हारे
आलू तुम्हारे
प्याज तुम्हारे

भाव हमारे
ताव हमारे
गाँव हमारे
शहर हमारे

और क्या चाहिए तुम्हें
भूख तुम्हारी
उत्सव हमारा

क्यूँ ठीक बात बा किसान बाबू !

सम्पर्क : मो.नं. : 9460677638

अभिनव कुमार उपाध्याय

मेरी दास्तान

बेजुबान हूँ मगर
मेरी दास्तान सुन।
हाथ दिल पे रख जरा
अश्क की जुबान सुन ।
मेरी दास्तान सुन, टूटता मकान सुन

क़र्ज़ की ही रस्सियों से
झूलता किसान सुन,
जो खुदा न सुन रहा
वो अनसुनी अज़ान सुन,

लग रहा है चुप मगर
रो रहा मसान सुन,
हाथ दिल पे रख जरा
अश्क की जुबान सुन।
मेरी दास्तान सुन, खो गया मुकाम सुन

देख जलते बाग़ को भी
चुप है बागवान सुन ।
जो कभी न भर सके
ये ज़ख्म के निशान सुन

सुन ले जल रही धरा
चुप है आसमान सुन।
हाथ दिल पे रख जरा
अश्क की ज़ुबान सुन
बेजुबान हूँ मगर मेरी दास्तान सुन ।

सम्पर्क : 7091103035, 8210974408

अनामिका चक्रवर्ती

पकी हुई फ़सल

1

जब करता है आत्महत्या कोई किसान
जब करता है आत्महत्या कोई किसान
तो वह अकेला नहीं होता
साथ होते हैं उसके
खेत,
हल,
पूरी पकी हुई फ़सल
और कई निवाले,
सब मिलकर करते हैं आत्महत्या
भारत की मिट्टी का एक पूरा कुनबा
करता है आत्महत्या,
सामूहिक आत्महत्या
और कई बीज मिट्टी के नीचे
जन्म लेने से पहले ही दम तोड़ देते हैं
उनकी भी हो जाती है भ्रूणहत्या
नहीं बनते कभी वो
पौधे, पेड़,
फल, फूल

पत्ते, न अन्न
न बनती है कभी उनकी जड़ें
और इस तरह हो जाती है धरती बंजर ही नहीं बाँझ भी।

2

जब कुलाचें मारती है भूख
गरीब के पेट पर
जब कुलाचें मारती है भूख
ताण्डव होता है उसके दिमाग पर।
खाट के नीचे सरकाई थाली में भी
पड़ा होता है तब अकाल।
सूखकर दरारें पड़ जाती है जब मिट्टी में
मड़ोड़ें खाती अन्तड़ियों की आँख, बाहर निकलकर
मिट्टी में पड़ी दरारों के भीतर झाँकती है
ढूँडती हुई कोई नमी।
गले में थूक भी फाँस की तरह अटक जाता है
जब उम्मीद की आँख सर उठाकर
आकाश में ढूँढ़ती है बादल का एक तिनका,
तब सूरज की आग उगलती किरणें लील लेती है
गले में अटके थूक के लार को भी ।
बची रहती है नमी, केवल ख़ून बनकर
घोर निराशा में डूबे उस किसान की नसों में
जो जानता है ख़ून से भूख और प्यास केवल पिशाच मिटाते हैं।
इसलिए वह मिट्टी की तरह मिट्टी में मिल जाना चाहता है।
धरती की गोद में सदा के लिए सो जाना चाहता है
अपनी भूख और प्यास को अपना कफ़न बनाकर।

3

जल मग्न पाँव किये
जल मग्न पाँव किये
गीली रही हांथो की खाल हरदम
कूबड़ निकालें सुबह से साँझ किये
उसने दाने दाने का मान किया
धूप सर पर उसके नाचती रही
गीली मिट्टी तालुओं को डसती रही
भूख, निवाले को तरसती रहा
धंसे पेट न जाने कितनों के निवाले तैयार करते रहे
धान मुस्कुराती रही
लहलहाती रही
सांसे मगर उसकी उखड़ती रही
हरा सोना पककर हुआ खाटी
फिर भी उस किसान को
दो रोटी की आस सरकार से लगी रही।

4

धंसे हुए पेट
किसान की मरी हुई चमड़ी
का रक्त सूख गया था
और धंसे हुए पेट के नीचे
आंतें चिपट गयी थी
उसे तपेदिक या पोलियो नहीं था
वह किसी और रोग से भी ग्रस्त नहीं था
उसका रक्त पसीना बनकर
बूँद-बूँद खेतों में गिरकर
मिट्टी में उर्वरकता बढ़ा रहा था
जिससे खेतों में फ़सलें लहलहाती रहे

और उसकी हाँफती उखड़ती सांसे
पके हुए अन्न के
एक एक दाने से चलती थी

सम्पर्क : मो.नं. : 9340072201

शैलेन्द्र जय

खेतों मेंड़ों से दिन भर

खेतों मेंड़ों से दिन भर जूझता है किसान
मिट्टी से बिल्कुल भी नहीं ऊबता है किसान
यूँ तो मौसम के मुताबिक ही उगाता फ़सल
बेमौसम की बारिश में डूबता है किसान
जी तोड़ मेहनत से मिट्टी को जो सोना करता
सूखा पड़ जाने पर देखो सूखता है किसान
अन्नकूट कहलाने वाला अन्नदाता हमारा
फ़सल न होने पर भाग्य कूटता है किसान
पौधों में कीड़े लग जायें या कोई रोग
देख-देख होता परेशान और टूटता है किसान
फ़सल का सही दाम न मिलने पर ग़ुस्सा उसका
जमाखोरों व सरकार पे फूटता है किसान
खेती ही उसकी जीवन रेखा है 'जय' सोचो
आँच आने पर साँसों से रूठता है किसान

सम्पर्क : +91-9415649614

सरिता सैल

ईश्वर

इन दिनों बीहड़ में बैठकर
पाषण पर लिख रहा है
दस्तावेज सृष्टि के पुनर्निर्माण का

उसके पहले वो छूना चाहता है
जंगली जानवर के हृदय में स्थित प्रेम
जिसका वह भूखा है सदियों से

उसने खाली कर दी तमाम बैठकें
जहाँ पाप के कीचड़ में पुण्यबीज
बोने की इच्छाएँ जमा हो गयी हैं

दिमागों को अन्तिम आशीर्वाद देकर
वो वहाँ से उठ चला है

नदियाँ बीहड़ की तरफ मुड़ी हैं
सुना है ईश्वर के चरणों के स्पर्श से
बंधनमुक्त सांसें भर रही हैं

वनराई के सबसे ऊँचे तरू से
बेल खींचकर ईश्वर ने

पुरूषों के कदमों का माप लिया है
कछुए के पीठ की कठोरता
उसने अपने कलम में भरकर
गढ़ ली है
स्त्री की प्रतिमा।

तमस गुणों को नवजात के
मुट्ठी में बन्द करके
ईश्वर ने बांध दिया है
स्वार्थी मनुज को
दन्तुरी मुस्कान में।

स्त्रियाँ

स्त्रियाँ चखी जाती हैं
किसी व्यंजन की तरह

उन्हें उछाला जाता हैं
हवा में किसी सिक्कें की तरह

उन्हें परखा जाता हैं
किसी वस्तु की तरह

उन्हें आजमाया जाता हैं
किसी जड़ीबुटी की तरह

उन्हें बसाया जाता हैं
किसी शहर की तरह

और खाली हाथ लौटया जाता हैं
किसी भिक्षूणी की तरह
पर आने वाली संभावनाओं की
बारिश में उगेंगे कुछ ऐसी स्त्रियाँ

जो हवा में उछाले सिक्कें को
अपने हथेलियों पर धरकर
मन के अनुसार उस सिक्कें का
हिसाब तय करेगी

युद्ध

युद्ध के ऐलान पर
किया जा रहा था
शहरों को खाली
लदा जा रहा था बारूद

तब एक औरत
दाल चावल और आटे को
नमक के बिना
बोरियों में बाँध रही थी

उसे मालूम था
आने वाले दिनों में
बहता हुआ आयेगा नमक
और गिर जायेगा
खाली तश्तरी में

वह नहीं भूली
अपने बेटे के पीठ पर

सभ्यता की राह दिखाने वाली
बक्से को लादना
पर उसने इतिहास की
किताब निकाल रख दी
अपने घर के खिड़की पर
एक बोतल पानी के साथ
क्यों कि
यह वक़्त पानी के सूख जाने का है !

प्रतिक्षाएँ

प्रतिक्षाएँ रेत की तरह
फिसलती हैं
आँखों में घड़ी की
सुई की तरह चुभती हैं
घने बर्फ़बारी के बीच
प्रतिक्षाओं के क्षण
दावाग्नी के कण बन
तपिश पैदा करते हैं

प्रतिक्षाएँ हथेलियों पर
नमक की खेती करकें
यादों की फ़सल कांटती हैं

प्रतिक्षाएँ अनादि काल से
ओसरे पर बैठे बूढ़ी माई जैसी बनने पर
उस जगह से उठने का
संकेत देती हैं

प्रतिक्षाएँ सफल रही तो
अर्थ है नहीं व्यर्थ हैं

प्रश्न

प्रश्न अब उगते हैं पेड़ों पर
पतझड़ में गुम होने के लिए
खड़े हैं सड़कों पर
बारिश में भींगते हुए

कुछ प्रश्न कर आते हैं
परिक्रमा समस्त पृथ्वी का
वो हो जाते हैं अपाहिज

चुनावी सभाओं में भी
भर-भर आते हैं प्रश्न
सभाओं के अन्त में
वहीं खुद की शोक सभा में
शामिल होते हैं प्रश्न

पगडंडी से सरकते हाथ
शहरों की छाती पर
उग रहे है प्रश्न बन खलिहानों में

स्त्री देह में हैं पनपते
हजारों प्रश्न बनकर मशाल
धरा कि बिवाइयों से प्रश्न
चीरता आसमान की छाती

एक दिन ऐसा आयेगा
प्रश्न कंकाल सम खड़े
आंतों में
किसी की आँखो में

अपने पुरजों को तोड़ता
उत्तर होगा केवल शब्द
बढाने शोभा शब्दकोश की

सम्पर्क : 9113544670, 8431237476

शालू शुक्ला

किसान की बनियान

नयी सदी के किसान ने
एक दिन सपना देखा कि
कभी अतिवृष्टि तो कभी अनावृष्टि
से उसकी सारी फ़सलें ख़राब हो गयी हैं
उसका लंगड़ा दुःख अकाल की
लाठी के सहारे देहरी पर खड़ा है।

नियति के चूल्हे पर पक रही है भूख
और बिलबिला रहे हैं मासूम बच्चे

बेटियों के दुपट्टे के छेद
किसान की बनियान के छेद से बड़े हो गये हैं
वह खलिहान के पीछे बेतहाशा भाग रहा है,

ये वही खलिहान जो कहीं था ही नही
और किसान पहाड़ मारे रो रहा है

आँख खुली तो किसान यह जानकर
बहुत ख़ुश हुआ कि यह एक सपना था
सपने में रोने वाला किसान हक़ीक़त में ख़ुश था

कुछ दिनों बाद किसाने ने फिर एक सपना देखा
सरकार ने कई लाभकारी योजनाएँ
किसानों के हित में लागू की हैं
सरकारी बीज बोनें पर फ़सलों में
अक्ष की जगह सोने की बालियाँ झूम रही हैं

किसान की पत्नी अब कोठिले में अन्न
की जगह सोने के सिक्के भर रही है
सरकारी अफ़सर कई योजनाएँ लेकर
उसके दरवाज़े पर खड़े हैं
अब वह अपनी जवान बेटियों का ब्याह
धूमधाम से करेगा

किसान के अच्छे दिन लौट आये हैं
किसान का क़र्ज़ माफ हो गया है
किसान बहुत ख़ुश है,
पत्नी ने जगाते हुए बताया कि -
अफ़सर आया था कहकर गया है
कि क़र्ज़माफी के काग़ज़ाद वह
अपनी बेटी लेकर बंगले पर आयेगा तभी मिलेंगे।

सपने में हँसने वाला किसान
हक़ीक़त में रो रहा है।

सम्पर्क : 9598574344

गोलेन्द्र पटेल

तेरही

अचानक शुरू हुई जीवन की यात्रा
बदल गये स्वर, बदल गयी मात्रा
बस न बदला मैं

मेरी पुतलियों में प्रकृति प्रदत्त प्रेरक पंक्ति -
प्रेम पद्य है पर परिणय गद्य
मैंने पी लिया सद्य मस्ती का मद्य
और लिखा जवानी की कहानी
थोड़ा बचाकर आत्मा का पानी
जीवित रानी का उपन्यास

मैंने देखा–
जीभ और जाँघ के बीच
सम्बन्ध के स्वाद में अटूट विश्वास
भीतर बरसों की सोई भावना ने कहा–
भूख और भाषा के बीच बुद्धि की बात मादा है
आँखों में आमन्त्रण का आदिम आनन्द आमादा है

नींद में नाटक जारी है
मगर राजा मर चुका है

प्यार का पवित्र पोखरा सूख चुका
सीढ़ियों के निर्माण के लिए
नया पत्थर चाहिए

यह अन्त:करण का कैसा अध्याय है
आरम्भ ही अन्त है
आह के माह में वाह वाह विवाह
मैं स्त्री हूँ
मुझे सिंदूर, मंगलसूत्र व चूड़ी चाहिए
बिंदी न भी रहेगा...
तीसरी आँख
सफ़ेद साड़ी में सुबह है
सुहागिन साँझ नदी में नाव हाँक रही है
जबकि उसे खेना है

पहली शादी में छोबल्ला चाँद रहा
दुल्हन मैं - दूल्हा तुम

मेरी सहेली धरती
सूरज बनना चाह रहे थे छोबल्ला
लेकिन छोबल्ला बनने के लिए अनिवार्य शर्त है
कि वर से रिश्ता भाई या भानजे का हो
पूरा आसमान बराती थे
जंगल-पहाड़ घराती थे
मैं और मेरे पति एक दीया की बाती थे

अनहोनी की आँधी में दीया कब तक जलता
वह स्वप्न के संघर्ष में बुझ गया
फिर भी मैं नीचे से ऊपर उम्मीद का तेल पहुँचाती रही
अब अन्तर्मन में अँधेरे का डेरा है

हृदय में हिंसक विचार का घेरा है
आज नहीं तो कल आत्महत्या करना तय है
क्या छोब्बला जिससे मेरी आधी शादी हुई है
मेरे जीवन को नया अर्थ देगा?

धरती चुप है, नि:शब्द
हवा में ख़ुशबू की जगह सनसनी ख़बर ले चुकी है
पत्तल पर परोसी गयी पूड़ी
टूटी चूड़ी की कथा सुना रही है सब्जी को
और छोबल्ला छककर खा रहा
तेरही है न!

पाँत पर पतरी

मैं जात का चमार हूँ
मेरे मित्र पण्डित हैं
मेरे हाथों में उनका हस्ताक्षर किया हुआ
शादी का नेवता है
उन्हें नहीं मालूम था
कि उनके दादा देवता हैं
और पिता लेवता हैं
उन्होंने मुझे पाँत से उठा दिया
छिन ली पतरी
और धकियाते हुए कर दिया
मित्रता के परिसर से बाहर
मेरे मित्र मौन हैं
मैं समझ गया
वे कौन हैं?

आज़ादी का अमृत महोत्सव

पचहत्तर साल बाद आज़ादी का अमृत महोत्सव
वहाँ मनाया जा रहा है
जहाँ हर आदमी नंगा है
उनका प्रधानमंत्री भिखमंगा है
उनके घर नहीं, तिरपाल पर तिरंगा है
जो धूमिल की आँखों में
सिर्फ़ तीन थके हुए रंगों का नाम है
सावन में बहुत घाम है
मानो किसान-मज़दूर के लिए सुबह ही शाम है

उनके वोट का दाम सड़े हुए गेहूँ की एक रोटी है
उनका नारा है-श्तुम मुझे अन्न दो, मैं तुम्हें वोट दूँगा
लोकतन्त्र के लोक और लोग अब सवाल हैं
संविधान के शब्द संसद की सड़क पर उतर गये हैं
लेकिन सन्त और सिपाही उनके ढाल हैं

चारों ओर आश्वासन की आवाज़ गूँज रही है
धरती धधक रही है
सारे जंगल जल रहे हैं, गाँव-शहर सुलग रहे हैं
नदी-समुद्र के जल खौल रहे हैं
पर, आसमान में धुआँ तनिक भी नहीं है
मौसम मुस्कुरा रहा है मन्द-मन्द
भूख गुनगुना रही है आँत में आँसू का छन्द
उनको चारण कवि का कलाकन्द पसन्द है
लेकिन वे समय सापेक्ष सत्य के स्वर से डरते हैं

पहाड़ की चीख से चौक चौंक रहा है
चाय की चुस्की से उत्पन्न

बहस की बातें लम्बी उड़ान भर रही हैं
हृदय को चीरता हुआ चित्र अख़बार के मुख्य पृष्ठ पर है
चूल्हा गर्भवती चुहिया को देखकर
लज्ज़ा महसूस कर रहा है
उसकी दृष्टि में देश का नक्शा उसकी पीड़ा की परछाई है
अँधेरे का आरा आज़ादी को तीन बराबर हिस्सों में काट चुका है
द्धआ-जा - दी : एक खंड उनका है
दूसरा खण्ड इनका है
तीसरा खण्ड बाँटने वाली बिल्ली की है
कोई आवाज़-दिल्ली की है !
सहानुभूति बुरे समय में सूखे की पूँजी है
कतार में खड़े लोगों के हाथों में
सत्ता की सड़ी सूजी है

पेड़ के नीचे आदमी जब गहरी नींद में होता है
तब कुत्ता भी कभी-कभी मुँह पर मूत देता है
चिड़िया तो खैर दिनदहाड़े चेहरे पर हगती है
मैं मात्रा की यात्रा में सोचता हूँ–
क्या भारत की सन्तानें पेड़ के नीचे सोना छोड़ दें?
फिर चुपचाप चला जाता हूँ दिमाग से दिल में
जहाँ मासिकधर्म में डूबे हुए दो-चार विचार हैं
अजीब सी सम्बन्ध की गंध है
तीमार क्रियाएँ वक्ष के वक्तव्य में बीमार हैं

मैं अचानक जले हुए स्वप्नों के ढेर पर देखता हूँ
रंगा-सियार मस्त है
आज उसी का पन्द्रह अगस्त है
बगल में कोई आदमी उल्टी-दस्त से पस्त है
मानो वह अस्त है
सो, सभ्य सियार अपने में व्यस्त है !

फिर भी मृत्यु आज़ादी का अमृत महोत्सव मना रही है
वह प्रश्न की पीठ पर आत्महत्या का बोझ लाद रही है
वह नीति की नाक को परम्परा की पालिश से चमका रही है
लेकिन चमड़े की मुहावरे से चुनाव का चेहरा
देखो, दृश्य में देवता का दोहरा चरित्र है
नफरत की नयी नज़र में बुद्ध, तुलसी व गांधी वगैरह
सब मर चुके हैं बची हैं केवल घृणा-ह्मणा
दीवार पर धूलधूसरित चित्र है

सिर्फ़ एक अक्षर बीज-मन्त्र
चरैवेति, चरैवेति, अब भी कोई चीख़
शब्द के भीतर गूँज रही है
बेचैन बुद्धि की ज़र्द जिरह में संभोग से सिद्ध तन्त्र
क्या जनतन्त्र है?
जादुई जुल्म की दिशाएँ दुनिया में अनेक हैं
पर, आज भी कुछ इरादे नेक हैं
जो भाषा में अमर हैं !!

क्या तुम इसका उत्तर जानते हो?'

यह है आज़ादी के
अमृत महोत्सव का वातावरण
भाषा पर भुजा
व भूख पर भय हावी है
आँसू की नदी में नीति की नाव नहीं
डूबा भावी नावी है
मटके पर मुल्क का मन अटक गया
पर, पानी की पीड़ा पसीने को पता
धर्मराज!

मैं अछूत की कविता हूँ
सृजनात्मक समाज का सोच नया शब्द-स्वर
जाति की ज्योति-जीवन की जीवटता
जन्मजात जिज्ञासा-जीव की जिजीविषा
मैं मानवीय संवेदना की सरिता हूँ
आज़ाद भारत के महाभारत का भविष्यपर्व
अर्थात् अनकहा गीता हूँ
मुझे मालूम है
मेरा शब्दसपूत अर्थार्जुन से जंग जीता है
वह सहृदय में समय का सविता है
मृत्यु की गोद में सोना
उसके लिए अन्तिम बार रोना है

कृष्ण!
मेरे एकलव्य को देखे हो
द्रोणाचार्य को दिया उसका अँगूठा
अक्षर से आकृति बना रहा है
अँधेरे के चेहरे पर
मैं चाहती हूँ कि वह इसे रोके
अन्यथा आवाज़
अन्त:करण से बाहर आते ही
धर्म की ध्वनि को शोर में परिवर्तित कर देगी
और तुम्हारा सपना
संघर्ष के संग्राम में स्वाहा हो जायेगा
मृत्यु का मौसम वसन्त से अच्छा है
जंगल-यह ख़ून से गीला
किसका कच्छा है?
पहाड़ का हाड़ पहाड़ा से जोड़ता प्रश्न
भूगोल के लिए कठिन है
हर! हर

दिन दीन के लिए दुर्दिन है
भीष्म को अपनी प्रतिज्ञा प्यारी है
किन्तु कर्ण को परिवर्तन की चाह है
बेवजह चालान कट रही है
यह कैसी राह है?
मेरी आँखों का तारा
हालात से हारा है
समरसता का स्वाद उसे मारा है
उसकी प्यास इतिहास का आन्दोलन है
वह पाण्डुलिपियों में
पेड़ के प्रतिबिम्ब का प्रदोलन है
हवा में ख़ुशबू नहीं
तैर रही है सनसनी ख़बर
व्यवस्था के विरुद्ध युद्ध की बात
कर रही है रात
अपनी है न
जात
भात के लिए तरस रही है!

आँचल के कोर भोर होने से पहले भीग गये हैं
चाक चरमपंथी के आगे कब तक चुप रहेगा?
नाथ! दुख का हाथ
सुबह से शाम तक उसके साथ है
आज मिट्टी बिना वह अनाथ है
मगर मिट्टी पास है
जो आँवाँ में नहीं
चेतना के चूल्हे में पकेगी
एक अनूठी अभिव्यक्ति के रंग में राग अड़ा है
औंधा घड़ा पर बड़ा
किन्तु एकदम गोल सवाल खड़ा है

जो अपने अस्तित्व के लिए
बहुत लड़ा है

संजय!
क्या तुम इसका उत्तर जानते हो?
क्या तुम उस माँ की चीख सुन सकते हो?
गन्धारी की पट्टी से बाहर झाँक रही हैं पुतलियाँ
व्यास वीरों के तीरों की वृष्टि से आहत हैं
इन्द्र की आँखों से ढुलकीं
आँसू की बूंदें उनकी स्याही में जा मिलीं

वे लिख रहे हैं इन्द्रनामा
जिसे धृतराष्ट्र की तरह
संवैधानिक संज्ञा-न्याय पढ़ने में असमर्थ है
क्या उनका लिखना व्यर्थ है?

उत्तर दो गुरु!

एक अथाह अर्थ में आह

मुझ पर विजय पाने के लिए
तुम्हारा भगीरथ प्रयास व्यर्थ है
मुझे मालूम है
तुम्हारी मुस्कान का क्या अर्थ है?
तुम्हारी आँखों का अस्त्र
मुझे घायल करने में असमर्थ है
तुम्हारे होंठों की शक्ति
मुझे पराजित करने में असमर्थ है
ओ भावना!

मैं भाषा में प्यार नहीं
विचार हूँ!!

तुम्हारा समर्पण सराहनीय है
लेकिन मेरे पास
एक अथाह अर्थ में आह है
सुगबुगाता सम्बन्ध
तुम्हारी चाह की राह में डाह है
रव की रुकावट
बेवजह बुद्धि का ब्रेकर
सत्य के सफ़र में
राग को रोक रहा है
समय का शब्द
स्वर को टोक रहा है
तुम्हारी मुहब्बत में मोड़ अधिक है
तुम्हारा मन स्वयं पथिक है
तुम्हारी बात
रात में बस की बर्थ है
ओ वासना!
मैं देह की परिभाषा में मोच नहीं
नया सोच हूँ!!

और और और

मेरी छाँव मेरे पाँव के नीचे है
मेरा ठाँव मेरे दाँव के ऊपर है
हे शहर! मैं गाँव हूँ न
मुझे आँव पड़ रहा है
दवा नहीं, शुद्ध हवा चाहिए
शुद्ध पानी चाहिए
युद्ध नहीं, बुद्ध की कहानी चाहिए

शब्दशाला के बाहर काँव-काँव
भीतर की झाँव-झाँव है
हे शब्दकर्मी! मैं आग का शिल्पी हूँ न
मुझे दिनौंधी हो गया है
गोली नहीं, गोरस चाहिए
क्रुद्ध के विरुद्ध कोरस चाहिए
जरजेट नहीं, लोरस चाहिए ।
कोई आम्भीराज नहीं, पोरस चाहिए
चाहिए सकल भाषा
मनुष्यता की सार्थक परिभाषा
और चाहिए चिता भर लकड़ी
और अकाल में कविता की ककड़ी
और विचारों के झाला में मगज़ की मकड़ी
और और और चाहिए बुरे दौर में कौर ।

सम्पर्क : मो. 8429249326

अरुणिमा रमेश

अन्नदाता

पैरों तले की ज़मीन,
जा रहे हैं खिसकते खिसकते...
फिर भी
भूखे पेट की आँसू पोंछने के लिए,
काम कर रहे हैं किसान,
ख़ून बहाकर...
उनकी आँसू पोंछने
के लिए, है कौन?

भूख...बड़ा अभिशाप है,
जान पर ख़तरा है...
अगर अन्न नहीं हो तो,
असम्भव है इससे मुक्ति...
अन्न का स्रष्टा
रक्षक है न हमारी
तो फिर उनसे इतनी निन्दा क्यों?
सदी नयी है या पुरानी
उनकी हाल में
नहीं है कोई सुधार...।

अन्नदाता है उन्हें रुलाना मत,
दे दे उन्हें मान सम्मान,
जताए उन पर प्यार,
याद रखना उन्हें हमेशा,
वे नहीं तो हम नहीं ।

सम्पर्क : 9946146298

पारमिता षाड़ंगी

अनाज

एक किसान ने
आत्महत्या की गाँव में
पढ़ा था मैंने
सचमुच खाली एक ही किसान!
शायद...नहीं....
मरा ही तो था 'अनाज'
रह गया खाली पेट
अहंकार के ऊपर

अक्षय पात्र में
अनाज के एक दाने को
ढूँढ़ते ढूँढ़ते अगर कोई सखा
काश! आ जायँ और
बटोर लें उसके अन्दर
असंख्य भ्रूण को

क्या मिलेगा उन्हें
अनाज के दाने में
किसान का ख़ून और
ख़ून से भरी लाल लाल

साहूकार की आँखें
खाली पेट को पीट कर
टूटे दरवाज़ा के पास
दीवार बनने की कोशिश में या
आँखें खोलते ही
स्वप्न को जकड़ा हुआ अंधेर
क्या गिरफ्त में ले सकते हैं
गिरवी पड़ा भूखा मन,
भूखा पेट को विलाप को!

बुलावा आ गया है
ठीक एक युद्ध के जैसे
खड़े हैं हम अब
एक आग के गोले के ऊपर
पाँव के नीचे अंगारे
जहाँ हर सवेरा असहाय
स्वप्न सारे बेरंग
सदियों से चली आ रही है
भाग्य और भूख में लुक्का छिप्पी
भागना है नदी की तरफ़
उठ खड़े होना है
उस धुएँ की नाव से
जिस पर तुम, मैं, हम सब बैठे हैं
और देखते रहते हैं
पता नहीं कौन से
अनदेखे आकाश को ।

सम्पर्क : मो.नं. : 9867113113

दिव्या श्री

मैं किसान की बेटी हूँ

उन दिनों जब कोई पूछता था
पापा क्या करते हैं?
मैं अनमने ढंग से कहती थी
वह खेती करते हैं
मैं उन दोस्तों के सामने अपमानित महसूस करती थीं
जब वो बार-बार कहते
मेरे पापा सरकारी ऑफ़िसर हैं
बड़ा-सा बंगला है, निजी गाड़ी है
मेरा बचपन तो खपरैल के टूटे-फूटे घर में गुजरा
बारिश के दिन तो ईश्वर से प्रार्थना करते बीतता
जब कोरों से टपकती थी बारिश की बूंदें
माँ की आँखों से बहने लगती थी जलधारा
आज जब हर कोई खुद कहता है
तुम किसान की बेटी हो
मैं गर्व से कहती हूँ
हाँ मैं हूँ किसान की बेटी
फौजी की बहन ।

किसान

जिस तरह
कवि अपने शब्दों का विस्तार चाहता है
ठीक उसी तरह
किसान अपने खेत-खलिहान का
जिस तरह
बच्चा अपनी माँ से प्यार करता है
ठीक उसी तरह
किसान अपनी मिट्टी से

जिस तरह
फौजी देश की सुरक्षा के लिए तैयार रहते हैं
ठीक उसी तरह
किसान अपनी फ़सल के लिए

जिस तरह
प्रेमी रोता है अपनी प्रेमिका के लिए
ठीक उसी तरह
किसान रोता है अपने परिवार के लिए।

बचा रहेगा पेड़

पिता लगाए हैं हज़ारों पेड़
इस उम्मीद में कि
जब वो नहीं रहेंगे
तब भी बचा रहेगा पेड़
जैसे बची रहेगी कविता ।

किसान और कवि

मेरे कमरे में
अक्सर रहती है तकिये के नीचे एक किताब
जिसके पन्ने लेते हैं साँस
रात के बारह बजे के बाद
पिता चाहते थे
मैं बनूँ डॉक्टर या इंजीनियर
जिससे बढ़ती रहे वर्षों की परम्परा
मैं हमेशा उनके इस परम्परा के ख़िलाफ़ रही
एक दिन उनके विरुद्ध ही बोल बैठी
मैं बनूँगी किसान
वे गुस्से से चीख पड़े मुझ पर
लड़कियाँ खेती नहीं करतीं
चूल्हा फूँकती हैं
वे जानते हैं आँसुओं की बूंदों से चूल्हे नहीं जला करते

वे अपने दुःख को छिपाते हुए बोले
मैं हूँ किसान
गौर से देखा मैंने
कहते हुए अपने ही गुनाहगार लग रहे थे वे
उन्हें बहुत उम्मीद थी मुझसे
मैंने कवि बनकर कविता की खेती शुरू कर दीं
काग़ज़ ज़मीन बन गयी, कलम हल
अबकी उन्हें फूटी नज़र नहीं सुहा रही थी मैं।

सम्पर्क : मो.नं.: 8102379981

सुरेश सेन निशान्त

रो रहा था किसान

वर्ष के सबसे अच्छे दिनों में
जब मौसम संसैक्स पूरे उफान पर था
महँगाई भी नहीं थी इतनी बेकाबू
कई देशों की सफल यात्रा पे थे
प्रधानमंत्री

पता नहीं क्यों?
अपने खेतों में खड़ा
रो रहा था किसान
प्रधानमंत्री गिना रहे थे
अपनी सफलताएँ
वित्तमंत्री बना रहे थे देश का बजट
हवाई यात्राएँ सस्ती हो रही थीं
वर्ष के सबसे अच्छे दिनों में
अपने खेतों में खड़ा
अपनी बर्बाद फ़सलों के संग
रो रहा था किसान

भूकम्प आया था न गुनामी
देश में आठ हज़ार किमी

नयी सड़कें बन गयी थीं
अपनी-अपनी उपलब्धियों पर
इतरा रहे थे सभी मंत्री
इन सभी उपलब्धियों से दूर
खेतों में खड़ा किसान रो रहा था

जब सीमा पर फौजें हरा चुकी थीं दुश्मनों को
गणतन्त्र दिवस पर बांटे जा रहे थे लोगों को
बहादुरी और बुद्धिमानी पर
श्री और पदमश्री कई कई तरह के पुरस्कार
कई-कई तरह की झाँकियाँ थीं
जिन पर इतरा रहा था देश
प्रधानमंत्री के चेहरे से झर रही थी ख़ुशी
बज रही थी तालियाँ
कई तरह के रंगों से भरा था आसमान
यह उस दिन की बात है कि
जाने क्यों अपने खेतों में खड़ा हुआ
अपने को हारा हुआ
समझ रहा था किसान

खेत

खेत है कि
एक प्रदूषित नदी का किनारा
जहाँ से गुज़रते हुये
आदमी का साँस लेना भी दुभर

उन्हीं खेतों में
कभी सोना उगने की बातें
होती थीं

अब बंजर हैं ये खेत
सरकार की ठगीं कहें कि मेहरबानी
महँगे विदेशी बीज बाँझ निकले हैं
खाद बेजान मिट्टी सी

पिछले बैसाख में
उन्हीं खेतों में मर गए थे बैल
भूख से तड़पते हुए
इस बैसाख में
खा ली है उनके मालिक ने सल्फास
इन्हीं खेतों पर कभी
कवियों ने लिखी थीं ढेर सारी कविताएँ
उधर सरकार बनाती ही रहीं
नयी नयी परियोजनाएँ
पता नहीं किसे बचाने को?

सम्पर्क : द्वारा श्रीमती सरिता देवी सेन, गाँव सलाह, डाकघर सुन्दरनगर,
जिला मंडी, हिमाचल प्रदेश

ममता पन्त

आत्मकथा अन्नदाता की!

अन्नदाता हूँ मैं!
उगाता हूँ
शस्य-श्यामला धरती पर धान्य

जेठ की दुपहरी हो या शीत की ठिठुरन
मेरे लिए सब एक समान
ख़ून, पसीना बहा अपना
सींचता रहा धान्य
मैं हूँ धरित्री सुत
कहलाता किसान!

अन्नदाता बन मैं
भरता सबका पेट
फिर भी परेशान
विवशता मेरी
ले आई मुझे सड़कों
पर मैं आन्दोलनरत किसान!

कभी सूखे की मार
तो कभी सरकार की

कभी बिचौलियों की मार
खाता हूँ मैं नित
विवश हूँ लटकने को
फांसी के फंदे पर
अन्नदाता हूँ मैं
कहलाता किसान!

ना रुकना पथिक तू कभी...

ना रुकना पथिक तू कभी
पथ में बाधा हो लाखों सही

नग्न पग तपते भानु को सह
राह कांटे पथरीली जमीं
तू पायेगा मंज़िल डगर
जब जकड़े न ले निद्रा तभी
ना रुकना पथिक तू कभी...

भूख पानी तो क्या
कोसों चलकर भी छाया नहीं
दुःख की घूंटों को पी
छिन गयी सुख की आहें सभी
जब बिछुड़ा था घर से तभी
ना रुकना पथिक तू कभी...

पथ अगम रात अंधेरी हो
कूँजते जंतु-खग से न डर
दिल जला आगे बढ़ता ही जा
जिनसे मिलना है इस ही सदी
ना रुकना पथिक तू कभी...

कैसा होगा यह साल

फिर आया है नया साल
शुभकामनाएँ मिली अपार
इस साल क्या होगा नया
विकल मन सोचता बारंबार!
आयेगा जीवन में नवल बसन्त
होगा क्या विपदाओं का अन्त
कूड़ा बीनते हाथों में
आयेंगी पोथियाँ अपार
भूख, बेबसी, लाचारी का
क्या होगा सदा के लिए अन्त

बेरोज़गार युवा
न होंगे अवसाद का शिकार
भांग मसलते उनके हाथ
करेंगे कोई नवाचार

क्या पाएगा किसान अपना हक
न होगा आत्महत्या को मजबूर
धरित्री सुत की विवशता
देख पाएगी क्या सरकार!

वह चिड़िया जो
बाज से भयभीत हो
दुबकी है लपजरे में
क्या उड़ेगी पंख-पसार

बेझिझक, निडर

अपने संकरे आसमान पर
गयी थी जो दाना लेने
लौट पाएगी अपनी डाल पर
या फिर दबोची जायेगी
किसी बाज के पंजों तले

क्या इस साल कोई अंकिता
न होगी फिर बदनीयती का शिकार!
दो हंसों का जोड़ा
क्या विहार कर पाएगा
मानसरोवर में

होगी प्रेम की इज़ाजत
जाति, वर्ण से ऊपर उठकर
करेगा उन्हें समाज स्वीकार
साथ जीने की तमन्ना
होगी साकार
या फिर चढ़ा दी जायेगी
किसी एक की बलि
जाति के नाम पर!

मानव की लालसा तले
सूख चुके जो धारे-नौले
बहता था जिनसे
मीठा-मीठा जीवन-अमृत
क्या फूट पड़ेगा स्रोता फिर से
बटोही की बुझेगी प्यास!

झाड़-झंखाड़ों का है डेरा
ऊसर धरती में चहुँ ओर

क्या फिर से होगी
वसुन्धरा हरी-भरी
पीली-पीली सरसों खेतों में
बिखरेगी आभा अपार

पलायन का दंश झेलते
उजड़ते गाँव बारंबार
उजड़ी बाखलियां होंगी फिर से आबाद
या फिर खण्डहर होने की कगार

युद्ध की विभीषिका
हथियारबन्दों का अंबार
गोला-बारूद में तब्दील शहर
आक्रांताओं का है कहर
दो बाहुबलियों की लालसा
न करेगी जीवन का अन्त

गूजेंगी किलकारियाँ फिर से
आयेंगे उत्सव के पहर
क्या फलने-फूलने दिया जायेगा
जीवन का अप्रतिम बसन्त?

सम्पर्क : मो.नं.: 8650181642, 9897593253

मधुकर भारती की कविताएँ

खड़ा पत्थर

पृथ्वी के बीचों-बीच एक पत्थर खड़ा है
फटते हुए बादलों को सहता
धूप के टुकड़ों को सहेजता
बर्फ़ीले तूफानों पर मुस्काने उंड़ेलता

इसके पार्श्व में जगत का दुख
बर्बर तानाशाह
साँसे चलाते हुए निर्जीव शोर
यथार्थ से अनभिज्ञ उदास बच्चे
दर्द से बिलबिलाता क्रान्त धर्मा यौवन
हिमखण्डों में दबी
दस लाख आत्मसम्मानी लाशें
याक सोता ऊन
लयबद्ध मंत्र जपते लामा
दुनियाभर में घूमती एक पुण्यात्मा

लयबद्ध मंत्रों की तरह
चक्कर खाती हुई गूँजती है झींगुरों की आवाज़
जीवनचक्र दर्शाती हुई साफ़-साफ़
जैसे पहचानती हो अंधेरी रात का आगाज़

या अनिष्ट होने पर करती हुई करुण विलाप
अपने निरीह शरीर पर
पारदर्शी पंखों को समेटे हुए
किसी आश्रयदायी वृक्ष पर
सुबह होने का ठौर पाते हुए
इस शाश्वत से अनुभूत होते
धुँधलके को देती हुई मात्र शाप
तथागत की निष्कपट मुस्कान
नहीं माँगती भीख स्वतन्त्रता की
किसी दिन चुक जायेगी, हिंसा असत्य की नगरी
आप ही नष्ट होगी अंहकारी की
मिथ्या शान
इस समय धुन्ध में लिपटा है खड़ा पत्थर
मन मस्तिष्क पर छाया है घना कोहरा
नज़रें देखती हैं केवल शून्य
बुलडोजरों और भारी क्रेनों के मुकाबिल है
श्वेत नर्म बर्फ़ और बच्चों की किलक
दूर कहीं परदेस में चिन्हित है
प्रकाश का सपना सपने का भविष्य
भविष्य का सत्य
कालचक्र पर झींगुरों की ध्वनि सा
गोल गोल घूमता सत्य

अवतार भाई मैं साक्षी हूँ

मैंने देखा है तितली को
अपने कोमल पंखों पर भारी पत्थर उठाते हुए
पांच बरस की अवस्था में
मृत्यु का अनहद नाद सुनाते हुए
नौ-नौ चूड़ियाँ पहनकर

कल्पना के शव पर
डोली रखने का आदेश देते हुए
समाज के समक्ष लय से थिरकते हुए
सिरजनहार और पालनहार की उपस्थिति को
उपेक्षा से धत्ता बताते हुए
सन्यासावस्था का कर्म
शैशवावस्था में सपन्न करते हुए

एकांत में आंसू नहीं बहाती थी तितली
अजीजुल हक की यंत्रमानवी की तरह
हँसती थी ऐसी हंसी
जिसे देख रूलाई आती थी
ऐसा ही था उसका वह जीवन गीत

तालियों और मुस्कुराहटों के मध्य
पानी-पानी होती हुई तरल तितली को
कोमल पंखों पर भारी पत्थर उठाते हुए
अवतार भाई आपने भी देखा था
साक्षी आप भी हैं।

कोई भी हो सकता है ऐसा

ध्रुव तारे जैसा
ऐसा कोई भी हो सकता है
एक ही स्थान पर स्थित
ब्रह्मांड की प्रत्येक भावधारा को
दिशा देता हुआ

आग उफ़नते हुए सूरज के लावे जैसा
शाश्वत रूप से प्रकाशमान

जटाधारी शंकर की प्रकृति जैसा
विध्वसंक और सर्जक
कारूणिक और रुला देने वाली
मोहनसिंह चौहान की
पतली और महीन आवाज़ जैसा

चंचल बच्चे के निश्छल समय जैसा
अल्हड़ किशोरी के रूपलावण्य की मस्ती जैसा
किसी बांधवी की चिरपरिचित मुस्कान जैसा
या विवशता की आंधी में घिरे हुए
किसी भोले व्यक्ति के जीवन जैसा

घिर घिर सहमाते हैं शिशिर के मेघ
फिर उतर आते हैं लक्ष-लक्ष धवल फाहों में
सूखती और फटती जीवन की धरती पर
सिरज जाते हैं लहलहाती फ़सलें

घुप्प सन्नाटे में बाँसुरी के स्वर
सुरभित कर जाते हैं बसन्त के दिन और रात
ऐसा भी कोई हो सकता है
बर्फ़ जैसा सफ़ेद और साफ

शीर्षक हीन

धूप या बारिश में
कर्फ्यू या बर्फ़ में
बच्चे अपने लिए ढूँढ़ ही लेते हैं
खेलने की जगह
अक्सर मकानों के अन्दर
जहाँ तोड़ देते हैं कोई मंहगी

मगर टूटने वाली चीज़
परीक्षाओं में असफल होने पर
कुछ दिन गुमसुम रहते हैं
फिर सामान्य हो जाते हैं
अगली परीक्षा में उसी
निर्द्वन्द्व भाव से चले जाते हैं

सफल होने पर लहरा देते हैं
चित्ताकर्षक मुस्कान
और उसी सामान्य ढंग से
खेलने में जुट जाते हैं
फिर तोड़ने के लिए कोई शीशा
या फेंकने के लिए कोई महँगी चीज़

मेरे लिए किसी से भी मिलना कठिन परीक्षा है
सहज दिखती है
पर ऐन वक़्त पर
बिखर जाता है सारा घर
सिसकती है रसोई
खीजता है स्नानगृह
गुमसुम हो जाते हैं बच्चे
गालियाँ बकता वर्तमान

दरवाज़ा अन्दर से भिड़ जाता है
और घर के चारों कोनों से
अट्टहास करता निकलता है
भूत मुझे फ़र्श पर औंधा पटकता हुआ
परीक्षा में मेरी असफलता है कि
संगीत लहरियों को मच्छरों सा भगाने के लिए

मुझसे शेल्फ टूट जाता है संसार छूट जाता है
औंधी पड़ी रहती है संस्कृति
उदासीन सा पड़ा रहता है समय
पर सांत्वना पाती है रसोई
समझ-बूझ जाता है स्नानगृह
वर्तमान का कंधा थपथपाता हूँ
चिह्नित करता हूँ नक़्शे पर सम्पर्क मार्ग
उठकर कपड़े झाड़ते हुए
ठोकर मारता हूँ भूत पर
धूप या बारिश में
कर्फ्यू या बर्फ़ में
जीवन-जीवन खेलने के लिए
मुझे भी ढूँढ़नी है जगह
अपने ही मकान के अन्दर
और बच्चे...

पत्र

तुम्हारे ओंठों पर सजे पंक्तिबद्ध शब्द
अभी अनकहे हैं
तुम्हारी आँखें प्रसन्न और चकित हैं
खिलखिलाता है तुम्हारे मन में कोई मधुरिम संस्पर्श

क्या ताकती रहती हो शून्य में
शून्य से ही उद्‌भूत है सब
शून्य में है जीवन का उत्सव
विलीन होना है सब कुछ शून्य में ही
मैं नहीं हूँगा तो क्या
ओठों को कंपाता हुआ
आँखों को सहमाता हुआ

तुम्हारी जिजीविषा पर
सदा के लिए अंकित है
तपिश से भरपूर
स्मृति स्वरूप
एक चुंबन

सम्बलपुरी कविताएँ-हलधर नाग की

अनुवादक : दिनेश कुमार माली

एक मुट्ठी चावल के लिए

चारों तरफ़ ऊँचे-ऊँचे पहाड़,
घनघोर जंगल
इन्द्रावती नदी पर बाँध,
रोक रहा हो जैसे हिलोरे खाता सागर,
दिखाई देता भयंकर।

दशहरा-छुट्टी पर कॉलेज के छात्र
आये यहाँ करने वन-भ्रमण
इधर-उधर देखा उन्होंने
दिखाई पड़ी पत्थर तोड़ती बूढ़ी,
एक पहाड़ के नीचे।

सिकुड़ी झुर्रीदार उसकी त्वचा;
काले शरीर से निथरता पसीना,
उम्र होगी अस्सी या नब्बे,
'फोटो खींचों, फोटो', कहकर
इकट्ठे हो गए सभी ।

कैमरे से क्लिक करते ही,
भड़क उठी वह बुढ़िया

'हरामखोर'! तुम्हें खा जाये शेर,
मेरा फोटो खींच रहे हो
मालूम नहीं, तुम्हारी दादी के बराबर हूँ।

'उधर जाओ, वहाँ रेज़ा है बहुत
उनमें कई धांगड़ी भी है
वहाँ जाकर खींचों फोटो
पके हुए पत्ते, नब्बे साल की औरत का
शर्म नहीं आती फोटो खींचते?

एक ने पूछा, 'बूढ़ी माँ, बताओ,
इस उम्र में इतना कठिन काम
हाड़-तोड़ परिश्रम
देखकर होता हैं हमें अचरज
मन में होता घमघम'

बुढ़िया ने कहा, 'सुनो, बच्चे
मेरे भी कभी दिन थे
मैं थी ग्राम प्रधान की बेटी
जमींदार की बहू,
दिखने में सुन्दर, गुणवान, सुयोग्य।'

'घर में प्रचुर धन
सौ एकड़ की खेती
छोटे खेतों से मिलती दलहन,
गुँजी, मंडिया, कुदो, मूँगफली
घर रहता हमेशा भरा।'

'किसी चीज़ की कमी नहीं,
पहनती बहुत सोना,

सुख-भोग से रहती थी मैं
नौकर-चाकर भी थे बहुत
मैं थी लाखों की मालकिन।'

'जमींदार मेरे पति
दो जवान बेटे
किसी जन्म का पाप,
इन्द्रावती बाँध में बह गये!
सभी हो गए साफ़।'

'मैं अभिशप्त, सभी को निगल गयी,
अब न आगे कोई, न ही पीछे
पता नहीं, मुझे क्यों छोड़ गया यम?
एक मुट्ठी चावल के लिए,
इस उम्र में करती इतना काम।'

समय सर्वाधिक बलवान
शगड़-डंडे की तरह ऊपर-नीचे,
किस्मत जाती बदल,
राजा हो जाता भिखारी,
एक मुट्ठी चावल के लिए
जमींदारिन धीरा तोड़ रही
पत्थर मार मन।

चेतावनी

अब हमारी सरकार, नहीं दरकार विदेशी चास
भारत की मिट्टी हुई पथरीली जीव हो गए नाश
छोड़ विदेशी धंधा, आँखें होने के बाद भी बनाते अंधा
छोड़ विदेशी धंधा, हमें खिलाते मीठे कंधा

उच्च उपज योजना के नाम पर पूरे देश को पिला दी घुट्टी
रसायन, कीटनाशकों से प्रदूषित हुआ जल, वायु, मिट्टी,
रोग-बीमारी से आधी उम्र में हो जाता मरण
रोग-बीमारी से खोखला होता हमारा तन,

उर्वरक, कीटनाशक, बीज बेचती विदेशी कम्पनी,
मीठे गुड़ का आनन्द लेती, सभी का धन चूसती
किसान के गले में फाँसी का फन्दा, सिर पर हाथ बारहमास
किसान के गले में फांसी का फन्दा, होता भिखारी बनने को विवश,

लाखों जीवों को पोसते कहां मिलेंगे वे किसान
ऋण में डूबकर मांगते फिर सरकारी ऋण
देखें उनकी दुर्दशा, बांस की तरह भीतर से पोला;
देखें उनकी दुर्दशा, किसान लगता जैसे बैंगनी गोला,
छोड़ रसायनिक खाद, कीटनाशक, हाइब्रिड धान, गाय-गोबर से करो चास,
झूली, सुना काठी, मागुरा, संपरी, करणी, तुलसीवास
स्वच्छ भारत हो, विदेशियों को कराओ पलायन;
स्वच्छ भारत होगा तो टिकेंगे हमारे मूल्य-महान,

स्वच्छ भारत

आकाश, मिट्टी, पानी-पवन, निर्मल परिवेश
होने जा रहा एक उन्नत स्वच्छ भारत देश।

विदेशी कला-संस्कृति करती हमें दुर्बल,
चाहिए समाज को इसी समय संभल।

एक ईस्ट इंडिया गयी तो आई पाँच हज़ार
कारखानों के निर्गत धुएं से हवा हो गयी कदाकार।

उर्वरक कीटनाशक प्रदूषित करते खेत
मानव-हित के जीव होने लगे समाप्त।

आलू, बैंगन, गोभी, परवल, टमाटर
जहरीले रसायनों से भरे, भले दिखते सुन्दर।

खेतों, तालाबों, सड़क-किनारे हैं पेड़ों की दरकार
हर घर में शौचालय की सुविधा देगी सरकार।

कहाँ से आई पॉलीथिन जरी, भरने को सारे संपद
नहीं मिट्टी निगलती, नं पानी मिटाता, जलाना भी विपद।

गाँव से दूर, गड्ढा खोदकर कचरा उसमें फेंक
बाट, घाट, गली, नदी, नाला, हमेशा साफ रख।

गाँव के आस-पास पेड़-पौधों को काटने से करो मना;
कौन नहीं जानता, हे भाई! पेड़ हमें देते ऑक्सीजन।

गाँवों को छोड़ कर हो गए लोग शहरवासी;
प्रदूषित पवन में लेते सांस आठकाल बारहमासी।

मक्खी-मच्छरों की खदान शहर, पैदा करते नाना रोग;
रामदेव बाबा कहते लोगों से, करो प्राणायाम योग।

दिन-दिन कितने नए रोग, डॉक्टरों को भी नहीं पता;
खुद तो डॉक्टर भागते फिरते वेल्लोर की अस्पताल।

करो खेती चावल, सूनाकाठी, मागुरा, संपरी, झूली
गोबर खाद वाली फ़सलों की करो बिकवाली।

छोड़ रसायनिक खाद, संकर धान, विदेशी कारोबार
अतीत को झाँके, हमें स्वच्छ भारत की दरकार।

भारतीय हम हिन्दू, ईसाई और मुसलमान,
राम, कृष्ण, अल्लाह, मुहम्मद, यीशू सब एक ही भगवान।

युगों-युगों से अखण्ड-भारत नहीं हुए टुकड़े अनेक
स्वच्छ भारत में, फहराने दो भाइयों, तिरंगा एक।

मिट्टी का आदर

हीराकुंड बाँध हो गया पूरा, जलाशय जायेगा भर
महानदी-तट के सारे गाँव-गंडे जायेंगे पानी के भीतर।

बार-बार सरकारी घोषणा, गाँव छोड़ जाओ अब
जो लोग नहीं छोड़ेंगे घर, पानी में जायेंगे डूब।

फिर सरकार 'भरना' देगी किसकी कितनी ज़मीन-बाड़ी
कुटुम्ब, सगे-सम्बन्धियों के लेकर जायँ जंगल मोह-माया छोडी।

जीवन के डर से जो जहाँ भागे इधर-उधर
जंगल-पर्वत, रहते-सोते, खाते ताल-पत्तर।

पीतापली गाँव वाले चले गए, पर कुछ रह गये
गाँव के प्रवेश द्वार पर, वे इकट्ठे हुये।

दुलना, अकेली, झगड़ालू बूढ़ी, लिए सिर पर भार,
तेजी से वह जा रही थी गाँव से बाहर।

कुछ शरारती लड़कों ने पूछा, बूढ़ी का रास्ता रोककर
क्या ले जा रही हो, खाली घरों से सामान चुराकर?

दुलना बोली, 'किसी का कुछ नहीं लिया चुरा
सात पीढ़ियों की मिट्टी है, जिसे मैं नहीं सकी बिसरा।

लड़कों ने कहा, 'बदमाश बुढ़िया, कैसे करें विश्वास तुम्हार?
किसका कितना पैसा, सोना?, कर रही थी उस मौक़े का इन्तजार।

'देखो, देखो' कहकर खींचा बूढ़ी से गठर
फटते ही गठरी, मिट्टी बिखरी इधर-उधर

लड़के खिलखिला कर हँस पड़े,' बुढ़िया पगला गयी है;
ले, ले अपनी धन-संपत्ति, जो रास्ते पर बिखरी हैं।

रोते-रोते, दुलना बूढ़ी मिट्टी इकट्ठा करते बोलती है
असली धन जन्मस्थान की मिट्टी है, जिसे मैं ले जा रही हूँ

जहाँ मैं मरूँगी, डालना इस मिट्टी को ही
दुलना बूढ़ी की आत्मा को शान्ति मिलेगी तभी।

मोबाइल : 9437059979

मीता दास द्वारा अनूदित बांग्ला कविताएँ

धान

सुनील गंगोपाध्याय

पीली साड़ी अबकी मत पहनना,
अबकी खेतों में पीला नहीं हुआ धान पककर
तुम्हारे घर में पर्दे पीले हैं,
विनती करता हूँ उन्हें भी उतार रखो
अबकी खेतों में पीला नहीं हुआ धान पककर

इस मोहल्ले में बज रही है शहनाई,
उस मोहल्ले में तना हुआ है शामियाना
व्यस्त हैं लोग, सुखी हैं लोग,
शंख और उलूध्वनियाँ, लाल ओढ़नी
सब रहे बस बन्द रखना हल्दी की रस्म
अबकी खेतों में पीला नहीं हुआ धान पककर

आ कागाआ.....कौओं की पूरी फौज आ....
गौठान के करीब खड़े होकर पुकारता है
अपने पुराने सुर में

ओ बच्चे, मत पुकारो तुम कौओं को,
यह आवाज़ अपशगुनी है

इस साल नहीं होगा नवान्न, बाढ़ आई है
अबकी खेतों में पीला नहीं हुआ धान पककर

पीली हवा उदास हो घूम रही है दोपहर में
कहीं किसी को बातें करते देखूँ तो
रक्त में उठता है तूफ़ान
पैरों के करीब बिछी रहती है
ठण्डी रातों की नीली रौशनी
पेड़ों में पत्ते पीले होते हैं पर डर से
माँ का चेहरा शिशु सा हो आता है

पानी में जैसे बादलों की छाया,
डरी-सहमी सी ओ माँ,
मत डरो माँ
बच्चे का अन्नप्राशन जरूर होगा
अनादिकाल की गोधूलि वेला में ।।

अंजुरी बना खड़ा है

शक्ति चट्टोपाध्याय

पीले अनाज के बीच वह अंजुरी बना खड़ा है
अकेला, अंजुरी बना
पके हुए पीले अनाज में बीच खड़ा है
दिन भर।

अन्नपूर्णा, अन्न दो-कह कर वह
कई हज़ार विस्तृत खेतों के बीच
अकेला खड़ा है।
पूर्ण हो जाता है उसका शून्य करतल

विपन्नता शोक लाती है

झुमुर पांडे

धान काटना हुआ शेष
खर पतवार भी चुनना हुआ शेष
तुम्हें अब कहाँ-कहाँ ढूँढ़ू
तुम ही कहो?

इस पीले में समाये पीले समय के मैदान में
तुम्हारा यहाँ पर होना तय था
इसी पहाड़ की चोटी के नज़दीक
इसी ताजे हवा के सुगन्ध में
सोइला पाखी विदेशी पक्षी...
तुम क्या भूल गए हो अपना पथ?

क्या तुम्हे रोक लिया किसी विपन्न नीड़ ने
या फिर
किसी सोहागी समय में बन्दी हुए खिड़की के सीखचों में

धान काटना हुआ शेष
खर पतवार भी चुनना हुआ शेष

तुम्हें और कब तक ढूंढ़ता फिरूँ
इस पीले अनाजों में समाये
पीले समय में मैदान में

किसान काटो गेहूँ भी

मीता दास

काटो फ़सल, काटो धान और गेहूँ भी
मैं कहती हूँ यह कोई
मरे हुओं का देश है क्या?
कभी-कभी
मनुष्यों की आँखें मछलियों की तरह
निष्प्राण हो जाती हैं
उन आँखों की ओर ताकने से शव देहों की
याद आती है बरबस
कितने बचे हैं? और क्या वे जीवित हैं?

भूख से कुलबुलाती अन्तड़ियाँ शायद
उसे भी नज़र अंदाज कर गटक जाये
और दूध को तरसते बच्चे नल खोल ढूँढ़ने लगें
पिछले बरस रोड पर बहाया गया दूध

नल के सारे कनेक्शन
उन्होंने रोड के आसपास
या रोड चीर कर ही आते देखें हैं।
जबकि पता है यही रास्ता राजधानी को जाता है

पर अबोध से सरपट दौड़ते एक कुशल धावक के मानिंद
भरम टूटता जब शहर के चारों ओर सजा दिखता है
शमशान का चक्रव्यूह

पर हे धरती पुत्र किसान
सीने में जज्ब क्रोध की ज्वाला लिए फिर भागता
मशाल उठाये, क़र्ज के बोझ से दबा
जन्मों का ऋण अब तक शेष है

मरी हुई मछलियों की तरह सड़ांध मारते सपने
जब कोई पलायन का रास्ता नहीं बचता तो झूल जाता है
आज सड़कों पर कर रहा विरोध
लाठियाँ और बन्दूक़ की गोलियों से छलनी हुआ तब
रक्त रंजीत धरती लाल हो कराह उठी
पर बहरे गा रहे हैं गीत,
घिर आयो है बदरिया
और गूंगे सुन भी रहे हैं मगन
काटो फ़सल, काटो धान और गेहूँ भी

धरती पुत्रों के लहू से रंगी है धरती आज
अगले बरस चावल लाल और गेहूँ पिसने के बाद
हो जायेगा लाल
हर किसी के थाली में पहुँचते ही।

मैं कहती हूँ यह कोई
मरे हुओं का देश है क्या?

चंगुल से उबरे किसान

हरीशचन्द्र पाण्डेय

1. संपादक-पिछली सदी के किसान और नयी सदी के किसान में कौन सा मूलभूत अन्तर है?

पिछली सदी की किसान स्थिति समझने के लिए सदी को कम से कम दो भागों में बांटकर देखता होगा। स्वतन्त्रता प्राप्ति के पूर्व के किसान तथा स्वतन्त्रता प्राप्ति के बाद के किसान। स्वतन्त्रता प्राप्ति के पूर्व का किसान अंग्रेज़ों के हितों के लिए ज़मींदारी नियन्त्रण में खेती करता था। फ़सलों का होना निश्चित नहीं था लेकिन लगान निश्चित दो फ़सलों में भी अनाज उगेगा या फिर ब्रिटिश उद्योगों की आपूर्ति नियन्त्रक अन्य कच्चा माल, यह भी अंग्रेज़ हितों को देखते ही तय होता। जूट, परसन या नील जैसे उत्पाद। ज़मींदारी को खौफ-शारीरिक, मानसिक दोनों को। किसान पर महानवी क़र्ज, उसकी बंधुआगिरी, ब्याज पर ब्याज और पीढ़ी-दर-पीढ़ी की बरजदता और उनकी स्त्रियों का निरर्थक भोग में सामन्ती प्रथा न होते हुए भी उसी के अवशेष थे। आजादी प्राप्ति के बाद भूमि सुधार क़ानूनों ने ख़ासकर छोटी जोत के किसानों को किसान-इयत्रा देरी चूँकि कृषि राज्य का विषय था। अत: राज्यों ने अपने-अपने यहाँ भूमि सुधार क़ानून लागू किये। आगे चलकर कृषि उत्पादों के लिए लागत व मूल्य आयोग का गठन और फिर 14 निजी बैंकों का राष्ट्रीयकरण कर अन्य बातों के साथ-साथ किसानों के लिए ऋण उपलब्धता के द्वारा खोलना। यह बात अलग है कि ऋण स्वीकृत करना व उनकी वसूली दोनों से जुड़े भ्रष्टाचारों से किसानों की आत्महत्याओं के भी सबब बने। और यह सिलसिला इस सदी में भी रूका नहीं है। बल्कि यह सदी किसानों के अस्तित्व के खतरे को लेकर आई है। पिछली सदी में ज़मींदारी के चंगुल से उबरे किसान इस सदी में कार्पोरेट चंगुल में फंसने की आशंका में जी रहे हैं।

2. संपादक किसानी जीवन में वे कौन सी समस्याएँ उठ खड़ी हुई जिन्हें तयपूर्वक रेखांकित किया जाना चाहिए?

किसानों के कुछ निश्चित उत्पादों पर ही न्यूनतम समर्थन मूल्य निर्धारित किए जाते हैं। जरूरत है छोटे किसानों के अन्य उत्पादों पर भी न्यूनतम समर्थन मूल्य निर्धारिए किए जायें ताकि वाजिब दाम न मिलने के कारण घाटा हो और अपनी ही फ़सलों को नष्ट करने की नौबत न आये। आत्महत्या के कारणों को गम्भीरता से लेते हुए भ्रष्टाचार पर लगाम लगाया जाये और किसानों की ऋण मुक्ति के सम्मानजनक रास्ते निकाले जाये। वर्तमान में जो वातावरण चल रहा है उसे देखते हुए किसानों को यह अभय बोध दिया जाना चाहिए कि उनके जोतों का स्वामित्व बना रहेगा।

3. संपादक-किसान संगठनों या उनके द्वारा चलाए गए आन्दोलनों से क्या सचमुच किसानी जीवन के स्तर में सुधार आया है?

अगर आप किसान संगठन या किसान आन्दोलनों के इतिहास में जायेंगे तो इसका उत्तर मिल जायेगा। पहले संगठनों को मान्यता ही नहीं दी गयी थी। अत: आन्दोलनों का स्तर बिखरा हुआ रहता था। ऐसे में उनके नेतृत्व की कुशलता पर आन्दोलनों का हश्र व प्रभाव निर्धारित रहता। चम्पारण के किसानों को जबरन नील की खेती करवाने के विरूद्ध गांधी का सत्याग्रही नेतृत्व मिला तो बारदोली में सरदार पटेल का नेतृत्व। बल्कि सरदार पदवी उन्हें यही मिली। दोनों सत्याग्रहों की किसानों के हित में महत्त्वपूर्ण ही नहीं ऐतिहासिक भूमिका रही। दरअसल आन्दोलनों के चरित्र को दो कोणों से देखा जा सकता है। एक-किसानों के द्वारा शोषण व अनावश्यक दबावों का विरोध, दूसरा अधिक उत्पादकता हेतु अनुपलब्ध सुविधाओं की माँग। पिछले दिनों हुआ किसानों का दीर्घ और वृहद आन्दोलन अस्तित्व बचाने का आन्दोलन था। कुछ पाने के लिए नहीं, खोने को बचाये रखने का प्रस्तावित बिल में न न्यूनतम समर्थन मूल्य का प्रावधान था। न शिकायतों हेतु कोर्ट जाने की व्यवस्था। केवल प्रशासनिक व्यवस्था की। साथ ही उत्पादों के भंडारण की सीमा असीमित कर दी गयी थी। जिसका अर्थ समझना मुश्किल नहीं कि इसमें किसके हितों का पोषण होता। ऐसे यह आत्माआर्थ किया गया आन्दोलन था।

यहाँ किसानों के सहकारी संगठनों की भूमिका का भी उल्लेख करना आवश्यक लगता है। जैसे गुजरात के किसानों द्वारा आरम्भ दूध उत्पादन में सहकारी सहयोग।

1947 के आस-पास शुरू हुआ किसान उद्यम जो 'श्वेत क्रान्ति' कहा गया। उसने लाखों किसानों व पशु का स्वावलम्बन ही नहीं बल्कि आर्थिक दृढ़ता दी।

इसी तरह किसानों के खाद सम्बन्धी सरकारी प्रयास IFFCO (Indian Farmers Fertlizer Cooperative) लगभग चालीस हज़ार सहकारी संस्थाओं की सामूहिकता है जो बीज, उर्वरक, कीटनाशक उत्पादों से जुड़ी है।

4. संपादक-कृषक सिर्फ़ पुरूष नहीं होते, स्त्रियाँ/नवजवान भी बड़ी संख्या में खेतीबारी आजकल मजबूरी का विकल्प बन चुकी है।

केवल हल या ट्रेक्टर चलाने वाला ही किसान नहीं कहलाता। खेती से सम्बन्धित, बीज बोने से लेकर फ़सल काटने तक के कई काम और इंतजाम स्त्रियों द्वारा ही किये जाते हैं। पुरूष किसान ही किसान है ऐसी सामान्य धारणा बना दी गयी है। कुछ जगहों पर तो, जहाँ पुरूष, सेना या अन्य नौकरियों में बाहर चले जाते हैं वहाँ खेती कार्यभार स्त्रियाँ हीं सँभालती है। पर जिस तरह से स्त्री-मज़दूरों को पहचाना जाता है उस तरह से स्त्री किसान की मान्यता खेती में खपाती स्त्रियों को नहीं मिली है। हालांकि स्त्री मज़दूरों को भी भेदभाव पूर्ण व्यवहार का सामना करना पड़ता है। उन्हें पुरूष मज़दूरों के मुकाबले कम मज़दूरी मिलती है। इधर स्त्री किसानों के महत्त्व को स्वीकार करते हुए कुछ वर्षों से 15 अक्टूबर को महिला किसान दिवस घोषित किया गया है।

यह सही है कि युवा शिक्षित बेरोज़गार शहरों की ओर जा रहे हैं और यथेष्ठ पढ़ाई से वंचित युवा मजबुरन कृषि कार्य कर रहे हैं। यूँ युवाओं का किसानी से जुड़ना कोई समस्या नहीं है। समस्या है तो यह कि गाँवों की कृषि योग्य उपलब्ध ज़मीन पर बढ़ती जनसंख्या का दबाव बढ़ रहा है और उधर शहर भी गाँवों के करीब आते जा रहे हैं। शहरों के पास की कृषि योग्य ज़मीन पर बिल्डरों की नज़र रहती है। सो कृषि योग्य ज़मीन निरन्तर कम होती जा रही है। इसके लिए उद्योग व कृषि नीति में तालमेल होनी ज़रूरी है। गाँवों में मनरेगा जैसी योजनाओं से ही बेरोज़गारी की समस्या कुछ हद तक राहत मिल सकती है।

5. संपादक-पूँजीवाद, वैश्वीकरण, बाज़ारवाद ने किसान के जीवन, समाज, रहन-सहन और संस्कृति को किस हद तक प्रभावित किया है?

'मुझे लगता है विश्व संगठनों की छाया में लाए गए डंकल प्रस्ताव या फिर

कांट्रेक्टर फार्मिंग आदि के कारण किसानों की स्वायत्तता पर प्रभाव पड़ा है। खासकर सीमान्त व बटाईदार किसानों पर अगली फ़सल के लिए बीजों का रखना भी उनके अधिकार में नहीं। पेटेंट होने के कारण बीज, दवाएँ, कीटनाशक आदि महँगी चीजों की ख़रीद व प्राकृतिक आपदाओं के कारण नष्ट फ़सल उन्हें ऋण के लिए मजबूर करते हैं। यही ऋणग्रस्ता छोटे किसानों भी आत्महत्या के लिए मजबूर करती है।

6. संपादक-साहित्य में किसानों की उपस्थिति भले ही समाप्त न हो किन्तु अब यह सृजन का केन्द्रिय चरित्र नहीं रह गया है...

दरअसल बदलते हुए समाज में साहित्य की प्राथमिकताएं या केन्द्रीयता बदली है। नए बनते हुए समाज में परिवारों का विघटन हो रहा है। एकल और एकल अभिभावक परिवार (nuclear family, simple parent family) बढ़ रहे हैं। इसी का एक विस्तार या परिणति लिव इन रिलेशन है। किन्नर जगत पर लिखना अब अपवाद नहीं वे चुनाव जीत रहे हैं, सन्तों में अपने अखाड़े की अलग पहचान चाहते हैं-सो अब कविता, कहानी, उपन्यास सब जगह उनकी उपस्थिति है। राजनैतिक व धार्मिक एकांगिता से उपजते सामाजिक सौहार्द के तानों-बानों का बिखराव, कार्पोरेट नौकरियों के तनाव ये सब साहित्य में जगह बनाते जा रहे हैं। पर ऐसा नहीं कि किसान या ग्रामीण जीवन साहित्य में दर्ज नहीं हो रहा। एकांत श्रीवास्तव के तो सारे कविता संग्रह, ग्राम्य शीर्ष या कृषक जीवन के शीर्षक लिए हुए हैं–'अन्न है शब्द मेरे मिट्टी से कहूँगा धन्यवाद', 'बीज से फूल तक' और 'धरती एक अधखिला फूल' है। अष्टभुजा शुक्ल की 'चैत के बादल' हो या फिर मान बहादुर सिंह, उदय गोंडवी, बल्ली सिंह चीमा का परम्परा में आज भी कई कवि मूल्य संवेदना को विडम्बनाओं के साथ कविता में ला रहे हैं। किसान आन्दोलन के दौरान हुए तिक्त अनुभवों का पंजाबी कवि लाल सिंह दिल द्वारा लिखी कविताओं का लेखक तरसेम द्वारा आनूदित चयन 'खेत पूछते हैं' नाम से प्रकाशित हुआ है। इसी तरह कहानियों व उपन्यासों में भी।

7. संपादक-आर्थिक तंगी, बीमारी, अशिक्षा, अंधाविश्वास, जातिवाद, धार्ममीख्ता से लगभग देश के पूरे किसान त्रस्त हैं। इससे उक्ति का उपाय?

किसानो में शिक्षा का समुचित प्रसार आवश्यक एक प्राथमिकता है। संसद मे बजट प्रस्तुत होने पर, किसानो से प्रतिक्रिया लेने पर अधिकांश ने बजट शब्द को

लेकर ही अनभिज्ञता प्रकट की। बजट में किसान सम्बन्धी प्रावधानों की बात तो दूर की है। अन्धा विश्वासों का होना भी आशंका का कारण है। महाराष्ट्र में अन्धश्रद्धा निर्मूलन समिति सदृश संस्थाओं को पूरे देश में होना चाहिये। वे निहित स्वार्थ बातों के कोपभाजक भी बने। यही काम वहाँ आजकल श्याम मानव कर रहे है।

8. संपादक-क्या ऐसा कोई विकल्प है जो किसानो के महत्त्व को ऊपर उठा सके सम्मान वापस लौटा सके?

किसानो का महत्त्व किसान हित में कृषि नीति बनाने पर ही लौट सकता है। जिस देश में उत्तम खेती मधयम बान की परम्परा रही हो वहाँ अन्नदाता को याचक बनने की मुद्रा से बचने को आन्दोलन करने पड़े, यह एक दुर्भाग्य है। राज्य को इस सम्बन्धा में एक कल्याणकारी राज्य की तरह भूमिका का निर्वाह करना होगा। गाँवों से किसानों का प्रभूत पलायन हो रहा है। यह कैसा विकास कि जिस दिन गाँव में सड़क पहुँचती है उस दिन गाँव का अन्तिम घर गाँव छोड़ रहा होता है। महेश पुनेठा की कविता 'सड़क अब पहुँची हो तुम' कविता संग्रह का नाम भी है-इसी प्रवंचना की अभिव्यक्ति है।

सम्पर्क : 9455623176

विनय मिश्र

1

दुनिया में जिसकी पहचान सड़क पर है
अबके वो ही हिन्दुस्तान सड़क पर है

कैसे महलों में जीते हैं लोग कि जब
जीने का सारा सामान सड़क पर है

जिसके कंधो पर अब तक केवल हल था
उसके प्रश्नों का अभियान सड़क पर है

महलों की झूठी बातों से लड़ने को
अब के हर सच्चा इंसान सड़क पर है

आज यहीं है एक त्रिबेनी का संगम
गीता गुरुबानी कुरआन सड़क पर है

अब लड़कर पाना है जो भी पाना है
संघर्षों का इक प्रतिमान सड़क पर है

एक ज़रूरी चिठी ले आया मौसम
जिसको पढ़कर आज किसान सड़क पर है

2

बुरे वक़्त में राजधानी की बातें
ग़ज़ब ढा रही हैं किसानी की बातें

नगर आँसुओं के बसे हैं वहीं पर
जहाँ रोज़ चलती हैं पानी की बातें

यहाँ मौत ही मौत का दबदबा है
कहाँ ज़िन्दगी जिंदगानी की बातें

वही है प्रजा प्रार्थनाओं में डूबी
वही रसभरी राजा रानी की बातें

कोई काम सरकारी आये तो पहले
ज़रूरी हैं ये चाय पानी की बातें

अँधेरे समय में चमकती है देखो
यहाँ हर तरफ़ बेइमानी की बातें

सियासत की बिल्ली कहाँ जानती है
वो चूहे की और चूहेदानी की बातें

3

गुमों से रात-दिन का वास्ता हो
ख़ुशी से फिर कहाँ से राब्ता हो

अँधेरा भूख बेचैनी उदासी
मेरी किस्मत में जो भी हो अता हो

तुम्हारे देश में हम भी हैं लेकिन
तुम्हें इस बात का शायद पता हो

दिलों के सौ सौ टुकड़े करने वाला
बताता है कि कैसे एकता हो

उड़ानों से करें उम्मीद भी क्या
हवाओं में जो खंजर बोलता हो

उसे तो आदमी कहना है मुश्किल
भले तेरे लिए वो देवता हो

मुझे ख़ामोश ही रहने दो वरना
कहीं ऐसा न हो मुझसे ख़ता हो

4

उड़ी पुरखों की वो पगड़ी हवा में खानदानी भी
था खाली पेट पहले ही गयी खेती किसानी भी

बुलन्दी पर हमारी चीख है जाने यहाँ कबसे
मगर कोई सुने कैसे ये गूंगों की कहानी भी

मिलावट ऐसे जारी है कि जो त्योहार में दहशत
वही क़ातिल भी है जो है हमारी जिंदगानी भी

बचाकर हौसले को आग से मैं खेलने निकला
उतर आया मेरे भीतर कहीं दरिया का पानी भी

यहाँ की सुर्खियों में है अँधेरा ही नहीं केवल
गरीबों की नुमाइश में है अपनी राजधानी भी
जहाँ सब कुछ बिकाऊ है वहाँ अपनों की चाहत में
गये रिश्ते गये नाते गयीं चढ़ती जवानी भी

बहुत गहरी सुरंगे हैं सियासत में सम्हल जाओ
क़दम दो चार पड़ते ही न पाओगे निशानी भी

सम्पर्क : मो.नं. : 9414810083

आलेख

किसान आन्दोलन : स्थापन और विस्थापन के द्वन्द्व

सेवाराम त्रिपाठी

1. 'जो अन्न-वस्त्र उपजायेगा, अब सो क़ानून बनाएगा/यह भारत वर्ष उसी का है, अब शासन वही चलाएगा।'

–स्वामी सहजानन्द सरस्वती

2. 'यह आशा करना कि पूँजीपति किसानों की हीन दशा से लाभ उठाना छोड़ देंगे, कुत्ते से चमड़े की रखवाली करने की आशा करना है। इस ख़ूँखार जानवर से अपनी रक्षा करने के लिए हमें स्वयं सशस्त्र होना पड़ेगा।'

-प्रेमचन्द

किसान-आन्दोलन कहीं आकाश से उतरकर ज़मीन पर नहीं आया। वह इसी धरती की ठोस उपज है; जो आवश्यकताओं और किसानों की वास्तविक परिस्थितियों से पैदा हुआ है। किसानों की अस्मिता, दुःख, पीड़ाएँ, वास्तविकताएँ, संघर्ष और समस्याएँ उसके मूल में हैं। वैसे भी किसानों का जीवन दुःखों और यातनाओं का अथाह समुद्र है। उन्हें इसी से जोड़कर देखना चाहिए। मैं ठेठ गाँव-गँवई का आदमी हूँ–एकदम छोटे-से गाँव का; जिसकी आबादी 2022 में किसी तरह चार सौ पचास का आँकड़ा छू सकी है। गाँव की स्थितियाँ देखते हुए, उनके तमाम दुःखों-तकलीफ़ों और यन्त्रणाओं को देखते-भुगतते हुए ही गुज़रता है–अपार दुरूखों, तकलीफ़ों को देखते हुए । किसान-आन्दोलन के पूर्व के इतिहास को उसके कई कदमों से संबद्ध करके ही देखना चाहिए। भारत में किसान तबाही, बर्बादी, वीरानी और उजड़े जीवन की बहादुराना कहानी है। भारत के किसानों के संघर्ष को पाबना विद्रोह, तेभागा आन्दोलन, कूका विद्रोह, चम्पारण आन्दोलन, बारदोली सत्याग्रह, मोपला विद्रोह, स्वामी सहजानन्द सरस्वती का किसान आन्दोलन के विराट पैमाने के मूल में रहे

हैं। उसी में इसे देखना चाहिए । सहाजानन्द सरस्वती ने तो किसानों को ही जीवन का परम लक्ष्य घोषित किया था। जैसे राजनीति की राजनीति है, उसी तरह किसान आन्दोलन की भी विधिवत एक घोषित राजनीति है; लेकिन वह किसी प्रकार के राजपाट की माँग का आन्दोलन कभी नहीं रहा है और न ऐसी उसकी राजनीति रही है। वह जीवन जीने की एक विधि के रूप में विकसित हुआ है। वह किसानों की अस्मिता और बेहतरी का संघर्ष है। निहित स्वार्थ साधने वाले कई प्रकार के भ्रम फैलाते रहते हैं। इस फैलाए गए भरम या परम झूठ को भी हमें समझना चाहिए। इसकी आन्तरिक परतों में बिंधे रूपों को भी ध्यान से पहचानना चाहिए। किसानों की लूट में केवल जमींदार, पूँजीपति भर नहीं हैं; बल्कि हर प्रकार की सत्ताएँ भी इस लूटमार में शामिल रही हैं। यही नहीं, वे उनकी हस्ती मिटाने में बढ़-चढ़कर हिस्सा लेती रही हैं। किसान आन्दोलन के प्रति सरकार का यह रवैया और ग़ैरज़िम्मेदाराना हरकत यही बताती है। यह स्थिति अब भी जारी है। यह उसी का एक गम्भीर प्रतिरूप है। किसानों की अस्मिता ही नहीं, बल्कि उनकी बुनियादी ज़रूरतों को पूर्व में सामन्तों, जमीदारों ने तहस-नहस किया। उनकी जिजीविषा तक को अनदेखा किया गया; जैसा कि उसे बार-बार लांछित करने के लिए इस्तेमाल किया गया।

सत्ता ने अपनी मार्केटिंग के लिए, अपने को हर हाल में सही साबित करने के लिए किसान-आन्दोलन को बदनाम करने की लगातार साज़िश और कोशिश की। किसानों की वास्तविक समस्याओं को समझने के कोई सहज प्रयत्न ही नहीं हुये। पूर्व में ही किसान-आन्दोलन के बारे में उसकी धार को कुन्द करने के लिए तरह-तरह की धारणाएँ बना ली गयीं और विकसित की गयीं। महात्मा गांधी ने समूचे देश में घूम-घूम कर देश की हालात और वास्तविकता को समझा था; लेकिन इधर की सत्ताओं ने किसान-आन्दोलन की न तो ज़मीन देखी और न उसकी समस्याएँ समझीं । केवल राजनीतिक विद्वेष की वजह से लांछन-पर लांछन लगाए। उनके आन्दोलन को हवा में उड़ाए जाने के क्रिया-कलाप चलते रहे। उनके कष्टों को उनकी तकलीफ़ों को बार-बार अनदेखा किया जाता रहा।

किसानों की इयत्ता और आत्मविश्वास को लगातार तोड़ा जाता रहा और संकट-पर-संकट पैदा किए गए। यह आन्दोलन भक्ति आन्दोलन की तरह स्वाधीनता-आन्दोलन की तरह गुलामी के ख़िलाफ़ किसानों की समस्याओं का, उनकी वास्तविकता का आईना भी रहा है। किसान भूमि सुधार चाहता है। वह गरीबी और ऋणग्रस्तता से मुक्त होना चाहता है; ताकि खेती किसानी से उसका सही ढंग

से जीवन-यापन हो सके। वह जानता है कि खेती-किसानी उनके जीने का सही रूप अख्तियार करें। स्वाधीनता-आन्दोलन को तत्कालीन ब्रिटिश हुकूमत ने जैसा समझा, दुर्भाग्य से हमारे देश की तथाकथित अपने ही द्वारा चुनी सरकार ने और उसके प्रजातन्त्र के पहरुओं ने उस मानसिकता और गहरी संवेदनात्मकता से परखा ही नहीं; बल्कि केवल अहंकार के लंबे-लंबे टावर गाड़े गए। क्या कहा जा सकता है, जब अपने ही देश की हुकूमत ने फूट डालो और शासन करो की दोगली नीति अपनाते हुए ऐसा व्यवहार किया। बदनाम करने की मंशा से उसे हर तरह से तोड़ा गया। बड़े-बड़े मंत्री और सांसद विधायक और अधिकारी किसानों के बेटे होते हुए भी उसका सर्वस लूटते रहे। उसे बदनाम किया जाता रहा। क्रूरता, निर्लज्जता, निरंकुशता और अकड़ की हदें लाँघ दी गयीं और लगभग एक वर्ष से चल रहे किसान-आन्दोलन को गलत मनोविज्ञान से निपटाने की योजनाबद्ध कार्रवाई हुई; लेकिन सच्चाई यह है कि किसानों के जनप्रवाह जनज्वार में निरन्तर बदलते चले गए। हर तरह के तोड़ डालने वाले अन्दाज़ में भी यह पुख्ता आन्दोलन बचा रह सका। यह जिजीविषा के कारण ही सम्भव हुआ। किसान-आन्दोलन किसानों के मिजाज की तरह ठण्डा होते हुए भी इसमें भीतर-ही-भीतर अभूतपूर्व फैलाव और ज्वलनशीलता रही है । तभी यह हर तरह की आँधियों और तूफानों का बहादुरी से सामना कर सका और इसकी लौ कभी धीमी नहीं हुई।

किसान आन्दोलन में भारतीय जनता के अपार संघर्ष रहे हैं। इस आन्दोलन को सलाम करने की इच्छा होती है। इसकी गहरी जिजीविषा किसानों के संघर्षों, जीवन-मूल्यों और तापों से पैदा हुई है। जिन्होंने अपने आत्मीयों-परिजनों के शव ढोए हैं और अपने प्रिय लोगों के जनाजे उठाए हैं, वे ही इस अपार यातना को समझ सकते ; अन्यथा नहीं। सत्ता-व्यवस्था और मीडिया ने तो आँकड़ों की बाजीगरी की है; चाहे वह नागरिकता आन्दोलन के सन्दर्भ में हो, नोटबन्दी हो, जी. एस. टी. हो, कोरोना हो या किसान-आन्दोलन हो। उसे आख़िर हासिल क्या हुआ? किसी को फ़िक्र हुई कि सरकार की क्रूर और निर्लज्ज इस कार्रवाई में कितने लोग परेशान हुये, कितने मरे और कितने प्रताड़ित हुये। अपने घरों से दूर रोज़गार की तलाश में आये भारत के नागरिक हाल-बेहाल हुये, कितने अपने आप को सही साबित करने में लहूलुहान हुये, यह किसी से छुपा नहीं है। आँकड़ों की बाजीगरी से देश नहीं चला करते। व्यवस्था ने पहली बार अपने गलियारों में नाक रगड़ने वालों को, हाँजी-हाँजी करने वालों को करीने से साधा। कारपोरेट घरानों को, अपना पक्षधर बनाया और यह करिश्मा देश में पहली बार बड़े व्यापक पैमाने पर हुआ है।

पहले यह करिश्मा छुटपुट हुआ करता था; अब तो विशाल दरिन्दगी पर यह विराट खेला जारी है। सरकार ने थक-हारकर, चुनावों की नज़ाकत समझते हुए देर ही सही; लेकिन घोषणा हुई। किसानों को देखना यह है कि उन्हें कितनी राहत मिलती है और कितना कुछ हवा हवाई है। ये बातें हमें किसान आन्दोलन के सिलसिले में बहुत गम्भीरता से सोचने-विचारने की हैं; जो देश में हर समय घटता रहा या घटाया जाता रहा। मामला मॉब लिंचिंग का हो या बलात्कार के तमाम रूपों का, हिन्दुत्व के उठान को हो, कभी ऐसा नहीं लगा कि यह अपनी ही सरकार है; किसान इसी देश के हैं और इसी मिट्टी में पैदा हुए हैं। यही अपनी मेहनत-मज़दूरी और अपना सब कुछ दाँव पर लगाते हैं। यहीं उनकी नाभि-नाल गड़ी है। ये इस महादेश के पुस्त-दर-पुस्तके स्थायी निवासी हैं। वे समूचे देश के लोगों को अनाज और अन्य जिनसें उपलब्ध करने का व्यापक काम किया करते हैं। किसान आन्दोलन की कोख में मँहगाई, बेरोज़गारी और क्रूर असमंजस है।

इधर साहित्यिक लेखन करने वालों को जी भरकर लांछित करने की कार्रवाइयाँ बढ़ी हैं। वे कोई समाज की कटी हुई चीज़ नहीं है; बल्कि वह समाज की गहन अन्तर्दृष्टि से मोटे तौर पर जन्मते हैं। यह कोई शगल नहीं। उसकी गम्भीरता को न समझकर उसे उस मनोविज्ञान या तरफ़दारी मनोविज्ञान अपने-अपने ढंग से विश्लेषण करता है। चिन्तक, विचारक और साहित्य संस्कृति के लोगों को भड़काऊ समझ लिया जाता है। सत्ता का करिश्मा देश ही नहीं, समूची दुनिया देख रही है। यह कौन-सा मनोविज्ञान है, इसकी दिशा क्या है और इसका औचित्य क्या है? मुझे लगता है, साहित्य के नाम पर जो लिखा गया है, अभी तक वह सब भड़काऊ कोटि में आ गया है या मान लिया गया है–जैसा सरकार के नुमाइंदे मानते हैं और यही मनवाने की ख्वाहिश रखते हैं। यह साहित्य, संस्कृति और जीवन मूल्यों की एकदम नयी व्याख्या है; जिसमें साहित्य के प्रति घृणा का अपार ज्वार है; जो देश को ही नहीं, दुनिया को हैरत में डालती है। यह परम ओछा मनोविज्ञान अभी आगे कितने गुल खिलायेगा, कुछ कहा नहीं जा सकता। हमारे नए समय के नए निजाम की शायद यही मनोसंरचना है। क्या वह समाज निरपेक्ष है। क्या-क्या बुद्धिजीविता के स्वाँग, तरफ़दारी के मुखोटे और अन्य रूप सामने आ रहे हैं। वे निरन्तर आंकड़ों में झर रहे हैं। आँकड़ों का निर्माण भी एक राष्ट्रीय-अन्तरराष्ट्रीय खेला है।

प्रश्न है कि किसान, जो कि देश के असली अन्नदाता है, उन्हें नकली बनाया जा रहा है। खोखला बताया जा रहा है। वे अपने उत्पादन की उपज के सही मूल्यों के

निर्धारण की बात करें तो नाज़ायज है। उनके मौतों की कोई क़ीमत नहीं। ये वो लोग उच्च स्वर में बोल रहे हैं; जो किसान के बेटे हैं या उसे जोड़कर बड़े-बड़े तख़्तोताज तक पहुँचे हैं। यह विडम्बना जनपक्षधरता से नहीं; बल्कि व्यवस्था की भक्ति और उसके बगलगीर होने से पैदा हुई है। सरकार द्वारा कीलें ठोकना जायज है। खड्डे-खाइयों से भी जी नहीं भरा और न अनर्गल प्रलाप से। किसानों की मौतों की तो शायद कोई क़ीमत ही नहीं है। कोई बकत नहीं। उनको श्रद्धांजलि देना सरकार के लिए किसी भी तरह उपयुक्त नहीं लगा। सरकार को शर्म आती रही है। किसानों की माँगों को खत्म करने के मनमानी आँकड़ों को पटका जा रहा है। लोगों को मालूम नहीं है कि किसान जो उत्पादन करता है वह सब कुछ नहीं बेंच देता। उसका उपयोग अपने निस्तार के लिए करता है। जो ज़्यादा होता है उसे बेंचता है। तरह-तरह के शिगूफे सरकार के क़ानूनों को निरस्त करने के बाद उनसे जुड़े लोगों ने फेंकने शुरू किए हैं। किसान अपनी फ़सलों की बिक्री न करें तो क्या करें। केवल महँगाई को और दैनिक जीवन में उपयोग करने वाली चीजें उसे कोई सेंत में या खैरात में तो देता नहीं और न उसे इसकी चाहत है। उसे अपने जिंसों की बिक्री करने से ही जीवनचर्या में सुविधा मिलती है। अनाज, वस्तुएँ, सब्जी, दूध-फल चाय और उसी तरह के तमाम उत्पादन किसान बेंचकर ही अपना गुजारा करता है। कारपोरेट घरानों से सरकार डरे, किसान नहीं। सरकार तो छोड़िए; बुद्धिजीवी और उनके गलियारों में पैठ करने वाले इसी तरह की दलीलें देते अरसे से घूम रहे हैं। बीच-बीच में तमाम हस्तियाँ यह याद करती हैं कि हम तो किसानों से सम्बद्ध हैं और हमारा उनसे कोई मतभेद नहीं है। हम भी किसान के बेटे हैं। वाह, क्या नज़रिया है! इस खाए-अघाए और पूरी तरह से बौराए सामाजिक मनोविज्ञान का जो व्यवस्था के साथ मिलकर इस तरह की क्रूरतम कार्रवाई करने में जी-जान से भिड़ा है।

यह सही है कि विचार-विमर्श हमें संवाद के नए अवसर उपलब्ध कराता है; लेकिन हमारा दीन-ईमान बेंचकर या गिरवी रखकर शायद इसकी कोई चाहत नहीं है। कुछ बातें देखें–'उनकी लाशें दुनिया को बता सकेंगी/उन चन्द खास भूखे लोगों की दास्तान/जो लाखों वोट और करोड़ों नोट डकार कर/अब भी जीते हैं चुनाव में नयी जीत के लिए/और अँधेरे कमरे में तड़प कर कैसे /मर जाता है सुगना भूख से/सुगना की आवाज़ कब्र से निकलकर/बाहर दुनिया तक पहुँचेगी जरूर/यही कहने को उग आया है/कब्र पर वह मडुआ का अंकुर।' (जसिंता केरकेट्टा)

असलियत एक होती है, अलग-अलग नहीं। काले कृषि क़ानूनों पर एक लम्बे अरसे से मंथन होता रहा है। वाकई यदि गलत थे; जो कि एकदम गलत थे। फिर

क्यों सरकार ने लगभग 700 किसानों के शहीद होने पर उसे वापस लेने के लिए मजबूर होना पड़ा। यह रहस्य नहीं है। कौन समझायेगा और कौन इसके लिए तर्क़ देगा। कुतर्कों का तो इस दौर में ज़खीरा रहा है। सांसद भी तो मुट्ठी भर होते हैं। वे समूची जनता का प्रतिनिधित्व नहीं करते। संसद में जो बहसें हुई हैं और जो दलीलें दी गयी हैं, वे क्यों अनदेखी की जा रही हैं-इस क़ानून के बारे में, कोरोना के बारे में, नागरिकता के बारे में, नोटबन्दी के बारे में। मुझे लगता है, अपने हकों के लिए, अपने अधिकारों के लिए संघर्ष करना, आन्दोलन करना इस प्रजातान्त्रिक देश में गुनाह है क्या? जो आन्दोलन करेगा वह आन्दोलनजीवी हो जायेगा। लेखक सोचने-विचारने वाला जनता का पक्षधर होता है, किसी सत्ता का प्रवक्ता नहीं। किसानों द्वारा पुख्ता रूप में चलाया गया आन्दोलन किसानों की सच्चाई को ही जाहिर करता है। तब तो हमारे देश में स्वाधीनता-आन्दोलन भी नहीं होना चाहिए था। देश में हुए असंख्य आन्दोलन-असहयोग आन्दोलन, सविनय अवज्ञा आन्दोलन, भारत छोड़ो आन्दोलन, जेपी आन्दोलन, जॉर्ज फर्नांडिस का रेल रोको आन्दोलन, छात्रों के आन्दोलन, युवकों के बेरोज़गारी के ख़िलाफ़ आन्दोलन भी नहीं होने चाहिए थे। सरकार जनता के लिए है; जनता सरकार के लिए नहीं। जनता सरकार के गलत कामों के लिए तो कभी नहीं। जो जनता का पक्षधर नहीं है, सत्ता का प्रवक्ता है, वह अपनी हैसियत का स्वयं आकलन करे। मध्यकालीन कवि सन्त ने कभी कहा था–'सन्तन को कहा सीकरी सो काम/आवत जात पन्हैया टूटी बिसरि गयो हरि नाम।'

आँकड़ों की जीभ हमेशा अपनी लीला भी रचती है और कर्मकुण्डली भी। आँकड़ों का विराट खेला भी होता है। कुछ एजेंसियाँ आँकड़ों का सच्चा झूठा प्रबंधन भी करती हैं। अपना-अपना विश्लेषण भी हुआ करता है। साहित्य और लेखक की असली और बुनियादी भूमिका भी हुआ करती है। किसी की सोच से इत्तेफाक नहीं रखने पर भी उन्हें घेरा जाता है। लेखक जनता की समस्याओं के साथ होते हैं; किसानों की समस्याओं और उनकी स्थितियों के साथ होते हैं। प्रासंगिक सवाल क्या होते हैं? वे शासन-प्रशासन द्वारा की गयी गलत कार्रवाइयों की नाप-जोख नहीं करते। यह एकांगी क्या होता है? क्या गलत को गलत न कहा जाये। इसमें भी नपना रखा जाये, मात्रा और अनुपात भी देखा जाये। लेखकीय तटस्थता किस चिड़िया का नाम है? इसको बार-बार पीटने का औचित्य क्या है? इस बात के लिए जनजीवन की समस्याओं को क्या अनदेखा किया जाये? यह कौन-सी वाहवाही है? हमारी निष्ठा जनजीवन की समस्याओं के साथ है। हम किसी भी स्थिति में उसकी अनदेखी

नहीं कर सकते और न अवहेलना। भारतीय समाज एक जटिल समाज है; लेकिन हम तो भारतीय प्रजातान्त्रिक मूल्यों और संवैधानिक मान्यताओं को भी जटिल बनाने पर अड़े और तुले हुये हैं। किसानों की मौत के बारे में बातें रखना तिल का ताड़ बनाना नहीं होता है। हम तो गर्व के साथ कहते हैं कि हम किसान के बेटे हैं। देश में जो सत्ता और अन्य दलों की राजनीति है क्या वह प्रदूषित नहीं है? क्या सत्ता की राजनीति सुरक्षित और दूध की धुली हुई है? क्या वह प्रदूषित नहीं है? ऐसे बहुत सारे मुद्दे, जिन पर हम विचार ही नहीं करना चाहते हैं; बल्कि एक बड़े पैमाने पर बचाव की मुद्रा में होते हैं और शब्दों को तरह-तरह से भाँजते है। सरकार की यह तरफ़दारी क्यों? उसकी यह स्थिति क्यों? इसके उत्तर भी तो होने चाहिए? क्या हमारे देश में जनता की मौतों के बारे में कोई बात न की जाये? उनकी समस्याओं को अनदेखा किया जाये। तटस्थता का प्रशंसक होना भी लाज़िमी नहीं है। हम ऐसी तथाकथित तटस्थता के प्रशंसक न हैं और न होना चाहते हैं। मन से तमाम महत्त्वपूर्ण बातें हो रही हैं और उनकी पच्चीकारी भी। इधर किसान-आन्दोलन के वाक्यों शब्दों की लड़खडाहट देखने का रिवाज़ विकसित हुआ है।

किसान आन्दोलन-विरोधी अपनी वास्तविकता को किस तार्किकता में चीज़ों को देखने और अनुभव करने में जुटे हैं, किन वैचारिक सरणियों में उसे खोज रहे हैं, यह जिम्मेदार जानें। हम किसानों के संघर्षों में उनकी आवाज़ में, उनकी समस्याओं में इस समग्र आन्दोलन को देखते हैं। किसान परिवार से आये तथाकथित ज़िम्मेदार किसानों की समस्याओं को अनदेखा करते हैं, यह उनकी अपनी प्रकृति हो सकती है, इस देश के हमारे नागरिकों की नहीं। किसानों की समस्याएँ विवाद का विषय नहीं हैं और न उनकी माँगें और समस्याएँ। शासक वर्ग हो या अधिकारी कर्मचारी वर्ग, किसान-परिवार में पैदा होकर ही व्यवस्था से जुड़ते हैं। किसानों का एक आवश्यक अंग होने के नाते हम किसानों की स्थिति, समस्याएँ और आपदाएँ बहुत निकट से देखते हैं। आज भी इतने परिवर्तनों के बावजूद किसान अपने जीवन-यापन के लिए, अपनी जीवनरक्षा के लिए, अपने आपको बचाने के लिए निरन्तर संघर्ष कर रहे हैं। समूचे देश के किसान, कुछ को छोड़कर अभी भी घनघोर आपदाओं में हैं। उनकी समास्याओं को पता नहीं किस चश्में से देखा जा रहा है। गौरीनाथ के कथन को देखें–'चूँकि ग्राम्य व्यवस्था, स्वतन्त्र किसानी और सामूहिकता की भावना से लड़ पाना नए पूँजीवाद के लिए परेशानी का सबब रहा है, खुला और उदार बाज़ार भी इनके बीच लाभ का गणित हल करने में दिक्कत महसूस करता है।

इसलिए आज सम्पूर्ण आक्रमण ग्राम्य व्यवस्था, स्वतन्त्र किसानी और सामूहिकता की भावना को जड़ से समाप्त करने को लेकर है। यह आक्रमण आज चौतरफ़ा जारी है। इसके लिए सूचना और तथाकथित मनोरंजन के तमाम साधनों के साथ ही उनके इशारों पर चलने वाली स्वयंसेवी संस्थाएँ यानी एनजीओ भी सक्रिय हैं।'

इसी क्रम में राजेश सकलानी की एक कविता 'मैं भी इन हवाओं में' का अंश पढ़ें–'यह धूप की लौ हमारी है/और ये बारिशे भी/इन्होंने बनाया है हमें/इन्होंने सताया है हमें/इन्होंने जिलाया है हमें/इन्होंने मिलाया है हमें/...ये सारे बन्दे अपने हैं/जिन पर पानी की बूँद पड़ी है/ ये सारे बन्दे अपने हैं/जिनकी काया यहाँ जली है/तू भी इन्हीं हवाओं में/मैं भी इन्हीं हवाओं में /जिस राह पे तेरी मंजिल है/उस राह पे मेरी मंजिल है/ये धूप की लौ हमारी है/और ये बारिशे भी/ये तेरा भी धरम है/ ये मेरा भी धरम है।' खेती-किसानी की समस्याएँ राष्ट्रीय स्तर बढ़ी हैं और उसी अनुपात में उनको अवहेलित करने के प्रचुर संसाधन भी। अब भी ग्रामीण भारत के इलाकों में जीने-खाने के अहम् सवाल भी खड़े हैं; जिन्हें लगातार अनदेखा किया जा रहा है। किसान आन्दोलन की कोख में अनेक प्रश्न अंकित हैं; लेकिन यह आन्दोलन राष्ट्रीय उपेक्षा का दंश झेल रहा है। यह आन्दोलन सरकार, बिचौलियों और कारपोरेट घरानों की मिली-जुली भगत से और शोषण-उत्पीड़न के और विश्व-बाज़ार की दाढ़ों में है।

किसानों का संघर्ष एक बार पुनः प्रमाणित हुआ। उसे तो बार-बार प्रामाणिक और पुख्ता होना ही है और किसानों की ताक़त का अन्दाजा भी लोगों को भरपूर हुआ। वे इस देश के असली अन्नदाता हैं। इस देश का जीवन उन्हीं के हाथों में है। वे हैं तो हम सब हैं; हमारी जिजीविषा है; हमारा लोहा है और हमारी असीम ताक़त भी। वे ज़िन्दगी के असली इलाके में निवास करते हैं; जहाँ रोज़-रोज़ उन्हें तपना पड़ता है; जूझना पड़ता है; खराद में चढ़ना पड़ता है। वे जीवन की धमनभट्टियों में हैं। वे भविष्य भी हैं वर्तमान भी और अतीत भी। वे समय की निरन्तरता में हैं। वे विकास की अजस्रधारा भी हैं। वे वर्तमान भी बनाते हैं और इतिहास भी। वे ज़िन्दगी रचते हैं। वे आज़ादी और जनतन्त्र की भाग्यरेखा और जीवनरेखा भी हैं और भविष्य की संघर्षधारा भी। अभी भी किसानों का संघर्ष कम नहीं हुआ। उन्हें आभासी लोकतन्त्र की तर्ज पर आभासी किसान बनाया गया। किसान आन्दोलन को बट्टे खाते में डालने के जितने ज़्यादा प्रयत्न हुए, वह उतना ही कंचन बनकर निकला। उनको अपनी वास्तविकता से ज़मीन से उजाड़ने के प्रयास सूखे पत्तों की तरह बिखर गये। उन्हें गमों और उदासियों में एक अनाथ के मानिंद तमाशा बनाया गया। आखर उन्हें

स्वीकार कर लिया गया। वे तो थोड़ा राहत महसूस कर रहे हैं। सत्ताएँ आती-जाती रहती हैं। प्रकृति-लीलाएँ भी जारी रहती हैं। राष्ट्रभक्ति उनके ख़ून में है। समूचे देश को अनाज और अन्य खाद्य जिंसें देना उनका धर्म और ईमान है। संघर्ष ही उनकी ज़िन्दगी है। सच मानिए, किसान हमारे मूल हैं। संघर्ष की साक्षात् मूर्ति किसानों को हम किसी भी सूरत में भुला नहीं सकते।

यह हम सभी लोगों के लिए परम आश्चर्य की बात है कि समकालीन जीवन में किसान-आन्दोलन को ध्वस्त करने और उसे स्वार्थपूर्ण आन्दोलन बताने वाले वीर यहीं भर नहीं हैं; बल्कि वे प्राय: हर जगह मौजूद हैं। कहना चाहिए कि वे कि यहाँ वीर भी हैं और वीराधीश भी हैं। वे अधिकारी विद्वान भी हैं और परम प्रतापी प्रचण्ड ज्ञाता भी। उनकी छवि देखकर कोई भी कृतकृत्य हो सकता है। प्रलाप, संकीर्णता और मूर्खता इस देश की राष्ट्रीय धरोहर सिद्ध हो चुके हैं। उसमें हठयोग कच्चे माल की तरह इस्तेमाल किया जा रहा है। हम राष्ट्रीयता की चटनी चाट रहे हैं और मूर्खता की गाढ़ी पॉलिश लगा रहे हैं। पूरा देश अलर्ट-अलर्ट का खेला खेल रहा है। कोरोना की वैक्सीन तो किसी तरह से बन गयी; लेकिन प्रलाप, संकीर्णता और मूर्खता की वैक्सीन नहीं आ पाई। मूर्खता के साथ कट्टरता का आक्रमण दिन-ब-दिन जारी है। बढ़ रहा है उसका प्रभाव और माहात्म्य। दागी, बेईमान, भ्रष्ट, अपराधी, तस्कर, हत्यारे, तड़ीपार, माफिया और खुड़पेंचिए आकाश में छलाँग लगाते रहेंगे और जैसी फ़िजा बनायी गयी है, उसमें उनका सतत नवीनीकरण, बाजीकरण और सत्तानशीनीकरण होता रहेगा। हम संविधान-दिवस की टेर लगाएँगे और संविधान की पुंगी बजायँगे। यह उनके दिमाग़ का प्रत्यक्षीकरण है; जैसे हेयर फॉल रोकने की कोशिश होती है। वाटरफॉल भी हम रोकते हैं, उसी तरह हम करैक्टर फाल नहीं रोक सकते। क्योंकि निष्ठा को हमने ज़मीन में गाड़ दिया है और जो वहाँ से छिटककर भाग आती है उसे हम दफना देते हैं। यह देश की राष्ट्रीयता का मसला है। हमारा मुँह है और हम कुछ भी कह सकते हैं। तब तो स्वाधीनता-आन्दोलन, महात्मा गांधी के द्वारा छेड़े गये आन्दोलन, युवाओं-छात्रों के आन्दोलन, जेपी आन्दोलन भी बकवास आन्दोलन धड़ल्ले से कहे जा सकते हैं। एक धारा यह भी है; जो आन्दोलन को आन्दोलनजीवी बता रही है। आन्दोलनों का विरोध करके वीरों की पैदाइश होती है। हत्याएँ राजसिंहासन में बिठा सकती हैं। क्या लेखक हैं और क्या व्यंग्य लेखक हैं और क्या उनके समूह हैं। शाबाशी देने के सिवा बचा ही क्या है किसी के पास। हम निरन्तर अघा रहे हैं। यह कम है क्या? ये हरिशंकर परसाई, शरद जोशी और अन्य

व्यंग्यकारों के वंशज बताते हुए नहीं थकते। उनका क्या घर है और क्या घराना है? क्या ठाठ के साथ किसान-आन्दोलन के ख़िलाफ़ जब व्यंग्य लिखे जा रहे हों तब तो कहना ही क्या? परसाई जी और हे महान व्यंग्य की आत्माओ! इन्हें खुलकर खेलने की इजाजत दीजिए। इन्हें रोशन होने दीजिए–रामकाज कीन्हे बिना इन्हें कहाँ विश्राम। रमेशचन्द जी ने संजीव जी ने और कुछ अन्य मित्रों ने इसे रेखांकित किया है। लगता है, व्यंग्य को नए ढंग से परिभाषित करना पड़ेगा; यानी जो सत्ता के गलियारों में दुम हिलाये, किसान-आन्दोलन समेत सभी आन्दोलनों को बेकार ही नहीं रद्‌दी बताए वह अच्छा व्यंग्य है, बाकी व्यंग्य की झुरझुरियाँ हैं। क्या गोलंदाजी हो रही है! हे व्यंग्य के तथाकथित संधारको! आपको बधाई देकर भी किसी का जी नहीं भरेगा। किसान आन्दोलन के ख़िलाफ़ होने वाली बातों का क्या अच्छा मौक़ा है, इसका बहुत कारगर तरीक़े से विश्लेषण किया है। उसमें दो प्रकार के स्वर हैं–एक में जो एकदम संजीव जी के साथ हैं और शायद कुछ और भी होंगे तो बेचारे चुप्पा हैं। बाकी तो किसान-आन्दोलन की ख़िलाफ़त करने वालों की आरती उतार रहे होंगे। व्यंग्य को इस बदलते परिदृश्य में और इस आत्मघाती दौर में मारक और धारदार नहीं होना चाहिए। विसंगति, अन्तर्विरोध, विडम्बना और वास्तविकता से साक्षात्कार कराने का कोई मतलब नहीं और कोई लेना-देना भाई नहीं होना चाहिए उसका; अन्यथा व्यंग्य मुरझा जायेगा। हर हाल में व्यंग्य बचे, मूल्य बचे चाहे भरसारी की होली में जायें।

तीनों काले कृषि क़ानूनों के ख़िलाफ़ एवं अनाजदरों के न्यूनतम मूल्य-निर्धारण (एन.एस.पी.) के सन्दर्भ में विगत एक वर्ष से किसान आन्दोलन करते रहे हैं। अब जाकर इतने समय बाद सरकार को लगा कि इन्हें वापस लेंगे। सरकार का वादा ही महत्त्वपूर्ण होता है, मानना न मानना नहीं। इतने लम्बे समय तक क्या-क्या खिचड़ी पकाई जाती रही, कोई क्या जाने। सत्तातन्त्र ने उनकी वास्तविकता को समझने का कोई ठोस और गम्भीर प्रयत्न ही नहीं किया। वे कान में तेल डालकर बैठे रहे और फब्तियाँ कसने की ट्रेनिंग में मशगूल रहे और मात्र वार्ता की खानापूर्ति वाले प्रयोग किये। कोई सही मानसिकता नहीं बनाई; केवल उन्हें उलझाए रखा। एक फ़ोन की दूरी का झाँसा भी चलता रहा। दूसरी तरफ़ किसानों और इस देश के वास्तविक अन्नदाताओं को कई नामों से नवाजा गया; जैसे वे अपराधी हों या तस्कर। आतंकवादी, खालिस्तानी, नक्सली या वाम पंथी। कई तरह की तोहमतें लगायी गयीं और उन्हें कई तरह से छेंका गया। किसानों के प्रति सरकार की कोई

जवाबदेही नहीं; कोई संवेदनात्मकता नहीं। मरने वालों पर अच्छी खासी हँसाई होती रही। सात सौ के आसपास किसान मौत के मुँह में समा गये, यह कोई छोटी-मोटी घटना नहीं है। क्या किसी जनतन्त्र में मौतों की कोई क़ीमत नहीं होती; किसी के हक की कोई क़ीमत नहीं होती; किसी के वजूद की कोई क़ीमत नहीं होती। उन पर गाड़ी चढ़ाकर मार डाला गया। ये सब सामान्य घटनाएँ हैं क्या?

किसानों के विराट आन्दोलन को ध्वस्त करने के लिए गड्ढे खोदे गये; काँटों की बाड़ लगाई गयी; कीलें ठोंकी गयीं; खाइयाँ निर्मित की गयीं। यह देश एक लोकतांत्रिक देश है। स्वाधीनता-आन्दोलन में इस देश के नागरिकों की महत्त्वपूर्ण भूमिका रही है। नागरिक हैं तो सत्ता है। सत्ता के कारण नागरिक नहीं हैं। इस वस्तुसत्य को बार-बार ठेला जाता रहा। जैसे क़ानून नागरिकों के लिए होते हैं नागरिक क़ानून के लिए नहीं। इस देश में किसानों की बहुतायत के बावजूद कट्टरता, अलोकतांत्रिकता, अदूरदर्शिता और तानाशाही की विराट फिजा बनाई जाती रही। इसे सत्ता की मार्केटिंग कहिए या लोकप्रियता का उद्घोष। समझ से परे है कि यह कौन-सी लोकप्रियता है; किसकी लोकप्रियता है। क्या इन किसानों को केवल गेहूँ-धान में देखा जाये। इन्हें चाय में, सेव, गन्ना या अन्य जिंसों के उत्पादन में व्यापक सन्दर्भ में देखने की जरूरत है, तभी हम किसानों को, किसान आन्दोलन को और उनकी बातों को ठीक ढंग से समझ सकते हैं। मीडिया में लगातार बहसें होती रहीं। यह मीडिया अख़बार भर से नहीं जुड़ा है। वह सोशल मीडिया भी है और गैरपारम्परिक मीडिया भी है। गैर पारम्परिक मीडिया के भी कई रूप हैं। टीवी चैनलों में जो कुछ हुआ; जो बहसें हुईं, उससे हमें शर्मसार होना पड़ा है। अन्नदाताओं को हर तरह से छला जाता रहा। मीडिया इतना बिकाऊ तो कभी नहीं था। किसान-आन्दोलन हमारी नज़र में एक मजबूत आन्दोलन रहा है। उसका हश्र नागरिकता के आन्दोलन और नोटबन्दी के आन्दोलन से नहीं देखा जाना चाहिए। नोटबन्दी एक तरह से तुगलकी फरमान या फ़ैसला साबित हुआ। ये सभी आन्दोलन जनता की आवाज़ नहीं बनने दिये गये। उन्हें कायदे से तोड़ा मरोड़ा और कुचला गया। विपक्ष ने मुद्दे उठाए तो भी किसान आन्दोलन को घेरा गया और बदनाम किया जाता रहा। सत्ता की मार्केटिंग में ऐसा लगता है कि विपक्ष का काम सत्ता की तरफ़दारी और भजन-कीर्तन करना होना चाहिए। किसानों पर अमर्यादित तरीके से भद्दे कमेंट किए गए। उसकी राजनीति पर चर्चाएँ होती रहीं। सच तो यह है कि आज के दौर में कोई भी राजनीति से परे नहीं है; तभी तो मुक्तिबोध ने प्रश्न उठाया था-पार्टनर! तुम्हारी

पॉलिटिक्स क्या है? उसकी राजनीति है। राजनीति नहीं होती तो उसकी औकात ही क्या है? होना भी नहीं चाहिए। यह दलगत राजनीति नहीं है। यह अलग तरह की राजनीति है। वह किसके साथ खड़ा है और उसका स्टैण्ड क्या है? जैसे कोई भी लपोचड क़िस्म का आदमी सच्चा लेखक नहीं हो सकता। उसकी नाभि-नाल जनता की समस्याओं और संघर्षों से जुड़ी है। वह पाला बदल-बदलकर कोई अनूठा खेल नहीं खेल सकता। उसका रास्ता तय होना चाहिए। नहीं है तो उसके लेखन का कोई बहुत बड़ा मूल्य नहीं हो सकता। लेखक कोई स्पेशल किस्म का प्राणी नहीं है कि वह जनता के संघर्षों से न जुड़कर व्यवस्था की पैरवी करने में भिड़ा रहे। व्यंग्यकार की भूमिका तो और भी महत्त्वपूर्ण हुआ करती है। पूरा देश छला जाता रहा है और भ्रमजालों में फँसाया जाता रहा है। महात्मा गांधी का एक कथन याद आ रहा है–'समस्त इतिहास के दौरान सत्य और प्रेम के मार्ग की हमेशा विजय होती है। कितने ही तानाशाह और हत्यारे हुए हैं और कुछ समय के लिए वे अजेय लग सकते हैं; लेकिन अन्त में उनका पतन होता है।'

इतिहास बहुत क्रूर होता है। क्या हम जालियावाला बाग हत्याकांड भूले हैं? क्या हम अंग्रेज़ों द्वारा भारतीय नागरिकों पर किए गए जुल्म भूले हैं? सत्ताएँ आती-जाती रहती हैं। मनुष्यता का वध करना क्या हम भूल सकते हैं? क्या किसान अपने उत्पादन के न्यूनतम समर्थन मूल्यों के लिए यह तो संघर्ष करते रहे; किसी सत्ता से सरकार में भागीदारी तो नहीं माँग रहे थे। कुछ ऐसा भी नहीं चाह रहे थे; जो अजूबा था। यह किसानों का हक है। यह देश किसानों का देश है। वे वहाँ हाड़तोड़ मेहनत करते हैं, फ़सलें उगाते हैं; गर्मी, वर्षा, ठण्डी में समय गुजारते हैं और तरह-तरह के मौसम की मार भी सहते हैं तो क्या उन्हें यह हक नहीं है कि उनके द्वारा किया गया उत्पादन, अनाज का या अन्य जिंसों का न्यूनतम समर्थन मूल्य मिले। अभी तो बहुत सारी बाधाएँ हैं; देखें सत्ता उसे किस नज़रिए से देखती है और कौन-सा व्यवहार करती है? किसान कोई विदेशी आदमी नहीं है। इसी ख़ून मिट्‌टी से उनका रिश्ता है। इन्हीं पहाड़ी इलाकों से दलदली इलाकों से और अन्य इलाकों से निकलकर अपना ख़ून-पसीना बोते हैं और फ़सलों का उत्पादन करते हैं। यह कभी किसी को भूलना नहीं चाहिए। अभी तक तो किसानों को हर तरह से खारिज करने के ही प्रयत्न होते रहे हैं। किसानों ने कितनी आत्महत्याएँ की हैं, इसका कोई पुख्ता रिकॉर्ड नहीं है

खेती-किसानी आँकड़ों का खेल नहीं है। तरह-तरह के मुद्‌दे अभी नहीं आये; बल्कि वे एक लम्बे अरसे से जीवित और जीवन्त रहे हैं। किसानों के इस आन्दोलन

ने जो काफी लम्बे समय तक चला, सत्ता ने थकाया, धमकाया हर तरह से उसे ख़त्म करने की कोशिश की। लगभग सात सौ किसानों की शहादत के बाद अचानक सत्ता को ख्याल आया कि इसको वापस लिया जाये। क्या पूर्व में सत्तातन्त्र को ऐसा अनुभव नहीं हुआ था? ऐसा मन-परिवर्तन अचानक कैसे प्रतीत हुआ, तर्क से परे है। लगभग यह किसान-आन्दोलन एक वर्ष से चल रहा है। तरह-तरह की तोहमतें भी झेलता रहा। इसके वापस लेने का तर्कशास्त्र क्या है? किसान इस देश की जीवन रेखा हैं। पूरा देश इन्हीं के द्वारा उत्पादित जिंसों से पेट भरता है। वे आँधी, पानी, गर्मी, ठण्डी, वर्षा और आतप से जूझे हैं। पिज्जा, बर्गर और अन्य वस्तुएँ खाद्यान्य जिंसों से उत्पादित होते हैं। ये आकाश से बरसते नहीं हैं। किसान मात्र आज़ादी के पूर्व के लंगोटीधारी किसान नहीं हैं। इतने फ्लाई ओवर, स्मार्ट सिटी और बुलट ट्रेन के साथ वैभव के आश्चर्यलोक के केन्द्र में भारत है। जो हमारा खाया-अघाया सामाजिक जीवन है, वह मात्र सपनों में भारत और किसानों को देखता है। वह क्यों किसानों के पास की संपन्नता से चिढ़ता है और मात्र अर्थशास्त्र की गणित लगाता है? कृषि उपज मंडियों में हो रहे उनके साथ के व्यवहार को नहीं देखती? भारत आज भी खेती-किसानी का देश है। उसे आँकड़ों की तपिश में नहीं देखना चाहिए। अभी तो काले कृषि क़ानूनों की वापसी की अचानक घोषणा हुई। फ़सल की खरीददारी और उसके प्रबंधन पर तो कुछ भी नहीं है। इसे किसी हार-जीत में नहीं देखना चाहिए; लेकिन निर्णय में इतना बिलम्ब क्यों? बहरहाल अभी मुद्दे अनेक हैं। उस पर व्यापक विचार-विमर्श की जरूरत है; वास्तविक हल की, कल्पना-लोक के फैसलों की नहीं।

किसानों को क्या-क्या नहीं कहा गया? कितने संबोधनों से उन्हें नवाजा गया। पाँच राज्यों के चुनावों ने सत्ता की मार्केटिंग की हवा निकाल दी। किसान आन्दोलन भारत का बहुत बड़ा अहिंसक आन्दोलन साबित हुआ। गांधी जी की मूल्यवत्ता को एक बार फिर उचित साबित किया और मदमाते सत्तातन्त्र को घुटनों घुटनों कर दिया। किसान-आन्दोलन ने यह साबित कर दिया है कि यदि आप में सच्चाई का जज़्बा और अपार धैर्य है तो आप कोई भी रास्ता तय कर सकते हैं: कोई भी मंजिल पा सकते हैं और यदि आपका रास्ता सत्ता की मार्केटिंग और लालच का नहीं है तो आन्दोलन ऐसे भी चलाए जा सकते हैं जैसे किसानों ने इसकी निरन्तरता को कायम रखने में महारत हासिल की हैं। यह मात्र किसान आन्दोलन का वास्तव भर नहीं है; बल्कि इसमें शामिल महिला किसान भी हैं और उनका परिवार भी। सचमुच

यह चिंतनीय है कि सत्ता ने किसानों को थका डालने की, सतत बदनाम करने की असंख्य योजनाएँ बना रखी है। जेपी आन्दोलन में दक्षिणपंथी मनोविज्ञान भी सक्रिय हो गया था। इसमें ऐसा प्राय: नहीं है; क्योंकि सत्ता में होने की वजह से दक्षिणपंथी मनोविज्ञान की दूर-दूर तक कोई आवाज़ाही नहीं है; कोई घेरा भी नहीं है। बुद्धिजीवी का एक बड़ा असमंजस भी बरकरार है इसमें। इसे आसानी से समझा जा सकता है। इस आन्दोलन का कोई रिश्ता न जेपी से दिखता, न अन्ना हज़ारे से। अन्ना तो अब गूँगे-बहरे हो चुके हैं। उन्हें कुछ भी नज़र नहीं आता। वैचारिक सोच में भी वे काफी कमज़ोर हैं।

सम्पर्क : 9425185272

किसान आज : खेत, खाइयाँ और ख़ुशहाली

महेश कटारे

यह नयी सदी है। हाँ, इस तरह भी कि भारत की स्वतन्त्रता के बाद नागरिकों की यह तीसरी पीढ़ी है। नागरिक माने मतदाता। पिछली सदी वाले आदमी या तो रहे नहीं या बढ़े हो चुके वा अधेड़ हैं। परम्परा से पीढ़ी-दर-पीढ़ी जोते जाते रहे खेत अब बँट चुके हैं...बिक गये हैं...या किराये पर उठा दिये गए हैं। बीस प्रतिशत के लगभग गाँव महानगर, नगर और कस्बों की चपेट में आ पहुँचे हैं तो खेत और बाग-बगीचे वहाँ शेष ही नहीं और जो बच गए, उनकी शक्लें बदल गयी...बदल रही हैं। गो कि ज़मीन वही है पर खेतों की तासीर, उनका उपयोग, नोइयत बदली है जिसे आज की शब्दावली में डायवर्सन कहा जाता है। डायवर्सन की ऊँगली पकड़कर खेत और खेतिहर पर सरकारी कारकुनों का हस्तक्षेप मजबूत होता जाता है। किसान का भू-स्वामित्व कम से कमतर होता जाता है। उसे प्रति परिवर्तन सरकार की अनुमति दरकार होने लगती है।

बैलों, बैलगाड़ी के स्थान पर अब प्राय: ट्रैक्टर ट्राली हैं। हल बखर की जगह है ये, कल्टीवेटर, चाटा को हटा रोलर काबिज हुए हैं। कटाई, दाँवरी के लिए मानव के बजाये हार्वेस्टर, कंपान का उपयोग होता है। बीती सदी के नवें दशक में कृषि उपकरणों के बीच आश्चर्य की तरह लिया गया थ्रेशर भी अब जंग खारा लोहे के कबाड़ की भाँति घूरे पर खड़ा दिखता है। फावड़ा अभी तक अपनी ज़रूरत बनाये रखे हैं किन्तु उसकी हाशिन खुरपी से गायब हैं टैक्नोलॉजी ने जीवन की रफ़्तार इतने अप्रत्याशित ढंग से बढ़ाई है कि तेज़ी से घूमते पहिये या पंखे की पंखुड़ियों साहश जीवन आज या अभी पर स्थिर (ठहरा) प्रतीत होता है। कर्म और कर्तव्य तात्कालिकता के बिन्दु पर एक टांग खड़े लगते हैं। ऐसे में किसानी और किसान को बदलना ही है ...बदलना पड़ेगा ही...भौतिक, मानसिक दोनों स्तरों पर। चूँकि इन दो

आयामों को वह समय के धरातल पर साध नहीं पाया अत: देहाती समाज एक प्रकार की मूढ़ता में फँसकर 'वर्किंग लाग' (कर्मचंगुता) के साथ-साथ 'कल्चरल लोग' (सांस्कृतिक पंगुता) से भी ग्रस्त हैं। नागरी समाज तो लगभग गले-गले तक बड़े गर्व के साथ 'सांस्कृतिक पंक' में फँस चुका है। आधुनिक होना एक बात है...गुण भी है किन्तु आधुनिकतावादी होना ख़तरनाक दुर्गुण है। कर्मपंगुता यूं कि मशीनीकरण की होड़ में वह कलपुर्जों के लिए निर्माता कंपनियों व शहर पर निर्भर होता गया जब कि इसके पहले प्राय: सभी कृषि औजार/उपकरण गाँव के बढ़ई, लुहार तैयार करते थे। मरम्मत भी यहीं हो जाती थी। निश्चय ही मशीन से समय की बचत होती है। रासायनिक खाद दवाइयों से उपज में बुद्धि, कृमि कीट आदि से होने वाली हानि से बचाव है पर इससे ज़मीन की उर्वरा धारण शक्ति भी प्रभावित, दुषित हुई है। अब जैविक खाद की सलाह दी जाती है पर उसके लिए गोबर व दूसरे अपशिष्ट चाहिए जो पशुधन से प्राप्त होते हैं। नये किसान की पशुपालन में रूचि कम से कम है। फ़सल गोबर, मिट्टी से मिलकर उगाही जाती है—नया किसान कॉलर साफ रखना चाहता है। नये कृषि औज़ारों के नाम चूँकि अंग्रेज़ी में हैं...उनके प्रयोग, उपयोग के निर्देश की पुस्तिकाएँ भी अंग्रेज़ी में हैं तो काम चलाऊ अंग्रेज़ी ज्ञान ज़रूरी हो उठा है...भाषा/बोली में, अंग्रेज़ी शब्दों की उपस्थिति बढ़ रही हैं हर भाषा का अपना सरकार व संस्कृति होती है। वो घुटनों तक धोती बंढी वाला किसान तो फ़िल्म 'दो बीघा ज़मीन' समय से ही लुप्त होने लगा था। अब गाय, भेड़, बकरी चराने वाला भी पेंट, शर्ट में दिखता है। (राजस्थान के बूढ़े अधेड़ चरवाहों को जिक्र में न लें) कृषि मज़दूर से लेकर सीमांत किसान तक पैट शर्ट (बरमूडा में भी) जेब में फोन (मोबाइल) टुनटुनाता घूमता है। मेरे छह हज़ार से ऊपर की जनसंख्या वाले गाँव में गरीबी रेखा से नीचे का परिचायक कार्डधारी दलित व किसानों में कोई परिवार ऐसा नहीं जिसमें एकाधिक मोबाइल न हो। आशय यह नहीं कि होना न चाहिए पर कहना यह है कि खेती जीवन की संस्कृति बदल रही है। किसान भी अन्नदाता से विक्रेता का व्यवसायी के रंग में रंगने लगा है। वह पालने वाली फ़सलों की जगह अधिक पैसा दिलाने वाली जिनसे उगाने की ओर उन्मुख लालायित है क्योंकि उसे स्वास्थ्य और शिक्षा में भी बाज़ार, बाज़ारूपन से दो चार होना पड़ रहा है। सूचना माध्यमों के ज़रिये वह प्रदेश, देश की राजधानियों से जुड़कर राष्ट्रीय, अन्तर्राष्ट्रीय घटनाओं से जुड़ने, समझने लगा है। अब 'यथा लाभ सन्तोष' में जीने वाला अथवा हानि को भाग्य के नाम पर भूलकर भविष्य पर पुन:-पुन: उम्मीद बाँधने वाला नहीं रहा

इसलिए अपनी स्थिति से असन्तुष्ट है। चपरासी, बालू, दुकानदार, दलाल, मिस्त्री, मास्टर आदि के पास भी दोपहिया, चौपहिया वाहन फ्रिज, टी.वी. आदि हैं, तो उसके पास क्यों न हों। वह और उसका परिवार तो अभी भी मौसम की मार का वैसे ही सामना करता है जैसे सैकड़ों साल पहले करता था। रिश्वत लेने वाले, कमीशनखोर बढ़े ही हैं..., कई तो हुए नहीं...भरपूर लागत और मेहनत के बाद माध्यम जोत का किसान भी पाता है कि उसकी कुल कमाई किसी सरकारी दफ़्तर के चपरासी से भी कम है, सो भी अनिश्चित तो वह अपने व्यवसाय व अपने आपको कोसने लगता है। वर्ष 2019 के एक सर्वे के अनुसार एक किसान की औसत वार्षिक आय तैंतीस हज़ार कुछ रुपये मात्र है अर्थात् लगभग तीन हज़ार रूपये प्रतिमाह। उसे औसत मज़दूरी भी प्राप्त नहीं...। हाँ, कुछ किसानों को अच्छी आमदनी भी है...किन्तु ये वे किसान हैं जो प्रतिदिन मण्डी पहुँचने वाली नगदी फ़सल से जुड़े हैं या हरी फ़सल वाले हैं। जहाँ सिंचाई के लिए पर्याप्त मात्रा में पाती है। यूँ निरापद से भी नहीं। उपज या फ़सल के समय हर दूसरे-तीसरे वर्ष दाम इतने गिर जाते हैं कि लाभ तो छोड़िए, लागत भी नहीं निकलती। मेहनत का मोल जोड़ता तो आज का किसान भी नहीं सीख पाया। सड़क पर टमाटरों की ट्रॉलियाँ उलटने, खड़ी फ़सल जोतने, फ़सल में आग स्वयं हो लगाने के दृश्य कौतुक के लिए सामने नहीं आते। यह किसान को आत्महत्या से अधिक दारूणदुख की प्रतिक्रिया होती है। फ़सल के साथ-साथ किसान का आत्म और अस्तित्व भी उखड़ता, कुचलता और धू-धू जलता है। शहर, बाबू वर्ग, नेता, नौकरशाह इस छह को नहीं समझ सकता। मेरी एक कहानी है–'फागुन की मौत'। कहानी क्या सच्चाई ही है। उस वर्ष होली के समय खड़ी और बाकी फ़सल पर एकाएक आसमान फट पड़ा था। ओले बारिश ने फ़सल के साथ लागत, उम्मीदें, आगत सब कुछ चौपट कर दिया था। गाँव में चूल्हें तक न जले थे जैसे हर घर कोई मातम में हो। घबराकर मैं शहर की ओर भागा। ओले यहाँ भी गिरे थे... ख़ून पानी भी बरसा था पर शाम को लोग बहार में थे। मस्त मौसम की बातें करते हुए पार्टियों के प्रोग्राम बना रहे थे। जिले भर के गाँवों में मातम पसरा था और वहाँ सहानूभूति तो क्या चेहरों पर शितान तक न थी। 'फागून की मौत' पर किसान को एक, दो, दस, बीस दिन नहीं बरसों रोना पड़ता है। अगले दिन सरकारी अमला इसलिए परेशान था कि अब मुख्यमंत्री, मंत्री आदि के दौरे, सर्वे होंगे तो गाँव की ओर भागना पड़ेगा। लगे हाथ फ़सल बीमा का भी जिक्र कर दू. कि वह सिर्फ़ एक झुनझुन है जिसमें इतने किन्तु, परन्तु काट-छांट हैं कि किसान बस टैक्स मानकर उसकी किस्त कटवाता रहा है।

यह तो होता ही है पर जो फ़सल किसान से माटीमोल खरीदी जाकर गोदामों में पहुँच वापस बाज़ार में आती है तब जाने किस जादू उसके दाम चौगुने, फ्चयुने कभी-कभी तो दस गुने तक हो जाते हैं। ना किसान इस विडम्बना को देख रहा है समझने की कोशिश कर रहा है और इसके विरोध में आवाज़ उठाकर खड़ा होने की कसम साने भी लगा है।

सामने तनकर खड़ा होने वाला यह किसान व्यापारी, प्रशासन और सत्ता को खटकता है। दिल्ली की सीमा पर बरसों रोककर रखा गया मौत, बीमारी, भूख फ़सल को हानि खेलता, घर से सैकड़ों किलोमीटर दूर सड़क पर पड़ा, खड़ा किसान, महिलाओं, युवतियाँ, छात्राएँ, बच्चे अब ये किसान की नयी फ़सल है कि काटो... रौंदो। यह फिर उगेगी फिर तनकर खड़ी होगी।

सत्ताशाही, नौकरशाही और उसके जी हुजूरों को तो सदियों से नंगे बदन, अधपेट, हाथ जोड़ घिघियाते, कृपा माँगते किसान को देखने की आदत है। आँख मिलाकर अपना प्राप्य चाहनेवाला किसान आराम में खलल डालने वाला, अपराधी और तो और आतंकी दिखने लगता है और शासन को क़ानून व्यवस्था बनाए रखने की सलाहें दी जाने लगती हैं। पूँजीपतियों के कृपापात्र कृतज्ञ पत्रकार, सरकार के चारण इकॉनोमिस्ट कृषि आय पर कर लगाने की सलाहें देकर अर्थसंकट समाधान के आँकड़े प्रस्तुत करने लगते हैं। कोई एक दशक पहले मुम्बई के एक अंग्रेज़ी कॉलमिस्ट द्वारा सरकार को सलाह दी गयी थी कि मुम्बई जैसे महानगर सरकार को सबसे अधिक कर देते हैं अतः सबसे कम कर देने वाले कृषि क्षेत्र की सब्सिडी खत्म कर अधिक करदाता महानगरों, कार्पोरेट सेक्टर की कर में कमी, ऋण की पर्याप्त सुलभता व दूसरी सुविधाएं प्रदान कर भारत की इकोनॉमी मजबूत करना चाहिए। घाटे में चल रहे उद्योगों के ऋण भी माफ हों, वगैरा-वगैरा। वह महाशय इस प्रजाति के अन्य भी समय-समय पर इसी प्रकार सलाहों की उल्टियाँ करते रहते हैं न बख्शीश में सुख-सुविधाएँ बटोर लेते हैं। मैंने लेख छपने वाले अख़बार को पत्र लिखकर उन महाशय से पूछा था–कि मुम्बई या दूसरे महानगर क्या पैदा करते हैं? अनाज, सब्जी, फल, दूध, लकड़ी, चमड़ा, औषधि खनिज या क्या? अरे मिट्टी, गिट्टी, पत्थर, चूना पानी तक तो शहरों में गाँवों से जाता है। शहर बस धुआँ और मलबा पैदा करते हैं...। जिसे कारखानों का उत्पादन कहा जाता है वह जिन्स और पदार्थ का रूप बदलना है उत्पादन नहीं। हर उत्पादन गाँव, जंगल, पहाड़, नदी, समुद्र से शहरों को पहुँचता है। उत्पादन तो किसान करता है। हर रोज नया दूध,

फल, सब्जी, अन्न, कपास, दलहन, तिलहन, गन्ना। जीवन की ज़रूरी कोई भी जिन्स हो, वह नया या नयी देता है। शहर रूप बदलकर मैनेज करता तथा कमीशन या दलाली से कमाता है। कर किसी नयी चीज पैदा करने का नहीं मैनेजमेंट, बिचौलियेपन व गैर शारीरिक श्रम की आय का चुकाता है। शिक्षा, स्वास्थ्य, मनोरंजन, परिवहन, आवास आदि सुविधाओं का संग्रह शहर के पास है शासन का भी। ऊपर से यह देहात पर हँसता और मिसमिसाता भी है।

मुझे पत्र का उत्तर न उन महाशय से मिला न उस अख़बार ने ही मेरे पत्र को छापा। पर समय के हाथ किसान भी बदला है...। शहर के सम्पर्क से उसने धूर्तता भी सीख ली है किन्तु तुलनात्मक रूप से उसकी आर्थिक सामाजिक स्थिति बहुत नहीं बदली। अगर किसानों में कुछ के पास चार या छह लाख की कारे हैं तो शहर के पास चार-चार करोड़ की कारे हैं। चीजों को यूँ भी देखना चाहिए।

बीती अर्थात् बीसवीं सदी में जब मुंशी प्रेमचन्द भारतीय किसान की त्रासद महागाथा 'गोदान' लिख रहे थे, लगभग उन्हीं दिनों के महान रचनाकार इग्ने जिओ सिलोनी ने 'फॉण्टामारा' नाम से उपन्यास में इटली के एक गाँव की कहानी लिखी थी जिसके प्राक्कथन में लिखा–

"सब जानते हैं कि पुस्तकों में इटली स्वर्ग के समान देश है। (जैसे हमारे यहाँ 'मेरे देश की धरती सोना उगले, उगले हीरा मोती'–जाने वो हीरा मोती धरती पुत्र किसानों की झोली में कभी क्यों न आये?) जिसमें किसान गाते हुए ख़ुशी-ख़ुशी काम पर जाते हैं। जिसमें सुन्दर स्थानीय परम्परा के परिधानों में आवृत्त युवतियाँ समवेत गान गाती हैं। (हमारी की तरह) जैसे कि पास के वन में बुलबुलें...। पर फॉन्टमारा में यह सब कभी नहीं हुआ।

फ्यूसिनों (फॉन्टामारा) गाँव के किसानों को केवल 'मरने से बचते जितनी' आय होती है।

प्रतिवर्ष खेती से जो धन उत्पन्न होता, वह वहाँ नहीं रहता था–शहर और शहर से राजधानी चला जाता था।"

तो! टेक्नोलॉजी और आधुनिकता की बोलबाल वाले इस समय में भी भारतीय किसान की स्थिति इससे बहुत भिन्न नहीं हैं मानता हूँ कि आपने किसान आन्दोलन में ट्रेक्टर नचाते जीन्सधारी दो-चार युवा किसानों को देखा होगा पर ध्यान रखिए कि लाखों, करोड़ों की कारों में बेवजह शेखी में फ़र्राटा भरते ग़ैर किसान युवकों की तुलना में यह किसी गिनती में नहीं आती। वैसे समग्रता में जो किसान नाम का

व्यक्तित्व, समूह और समाज है, उसकी वास्तविक शक्ति बहुत अधिक है। कल्पना कीजिए कि किसान महीने दो महीने के लिए हड़ताल पर चला जाये। न दूध, न फल, न सब्जी, न दलहन तिलहन अन्न, कुछ भी गाँव से शहर जाने की ओर रोक दें। तब प्रत्येक गाँव की सड़क, रेल पटरी पर सरकार कितने हथियार बन्द, डंडाधारी लगाएगी? कहीं एक, कहीं दो, कहीं चार। क्या वे गाँव किसान को रोक लेंगे? उनमें भी अस्सी प्रतिशत तो गाँव वाले, किसानों के बेटे या भाई ही होंगे?

पर घबराने की ज़रूरत नहीं। राजनीतिबाजों ने उन्हें जातियों, सम्प्रदायों में बाँट रखा है। जातियों के लिए लाभ के टुकड़े तय कर रखे हैं। निज़ाम के चेहरे बदलते दिखेंगे...पर निज़ामत वैसी ही बनी रहेगी। ...

किसान बँटा रहेगा तो लड़ नहीं पायेगा। बहुत शक्तिशाली होने पर भी उसका प्रभाव सीमित रहेगा। हीनता बोध से ग्रस्त रहेगा वह। उसके पास किसी सैनिक के समतुल्य लड़ने, सहने की शक्ति अवश्य है पर सेना जैसा अनुशासन, प्रशिक्षण और सामूहिकता नहीं है। किसान की भाग्यलिपी की बही दफ़्तर और शहर में बँधी धरी होती है। उसे अपने किसान होने, किसान का उत्तराधिकारी होने, भूस्वामी और काबिज होने के प्रमाण दफ़्तर से जुटाने होते हैं। एक अदना सा कारकुन या अधिकारी उससे कह सकता है कि अपने बाप, दादा के होने का जन्म प्रमाण-पत्र लाओ। प्रमाण-पत्र हो भी तो सिद्ध करो कि असली है और उस समय असली-नकली का निर्णय कारकुन/अधिकारी की इच्छा पर निर्भर होता है। यदि सरपंच या ग्राम-प्रधान विरोध में हुआ तब तो पग-पग पर अस्तित्व-डाँबाडील रहता है। थाना, तेहसील कचहरी के बारे में उक्ति है कि–'वहाँ हर ईंट पैसा-पैसा पुकारती है। किसान अपने खेत पर भेड़ियों के झुण्ड से उतना भयभीत नहीं होता जितना थाने मुंशी या तहसील के मरगिल्ले से बाबू, पटवारी के सामने सिरपिटाता है। इतना अवश्य हुआ है कि पढ़े-लिखे किसान ने स्वयं के अधीनस्थ वर्ग के रूप में मानने से इनकार किया है। उसे उलझना पड़ता है...घाटा भी उठाना पड़ता है पर वह अपने पूर्वजों की तरह गऊ बनने को तैयार नहीं है।

जैसा कि संकेत दिया जा चुका है कि नये किसान की भी वही परम्परागत कमजोरी है–एकजुटता का अभाव। आरक्षण की छूत ने सामान्य वर्ग के किसान को दलित, पिछड़े किसान से यहाँ भी अलगाया है। बीज, खाद, उपकरण, ऋण, सब्सिडी के खाई खंदक यहाँ भी है। सामान्य वर्ग के लघु, सीमान्त किसान को वह सुविधा और सरकारी सहयोग नहीं मिलता जो दलित सीमातं, लघु किसान के हिस्से

आता है। स्वाभाविक है कि वह खेती में पीछे होगा। पंचायत चुनावों ने इसे और नुकीला बनाया है। आरक्षण में सामान्य जातियों की बहुलता के वार्ड आरक्षण में चले जाते हैं। जहाँ अन्य जातियों की बहुलता है, उन अनारक्षित वार्डों में सामान्य वर्ग का प्रत्याशी जीत नहीं सकता। परिणाम यह कि सामान्य वर्ग का प्रतिनिधित्व कम से कमतर होता जा रहा है। इससे नये, युवा किसानों के बीच सामाजिक समरसता नहीं बन पा रही। पंचायत चुनाव जातियों संप्रदायों के वार्ड आरक्षण में चले जाते हैं। जहाँ अन्य जातियों की बहुलता है, उन अनारक्षित वार्डों में सामान्य वर्ग का प्रत्याशी जीत नहीं सकता। परिणाम यह कि सामान्य वर्ग का प्रतिनिधित्व कम-से-कमतर होता जा रहा हैं इससे नये, युवा किसानों के बीच सामाजिक समरसता नहीं बन पा रही। पंचायत चुनाव जातियों, संप्रदायों के ध्रुवीकरण की नर्सरी बन रहे हैं जहाँ प्रतिनिधि, गुण, सच्चरित्रता के कारण नहीं, जाति के आधार पर या जातिगत गणित के अनुकूल चुने जाते हैं। एक वर्ग में ऐसी उदासीनता घर कर रही है कि जब हमारी भागीदारी ही प्रतिबन्धित है तो मतदान भी क्यों करे?–'कोऊ नृप होय हमें का हानी'–रहेंगे तो चेरी या दास ही। रानी तो हो नहीं सकते। यह उदासीनता लोकतन्त्र को एक पक्षीय और विकलांग बनाती हैं

उम्मीद यह कि विगत ऐतिहासिक किसान आन्दोलन में किसानों ने जाति, संप्रदाय की खाई एक हद तक पाटी थी। यद्यपि निहित स्वार्थों ने जाति का दाँव यहाँ भी आजमाया था। इस आन्दोलन में महिलाओं, युवाओं, छात्रवर्ग एवं बच्चों तक की बढ़-चढ़कर भागीदारी रही। इसलिए एक रास्ता दिखता है कि नया किसान जाति, संप्रदाय की खाई पाटेगा। राजनीति फिर भी भरसक बाँटने की चालें चलती रहेगी। इन दिनों तो ग़रीब-अमीर, शोषक-शोषित की राजनीति करने वाले भी जाति की पालकी ढोने लगे हैं। साहित्य से उदाहरण सामने रखें तो बाबा नागार्जुन के उपन्यास 'बलचतमा' (1952) के प्रमुख चरित्र बलचतमा का स्मरण हो आता है जो बीसवीं सदी के छठे दशक में गरीब और किसानों की लड़ाई लड़ते हुए नायक बनकर उभरता है किन्तु कालान्तर में वह जाति के नायक में बदलकर सत्ता का स्वाद लेने लगा। आठवें दशक में किसी ने बाबा नागार्जुन से पूछा कि–'बाबा! तुम्हारा बलचनवा आज कहाँ है?' बाबा ने खींझकर उत्तर दिया–'होगा साला कहीं सरपंच बना बैठा।' जाति की राजनीति सरपंच क्या, बलचनवा और उसके बेटे-बेटियों को मंत्री, मुख्यमंत्री बनाकर प्रधानमंत्री की दावेदारी में ताल ठोंक रही है। संसद, विधानसभाएँ जाति के गुणा-भाग से निर्णय लेती है और इसे लोकतन्त्र का नाम

दिया जाता है। मेरा मानना है कि नयी सदी का किसान जब भी अपने हक के लिए एकजुट होगा तो राजनीति के खिलाड़ी लोकतन्त्र, सामाजिक न्याय जैसे आकर्षक शब्दों के भ्रम रचकर, लाभ के प्रतिशत की रेवड़ियाँ बाँटकर उसे अलग-अलग कर देंगे। किसान के व्यावहारिक जीवन में अनेक विघ्न है-यथा अधिक उपज वाले बाँझ बीज जो खास खाद, खास कीटनाशक, खास परिचर्या के चक्रव्यूह में फँसाकर खेत और किसान से आत्मनिरिता छीनते हैं। ऋण का संजाल भी बहुत जटिल है जिस ब्याज दर को तीन से पाँच प्रतिशत बताकर सरकार और संस्थाएं सुर्खियाँ बटोरती है-वह भाँति-भाँति के मद जोड़कर ग्यारह प्रतिशत तक पहुँचती है। इतना रिकॉर्ड लगता है-इतनी जगह के नो ड्यूज कि किसान भागते, हाथ जोड़ते, शुकराना अदा करते हलकान हो उठता है। किसान की किश्त चूक जाय तो वह बेईमान गिना जाने लगता है जबकि उद्योगपतियों के अरबों बकाये माफ हो जाते हैं। नये किसान को इस सबके बीच से रास्ता बनाना है। फिर भी एक कवि की कुछ पंक्तियाँ यहाँ मौजू हैं–"उम्मीद चुनती है अपने लिए/एक पथहारा शब्द/शायद..."

क्या करूँ? किसान जीवन के बीच भी कविता, कहानी कूद ही आती है तो लगे हाथ बताता चलूँ कि अभी हाल ही में मैंने एक महत्त्वपूर्ण साहित्यिक पत्रिका का बड़ा समृद्ध नवलेखन अंक पढ़ा। पढ़कर दोबारा उलटा-पलटा तो लगा कि कवि, लेखकों की नयी पीढ़ी को किसान, किसानों से सरोकार नहीं। वहाँ भाँति-भाँति के विमर्श हैं. वैयक्तिक अनुभव, चमत्कारिक विन्यास हैं पर इस अंक में कोई रचना खेती, देहात से जुड़ी नहीं मिली। दूसरे कुछ चर्चित, प्रचारित, चमकीलें, आकर्षक साहित्य-उत्सवों, आयोजनों पर भी गौर किया तो पाया कि वहाँ भी किसान नहीं है। फ़िल्म माध्यम की बात करें तो एक दो को छोड़ हिन्दी में किसान और गाँव पर कोई फ़िल्म नहीं बनी। डाकुओं ने अवश्य फ़िल्मवालों को गाँवों की ओर आकर्षित किया था अर्थात् कुछ अच्छी और ज़्यादातर उलजुलूल ही सही फ़िल्मों में गाँव आ जाता था; अब वहाँ भी नदारद है। लगता है किसी खास मानसिकता के अनुरूप गाँव, किसान को साहित्य, सांस्कृतिक परिदृश्य से ओझल किया जा रहा है। चूँकि अब किसान पहले की तरह अनपढ़ नहीं है। कम से कम साक्षर तो है ही तो उसे अपनी प्रकृति और संस्कृति सहेजने के बारे में भी सोचना पड़ेगा।

सम्पर्क : मो. 9425364213

एक किसान : दुःख हज़ार

सन्तोष दीक्षित

इन दिनों देश के स्वतन्त्रता दिवस की पचहत्तरवीं वर्षगांठ मनायी जा रही सरकारी भोपुओं द्वारा लगातार सरकार की उपलब्धियों का बखान किया जा रहा है। लेकिन किसानों की आय डेढ़ गुणी करने की घोषणा वाली इस सरकार ने जिस तरह से एक अध्यादेश को लोकसभा में पारित करवा किसानों की पीठ में छुरा घोपने का काम कर पूँजीपत्तियों के हित में जो कृषि क़ानून बनाया था, उसे राज्यसभा से पारित करवा पाने की उसे हिम्मत न हुई और अन्ततः उसे किसानों के लम्बे और शान्तिपूर्ण प्रदर्शन के कारण वापस लेना पड़ा। किसानों का यह प्रदर्शन अभूतपूर्व था। यह रिकॉर्ड लम्बे समय तक चला और इसी बीच लगभग सात सौ प्रदर्शनकारी किसानों को कोरोना, ठंड एवं अन्यान्य कारणों से अपनी जान गंवानी पड़ी। फिर भी सरकारी निर्णय को लेकर इतना अधिक क्षोभ एवं आक्रोश था कि अन्त अन्त तक उनकी हिम्मत पस्त नहीं हो पायी और अन्ततः उनका संघर्ष रंग लाया।

किसानों की पीड़ा और उनके शोषण, दमन का इतिहास सदियों पुराना है। प्राकृतिक आपदा यथा बाढ़-सुखाड़, जाड़ा-पाला, फ़सलों के रोग एवं अगलगी आदि से किसानों के पैदावर में नुकसान होने की बात पुरानी होने के बावजूद आज भी यह समस्या लगभग ज्यों की त्यों बनी हुई है। पशु पक्षियों द्वारा फ़सलों को बर्बाद किये जाने के किस्से भी आम हैं। इतिहास गवाह है कि किसान हमेशा से सरकार के ख़िलाफ़ अपनी इन समस्याओं और बहुविध शोषण के विरूद्ध आवाज़ उठाते रहे हैं। यह और बात है कि कोई भी सरकार उनकी समस्याओं को लेकर कभी गम्भीर नहीं रही। इसका एक प्रमुख कारण यह भी रहा है कि स्वतन्त्रता के समय जिस कृषि उत्पादन का जीडीपी में पचास प्रतिशत का योगदान था, वह अब घटते घटते चौदह प्रतिशत के करीब आ चला है। यह स्थिति अत्यंत ही दुर्भाग्यपूर्ण है और देश

के भविष्य के प्रति एक प्रच्छन्न खतरे का भी संकेत है। अनाज का अच्छा उत्पादन भारत जैसे गरीब और अत्यधिक जनसंख्या वाले देश के लिए बहुत ही ज़रूरी है। देखा गया है कि जिस वर्ष अनाज का उत्पादन सन्तोषजनक होता है उस वर्ष भारतीय बाज़ार में भी काफी स्थिरता रहती है।

उपनिवेशवाद के दिनों में भारतीय किसानों के शोषण के बारे में मि. ब्रूक्स आदम्स 'लॉ ऑफ़ सिविलिजेशन एंड डिके' नामक अपने ग्रन्थ में लिखते है–'पृथ्वी जब से आरम्भ हुई है तब से आजतक के किसी व्यवसाय में इतना नफा नहीं हुआ, जितना भारत की लूट से अंग्रेज़ों को हुआ है। वजह जो हो, प्रारम्भ से ही गोरे राजपुरूषों ने आजतक जिस निर्दयता के साथ किसानों को लूटा है, उससे भारत का प्राय: तमाम संचित अर्थ खत्म हो गया है। शिल्पियों ने भी वाणिज्य संग्राम में हार कर खेती की शरण ले ली है। कम्पनी राज की समाप्ति के बाद जब महारानी विक्टोरिया का राज भारत में कायम हुआ, जिसमें प्रत्येक प्रजा को समान नागरिक अधिकार एवं दर्जा प्राप्त करने की सरकारी घोषणा थी, किसानों का यह शोषण बिना किसी भेद भाव के बदस्तूर जारी रहा। कम्पनी के समय जिस प्रदेश के किसानों को डेढ़ करोड़ रूपये राजस्व देना होता था, महारानी के समय उन्हीं को सन् 1862 में दो करोड़ तीन लाख का राजस्व देना पड़ा था।' किसानों की अवस्था इससे दिनों दिन भयानक होती गयी। जान के लाले पड़ने पर उन्होंने देश में जगह जगह बगावत करना शुरू किया। बिहार में भी नहरों और तालाबों के लिए आवंटित राशि को रेल के विस्तार में खर्च करने की अंग्रेज़ों के नीति के विरूद्ध किसानों ने कई जगहों पर बगावत की। ऐसी बगावत देश के अन्य कई कई हिस्सों में हुई लेकिन इसका कोई फायदा न हुआ और शेर के मुँह में जिस ख़ून का स्वाद लग चुका था, उस ख़ून का चूसना बढ़ता ही गया। अंग्रेज़ों की रणनीति इस मामले में बिल्कुल साफ थी–इंडिया मस्ट ब्लीड! इसी शोषण के क़ीमत पर लंदन के अंग्रेज़ों के चेहरों पर लाली थी। अंग्रेज किसानों के शोषण के मामले में मुगलों से भी अधिक शातिर और क्रूर थे। उनके यहाँ यानी ब्रिटेन में जिन कृषि क़ानूनों को निरस्त कर दिया गया था, उसे भारत में ज़मींदारी प्रथा के साथ लागू किया गया और इन्हीं सामंतों के माध्यम से किसानों का शोषण शुरू हो गया। इस क़ानून के तहत ज़मीन भी एक पण्य वस्तु हो गयी जो पहले नहीं थी। इस काले क़ानून की आड़ में जाने कितने किसानों से उनकी ज़मीन हड़प ली गयी और उन्हें भूखों मरने पर विवश होना पड़ा। इसी ब्रिटिश सरकार ने आगे चलकर सन् 1894 में भूमि अधिग्रहण क़ानून को पराधीन भारत में

लागू किया। इसका मकसद भारतीय किसानों का हित न होकर ब्रिटिश कंपनियों को फायदा पहुँचाना था। इस क़ानून की आड़ में कम से कम मुआवजा देकर किसानों की सोना उगलने वाली ज़मीन कभी भी हड़पी जा सकती थी।

स्वतन्त्रता के समय देश के किसानों के क्या हालात थे, इसे केवल इस एक आँकड़े से समझा जा सकता है जो 1951 की जनगणना के बाद सामने आया था। इस हैरतअंगेज आँकड़े के अनुसार भारतीय किसानों के पास लोहे के बने हल (जिनसे गहरी जोत होती थी) की संख्या मात्र 9,31,000 थी जबकि लकड़ी के बने हलों की संख्या 31,7,80,000 थी। यानी 1891 से 1941 तक की जनगणना के हिसाब से बेहद मामूली बढ़ोतरी। यह है अंग्रेज़ी राज के समय के विकास की एक बानगी जिसका बहुत ढोल पीटा गया था उन दिनों। शायद यह भी एक कारण रहा हो कि देश के प्रथम प्रधानमंत्री पण्डित नेहरू ने लोहे के कारखाने लगवाने में विशेष दिलचस्पी ली, ताकि देश में यांत्रिकीकरण का कार्य तेज़ हो सके। यद्यपि कि पण्डित नेहरू भी एक ऐसे परिवार से आते थे जिसमें कृषि चेतना का घोर अभाव था। यही कारण है कि स्वतन्त्रता के बाद भी आदिवासी और किसानों की भूमि समस्याओं एवं उनके विस्थापन को लेकर सरकार लगातार लापरवाह बनी रही। भूमि अधिग्रहण क़ानून में 1962, 1967 और 1984 में कुछ संशोधन अवश्य हुए, लेकिन इसे जारी रखा गया। इन्हीं क़ानून की आड़ में सरकार और पूँजीपति वर्ग कौड़ियों के भाव में किसानों की अनमोल ज़मीन अपने हितों के वास्ते हड़पते रहे। सन् 2000 के आसपास स्पेशल इकोनॉमिक जोन (सेज) के नाम पर ढेरों किसानों के ज़मीन हड़पे गये। इसको लेकर जगह जगह पुन: किसानों के आन्दोलन हुए जिनमें कई ने हिंसक रूप भी अख्तियार कर लिया।

अन्तत: यूपीए-2 सरकार के समय सन् 2013 में भूमि अधिग्रहण के नये क़ानून बनाये गये जो काफी हद तक किसानों के व्यापक हित को ध्यान में रख कर बनाये गये थे यह क़ानून बनाने से पहले इसपर लगभग दो वर्षों तक लम्बी बहस चली थी। इस क़ानून को बनाने से पहले राजनीतिक दलों के साथ साथ सामाजिक संगठनों, किसानों एवं आदिवासियों की राय भी ली गयी थी।

इस क़ानून के बनने के बाद सबसे ज़्यादा परेशानी कॉरपोरेट घरानों को होने लगी थी। भाजपा की सरकार ने अपने घोषणा पत्र में यह वादा किया था कि सरकार बनने पर न्यूनतम समर्थन मूल्य में पचास प्रतिशत की बढ़ोतरी की जायेगी तथा स्वामीनाथन आयोग की सिफारिशें भी लागू होंगी। यह भी सुनिश्चित किया जायेगा

कि किसानों को उनकी उपज के लागत का डेढ़ गुणा मूल्य मिले। लेकिन सरकार में आने के बाद भाजपा ने इस घोषणा पत्र को ताख पर रख दिया। धान और गेहूँ के समर्थन मूल्य में महज़ पचास पचास रूपयों की बढ़ोतरी की। जबकि महँगाई और खाद की क़ीमत में लगातार बढ़ोतरी होते रहने के साथ साथ काला बाज़ारी के कारण फ़सलों की लागत मूल्य लगातार बढ़ती जा रही थी। किसानों को कम फ़सल होने पर भी नुकसान होता और ज़्यादा फ़सल होने पर भी...क्योंकि उन्हें अपने उत्पाद का वाजिब दाम नहीं मिल पाता। बिचौलिये और दलाल इतने सक्रिय थे जो सरकार द्वारा निर्धारित दर से काफी कम में किसानों के घर से उनका माल उठा लेते। सरकारी मूल्य पर उत्पाद बेचना किसानों के लिए एक दुष्कर, श्रमसाध्य और थकाने वाला कार्य था। भुगतान भी समय पर न होता। तौलने में भी सरकारी अधिकारी टाल मटोल और बेईमानी करते। इसी कारण बिचौलियों और दलालों की बन आती थी। कच्ची फ़सल को ज़्यादा दिन सुरक्षित रख पाने में भी अधिकतर किसान सक्षम नहीं थे।

भाजपा सरकार जिस तरह से पूँजीपतियों के हितों की रक्षा कर रही थी, उसी ध्येय के तहत यूपीए-2 की सरकार द्वारा 2013 में बनाये गये क़ानून को उसने ज़ल्दबाजी में बनाया गया बताया और पूँजीपतियों के हितों के मद्देनज़र उसमें मुख्य तीन संशोधन किये इसी के विरोध में किसानों की व्यापक हड़ताल हुई और अन्तत: इस काले क़ानून को फिलहाल स्थगित रखा गया है।

वर्तमान समय में कृषि विभाग भी किसानों को बहुत मदद नहीं कर रहा, बल्कि कुछ मामलों में विभाग द्वारा उसे गुमराह भी किया जाता है। जैसे कि अनुवांशिक रूप से संशोधित (जी.एम.) बीज भारत में वैध नहीं है। लगभग दस वर्ष पहले जी.एम. बैगन के रूप में इसे प्रस्तुत किया गया लेकिन विशेषज्ञों ने इसे नकार दिया। कपास की खेती में भी इस बीज के प्रयोग को थोपा गया और इसका यह नतीजा निकला कि कपास के कई अच्छे देशी बीज के प्रकार आज नष्ट हो चुके है। अब सरसों की खेती में इन बीजों के उपयोग को वैध बनाने की कोशिश की जा रही है, जो हर नज़रिये से नुकसानदेह है। इंसानी स्वास्थ्य से लेकर हमारी आवो-हवा, पर्यावरण पर भी इसका प्रतिकूल असर पड़ेगा। इसके अलावा अक्सर हमें समाचार पत्रों के माध्यम से सूचना मिलती है कि फ़सल तो बढ़िया हुआ, लेकिन उसमें दाना नहीं फूटा। बीज के मामलों में इस तरह का प्रयोग किसानों के लिए दुर्भाग्यशाली है और वह इन्हें आर्थिक तौर पर तोड़ देता है जो अन्तत: कभी कभी इनके आत्महत्या के दुष्परिणाम के रूप में सामने आता है। आज़ादी के पचहत्तर वर्ष होने को आये हैं, लेकिन कृषि विभाग द्वारा ढ़ंग से मिट्टी जाँच की सुविधा तक किसानों को उपलब्ध

नहीं करायी जा सकी है। इससे फ़सल के उत्पादन पर असर पड़ता है। अंधाधुंध रासायनिक खाद के प्रयोग से हमारे ज़मीन की उर्वरा शक्ति में लगातार हास होने लगा है। इससे बचने को खाद की ज़रूरत और भी ज़्यादा बढ़ती जा रही है जो किसानों और उनकी ज़मीन की हित में किसी भी प्रकार से सही नहीं है। इसके बदले में सरकार अब पुनः जैविक खेती को बढ़ावा देने की बात करती है लेकिन आज भी इसके लिए जो ज़रूरी प्रबन्ध करने चाहिए थे, सरकार उस दिशा में सक्षम नहीं दिख रही है। अनेक प्रगतिशील किसान अपने स्तर पर जो कर पा रहे हैं, कर रहे हैं। जैविक उत्पाद की क़ीमत भी अधिक होने के कारण इस दिशा में समुचित विकास नहीं हो पा रहा है, क्योंकि इसकी पहुँच इतने महंगे दामों में आम आदमी तक नहीं हो सकती। इस दिशा में सरकार को गम्भीरता से प्रयास करने की ज़रूरत है। इसके साथ ही फ़सल बीमा के कार्यान्वयन को और भी प्रचलित करने हेतु इसकी प्रीमियम में सरकार द्वारा शत प्रतिशत नही तो पचहत्तर प्रतिशत की छूट देना लाज़िमी है। तभी इसका लाभ सीमान्त स्तर के किसानों को भी मिल पायेगा।

किसानों के बीच आत्महत्या की जो घटनाएँ इतनी अधिक बढ़ी हैं, उसमें गौर किया जाये तो अधिकांश आत्महत्याएँ महाराष्ट्र के विदर्भ एवं उत्तर प्रदेश के बुन्लेदखण्ड इलाके में देखी जाती है। इन इलाकों में सिंचाई की कोई समुचित व्यवस्था नहीं है और यह इलाके कम वर्षा वाले क्षेत्र भी हैं। गर्मी के दिनों में यहाँ पेयजल तक का भयानक संकट रहता है तो ऐसे में खेती भला क्या होगी। जबकि पानी एवं चारे के अभाव में मवेशी तक भूखे प्यासे मरने लगते हैं। यह सब कारण किसानों को तोड़ देने वाला है। सच पूछिए तो आज मिक्सड फार्मिंग का ज़माना आ गया हैं। यानी कृषि कार्य के साथ साथ पशुपालन, मछली पालन एवं फलदार वृक्षों का रोपन एवं संवर्धन। इससे फायदा यह होता है कि कृषि कार्य के नहीं होने के दिनों में (लीन पीरियर्डस) में किसान पशु उत्पाद को बेच अपना पेट पाल सकते हैं। इस तरह के वैज्ञानिक ढंग की खेती को बढ़ावा देना तथा ज़मीन के कुछ हिस्से में कैश क्रॉप (जैसे सब्जी बगैरह) लगाने से भी किसानों को आय कई स्त्रोतों से होने लगती है और किसी एक स्त्रोत के सफल न हो पाने पर भी किसी वैकल्पिक स्त्रोत के माध्यम से किसानों के भूखे मरने की नौबत नहीं आती। लेकिन इसके लिए भरपूर पेयजल का सालों भर उपलब्ध रहना ज़रूरी है, ताकि पशुओं को भी पाला जा सके। लेकिन आज़ादी के इतने वर्षों के बाद भी सिंचाई एवं पेयजल का अभाव देश के विकास के पैर्टन की तमाम पोल खोलता नज़र आता है।

कृषि को उन्नत बनाने के लिए यह ज़रूरी है कि कृषि कार्य पर किसी एक परिवार के सदस्यों की निर्भरता कम से कम हो। बिहार के गाँव में मैंने यह देखा है कि कृषि परिवार में तीन लड़के हों और ज़मीन पाँच बीघा के आसपास या कुछ अधिक भी हो, तो भी परिवार का एक लड़का कृषि संभालता है और बाकी के दो लड़के आस-पास के कस्बों से लेकर दूर दराज़ के शहरों में नौकरी धन्धे में लग जाते हैं अथवा मज़दूरी ही करते हैं फ़सल में इन्हें भी हिस्सा मिलता रहता है। किन्तु अन्य दिशा में किये गये श्रम के कारण ज़मीन पर इनकी निर्भरता कम होती है और इस कारण परिवार की आय भी बढ़ती है।

किसानों के व्यापक हित के लिए ज़रूरी है कि सूखाग्रस्त इलाकों में सरकार सालों भर जल के आपूर्ति का कार्य सुनिश्चित करे। स्वतन्त्रता के पचहत्तरवें वर्ष तक में भी ऐसा न होना किसी भी सरकार के लिए डूब मरने के समान है। लेकिन पूँजीपतियों के हितों की सुरक्षा और उन्हें सस्ते ऋण और उनकी क़र्ज माफी की खैरख्वाही में लगी सरकार को भला किसानों के हित से क्या मतलब? किसानों द्वारा लिये गये मामूली क़र्ज़ भी उनके गलों की फांस बनती जा रही है। ऐसी सरकारों से जनता को किस तरह से निबटना चाहिए यह हमारी जनता जानती है। लेकिन अभी वह भारी गफलत और एक खास तरह के भुलावे में जी रही है। धर्म तथा राष्ट्रवाद के जहरीले डंक से उसकी चेतना सुप्तावस्था में चली गयी है। आम जनता और किसान जिस दिन इस भुलावे से बाहर निकल अपने हितों के लिए जागरूक बनेंगे, दुनिया की कोई सत्ता उनसे टकरा कर जीवित नहीं बच सकती। आम जनता और किसानों के बीच हाल ही में हुये किसान आन्दोलन में उनकी जीत से उनके आत्मविश्वास और स्वाभिमान में वृद्धि हुई है। पूरे देशवासियों के ख़ून के अन्दर एक नये किस्म की हरारत पैदा हुई है। आगे यह देखना दिलचस्प होगा कि किसान अपने हितों के इस लड़ाई को आगे कैसा निर्णायक मोड़ देते हैं। सरकार से भी यह अपेक्षा की जा रही है कि वह किसानों के हित में व्यापक निर्णय ले द्य अभी अर्थशास्त्री पूरे विश्व में आगामी मंदी की आहट सुन रहे है और इसके लिए लोगों से अपने ख़र्च कम करने की अपील भी कर रहे हैं।

भारत में इस तरह की मंदी से निबटने का सबसे श्रेष्ठ तरीका है कि सरकार किसानों को उनकी पैदावर बढ़ाने में मदद करे तथा उनके उत्पाद को उचित दर पर खरीददारी को सुनिश्चित करे। अधिक अनाज उत्पादन और इसके समुचित वितरण प्रबंधन के द्वारा ही इस मंदी के ख़तरे को अपने देश में टाला जा सकता है। देश में जय जवान के साथ-साथ जय किसान के नारे को पुनः प्रतिष्ठित करने की ज़रूरत

है। किसानों की आय में वृद्धि होने का सीधा अर्थ है देश में ख़ुशहाली और समृद्धि के एक नये दौर का आना। इस तथ्य से अब मुँह मोड़कर रहना किसी भी सरकार के लिए एक आत्मघाती कदम होगा।

सम्पर्क : मो.नं. : 9334011214

खांटी मनुष्यता का कालजयी आश्चर्य

भरत प्रसाद

किसान होने की नियति

किसानी मनुष्य के आदिम क़ीमती कर्मों में सर्वोपरि है। पाषण युगीन मानव को विकास की नयी ऊँचाई की ओर अचानक मोड़ देने वाला अद्वितीय कर्म यही कृषि ही है। एक-दो-तीन नहीं बल्कि कहें, कई हज़ार वर्षों तक पृथ्वी के शत-प्रतिशत पुरा-मानवों का जीवन-कर्म यही खेती-बारी थी। उनके लिए यह सिर्फ़ फ़सलें काटने, बीज बोने का धन्धा मात्र नहीं था बल्कि यह कर्म उनके हृदय की स्वभाव, आत्मस्थ कर्तव्य, सोने-जागने का कारण और समस्त आवश्यकताओं का प्रथम एवं अन्तिम स्त्रोत था। बलिष्ठ हाथ-पैर वाले मनुष्य को धरती ने यदि कोई विश्व-व्यापी आदि उपहार सौंपा है तो वह खेती-कृषि ही है। 'अन्न ब्रह्म ही ब्रह्म है, बाकी ब्रह्म पिशाच' बाबा नागार्जुन का यह अन्न-वाक्य खेती की विकल्पहीन अर्थवत्ता को बूझने के लिए काफी है। अन्न है तो मानव है, अन्न के बगैर मनुष्य का अस्तित्व अकल्पनीय हैं कृतज्ञतापूर्वक दोनों पैर ज़मीन पर रखकर यदि चिंतन करें तो दिन-प्रतिदिन हज़ारों वर्षों को किसानी मानवता ने हमें 21 वीं सदी के चौखट तक पहुँचाया। हृदय पर हाथ रखकर क्या आज कोई भी अत्याधुनिक मनुष्य कह सकता है कि अन्न से उसका कोई नाता नहीं। अल्ट्रा विकास की सनक में कोई खेती-किसानी-कृषि की महानता, उसकी क़ीमत, उसकी सर्वोच्चता को भले इंकार कर दे, मगर उसकी जरूरत को वह नहीं इंकार कर सकता। किसी का ऋणी हो जाना एक बात है, परन्तु उस ऋण को आत्मवत् स्वीकार करना दूसरी बात। आज के अति विकसित मानव पर ठीक यही बात लागू होती है।

'किसान' शब्द से कौन परिचित नहीं? किसान का चेहरा किसने नहीं देखा है? किसान के परिवार, गृहस्थी, व्यवस्था, सोच-विचार और संस्कार से कौन

वाकिफ नहीं? मगर धरती का यह आदिम कर्मठ व्यक्तित्व आज के सबसे उलझे सवालों में एक है। किसान बनता नहीं बनाया जाता है, पैदा होता नहीं, पैदा किया जाता है। ठीक-ठाक स्त्री को और बनाने की तरह। जिस तरह भारत में 'जाति' जन्मजात महामारी न होते हुए भी मानव की जन्मजात विशेषताओं से कहीं अधिक स्थायी और अमिट है-वैसे ही स्त्री का औरत जन्म और आमजन का किसान बनना। जाति, औरत और किसान तीनों नियति के अधीन है–यह बात और है–'जाति' और 'औरत' का निर्माण जहाँ हमारी वैचारिक और जटिल सांस्कृतिक व्यवस्था करती है, वहीं 'किसान' का निर्माण हमारी आसमान आर्थिक संरचना करती है। वैसे मानव के लिए किसानी प्रथम महान कर्तव्य रहा। अपनी आत्मा एवं बाहरी आँखों पर चढ़े हुए हज़ारों रंग की मोटी परतें हटाकर देखें तो आज भी किसानी लाखों हज़ारों वर्ष पहले जितना ही बहुमूल्य, असाधारण, अद्वितीय और अनिवार्य कर्म है। मनुष्य के हज़ारों जीवन कर्मों में सबसे सम्मानीय, सबसे क़ीमती, सर्वाधिक पवित्र और सर्वव्यापी यह किसानी नहीं तो और क्या है?

मानव-सभ्यता चतुर्दिक जैसे-जैसे अपने आश्चर्य विकास की नित मंजिलें तय कर रही है, वैसे-वैसे शारीरिक श्रम आधारित कर्मों का अस्तित्व खतरे में पड़ रहा है। दिनों-दिन मानव हृदय में उसका मूल्य घट रहा है-यहाँ तक कि मानव उस श्रम के प्रति न्यूनतम संवेदनशीलता की शक्ति भी खो रहा है। श्रम के असंख्य कार्यों के बगैर किसी मनुष्य का एक दिन भी व्यवस्थित जीना मुश्किल है मगर सुख के एक-एक पायदान लांघता यह कृतध्न मानव दूसरे के बहुमूल्य श्रम के बूते जीता हुआ सर्वाधिक उसी श्रम का अपमान और तिरस्कार करता है। इसीलिए किसी भी प्रकार के शारीरिक श्रम में भूले-उलझे और डूबे हुए श्रमिक या किसान अपने जीवन पर रात-दिन आँसू बहाते है, अकेले में बैठकर जन्म को कोसते हैं और अपने अस्तित्व को पराजित मानव के तौर पर देखते हैं, क्योंकि उन्हें यह पक्का यकीन हो चला है कि उनकी अटूट मेहनत के प्रति किसी के मन में गहरी इज्जत नहीं है। कोई उन्हें पृथ्वी का अद्वितीय विकल्पहीन व्यक्तित्व मानने को तैयार नहीं। कोई उन्हें 'आम' से 'खास' साबित करने का साहसी नहीं। इसीलिए आज किसानी लगन, उत्साह, तत्परता और आत्म सम्मान के साथ किया जाने वाला स्वत: स्फूर्त कर्म नहीं, बल्कि एक आर्थिक विवशता, पारिवारिक बदहाली, दैत्याकार भूख में खींचे जाने की अनिवार्यता का नाम है। किसान जब हाथ में हंसिया, खुरपी, कुदाल और हल थामता है–तो उसी समय से वह कृषक की संरचना में धीरे-धीरे ढलना शुरू हो

जाता है। किसान एक प्रकार से टूटे, हार खाए हुये और निर्दोष गूंगे का प्रतिरूप है। शुरुआती कुछ वर्षों तक खेती-गृहस्थी की ट्रेनिंग करने वाला युवा किसान न सिर्फ़ शारीरिक और मानसिक तौर पर बल्कि आत्मिक स्तर पर भी मिट्टी का, मिट्टी के लिए मिट्टी द्वारा निर्मित होने लगता है। जरूरत, दबाव या मजबूरी में आरम्भ उसका श्रम अब उसका स्वभाव, पसन्द और प्राथमिकता बनने लगता है। ढल जाता है वह श्रम के कठोर सांचे में, रमने लगता है मौन मिट्टी की मोह-माया में, लेता है वह सुख पाने की महत्त्वकांक्षा।

भारतीय किसान या तो अशिक्षित है या फिर अल्पशिक्षित। लाखों की तादात में तो ऐसे है जो 'मसि कागद छूयो नहीं, कलम गह्यों नहीं हाथ' के जीते-जागते, सोते उदाहरण है। उन्होंने किताबें देखी है, विद्यालय का अर्थ समझते है, अक्षर-चमत्कार में अपरिचित नहीं हैं, मगर अफसोस कि वे किताब, विद्यालय अथवा अक्षर का अद्वितीय लाभ अपने व्यक्तित्व के विकास में नहीं उठा सकते। बावजूद, इसके, उनके पास ज्ञान है—मगर जीवन के संघर्षमय अनुभवों से। दृष्टि है—स्वत: स्फ़ूर्त आत्मविवेक से। बुद्धिमानी है—एक कर्मठ और दु:खभोगी। मनुष्य होने के कारण। प्रतिदिन-प्रतिपल बिछे हुए संघर्ष और श्रम की पाठशाला में पढ़ते दण्ड सहते, रोते और पास-फेल होते हुए वह आत्मशिक्षित हुआ है। जीवन की कठिन हक़ीक़तों की मिसाल है किसान। इसलिए उसे आत्यन्तिक तौर पर अनपढ़ गंवार था असभ्य कहना अपनी खांटी मूर्खता के सिवा और कुछ नहीं है।

सामान्य तौर पर यह सर्वव्यापी विश्वास है कि किसान और उसका परिवार, जीवन भर के लिए कृषि पर ही निर्भर है और यह धारणा लगभग शत-प्रतिशत सही है भी, परन्तु इसके साथ-साथ एक और सच यह भी है कि जो किसान परिवार कम से कम कृषि व्यवस्था में अविश्वसनीय असमानता है। किसी खेतिहार के पास 100-200 एकड़ भूमि है तो किसी कृषक के पास तरीके की एक एकड़ भी खेती योग्य भूमि नहीं। कई एकड़ ज़मीन वाले दबंग का रूतबा और दबदबा ग्रामीण इलाकों में किसी बाबू साहब से कम नहीं होता। उसके पास चार-चार ट्रैक्टर, ट्रालियाँ, कटाई, दवाई की अत्याधुनिक मशीनें मोटी रकम देने वाला धन्धा और जिला-जनपद के कमीशनखोर नौकरशाहों की मिली भगत से फलता-फूलता कारोबार है। दरअसल वह किसान नहीं, जमींदार है। कृषक नहीं, भूमि-कुबेर है। गाँव में रहते हुए भी वह रईसी शान-शौकत का जीवन जीता है। उसके बच्चे 'दुखरन मास्टर' की पाठशाला में नहीं, शहर के पब्लिक स्कूलों या अप-टू-डेटेड सरस्वती शिशु मन्दिरों में पढ़ते

हैं। हवेलीनुमा मकान के रखरखाव में लगे हुए आधा दर्जन नौकर-चाकर, खेती को सम्भाले हुए दर्जनों मज़दूर लगभग पूरे साल उसकी खातिरदारी में डूबे रहते हैं। वह सिर्फ़ और सिर्फ़ किसान इसलिए है कि खेतीबारी उसके विकास का मूल है वरना वह किसी कोने से किसान नहीं; न खानपान में, न पहनावा में, न जीवन-यापन में, न सोच-समझ और न ही शरीर से। प्राय: ऐसा ताकतवर किसान सवर्ण तबके का होता है-अक्सर ब्राह्ममण या फिर राजपूत, ठाकुर या सिंह। हिन्दुस्तान की सदियों पुरानी ग्रामीण संरचना में सबसे सबल किसान सवर्ण ही है–हैसियत में भी और धन-धान्य में भी।

लेकिन देश का बहुसंख्यक किसान सवर्ण नहीं है, बल्कि पिछड़ी जातियों से आता है-जैसे-यादव, चौधरी, कुर्मी, पाल, जायसवाल इत्यादि। ऐसे किसानों के पास कृषि योग्य भूमि न तो अत्यधिक है और न रती भर ही, बल्कि मध्यम आकार-प्रकार में कृषि योग्य खेती है। संयोग यह भी देखिए कि इन्हीं पिछड़ी जातियों की किसानी से उत्पन्न अनाज ही अधिकांश देशवासियों का पेट भरता है। ये अपने किसानी मायाजाल से न ही ज्यादे सुखी है, और न ही बदहाल-बल्कि ख़ुशी-गम के मिलेजुले बादल जीवन भर घुमड़ते रहते हैं। इस वर्ग में सिर्फ़ किसान ही नहीं बल्कि स्त्रियाँ, बच्चे और बेटियाँ भी खेतीबारी में हाथ बँटाती है। मतलब खेती पूरे परिवार की परिश्रमी पीठ पर संभली हुई है। कारण कि इन परिवारों की आर्थिक हैसियत इतनी मजबूत नहीं-कि बेफिक होकर चार-छ: मज़दूरों को वर्ष भर लगा सके। सवर्ण किसान खुद श्रम करना अपनी शान के ख़िलाफ़ मानता है वहीं पसीने से लथपथ धूसर शरीर पिछड़े वर्ग के किसान पर स्थाई परिचय है। देखिए ब्रिटिश कालीन भारतीय किसान की हक़ीक़त, रवीन्द्र बाबू किस व्याकुलता में व्यक्त करते हैं-' सौ साल की अंग्रेज़ी हुकूमत के बाद में अपने गाँवों में देखता हूँ कि खाने-पीने की बराबर, कमी बनी रहती है। सफाई और दवा-दारू का कोई इंतजाम नहीं है। आवाज़ाही के साधनों की तरफ़ ध्यान नहीं दिया जाता। शिक्षा के लिए लोगों को झींकना पड़ता है।' (वर्ष 1936, 'आज का भारत' –रजनीपामदत्त-पृ. 76)

देश में दलित वर्ग, अनुसूचित जाति और अनुसूचित जनजाति के पास कृषि योग्य ही नहीं, किसी भी श्रेणी की ज़मीन न्यूनतम है-समझ लीजिए लगभग नहीं के बराबर। इसीलिए उसे किसान का दर्जा नहीं दिया जा सकता। खेतीबारी के मामले में इनकी दशा इतनी विपत्तिमय है कि ये अपनी भूमि पर ऋतुओं के अनुसार मुख्य फ़सलें नहीं उगा पाते और नही अपनी खेती में उपजे अन्न की सुरक्षा कर पाते हैं।

इनकी हैसियत किसान बनने की नहीं है। ता-उम्र इज्जतदार खेतिहर बनने का सपना पाले मर जाना इनकी चिरस्थायी नियति है। इनके हक में बचती है हाड़तोड़, पसीना बहाऊ, ख़ून सुखाऊ मज़दूरी-पाक्षिक, साप्ताहिक या मासिक मज़दूरी। ये गाँव के जमींदारों के पास अपना श्रम बेंचते हैं, अपने परिवार का श्रम कुर्बान करते हैं और ऋण चुकाने के एवज में अनगिनत बार बेगारी करते है। पत्नी को, बेटियों को, अपने आपको रहने के तौर पर रखते हैं और प्रतिदिन कुँआ खोदकर पानी पीने की शैली में अपनी मज़दूरी को दो जून को आटा-दाल में स्वाहा कर डालते है। भूमि का अकाल इनके जीवन में कहर बनकर टूटता है। थोड़ा सज्ञानी होने से लेकर लाठी के सहारे झुककर चलने की अवस्था तक इनका अनियमित प्राण मात्र और मात्र मज़दूरी पर अवलम्बित है। पिछले कुछ वर्षों में भारत सरकार ने ग्रामीण क्षेत्रों मं इन अनुसूचित जातीय मज़दूरों की दशा पर कुछ ध्यान दिया है। प्रादेशिक सरकारें वोट बैंक की सदाबहार राजनीति या फिर मानवीयता का नाटक दिखाने के दबाव में कुछ कल्याणकारी योजनाओं की छौंक मारती रहती है। परन्तु आश्चर्यजनक इरहक़ीक़त यह कि दिहाड़ी मज़दूरी, खुदरा व्यापार या सामान्य रोज़गार चलाने वाले इन अति पिछड़े वर्गों की दशा रोटी-कपड़ा-मकान के मायाजाल से आगे नहीं बढ़ पायी है। वर्ष में से लगभग आठ महीने इन्हें दूसरे पड़ोसी या दूर के गाँवों में मज़दूरी करते बीतते है।। कच्ची भोर से लेकर गाढ़ी संध्या तक इन्हें खेतों में खटना पड़ता है। पूरब के धूसर-निचले क्षितिज में चटक सिंदूरी रंग का गोला कुछ दिखा नहीं कि ये अंचल-बस्तियों, पुरवा-पट्टियों क्षितिज में चटक सिंदुरी रंग का गोला कुछ दिखा नहीं कि ये अंचल-बस्तियों, पुरवा-पट्टियों के मज़दूर गोल-बाँधकर निकल चलते है दूसरे गाँवों की ओर। मज़दूरी करने के एवज में इन्हें 100-150 की रकम या फिर-अनाज उपलब्ध होता है। बेशक इस रकम में उनका और उनके चार-पाँच बच्चों का पेट पल जाता है, मगर सामान्य ढंग से सरकती-ढुलकती ज़िन्दगी में यदि एक बार भी कोई मोड़ आ गया, तकलीफें बढ़ गयीं, ख़र्च का बोझ आ पड़ा, तो मानो इनकी कमर टूट जाती है। दशा यह कि सामान्य रोग-बीमारी का ख़र्च बर्दाश्त कर पाने की क्षमता इनकी नहीं रह जाती, इसीलिए ये या तो सायकिल छाप डाक्टरों की शरण जाते हैं या अपनी अज्ञानता को सन्तुष्ट करने के लिए धूर्त और चालबाज सोखा-ओझा की शरण लेते है। खेती में पले-बढ़े, खेती में सोते-जागते, खेती में ही जीते-मरते, रोते-गाते हिन्दुस्तान के करोड़ों, गुमनाम दलित खेतिहरों को ही पता है

कि अन्न किस ईश्वर का नाम है। ये अन्न उनके जीने की ताक़त, इज्जत-आबरू, हँसी-ख़ुशी है। उनके बेनाम अस्तित्व के घनघोर संघर्ष का पहिया 60-70 वर्ष तक खेतीबारी की मोहमाया में ही घूम-घूमकर चुक जाता है।

आर्थिक चक्रव्यूह में भारतीय किसान

धन से भारतीय किसान की पटरी जीवन भर नहीं बैठ पाती। कभी मरीचिका, कभी दैत्य, कभी स्वप्न की तरह बेतरह नचाता यह पैसा किसान के जन्म-जन्मान्तर का शत्रु है। एक भारतीय किसान धन को धन के अर्थ में लेता भी नहीं। वह उसके लिए दुलर्भ दवा है, विपत्ति में वैशाखी है, और प्राण को बचाए रखने वाली संजीवनी शक्ति है। अपनी सीमित जरूरतों और न्यूनतम आवश्यकताओं की पूर्ति भी वह धन से नहीं कर पाता। साल में जरूरत है-दो जोड़ी कुर्ता-धोती-जूता की, वह एक ही जोड़े में तीन-तीन साल निपटा देता है। आवश्यकता है-अपने शरीर को धर दबोचने वाली आधा दर्जन छोटी-बड़ी बीमारियों का इलाज कराने की वह घरेलू इलाज, देहाती उपचार और प्राणघातक झाड़-फूँक से काम चलाता है। उसका मूलभूत कर्त्तव्य है कि अपने बेटे-बेटियों को सन्तोषजनक शिक्षा दे, लेकिन हाईस्कूल, इण्टरमीडिएट तक पढ़ाते-पढ़ाते उसकी कमर टूट जाती है, हिम्मत, ध्वस्त हो जाती है और उन्नीस-बीस वाली उम्र की दहलीज पार करते-करते उसके अर्ध-शिक्षित बच्चे भविष्य शून्य जीवन खींचने के लिए विवश हो जाते है। उन्हें कहीं सम्मानजनक रोज़गार नसीब नहीं होता। मुम्बई, दिल्ली, अमृतसर, लुधियाना, अहमदाबाद जैसे औद्योगिक नगरों के दैत्याकार कारखाने मुँह बाए इन्तजार करते हैं, ऐसे बेरोज़गार, शादी-शुदा, कच्चे नौजवानों का। चार–पाँच साल इनके अभावग्रस्त जीवन में सुख-सन्तोष के हल्के झोंके चलते रहते हैं, मगर इन्हें क्या पता कि ओवरटाइम मिलाकर एक दिन में पन्द्रह-सोलह घण्टे निरन्तर डयूटी खटने का क्या मतलब होता है? रुपया कमाने का सपना पाले, माँ-बाप से ज़िद कर शहर भागे हुए ऐसे लाखों नौजवान रोज-रोज कारखाने में घिसता, रगड़ाता और भीतर-भीतर सड़ता हुआ पुर्जा बन जाते हैं। यदि 15 साल तक बिल्कुल स्वस्थ काया के लुभावने जाल की तरह फैले हुए ये कारखाने हमारे गंवई नौजवानों को कैंसर, टी.वी., पीलिया, दमा, ब्लडकैंसर जैसी घातक बीमारियों का उपहार देकर उन्हें घर वापस भेजते है। 50-70 किलो के अनाजों वाले बोरे ढोना, शहर की गली-सड़कों पर रिक्शा खींचना, फल-सब्जियों की दुकान खोलना, रेवड़ी मूँगफली अथवा पूड़ी-सब्जी का ठेला

लगाना इन नौजवानों की नियति में शामिल है। ऐसे उपेक्षित, गुमनाम और बेरंग के रोज़गार में सिर्फ़ किसानों के हतभागी बेटे ही क्यों, खुद 50-60 की उम्र वाले लाखों खेतिहर-गृहस्थ भी लगे रहते हैं। गाँव में प्रसाद की तरह मिली हुई तीन बीघा ज़मीन से क्या होने वाला? साल भर पेट भरने के लिए अन्न भी भारतीय किसानों को अपनी खेती से नसीब नहीं होता।

पूर्वोत्तर भारत के प्रमुख दैनिक अख़बार 'सेंटिनल' की ताज भविष्यवाणी पढ़िए-'आने वाले दिनों में कुछ प्रमुख विकासशील देशों के सामने भुखमरी का ख़तरा पैदा हो सकता है। इसमें भारत भी एक है...जहाँ किसान पहले से ही संघर्ष कर रहे हैं। (4 जून, 2011) भूख से मर जाने या क़र्ज न चुका पाने के भय से आत्महत्या कर लेना भारत में कुछ नयी बात नहीं है। यह जरूर है कि पहले इन्हें दुर्घटनाओं के रूप में देखा जाता था, किन्तु अब ये किसान जीवन की अनिवार्य नियति, ललाट पर खींची हुई पत्थर जैसी लकीर बन चुकी हैं। भूख से मौत और क़र्ज के कारण आत्महत्याएँ आज भारत की हर दिशा में हैं, हर जनपद, हर प्रदेश में हैं। फर्क इतना ही है कि किसान के सीने पर नाचते इस दुर्भाग्य का असर कहीं ज़्यादा है, कहीं कम। शताब्दी की शुरुआत में इन दोनों घटनाओं का सिलसिला बेतहाशा बढ़ गया। आन्ध्रप्रदेश देष के नक्शे पर कराहता हुआ प्रांत बनकर तब उभरा जब वहाँ कपास की खेती करने वाले हतभागी किसान सिलसिलेवार आत्महत्या करने लगे, तब प्रदेश को हाईटेक प्रगति के पथ पर दौड़ा देने का नारा देने वाले चन्द्रबाबू नायडू मुखिया थे। किसी प्रांत या देश की अत्याधुनिक ढाँचागत उन्नति का दुष्प्रभाव सीधे आम आदमी पर किसान पर, मध्यवर्ग पर और मज़दूर वर्ग पर पड़ता है। चन्द्रबाबू नायडू ने विकास-पुरुष बनने की सनक में प्रदेश के प्रत्येक ग्राम पंचायत को कम्प्यूटराइज्ड करने की योजना बनाई और बहुत हद तक योजना को मूर्त रूप देने में सफल भी रहे। लगने लगा कि आन्ध्रप्रदेश शेष भारत के लिए तकनीकी और प्रौद्योगिक विकास का चमकता हुआ माडल बनकर उभरा है, तभी अचानक कुछ सालों के भीतर आन्ध्रप्रदेश के ग्रामीण, खेतिहर इलाकों में कपास की खेती करने वाले किसानों की आत्महत्या का दौर शुरू हो गया। नायडू सरकार की पुरजोर कोशिश रही कि इन दुर्घटनाओं की सूचनाएँ दबा दी जायँ, क्योंकि बाहर ऐसी घटनाओं की खबर उनके विकास के नारे की हवा बिगाड़ सकती थी, आ ख़िरकार हुआ भी यहीं। देखते-देखते दो-तीन साल के भीतर समूचा आन्ध्रप्रदेश दहकते हुए शमशान और अन्तहीन कब्रगाह के रूप में तब्दील हो उठा। अब वह

प्रौद्योगिक-प्रदेश के बजाय आत्महत्या-प्रदेश का सुपर मॉडल बन गया। आश्चर्य यह कि इस दक्षिण-पूर्वी प्रांत से किसानों की आत्महत्याओं का भूचाल जा उठा, वह सिलसिलेवार महाराष्ट्र, पंजाब, गुजरात, राजस्थान, मध्यप्रदेश, बिहार और उत्तर प्रदेश जैसे कृषि संस्कृति के धनी प्रान्तों में भी आरम्भ हो गया। इधर 10-15 वर्षों के भीतर भारत के हिन्दी और गैर हिन्दी भाषी प्रांतों में किसानों, मज़दूरों, श्रमिकों और रोज़गार शून्य देहातियों ने जितनी संख्या में और व्यापक पैमाने पर आत्महत्याएँ की हैं, उतनी शायद भारत के समूचे इतिहास में कभी नहीं हुई होंगी। सिर्फ़ कपास ही नहीं, क़र्ज लेकर नकदी फ़सल उगाने की हसरत पालने वाले हज़ारों किसान ने भी ताबड़तोड़ आत्महत्याएँ की हैं। मध्य भारत वर्षा की दृष्टि से हतभागी इलाका है, हतभागी इलाका है, जहाँ सूखा-सूखा और सूखा शाश्वत कटु सत्य है। वर्षों से बुन्देलखण्ड के खेतिहर किसानों की हालत इतनी बदतर है कि देखते-देखते यह भी भूख से तड़प-तड़प कर मरते अस्तित्व की राह पर है। एन.डी.टी.वी. का दो टूक भयावह आँकड़ा यहाँ पेशे-खिदमत है-13 साल में कुल 2 लाख 16 लाख किसानों ने आत्महत्याएँ की। अकेले 2009 में 17,000 किसानों ने आत्महत्या की। महाराष्ट्र, आन्ध्रप्रदेश, उड़ीसा, मध्यप्रदेश और छतीसगढ़ किसानों के लिए कब्रगाह बन चुके हैं। (29 फरवरी, 2010)

किसानों की आत्महत्या के जटिल व्याकरण की पड़ताल करना चुनौतिपूर्ण दायित्व है, क्योंकि इसके कारण जितने प्रत्यक्ष हैं, उससे कहीं ज़्यादा अप्रत्यक्ष। सरकार सेठ, साहूकार, महाजन से क़र्ज लेना और उसे न चुका पाना बेहद स्थूल, मोटा और सर्वसामान्य कारण है जबकि आत्महत्या का असली रहस्य कुछ और है-जो ऊपरी तौर पर दिखाई नहीं देता, मगर उसका घातक प्रभाव अचूक होता है।

सरकार चाहे केन्द्र की हो, या राज्य की अपनी मूल प्रकृति में आजकल पूँजीवादी भी होती है। नयी सदी में वह अपने भीतर पूँजीवाद की जड़ें मजबूत कर रही है। भूमण्डलीकरण, बाज़ारवाद, उपभोक्तावाद-इन सबका प्राणतत्व है-पूँजी। पूँजी का अधिकाधिक उत्पादन, नवनिर्माण कैसे हो, किन योजनाओं उपायों और माध्यमों से हो, कमोवेश आज की सत्ता इसी जुगत में रातदिन लगी रहती है। अमेरिका तो घोषित तौर पर पूँजीपरस्त देश के रूप में बदनाम है, मगर चीन, भारत, इंग्लैण्ड, फ्रांस भी अमेरिका से ज़्यादा पीछे नहीं हैं। आज भी किसी देश की हैसियत दुनिया में उसके फैलते हुए मार्केट से आंकी जाती है। तो ख़ैर! राज्य सरकारें अपने बैंकों के माध्यम पर सुविधाजनक किस्तों पर कृषि कार्य हेतु ऋण उपलब्ध कराती

हैं, और इसी बहाने किसानों का कल्याण करने का प्रचार भी करती हैं। किसान जो कि सरकारी कायदे-क़ानून से निपट अनजान हैं-बैंक से ऋण लेता है–इस क्रम में उसे ऋण दिलाने वाले दलाल ताल ठोंककर रुपया ऐंठतें हैं और ऋण का चेक देने वाला बैंक का अधिकारी भी पिछले दरवाज़े से दलाल के हाथों काली-पीली-भूरी कमाई करता है। दलाल को दिया पैसा, बैंक अधिकारी की जेब में पहुँचा हुआ पैसा, प्लस किसान के हाथ में आया हुआ धन-यह सब किस्त के रूप में किसान को ही चुकता करना है। यदि क़र्ज लेकर की गयी खेती की नगदी फ़सल अच्छी निकली-तब तो किसान के जीवन की खैरियत समझिए-वरना सूखा, फ़सली रोग, वक्त पर खाद-पानी न डालना किन्हीं कारणों से फ़सल कमजोर हो गयी-बर्बाद हो गयी-तुरन्त किसान की छाती पर मौत का साया मंडराने लगता है। किस्त बंधी हुई है, समय पर चुकता करना है, वरना ब्याज बढ़ जायेगा। किसान के पास आय का अन्य कोई स्त्रोत नहीं, फुटकल रोज़गार-धन्धा तक नहीं, कोई सहारा नहीं-ऊपर से चार-छ: बच्चों का पेट पालने का अनिवार्य दायित्व। यह लाख चाहकर भी समय पर किस्त नहीं जमा कर पाता है, किस्त ब्याज सहित बढ़ती जाती है, बाढ़ की तरह किसान के नियन्त्रण से बाहर हो जाती है और एक मायावी डायन की तरह किसान की अन्तरात्मा में पैठकर मृत्यु का महानृत्य करने लगती है। किसान सो रहा है तो भीतर क़र्ज चिल्ला रहा है, रोटी तोड़ रहा है तो माथे पर क़र्ज रौंद रहा है, जाग रहा है तो उसे ऋण घूर रहा है, वह कभी हँस रहा है तो क़र्ज दैत्य सा उसकी हँसी पर हँस रहा है। अर्थात् सुबह से लेकर अगली सुबह तक एक पल के लिए किसान की ऋण के विनाशक तनाव से मुक्ति नहीं। इस घबड़ाहट से कई बा रवह सेठ महाजन से क़र्ज लेता है, मगर वहाँ भी ब्याज, वहाँ भी शोषण। बात वही निकली–'आगे कुँआ, पीछे खाई'। वरिष्ठ कथाकार स्वयं प्रकाश का निष्कर्ष गौर करने लायक है–'भारत का ग्रामीण क्षेत्र एक भयानक और ऐतिहासिक परिवर्तन के मुहाने पर है। हम नहीं जानते, आज से पाँच साल बाद हमारे गाँव और किसान की क्या हालत होगी। लेकिन एक बात तो तय है, उसकी स्वाधीनता और स्वायत्तता तो गयी और ये नौबत आयी है कमजोर कामचोर, मक्कार, भ्रष्ट और गिरी हुई नौकरशाही के कारण।' ('परिकथा'-मार्च-अप्रैल-2008, पृ. 29) किसान अपने भीतर दिन-रात भागता फिरता है, मगर क़र्ज है कि उसका पीछा ही नहीं छोड़ता। अन्तत: हताशा, विषाद, तनाव, आत्मग्लानि का एक चरम क्षण वह भी आता है जब मिट्टी, अन्न, फ़सल, मवेशी, गाँव को अपने प्राण की ज़गह प्रतिष्ठित करने वाला किसान मात्र

मायावी ऋण के कारण उन सबसे अलविदा कहता है–सदैव के लिए। जिस परिवार के लिए क़र्जदार बना, आत्महत्या करते वक्त उनके शब्दातीत मोह के प्रति भी निर्मम होने को उसे विवश होना पड़ता है।

किसान की आत्महत्या आत्म पराजय में उठाया गया आत्मघाती कदम नहीं है. न ही मुश्किलों, कठिनाइयों और चुनौतियों से मुँह मोड़कर भागने का निर्णय है, बल्कि यह वह हादसा, दुर्घटना या परिणाम है–जिसके लिए कोई किसान रत्ती भर भी दोषी नहीं है। जरा कल्पना कीजिए उस दृश्य की-जहाँ किसी गूंगे पशु को आठ-आठ घण्टे रोज खेत में जोता जाता हो। दोनों टाइम उसे पर पेट पोष्टिक चारा न दिया जाय और ऊपर से बदबूदार पोखर का सड़ा पानी रोज पिलाया जाय-क्या दशा होगी-उस पशु की? मुँह में ज़ुबान रखते हुए भी कुछ न कह पाने वाले गूँगे-बीमार जीव का नाम भारतीय किसान है। 'गोदान' उपन्यास में होरी लू से नहीं मरता वह मरता है-शोषकों द्वारा खड़ी की गयी अपनी बेईलाज ग़रीबी से। वह मरता है-अपने श्रम की लूट से, बेदखली से, सीने पर चढ़े हुए सूद से और भीतर-भीतर अपनी बदहाली से अहक से। यही है-सदियों पुरानी भारतीय किसान की अखण्ड नियति, यही उसकी दुर्भाग्यरेखा-यही उसकी जीवन कथा। कहाँ आजकल तमाम नौकरीशुदा बुद्धिजीवियों को पचास-पचास किलोमीटर की लाँगड्राइव पर हर हफ्ता निकल जाने का जुनून सवार रहता है और कहाँ हमारा किसान गाँव से शहर तक के न्यायालय का फासला पचासों किमी पैदल चलकर हर माह तय करता है। जिसने किसान की खोखली, वीरान, सूखी मगर असीम आँखों को झाँक-झाँककर नहीं देखा है-भला वो क्या समझेगा-किसान की पीड़ा का जटिल व्याकरण? जिसने किसान की भूख नहीं सुनी, जिसने अपनी आत्मा में उसके अन्तः विलाप को नहीं सुना, जिसने किसान की गुमनाम, अदृश्य, उपेक्षित मानवता को नहीं जीया, किसान की असलियत वह कैसे समझ सकता है?

दरअसल किसान की आत्महत्या सूक्ष्म-स्थूल, दृश्य-अदृश्य, साकार-निराकार शोषण के अनगिनत कारणों का निरन्तर तानव, दबाव और आतंक है। जिसे आज के निर्मम पूँजीवाद, बाज़ारवाद, बहुरूपिया, भूमण्डलीकरण और उपभोक्ता संस्कृति ने पैदा किया है। देश में मँहगाई प्रायः बढ़ती है-सम्पन्न वर्ग की ऐ"याश, अतिसुविधाभोगी और अनियंत्रित मस्ती लूटने की जीवनशैली के कारण। जिसके चलते बाज़ार में वस्तुओं की क़ीमतें आसमान छूती है। यहाँ तक कि जीवन यापन की मूलभूत वस्तुओं का आकाशवत् मूल्य भी अनियन्त्रित जीवनशैली जीने का

दुष्परिणाम है। देश का निरन्तर धड़कता हृदय है किसान, जो कोने-कोने में करोड़ों को ख़ून मुहैया करता है, मगर खुद हृदय को भी रक्त चाहिए या नहीं-इसकी किसको परवाह? किसान आत्महत्या तो कर लेता है, मगर माटी के साथ चिपटकर ताउम्र जी लेने की हसरत अधुरी रह जाती है। शरीर उसकी असमय शान्त हो गयी, मगर उसकी निर्दोष आत्मा में मची लाचार अशांति का क्या हुआ? क्या मरने के साथ उस पर कसा हुआ शोषण का जाल ढीला हो गया? क्या वह मुक्त हो गया-उस अन्हीन ऋण के तन्त्र से जिससे तत्काल बचने के लिए उसने आत्महत्या की? नहीं-बिल्कुल नहीं। ऋण का पाई-पाई हिसाब उसकी अबोध सन्तानों को देना है।

मो.नं. 9077646022

नयी सदी का किसान-और हिन्दी कहानी में किसान

मुरारी शर्मा

सदियों से ग्रामीण भारत की अर्थ व्यवस्था कृषि आधारित रही है और किसान हर दौर में हाशिए पर ही रहा है। मानवीय सभ्यता के प्रारम्भिक दौर से ही खेती-किसानी को श्रेष्ठ उद्यम माना जाता रहा है। इतिहास के पन्नों को पलट कर देखें तो पता चलता है कि प्राचीन काल से ही बड़ी-बड़ी रियासतों की आर्थकी का आधार कृषि और पशुधन ही रहा है। यह भी कड़वी सच्चाई है कि अन्नदाता के नाम से विभूषित किसान सदैव उपेक्षित और फटेहाल ही रहा। कथा सम्राट प्रेमचन्द की कहानी पूस की रात किसान की बदहाली और दुर्दशा को बख़ूबी बयाँ करती है। जमीदारी और साहूकारी प्रथा का वो दौर क़र्ज में डूबे किसान को बन्धुआ बनाये रखने की साजिश से कम नहीं था...साहूकार के क़र्ज की बेडयों की जकडन इतनी मजबूत थी कि एक पीढ़ी का क़र्ज चुकाने के लिए आने वाली कई पीढ़ियों को ज़मींदारों और साहूकारों के बन्धुआ मज़दूर बनकर रहना पड़ता था।

नयी सदी का किसान भले ही इस बंधन से मुक्त है...। लेकिन वह आज भी पुरी तरह से शोषण मुक्त हो गया है, ऐसा भी नहीं है। नयी सदी का किसान भी सरकारी तन्त्र द्वारा उतना ही उपेक्षित और शोषित है बस शोषण के तौर तरीके और हथियार बदल गए हैं। आज का किसान भले ही ज़मींदारी और साहूकारों के चंगुल से बाहर है। उसका बदन अधनंगा नहीं है न ही वह चिथड़ों में लिपटा है और न ही वह दूसरों की ज़मीन पर हलजोत कर रूखी-सुखी खाकर गुजारा करता है। नयी सदी का किसान हल-बैल से मुक्त है, मशीनी युग है तो खेती के तौर तरीके भी बदलेंगे ही। किसान के खेत में पावर ट्रिलर और ट्रैक्टर से खेती होने लगी हैं खाद-बीज और उर्वरक के लिए बैंकों से क़र्ज लेने लगा है। क़र्ज के बोझ तले दबे किसान द्वारा आत्महत्या के मामले अब दिनोंदिन बढ़ते जा रहे हैं। नयी सदी का किसान सरकार

की अनदेखी का शिकार तो है ही किसान के हित की योजनाएँ सरकारी फाइलों और चुनावी वायदों के शोर के तले दबी नज़र आती है। किसान आत्म हत्या कर रहा है और अपनी बेबसी पर रो रहा है। नयी सदी के किसान की इस हालत को बयां करती चर्चित कवि सुरेश सेन निशान्त की कविता का अंश यहाँ उद्धृत है–

वर्ष के सबसे अच्छे दिनों में
जब संसैक्स पूरे उफान पर था
महंगाई भी नहीं थी इतनी बेकाबू
कई कई देशों की सफल यात्रा पे थे प्रधानमंत्री, पता नहीं क्यों?
अपने खेतों में खड़ा रो रहा था किसान ... ।

प्रेमचन्द युग के ग्रामीण समाज और आज की ग्रामीण जीवन शैली में भारी बदलाव आया है। आजादी से पूर्व की ज़मींदारी प्रथा या तो खत्म हो चुकी है अथवा उसका स्वरूप बदल गया है। यही कुछ आज़ादी के बाद की हिन्दी कहानी में भी देखने को मिल रहा है...इन कहानियों में समाज के बड़े हिस्से जिसमें खेतीहर मज़दूर व किसान शामिल है की परेशानियों को उजागर किया गया है। भूमंडलीकरण, नवउदारवाद और बाज़ारवाद जैसे नए-नए प्रलोभनों के बीच आज का किसान क़र्ज के दुष्चक्र में उलझता जा रहा है। उसकी सहनशीलता और जीवटता भी धीरे-धीरे दरकने लगी है। उसका आत्मबल टूटने लगा है और नतीजा वही आत्म हत्या उस दौर का किसान उपेक्षित था वो शोषित था, भूखा और फटेहाल था लेकिन जीवन के प्रति उसका आकर्षण बरकरार था। जमींदार और साहूकार के क़र्ज के बावजूद वह ज़िन्दगी से बेजार नहीं था। साहूकार का क़र्ज चुकाने को पीढ़ी दर पीढ़ी बन्धुआ मज़दूरी करते हुए ... बेगार व लगान देते हुए भी किसान किसी तरह अपनी ज़िन्दगी गुजार लेता था... पर आत्महत्या जैसे कदम नहीं उठाता था।

मगर आज महत्त्वकांक्षा भरे इस दौर में किसान ज़मीन का मालिक बन गया है। यह सब रातों रात नहीं हुआ है... इसके पीछे रियासतकाल के किसान आन्दोलनों की एक लम्बी परम्परा रही है। वो चाहे हिमाचल प्रदेश की मंडी रियासत के किसान शोभा राम का बलवा हो, जिसमें रियासत के भ्रष्ट वजीर पाधा जीवानन्द द्वारा की गयी अनाज की जमाखोरी के ख़िलाफ़ शोभाराम ने हज़ारों किसानों के साथ एक दिन के लिए रियासती तन्त्र पर कब्जा कर भ्रष्ट अधिकारियों को जेल में डाल दिया था।

आजादी के एकदम बाद हिमाचल के मंडी जिला में मुजारा आन्दोलन में हल जोतने वाले किसानों को उसी ज़मीन का मालिक बनाने के लिए संघर्ष किया गया।

जिस ज़मीन पर वे हल जोतते...परिवार सहित ख़ून पसीना बहाते और आधा अनाज शहरी बझियों यानी उस जमाने के जमींदारों को देना पड़ता। इसी आन्दोलन का परिणाम था कि जनआन्दोलनों से निकले जनप्रतिनिधियों ने हिमाचल के किसानों के दर्द को समझते हुए चौबीस-अठतालीस क़ानून बनाकर हल जोतने वाले किसान को ज़मीन का मालिकाना हक दे दिया।

देश के अन्य राज्यों में अलग-अलग क़ानूनों के तहत किसान उस ज़मीन का मालिक बन गया जिस पर वह दूसरों के लिए हल जोत कर अन्न पैदा करता था। अब सवाल ये उठता है कि इसके बाद भी क्या किसान क़र्ज मुक्त हुआ है... उसके जीवन में समृद्धि और ख़ुशहाली का अवतरण हुआ...शायद कुछ हद तक ऐसा हुआ भी...। मगर देश में बदलते मौसम की मार, कभी सूखा तो कभी बाढ़ किसान की मेहनत पर पानी फेर देती। इसके अलावा बीज, खाद, उर्वरक, ट्रैक्टर और अन्य उपकरणों के लिए किसान को अपनी ज़मीन बैंकों के पास गिरवी रखनी पड़ती है। बैंकों का बढ़ता ब्याज और क़र्ज अदा न कर पाने की स्थिति में ज़मीन जायदाद की कुर्की के बाद किसान के पास आत्महत्या करने के अलावा कोई चारा शेष नहीं रहता।

नए दौर के किसान के साथ होने वाले ये हादसे खबर बनने के साथ-साथ किस्से कहानियों के रूप में भी आने लगे। किसानों के क़र्ज और आत्महत्या जैसे विषयों पर अनेक कहानियाँ लिखी गयी है। क़र्ज में डूबे किसानों द्वारा आत्महत्याओं की गूँज राज्यों की विधानसभाओं से लेकर देश की संसद में होने लगी। किसानों के पक्ष में कई क़ानून भी बनें पर धरातल पर सही ढंग से लागू नहीं हो पाये हैं।

ऐसा नहीं है किसान विधासभाओं और संसद के गलियारों में चर्चा में रहा... साहित्यिक विमर्शों चर्चाओं और हिन्दी साहित्य के केन्द्र में भी रहा है। जिसका श्रेय कथा सम्राट मुंशी प्रेमचन्द को जाता है। मशहूर आलोचक नामवर सिंह का इस बारे में कहना है कि-हिन्दी कथा साहित्य में किसान और गाँव को जगह दिलाने की पहल प्रेमचन्द ने की थी। इससे आगे चलकर फणीश्वरनाथ रेणु, राही मासूम रजा, श्रीलाल शुक्ल तथा अन्य परवर्ती लेखकों ने इसी अनुभव की निधि के बल पर साहित्य में अपने लिए जगह बनाई। वे आगे कहते हैं कि भूमण्डलीकरण के आक्रामक दौर में नष्ट होती हुई ग्राम संस्कृति और आत्महत्या के लिए विवश किसानों को केन्द्र में रखकर किया जाने वाला कथा सृजन ही अपनी सार्थकता प्रमाणित कर सकता है।

नए दौर के किसानों के समक्ष मौसम की मार और बैंक का क़र्ज ही समस्या

नहीं है। बल्कि विकास की रफतार के साथ बनने वाले हाईवे, सुपर हाई वे, फारलेन, जलविद्युत परियोजानाओं के लिए बनने वाले बाँध, रेल लाईने, मॉल, बड़े शहर, स्मार्ट सिटी ग्रीनफिल्ड हवाई अड्डे कृषि योग्य भूमि पर ही तो बन रहे हैं। परिणाम स्वरूप किसानों को मुआवजा देकर उनकी ज़मीन से बेदखल कर दिया जाता है। इन्हीं सवालों को लेकर आज देश भर में कई आन्दोलन चल रहे हैं...जिन्हें सत्तापक्ष की ओर से बिकास विरोधी करार दिया जा रहा है। मगर विस्थापन का यह दंश किसान को अन्दर तक सालता है तो हिन्दी कथा साहित्य में कई कहानियाँ जन्म लेती हैं। जिनमें मार्कण्डेय की कहानी दौने की पत्तियाँ, विद्यासागर नौटियाल की फट जा पंचधार, विजयकांत की इन्द्रजाल, महेश कटारे की छछिया भर छाछ, रामकुमार आत्रेय की ट्रैक्टर और सुहागा, जयनन्दन की छोटा किसान, उदय प्रकाश की हीरा लाल का भूत, बद्री सिंह भाटिया की घुग्घू, कैलाश वनवासी की बाज़ार में रामधन, मुरारी शर्मा की मुट्ठी भर धूल, नरेश पण्डित की ज़हर की खेती, तारा पंचाल मुनादियों के पीछे ऐसी दर्जनों कहानियां हिन्दी साहित्य के भण्डार को समृद्ध करती है।

नव उदारवाद, भूमण्डलीकरण और बाज़ारवाद की पोषक सत्ता कभी भी किसान हितैषी नहीं रही है। बीज, खाद और उर्वरकों पर से सबसीडी खत्म करने वाली सरकार किसान की आय दुगनी करने के नाम पर किसान विरोधी क़ानून बनाकर किसानों को बाज़ार और बड़े उद्योगपतियों के रहमों कर्म पर छोड़ देती है। किसान अपने उत्पाद का दाम स्वयं तय नहीं कर सकता...उसकी फ़सल की क़ीमत बाज़ार तय करेगा तो वह सबसे पहले अपना और बड़े उद्योगपतियों का मुनाफा पहले द देखेगा और किसान के हित की रक्षा कभी नहीं कर पाएगा। देश की सरकार किसान क़ानून बनाती भी है तो उसमें भी किसान अपने को ठगा ठगा सा महसूस करता है दिल्ली के जन्तर-मन्तर में धरना-प्रदर्शन करते-करते नयी सदी के किसान को न केवल लंबा संघर्ष करना पड़ता है अपति देशद्रोही होने तक का तमगा उसके सीने पर चस्पा दिया जाता है...फिर भी किसान के संघर्ष और जीवटता की जीत तो होती है... किसान क़ानून वापिस भी लिए जाते हैं। मगर उससे आगे फिर वही खामोशी अविश्वास और अनिर्णयता का आलम है। जय जवान जय किसान के नारे से अब किसान बाहर निकल गया है...उसकी जगह विज्ञान ने ले ली है।

सम्पर्क : मो.नं. : 9418025190

आदिवासी अर्थव्यवस्था : जंगल और कृषि

(अतीत और वर्तमान)

पार्वती तिर्की

पारम्परिक अर्थव्यवस्था :

आदिवासी समूह की आदिम अर्थव्यवस्था में मुख्यत: दो चीजें शामिल हैं-1. जंगल और 2. कृषि। आदिवासी समुदाय की सांस्कृतिक और आर्थिक व्यवस्था में 'जंगल' का अहम स्थान निर्दिष्ट है। जंगल उनकी आजीविका का साधन भी है और जंगल से उनका सांस्कृतिक रूप से जुड़ाव है। आदिवासी अनन्योन्याश्रित रूप से जंगल से जुड़े हुए हैं। इस प्रकार, भिन्न तरह की सांस्कृतिक अर्थव्यवस्था आदिवासी समुदाय में काम करती है। जंगल से प्राप्त उत्पाद जैसे महुआ, डोरी, गूलर, क्योंद, सखुआ, संधना इत्यादि का उपयोग उनके दैनिक जीवन में दिखाई पड़ता है। 'सखुआ' आदिवासी अर्थव्यवस्था और सांस्कृतिक व्यवस्था दोनों के केन्द्र वस्तु हैं। उनकी आजीविका सांस्कृतिक तौर से आपस में जुड़ी हुई है। अर्थव्यवस्था और सांस्कृतिकता का अद्भुत मेल दिखलाई पड़ता है। आसपास का वातावरण और पारिस्थितिकी कई चीजें तय करती हैं, आजीविका और संस्कृति निर्माण में प्रभाव डालती है। साथ ही, यह समाज के साहित्य और साहित्य शैली को भी निर्धारित करती है। पुरानी श्रमशील संस्कृति में वचिकता की परम्परा दिखाई पड़ती है। लोक साहित्य भी श्रमशील संस्कृति की उपज है। सखुआ, महुआ, डोरी इत्यादि ये सारे उत्पाद मुख्यत: छोटानागपुर यानी वर्तमान झारखण्ड के जंगलों में उपजते हैं। यही वजह है कि आदिवासी काव्य लेखन में भी उनकी पारिस्थितिकी भली-भाँति दिखाई देती है। कवयित्री ग्रेस कुजूर की काव्यपंक्ति से आदिवासी पारिस्थितिकी को देख सकते हैं–'कहाँ गयी वह सुगन्ध/महुआ और डोरी की/गूलर और कयोंद की'। 'भारत के जंगलों में विविधता है। भारत अलग-अलग हिस्सों की

पारिस्थितिकी भी विशिष्ट है। यहाँ फल-फूलों की वैविध्यता है। भारत के विभिन्न हिस्सों के आदिवासी समूह अपने भौगोलिक परिवेश के अनुरूप अलग फ़सलों का उत्पादन करते हैं। अधिकतर आदिवासी समूह अपने परिवार के भरण-पोषण के लिए फ़सल उपजाते हैं। जंगल जैसा जुड़ाव कृषि से भी है। आदिवासी समूह कृषि से भी सांस्कृतिक तौर पर जुड़े हुए हैं। किसानी जीवन के कई किस्से-कहानी आदिवासी वाचिक परम्परा में मिलते हैं।

जंगल-पहाड़ को साफ करके आदिवासियों ने खेत बनाए, फिर खेती शुरू की। वे जंगल और भूमि दोनों को पूजते हैं। पहाड़ी क्षेत्र होने के कारण झारखण्ड में खेत के कई प्रकार मिलते हैं। अलग-अलग फ़सलों के अनुरूप अलग खेत तैयार किए गए हैं। तीन तरह के खेत मिलते हैं–1. गाढ़ा खेत, 2. कम गड्ढे खेत और 3. चँवरा खेत। गाढ़ा खेत में बड़े धान बोए जाते हैं। जैसे-कलमदनी, सिकीसारी, धूसरी, रानिकाजल इत्यादि। दूसरे प्रकार के खेत में नेवाईर, कनक चप्पा, दहिया आदि धान के प्रकार बोए जाते हैं। चँवरा खेत में करहनी, चयनागोड़ा, गेरवामुड़ी जैसे धान बोए जाते हैं। खेत के अलावा डाँड़ भी होते हैं। डाँड़ में उरद दाल, मडुवा, तीसी, गोंदली जैसे फ़सल बोए जाते हैं। इन्हें पानी की अवश्यकता कम होती है। झारखण्ड के पहाड़ी क्षेत्र के खेतों में कई प्रकार के धान की बोवाई की जाती है। आदिवासियों को कृषि का पारम्परिक ज्ञान प्राप्त है। पुराने समय में अपनाये जाने वाले कृषि तकनीकों का सन्दर्भ गीत-किस्सों में मिलता है। स्मृति के इतिहास में किसानी परम्परा की जानकारी छिटपुट रूप में मिलती है। बारीक अध्ययन द्वारा उनकी कृषि परम्परा की छानबीन की जा सकती है। कई जगहों में आदिवासी अपनी पारंपरिक शैली में अब भी किसानी करते हैं। एक आदिवासी गीत है :

बारिश होने वाली है
देखो पहाड़ जल रहा है

जब जंगल को काटकर और चट्टानों को समतल करके लोगों ने अपने खेत बनाए थे। उन्होंने ज़मीन को उपजाऊ बनाया और उसकी उर्वरता को बढ़ाने के तरीके ढूँढ़े। वे खेती के मौसम में बारिश से ठीक पहले पहाड़ पर आग लगाते थे। पत्ते जलकर राख बनते। फिर जब बारिश होती थी, तब अवशिष्ट रूप में बची राख बारिश की पानी के साथ खेत पर उतरती थी। बारिश और राख मिश्रित यह पानी खेत को उपजाऊ बनाता था। मिट्टी की उर्वर क्षमता को बढ़ाने का यह उनका प्राकृतिक तरीका था। इससे मिट्टी की उपजाउता लम्बे समय तक बनी रहती थी।

चूँकि आदिवासी कृषि व्यवस्था मौसमी बारिश पर आधारित रही है, अतः उन्होंने बारिश के अनुमान का तरीका भी खोजा था। जेठ की गर्मी के बाद आसारि राग के गीत गाए जाते हैं। आकाश की ओर टकटकी लगाए आदिवासी गीत गाते हैं। ये बारिश की कामना के गीत हैं-

बादल खूब गरज रहे
भंडारकोना की तरफ़
बादल खूब गरज रहे
कुदाल और टंगिया पकड़ो
खेत में मेढ़ टूट रहे हैं।

झारखण्ड के कुडुख आदिवासी समूह के पुरखों ने 'भंडारकोना' का अनुमान लगाया है। उनकी ज्ञान मीमांसा कहती है कि उत्तर-पश्चिम की दिशा में बारिश का भण्डार है। उस दिशा में जब भी बादल ख़ूब तेज़ गरजते हैं, बारिश अत्यधिक होती है। उपरोक्त गीत उस पर ही आधारित है। सूत्र रूप में आदिवासी परम्परा में कई ऐसी चीजें शामिल हैं। उनके गीतों और विश्वासों का विश्लेषण करने पर उनके पारम्परिक ज्ञान की जानकारी मिलती है।

ऐसा कई आदिवासी समूह में पाया गया है। उनकी खेती करने का तरीका पारंपरिक रहा है। झारखण्ड के आदिवासी समूह में 'धुड़िया' राग के गीत गाए जाते हैं। वास्तव में यह 'धुड़िया' राग भी उनकी कृषि तकनीक से जुड़ा हुआ है। धुड़िया शब्द 'धुड़ियाना' से जुड़ा है। कई बार बारिश की प्रतीक्षा से पूर्व खेत में बीज बो दिए जाते हैं। उनके गीतों-रागों के बारीक अध्ययन से कई चीजें मालूम होती है। सीधे तौर पर यह सारी चीजें नज़र नहीं आती हैं। आदिवासी पारम्परिक तौर पर कृषि कर्म में प्रवृत्त होते हैं। कृषि से पहले धरती को पूजते हैं और आसमान की ओर मुख करके बादल-बारिश की कामना करते हैं। इसके बाद कृषि कर्म में जुटते हैं। उनकी खेती मानसून आधारित होती है। बारिश होने या न होने की जानकारी.उन्हें होती है। बारिश अनुमान का भी उनका तरीका पारम्परिक है। उनके पुरखों ने बारिश अनुमान का लगभग सटीक और प्राकृतिक तरीका खोजा है।

वर्तमान कृषि संस्कृति

इस समय के झारखण्डी किसानों की यदि बात करें, तो यहाँ खेती आधारित जीवन व्यतीत करने वाले लोग अधिक मिलेंगे। जंगल-पहाड़ की बहुलता के कारण यहाँ

परतनुमा खेत दिखाई पड़ते है। एक अध्ययन के अनुसार भी यह मालूम पड़ता है–झारखण्ड का भौगोलिक परिवेश वन और पहाड़ों से भरा हुआ है। इसके बावजूद यहाँ की 71 प्रतिशत जनता कृषि पर निर्भर है।" पहाड़ी इलाकों में कृषि करना कठिन होता है। बावजूद कृषि निर्भर व्यवस्था है। आदिवासी समूह की कृषि आधारित अर्थव्यवस्था का विश्लेषण किया जाये, तो पाएँगे कि आदिवासी समाज सांस्कृतिक रूप से खेती-किसानी से गहरा जुड़ा हुआ है। यहाँ इस समाज में पशुओं का त्योहार मनाया जाता है। आदिवासी अपने फ़सलों के लिए पशुओं के प्रति आस्थावान है। भारत के झारखण्ड राज्य के आदिवासी समूह मुंडा, सन्ताल हो कुडुख, खड़िया आदि पशुओं का पर्व 'सोहराई' मनाते हैं। कार्तिक के महीने में धान पक के तैयार हो जाते हैं। धान का तैयार होना ख़ुशी और समृद्धि लाता है। ठीक इसी महीने में सोहराई का पर्व मनाया जाता है। वर्तमान समय में भी कृषि में सहायक पशुओं का यह पर्व मनाया जाता है। आदिवासी संस्कृति के अध्ययन करते हुए क्रेपी भी यही बात कहते हैं-आदिवासी फ़सलों की समृद्धि के लिए नृत्य करते हैं।

आदिवासी समूह के कृषि करने का तरीका अलग है। जंगल को साफ़ करके आदिवासियों ने जब कृषि संस्कृति शुरु की, वे शिकार पर गये। वे बीहड़ जंगलों तक पशुओं को खदेड़ते हुए फ़सलों की सुरक्षा में शिकार पर गये। आदिवासी फ़सलों की सुरक्षा के लिए शिकार करते हैं। पारम्परिक तकनीक आधारित कृषि उनकी परम्परा में अब भी मौजूद हैं। अनुसंधानों के तहत पाया भी गया है। झारखण्ड क्षेत्र की कृषि पारम्परिक पद्धति पर आधारित है–'भारतीय कृषि अनुसंधान परिषद् की परियोजना के अन्तर्गत अभी हाल में ही झारखण्ड से 400 से अधिक देशज तकनीकों की पहचान की गयी, जो आज भी प्रचलित है।' उनकी परम्परा में मौजूद सूत्रों के अध्ययन से उनकी कृषि पद्धति के बारे बहुत कुछ मालूम पड़ता है। आदिवासी वर्षा के आगमन से पूर्व पहाड़ में आग लगाते थे, सूखे पत्ते जब राख होते थे। पहाड़ किनारे खेत होते थे। जब वर्षा होती तो वह राख से मिलती हुई खेत तक आती थी, यह प्राकृतिक और पारम्परिक तरीका आज में मौजूद है। आज भी 'इन्द जतरा' का आयोजन किया जाता है। झारखण्ड के कई हिस्सों में 'इन्द जतरा' मनाया जाता है। यह बारिश अनुमान की उनकी अपनी पद्धति है। पारम्परिक नीति-विधान में एक निश्चित जगह पर आदिवासी सखुआ का खूँटा (इन्द खूँटा) गाड़ते हैं। फिर हवा में उसकी दिशा देखते हैं। यह बारिश की संभावनाओं की जाँच है। बारिश का अनुमान का यह पारम्परिक तरीका है। इसके अनुसार वे अपनी खेती-किसानी के कामों की

तैयारी करते हैं। झारखण्ड के आदिवासी मुख्य रूप से धान बोते हैं। धान के अलावा मड़ुवा, गोंदली, उरद आदि बोए जाते हैं। प्राकृतिक वर्षा पर पूर्ण रूप से आश्रित कृषि किए जाते हैं। फ़सलों की पैदावार कम होने के कारण झारखण्ड को पिछड़ा प्रदेश की श्रेणी में रखा जाता है। बावजूद, आदिवासी गाँवों के पूरने इतिहास में कृषि नुकसान से आत्महत्या जैसी ख़बरें नहीं सुनने को मिलती थी, जैसा कि बाकी राज्यों में किसानों की दुर्गति रही है। आदिवासी समूह भूख से मृत्य की ख़बरें विगत कुछ वर्षों से सुनाई दे रहीं। पूर्व में इस प्रकार की स्थिति नहीं पायी गयी थी। पुरखे की कहानियाँ बताती हैं कि आदिवासी धान का 'मोरा' बाँधते थे। मोरा अर्थात् धान का संग्रह ।

गत वर्षों में अन्न की कमी से मौतों की ख़बर आयी है। संसाधन सम्पन्न देश होने के बावजूद भारतीय अव्यवस्था है कि मनुष्य अन्न की कमी से मरता है। जंगल-पहाड़ के आदिम निवासियों का मानना है कि मनुष्य का पेट भरने के लिए यह धरती बहुत सम्पन्न है। ब्रिटिश उपनिवेशवाद काल, भारतीय आजादी का समय और फिर राष्ट्रीयकृत रूप में भारत देश का गठन तक के लम्बे समय में आदिवासी समाज व्यवस्था में कई बदलाव आये। आदिवासी की पारम्परिक भू-व्यवस्था और कृषि की प्राकृतिक पद्धति दोनों पर बाहरियों के आने का प्रभाव पड़ा है। भारत की घोषित स्वतन्त्रता के पश्चात् कई परिवर्तन आये। कई परियोजना बनायी गयी। आदिवासी इलाकों में झारखण्ड राज्य की कृषि संभावनाओं पर भी काम किया गया। आज़ादी के बाद कई विकास परियोजनाओं का फायदा हुआ या नहीं, यह कह पाना मुश्किल है। किन्तु नुकसान दिखाई पड़ता है। नेतरहाट फायरिंग रेंज, कोयलकारो परियोजना, जादूगोड़ा का यूरेनियम खान आदि से वन, फ़सल और खेती की क्षति दर्ज है। नेतरहाट में जंगल को बचाने के लिए आदिवासियों ने 30 वर्षों का लम्बा संघर्ष किया। हाल ही 2022 की ख़बर है कि इस आन्दोलन में महिलाओं की सबसे अहम भूमिका रही। 7 जंगल और कृषि आधारित अर्थव्यवस्था में आदिवासी महिलाओं का योगदान पुरुषों की अपेक्षा अधिक ही रहा है। वन उत्पादों का संग्रहण में ज़्यादातर स्त्रियों की भूमिका दर्ज है। कृषि के क्षेत्र में भी बोवाई से लेकर धान काटने तक स्त्रियों की भूमिका महत्त्वपूर्ण है।

कृषि और जंगल के अलावा वर्तमान आदिवासी अर्थव्यवस्था पशुधन पर भी आधारित है। छोटे उद्यमी भी हैं। असुर आदिवासी समूह के लोगों को लोहा गलाने का पारम्परिक ज्ञान रहा है। इस तरह परम्परागत कुटीर उद्यमी भी हैं। भारतीय

आज़ादी के बाद कृषि के विकास के लिए जल-बाँध परियोजनाएँ बनायी गयी है। कृषि विकास में झारखण्ड की पहाड़ी नदियों के जल का उपयुक्त प्रयोग की योजना बनायी गयी है। कृषि की नवीन तकनीकों के प्रचार-प्रसार पर बल दिया गया है। बावजूद झारखण्ड राज्य की पारिस्थितिकी, जंगल, भूमि, कृषक भिन्न तरह के हैं। उनकी कृषि की पारम्परिक तकनीकों का संरक्षण व संवर्धन आवश्यक प्रतीत होता है, क्योंकि वे पर्यावरण के अनुकूल हैं। अत: झारखण्ड राज्य के अनुरूप कृषि नीतियों का क्रियान्वयन आवश्यक प्रतीत होता है।

सन्दर्भ

1. जंगल को तीर होने दो, सं. रमणिका गुप्ता, वाणी प्रकाशन, पृ. 97
2. लोकप्रचलित आदिवासी गीत
3. लकड़ा, जोन, मौसिमी राग, सत्य भारती राँची, संस्करण 2010, पृ. 65
   मुर्रा लागी, मुर्रा लागी
   भण्डार कोंड़ा हैरे मुर्रा लागी।
   कुड्डीन धर 'ओय टोंगएन धरओय,
   आड़ीन भाड़ीन हैरे खोट्टा लागी।
4. सं. रणेंद्र, सुधीर पाल, झारखण्ड एनसाइक्लोपीडिया, खण्ड 2, वाणी प्रकाशन, संस्करण 2014, पृ. 172
5. Krappe, Alexander Haggerty, The Science of Folklore, Barnes & Nobel INC. P. 301
6. सं. रणेंद्र, सुधीर पाल, झारखण्ड एन्साइक्लोपीडिया, खण्ड 2, वाणी प्रकाशन, संस्करण 2014, पृ. 164
7. https:èkèkscroll.inèkarticleèk1022356èkfor-30-years-jharkhand-adivasis-have-trekked-up-the-hills-of netarhat-to-renew-a-protest-pledge

सम्पर्क : मो.नं. : 9262235165

समकालीन हिन्दी ग़ज़ल में किसान

डॉ. भावना

किसान की बात जब भी हमारे सामने आती है, तो हमारे जेहन में एक ऐसा शख्स उभरता है, जिसके कन्धे पर हल, तन ढकने को मैली फटी धोती और पाँव में जगह-जगह फटी हुई बीमाई हो। कुल मिलाकर किसान की दीन-हीन छवि ही हमारे सामने आती है। वह किसान जिसकी वजह से हमारी थाली महफूज है, उसकी इस हालत के ज़िम्मेदार सरकार, पूँजीपति और कुछ हद तक उच्च मध्यम वर्ग भी हैं। मेहनत किसान करता है और लाभ बिचौलिए कमाते हैं। खेत से लेकर बाज़ार तक आते-आते फल, सब्जी और अनाज को न जाने कितने धन लोलुपों के हाथों से गुजरना होता है। किसान मानव द्वारा व्यवहार किये गये आवश्यक वस्तुओं को उपजाने वाले हैं, जिनके अभाव में जीवन नष्ट हो जाता है। मनुष्य को जिन्दा रखने के लिए पोषण की आवश्यकता होती है। यह पोषक तत्व हमें किसान द्वारा उपजाये सामग्री से ही प्राप्त होता है। हमें यह कहने में कोई गुरेज नहीं कि किसान के अनन्त त्याग के बदौलत ही दुनिया टिकी हुई है।

विश्व बैंक के आंकड़ों के अनुसार भारत में लगभग 42 प्रतिशत कार्य बल कृषि में संलग्न हैं। कृषि भारतीय अर्थव्यवस्था का रीढ़ है और किसान उस रीढ़ को मजबूती प्रदान करते हैं। पूर्व में लोकप्रिय प्रधानमंत्री लाल बहादुर शास्त्री ने हमारे देश की अर्थव्यवस्था को मजबूती प्रदान करने के लिए जय जवान, जय किसान का नारा दिया था। 1965 की हरित क्रान्ति ने भारत में आत्मनिर्भरता की शुरुआत कर दी थी। इस दौरान कृषि के लिए प्रयुक्त आधुनिक तरीकों ने कृषि उत्पादकता में अच्छी बढ़ोतरी की। आज किसान आधुनिक तौर-तरीकों का इस्तेमाल कर अपने खेतों में खाद्यान्न उत्पादन कर रहे हैं। आज की कृषि हल-बैल पर नहीं, बल्कि ट्रैक्टर, थ्रेसर जैसे अत्याधुनिक तकनीक पर आधारित हो गयी है। महीनों में संपन्न

होने वाले काम कुछ दिनों में संपन्न होने लगे हैं। ऐसे में किसानी अब सिर्फ़ श्रम आधारित न होकर पूँजी आधारित हो गयी है। अब खेती सिर्फ़ मानसून पर आधारित नहीं है। पैसे खर्च करके समर्थ किसान बोरिंग के द्वारा पानी खेतों में पटवा लेते हैं। किसानों की कड़ी मेहनत के कारण भारत चावल, चीनी, कपास आदि का प्रमुख निर्यातक है। अपने इसी किसानों के बदौलत देश आज सातवां सबसे बड़ा निर्यातक देश बन गया है। यह किसान ही है, जो एक अरब से अधिक लोगों के लिए भोजन उपलब्ध कराते हैं तथा दूसरे देशों को उपलब्ध कराने में अपनी महत्त्वपूर्ण भूमिका निभा रहे हैं। सोचने का विषय है कि किसान जब हमारे लिए इतना महत्त्वपूर्ण हैं तो वे आत्महत्या करने पर मजबूर क्यों हैं? कौन-सी ऐसी विवशता है, जो उनसे ऐसे जघन्य अपराध करवा देती है? क्यों उनकी स्थिति में उतना परिवर्तन नहीं दिखता, जितना की अपेक्षा की गयी थी? वैसे किसानों के हितों को ध्यान में रखकर सरकार द्वारा कई योजनाएँ चलाई जाती हैं। प्रधानमंत्री किसान सम्मान निधि योजना के तहत किसानों को हर साल 6000 की आर्थिक मदद दी जाती है। यह राशि किसानों के खाते में 4 महीने के अन्तराल पर तीन किस्तों में दो-दो हज़ार करके भेजी जाती हैं। उसी तरह राज्य सरकार मुख्यमंत्री किसान कल्याण योजना चलाती है। किसानों को केन्द्र सरकार द्वारा कृषि यंत्र खरीदने के लिए आर्थिक सहायता प्रदान करने का भी प्रावधान है, जिसे 'स्माम किसान योजना' कहा जाता है। किसानों के लिए सरकार द्वारा जो योजनाएं चलाई जाती हैं उनमें-पीएम किसान सम्मान निधि योजना, पीएम मानधन योजना, पीएम श्रम योगी मानधन योजना, जनधन खाता योजना एवं पीएम कृषि यन्त्र योजना इत्यादि हैं। आजकल खेती को बढ़ावा देने के लिए सरकार ने कुसुम योजना शुरू की है, जिसमें सिंचाई हेतु सोलर पम्प दिए जा रहे हैं। ये सोलर पम्प किसानों को बहुत ही कम क़ीमत पर दिये जा रहे हैं, जिससे बिजली की खपत में बचत होती है और सिंचाई में कोई बाधा भी नहीं होती। इसी तरह राज सरकार सहकारी बैंक के माध्यम से भी किसानों को मदद कर रही है। इन तमाम योजनाओं के बावजूद किसानों की स्थिति बहुत अच्छी दिखाई नहीं देती।

समकालीन हिन्दी ग़ज़ल में किसानों की समस्याएँ बड़ी मजबूती से उभर कर सामने आयी है।

वरिष्ठ ग़ज़लकार बल्ली सिंह चीमा जो कि स्वयं किसान हैं और अपनी भोगी तमाम परेशानियों को शेर में कैसे उद्धृत करते हैं। जरा देखें–

मैं किसान हूँ मेरा हाल क्या मैं तो आसमाँ की दया पे हूँ
कभी मौसमों ने हँसा दिया, कभी मौसमों ने रूला दिया

आगे वे मौसम की दागाबाजी की वज़ह से छोटे या असमर्थ किसानों की बेबसी को बताते हुए कहते हैं कि–

प्यासी रह गयी फ़सलें शरारत कर गया मौसम
किसानों के घरों में यूँ उदासी भर गया मौसम

रामकुमार कृषक अपनी जनवादी तल्ख तेवर की वजह से जाने जाते हैं। उनकी ग़ज़लों के केन्द्र में आम जन जीवन है। वे चुनावी भाषण में किसानों के हित में दिये गये बड़े-बड़े भाषण पर व्यंग्यात्मक लहजे में कहते हैं-

बड़के मंत्री जी भी हक में हैं किसान के
कहते, मिल मालिक से बड़ा किसान चाहिए

किसान पर ग़ज़लकार ऋषिपाल धीमान की चिन्ता भी कम महत्त्वपूर्ण नहीं है। पैसे के अभाव में पटवन न करा पाने की मजबूरी किसान की हालत को खराब कर रही है। फ़सल पानी के अभाव में सूख जाते हैं और किसान चुपचाप इसे भोगने को मजबूर है। शेर देखें-

सूख गए क्यों धान के पौधे?
एक गरीब किसान के पौधे

वे आगे किसान की समस्याओं पर बात करते हुए सरकार की उदासी पर भी उँगली रखते हैं। शेर देखें-

जो नहीं समझे हैं सेना के जवानों का मिज़ाज
उनसे क्या उम्मीद समझेंगे किसानों का मिज़ाज

वरिष्ठ ग़ज़लकार माधव कौशिक की ग़ज़लें हमें देर तक सोचने को मजबूर करती है। किसान जब अपने खेतों में लहलहाती फ़सलों को नहीं देखता है तो उसकी आँखों से ख़ून के आँसू निकलते हैं। शेर देखें–

कभी-कभी तो बालक समान रोता है
अकेला खेत में बूढ़ा किसान रोता है

आगे वे सरकार की किसानों के प्रति उदासीनता को दर्शाते हुए कहते हैं–

उसे होरी से मतलब है न मकसद
असल भारत से दिल्ली कट गयी

राम मेश्राम ने अपनी ग़ज़लों जन समस्याओं को अच्छी तरह से स्थान दिया है। वे आये दिन किसानों की आत्महत्या की खबर से आहत हैं। शेर देखें-

मरना है किसानों को, यही उनका मुकद्दर
क्या कायदे-क़ानून फक्त इन पे कड़े हैं

अनिरुद्ध सिन्हा की ग़ज़लें समाज का आईना है। वे स्वयं गाँव से जुड़े हुए हैं और खेतों से लगाव है। आज जो हमारे देश की सच्चाई है, वह उनके शेर में उभर कर सामने आया है। शेर देखें-

न जिसके पाँव में चट्टी न तन पर गर्म कपड़ा है
नए भारत में साहब जी किसानों का ये चेहरा है

ग़ज़लकार वशिष्ठ अनूप जी कथाकार प्रेमचन्द के पात्र हल्कू नाम के किसान के बहाने देश के तमाम छोटे किसानों की हालात को बहुत मार्मिक तरीके से व्यक्त किये हैं। आज किसान खेती छोड़कर मज़दूरी करने को विवश हो गया है। शेर देखें–

छोड़कर घर चल पड़ा हल्कू मजूरी के लिए
पेट तक भरता नहीं खेती के कारोबार में

ग़ज़लकार मधुवेश ने किसानों के खेत को ईश्वर मानने और उसकी सजदा करने की भावना को दर्शाते हुए कहा है कि–

अपने खेतों अपने बैलों अपने हल में चाँद दिखा
घोर अँधेरा था पर उसको सब्ज़ फ़सल में चाँद दिखा

वरिष्ठ गजलकार हरेराम समीप बहुत बारीकी से समाज की सभी समस्याओं पर नज़र रखते हैं। उन्हें किसान का अनदेखी किया जाना बिल्कुल पसन्द नहीं है। हम जिस अनाज का एअर कंडीशन कमरे में बैठकर आनन्द लेते हैं, उसे हमारी थाली तक लाने के लिए किसान को जी तोड़ मेहनत करनी होती है। फिर भी हम उन किसानों की कितनी चिन्ता करते हैं, यह सर्वविदित है। शेर देखें–

यहाँ शहर में तुम्हें अन्न भेजता है जो
पता तो कर कि वो कैसे किसान जिन्दा है

प्रत्येक साल खूब मेहनत करके किसान फ़सल को बोते हैं। पर, वो भी कभी सूखे की चपेट में आ जाता है तो कभी शीत के। कभी कीड़े लग जाते हैं तो कभी प्रचण्ड गर्मी में झुलस जाते हैं। ऐसे में, खेती करने में लगा धन भी डूब जाता है। शेर देखें-

पूरी साल लगन से बोते और सींचते खेत किसान
चाट गयी गर फ़सल इल्लियाँ तुम्हीं बताओ क्या करते

वरिष्ठ ग़ज़लकार कमलेश भट्ट कमल कहते हैं कि खेती करना मुश्किल सबसे काम है। वह किसान ही है जो प्रचंड धूप, मूसलाधार बारिश, आँधी-तूफान, ओले आदि से बिना डरे खेतों में काम करता रहता है। किसान की मेहनत के आगे रूपये पैसे बहुत तुच्छ चीज है। शेर देखें-

कभी आँधी कभी तूफान तो बारिश कभी ओले,
सभी अंजाम लिखते हैं किसानों की किसानी के!

वरिष्ठ ग़ज़लकार रमेश कँवल भी किसानों के अभावग्रस्त ज़िन्दगी पर अपनी चिन्ताव्यक्त करते हुए कहते हैं कि-

शबे-गुम न कटती सहर दूर है
किसानों को ख़ुशियाँ मयस्सर कहाँ

डॉ जियाउर रहमान जाफरी एक बहुत अच्छे ग़ज़लकार व आलोचक हैं। उनकी दृष्टि हमेशा ही समाज के हाशिए की तरफ़ रहती है। आजकल बड़े-बड़े अपार्टमेंट्स, फैक्ट्रीज वगैरह किसानों से खेती योग्य ज़मीन को हथिया कर बना लिए जाते हैं। बड़े-बड़े फैक्ट्री खोलने के नाम पर गाँव के साथ-साथ खेत खलिहान भी खाली करवा लिये जाते हैं। ऐसी स्थिति पर वे कहते हैं कि–

नयी इक फैक्ट्री तामीर कर लेने की चाहत में
यहाँ के लोग होरी से किसानी छीन लेते हैं

किसान की नियति धूप, पानी सहना है। फिर भी उसकी वाजिब क़ीमत उन्हें नहीं मिलती। उन्हें हमेशा परेशानियों का सामना करना पड़ता है। शेर देखें–

कभी वो धूप में जलते कभी पानी में रहते हैं
किसानी करने वाले तो परेशानी में रहते हैं

डॉ पंकज कर्ण युवा शायर हैं। उन्हें गाँव में रह रहे किसानों की समस्या ज्ञात है। उन्होंने किसान को मेहनत करते देखा है। उनका मानना है कि सरकार से अगर किसान को पर्याप्त सहयोग मिले तो ये अपने खेत में पर्याप्त अनाज उत्पादन करने की क्षमता रखते हैं। शेर देखें–

धरती की कोख से यही सोना उगाएंगे
सरकार से किसानों को हिम्मत भी तो मिले

इस तरह हम देखते हैं कि सरकारी दावे चाहे जो हों, किसान की स्थितियों में बहुत बड़ा परिवर्तन आज भी नहीं हुआ है। आजादी से पहले किसान ज़मींदारों के रहमो करम पर थे, आज सरकार के। ऐसे तो किसानों के लिए केन्द्र सरकार की बहुत सारी योजनाएं चल रही है, लेकिन वे नाकाफी है। इससे किसानों का भला नहीं हो रहा है। आज के समय में किसानों की बेबसी, बदहाली और भविष्य की चिन्ता को ग़ज़लकारों ने बख़ूबी समझा है। देश के विभिन्न क्षेत्रों में रहने वाले ग़ज़लकारों का शेर यह बताता है कि कमोबेश पूरे देश में किसानों की स्थिति एक जैसी ही है। किसानों के जीवन-व्यथा पर कहे गए शेरों में सिर्फ़ शब्द ही उभर कर सामने नहीं आये हैं, उनके साथ किसानों की पीड़ा भी संवाद करती दिखती है। यहाँ उद्धृत सारे शेर एक दस्तावेज़ हैं, जो आने वाले समय में किसानों की स्थिति को समझने में सहायक सिद्ध होंगे।

सम्पर्क : आद्या हॉस्पिटल, सीतामढ़ी रोड, जीरोमाइल, मुजफ्फरपुर-842004

अर्थव्यवस्था और किसान

डिम्पल जेनिफ़र फेर्नांडिस

कर्नाटक राज्य में कोरोना महामारी के बाद भारतीय अर्थव्यवस्ता की रीढ़ माने जानेवाले किसान की स्थितिगति का चित्रण पस्तुत करने की छोटी कोशिश यहाँ पर की जा रही है। कोरोना महामारी के समय जब सब कुछ बन्द था तब भारत की अर्थव्यवस्था का एक स्तम्भ इस देश को स्थिरता और लडने की शक्ति प्रदान कर रहा था, वह खेत में खड़ा किसान था।

कोविड 19 के आगमन से सारे सामाजिक बंधन टूट गये और जीवन के सभी क्षेत्र प्रभावित हुए। जनजीवन अस्त व्यस्त हो गया और आर्थिक गतिविधियाँ ठप हो गयीं। भारत जैसे कृषि प्रधान अर्थव्यवस्था के देश के लिए इसका परिणाम बडा ही नुकसानदायक था। *कोविड 19* के कारण हुए तालाबन्दी के कारण कृषि उपज की आपूर्ति श्रृंखला में गडबडी ने किसान और उपभोक्ता दोनों को नुकसान पहुँचाया। लॉकडाउन ने न केवल देशभर में लोगों के आवागमन को सीमित कर दिया बल्कि नियंत्रण क्षेत्र, सामाजिक दूरी यात्रा प्रतिबन्ध आदि नीतियों को भी लागू कर दिया। इन नीतियों ने भारतीय अर्थव्यवस्था के हर क्षेत्र को प्रभावित किया।

कृषि ही एक ऐसी उम्मीद है जो अर्थव्यवस्था में नयी जान फूँकने का कार्य कर सकती है। लेकिन यह देशव्यापी तालाबन्दी किसानों के आर्थिक नुकसान का सबब बनी, विशेषकर सब्जी और फुल उत्पादक किसानों की मुसीबतें और बढ गयीं। कृषि उत्पाद को उपभोक्ता तक पहुँचाने की जो आपूर्ति श्रृंखला है उसमें परिवहन एक अहम कड़ी है। व्यापार और परिवहन एक सिक्के के दो पहलू हैं। एक के बिना दूसरे की कल्पना ही नहीं की जा सकती। लॉकडाउन में यही कडी कमजोर हो गयी। बाज़ारों से जोडनेवाली कडियाँ टूट गयीं। फल व सब्जियाँ खेत में सड़ गयीं।

कर्नाटक में खरबूजा, टमाटर, गोभी की खेती करनेवाले किसानों ने कहा कि

कटाई के लिए कोई मज़दूर न होने और इसे बाज़ार तक ले जाने केलिए परिवहन की कोई सुविधा न होने के कारण उनकी उपज को खेत में ही सड़ने के लिए छोड़ दिया गया था। कई टन उपज सूखे तालाब में फेंखे गये, कई जगहों पर मवेशियों को चरने दिया गया। टमाटर और मिर्ची की फ़सल सड़कों पर फेंक दी गयी। राज्य भर में कृषि उपज कम क़ीमतों पर बेची गयी। कुछ स्थानों पर बाज़ार बन्द होने से सारी उपज खराब व बर्बाद हो गयी। केले, फूल, टमाटर, धान, और बागवानी उत्पादों की खेती करनेवाले किसानों को बेहद नुकसान उठाना पडा।

ग्रामीण भारतीय जो अधिकतर असंघठित मज़दूर हैं वे हर परिभाषा के हिसाब से गरीब हैं, उन्हें नियमित रोज़गार नहीं मिलता। जब ग्रामीण इलाकों में संक्रमण के मामले अधिक थे उनके लिए आर्थिक संकट और बढ गया। एक और समस्या श्रम संकट का भी था। ग्रामीण इलाकों में भी नौकरियों के जाने और बेरोज़गारी बढने की बात सामने आई। किसानों और खेतिहार मज़दूरों के संक्रमित होने के कारण ग्रामीण आपूर्ति श्रृंखला पर असर पडा। कोविड 19 का जो असर लोगों की आमदनी और अर्थव्यवस्था पर पड़ा है वह काफी ज़्यादा था। इससे कोई इनकार नहीं कर सकता कि ग्रामीण क्षेत्रों में स्वास्थ्य का बुनियादी ढाँचा वाकई नाजुक स्थिति में है। तालाबन्दी के दौरान कई किसानों ने आत्महत्या भी की।

खेतीबाडी में मज़दूरों की संख्या काफी कम होती है। कोरोना के समय मज़दूरों की कमी के कारण ज़्यादातर किसानों ने आधुनिक उपकरण/साधनों कि तरफ़ मुँह किया। यन्त्र, मानव सामर्थ्य से ज़्यादा काम करते हैं। इसमें सिर्फ़ एक बार निवेश करना होता है और यन्त्रों को कई बार इस्तेमाल में ला सकते हैं, लाभ भी ज़्यादा है ऐसा किसानों को लगने लगा। वे यन्त्रों कि तरफ़ झुक गये।

कोरोना के बाद आधुनिक उपकरणों का इस्तेमाल बड गया है। नवीनतम वैज्ञानिक साधनों को अपनाकर वह खेती के कई तरीके सीख रहा है। शिक्षा के माध्यम से खेती में काफी जागरूकता ला रहा है। कोरोना के बाद के समय में किसानों की स्थिति में काफी सुधार आया है, बेरोज़गारी कम हुई है, जनजीवन बड़े अच्छे से चल रहा है।

किसानों में विभिन्न मौसमों, जलवायु परिवर्तन, मिट्टी की स्थिति, जंगल की आग, जंगली जानवरों का हमला, सूखे और बाढ़ के कठोर विनाश के साथ जीवित रहने की क्षमता होती है। कर्नाटक में ज़्यादातर बन्दर और जंगली सुअर फ़सल ख़राब करते हैं लेकिन उन्हें मारना क़ानूनन अपराध है, इससे किसान बहुर परेशान हैं।

हाली में मुख्यमंत्री जी ने कहा कि कर्नाटक का लक्ष्य तक किसानों की आय दोगुनी करनेवाला पहला राज्य बनना है और इस सम्बन्ध में विशिष्ट रिपोर्ट तैयार करने केलिए किसानों की एक समिति का गठन किया जायेगा जिसे सरकार लागू करेगी। सरकार ने एक 'माध्यमिक कृषि निदेशालय' स्थापित करने का भी फ़ैसला किया है जो खाध्य संस्करण और सभी कृषि उत्पादों के सम्बन्ध में काम करेगी। कृषि विश्वविध्यालयों की मदद से बीज, कीट, और उर्वरक प्रबंधन पर ध्यान केन्द्रित करने और मिट्टी में पोषण स्तर में सुधार के सम्बन्ध में साथ ही कृषि, उध्यनिकी, रेशम उत्पादन, पशुपालन, डेयरी, मत्स्यपालन सहित खाध्य एवं समस्त कृषि उत्पादों के प्रसंस्करण के सम्बन्ध में एक विशेष कार्यदल का गठन जिसे 'माध्यमिक कृषि निदेशालय' के नाम से जाना जायेगा।

किसी भी आपदा के असली अदृश्य हीरो किसान ही हैं। किसान सच्चे कर्मयोद्धा हैं जो बारिश, सूखा, बाढ जैसे तमाम विपरीत परिस्थितियों में भी उत्पादन को जारी रखते हैं। सभी बाधाओं के बीच जीवन जीना किसानों के ख़ून में है। कुछ शहरी लोग सवाल करते हैं कि अगर खेती घाटे का सौदा है तो किसान छोड़ क्यों नहीं देते? इसका उत्तर भी बड़ा ही स्पष्ट है कि किसान मुनाफ़े जैसी छोटी सोच न रखकर खेती को जीवन जीने की कला मानते हुए विपरीत परिस्थितियों में भी खेती जारी रखते हैं। लागत, आय, पूँजी, निवेश पर मुनाफा या प्रति व्यक्ति आय सब विदेशी अवधारणा है। किसानों को जब तक लागत और परिश्रम के बराबर भी नकदी मिलती रहेगी तब तक किसान खेती करता रहेगा।

इक्कीसवीं सदी के हिन्दी उपन्यासों में बदलता किसान : एक अवलोकन

भारत जैसे विशाल देश की जनसंख्या में लगातार वृद्धि हो रही है, जिससे हमारे देश में कृषि संकट का उत्पन्न होना भी जायज है। भारत की इक्यावन प्रतिशत भूमि कृषि योग्य है, अधिकांशत: ग्रामीण समाज के लोग निवास करते हैं, जिनका जीविकोपार्जन कृषि व्यवस्था पर ही निर्भर है। जनसंख्या वृद्धि के कारण संयुक्त परिवार टूट कर एकल परिवार में बदला और जो वहाँ कृषि योग्य भूमि थी उस पर घर बनाकर रहने के लिए विवश हो गया। इसी कारण प्रतिव्यक्ति जो भी भूमि उपलब्ध थी वह धीरे-धीरे कम होती जा रही है। आज भी कुछ लोगों के पास तीस-चालीस बीघे ज़मीन है तो वहीं कुछ छोटे किसानों के पास एक से लेकर तीन बीघे तक और कुछ किसानों के पास तो ज़मीन ही नहीं है। वे बड़े काश्तकारों के ज़मीन

पर मज़दूर के रूप में काम करते हैं, जिससे उनका जीवनयापन बड़ी ही कठिनाई से चलता है, इस कारण वे विवश होकर गाँव से शहर की ओर पलायन करते जा रहे हैं। गाँवों में आज मज़दूर न मिलने के कारण कृषि संकट की स्थिति उत्पन्न होने लगती है। इक्कीसवीं सदी के कृषि संकट और ग्रामीण समाज का बड़ा ही यथार्थ चित्रण रामधारी सिंह 'दिवाकर' के उपन्यास 'अकाल संध्या' में हमें देखने को मिलता है। रामधारी सिंह दिवाकर के इस उपन्यास में बिहार के लोग आर्थिक रोज़गार की तलाश में गाँव से शहर की ओर पलायन कर रहे हैं। 'दिल्ली, पंजाब हरियाणा से लेकर जम्मू तक काम की तलाश में निकलने वाले इन मज़दूरों के कारण गाँव की कृषि व्यवस्था चरमरा गयी है।'[1]

खेती का संकट और ग्रामीण समाज के लिए प्राकृतिक आपदाएँ भी कृषि संकट के लिए काफी हद तक जिम्मेदार हैं। प्राकृतिक आपदाओं में बाढ़, अकाल एवं सूखा, अतिवृष्टि और अनावृष्टि आदि के कारण फ़सलों और उपजाऊ मिट्टी का भी क्षय हो जाता है। इस तरह की समस्याएँ किसानों के जीवन में आज भी यथावत बनी हुई हैं। देखा जाये तो हमारा भारतीय समाज पूर्णरूप से कृषि पर ही निर्भर रहता है। फ़सलों के बर्बाद होने के कारण लोग भुखमरी के शिकार होने लगे हैं, उनके पास इतना धन नहीं है कि वे अनाजों का क्रय करके अपने परिवार का भरण-पोषण सुचारु रूप से कर सकें। कोसी नदी जिसे बिहार का शोक कहा जाता है, प्रत्येक वर्ष बाढ़ आती है जिससे वहाँ नदी के आस-पास के इलाके एवं फ़सलें भी प्रभावित होती हैं। भूमि की उपजाऊ परत भी नदी की बाढ़ के साथ बह जाती है, और साथ ही ग्रामीण लोगों में बीमारी तथा महामारी फैलने लगती है। इस कारण से भी वहाँ का जीवन पूरी तरह से अस्त-व्यस्त हो जाता है। यह सिर्फ़ बाढ़ की ही नहीं बल्कि पूरे देश में बाढ़ प्रभावित इलाकों की समस्या है। इस त्रासदी पर लगभग कई उपन्यासों कहानियों में चर्चा हुई है।

इस दृष्टि से श्यामबिहारी श्यामल का चर्चित उपन्यास 'धपेल' 1993 में पलामू जिले के अकाल सूखा प्रसंग को केन्द्र में रखकर ही लिखा गया है। अन्याय, शोषण, उत्पीड़न, बंधुआ मज़दूरी, सूखा, भुखमरी, जंगलों की अवैध कटान, पशुओं की तस्करी जैसे अनेकों क्रूरतम अमानवीय कृत्यों द्वारा धन उगाहने तथा लूटने की प्रवृत्ति का ऐसा धपेलीकरण हो रहा है कि पूरे पलामू जिले में वह रुकता ही नहीं है, बल्कि वह दिन प्रतिदिन बढ़ता ही जाता है। पिछड़े आदिवासी क्षेत्रों के सीधे भोले और ईमानदार लोग वृक्षों की दुर्लभ वन औषधियों की तरह, वन्यचरों जातियों-

प्रजातियों की तरह खत्म होते जा रहे हैं। इसी तरह से कमलाकांत त्रिपाठी का उपन्यास 'बेदखल' और 'पाहीघर' भी तालुकेदारों और जमींदारों के अत्याचारों तथा जोतदार किसानों की विवशता एवं उनके दुखों को ही प्रकट करता है। 'बेदखल' उपन्यास में छोटी जोत एवं पिछड़े तथा दलित कहे जाने वाले किसान और खेतिहर मज़दूरों ने अपने सामूहिक प्रतिवाद और नेतृत्त्व के बल पर अपने ही इतिहास को पैदा किया है। यह उपन्यास कहीं न कहीं इस सवाल को भी बड़े ही प्रभाशाली ढंग से रेखांकित करता है कि किसानों का आन्दोलन किसानों के ही दम तथा उनके ही पैसों पर खड़ा होगा।

कर्मेंदु शिशिर का उपन्यास 'बहुत लम्बी राह' सन् 2003 में आता है, और काफी चर्चित भी होता है। उनका यह उपन्यास एक भूमिहीन खेतिहर मज़दूर महतो की व्यथा-कथा कहता है। ग्रामीण समाज की विकृतियों, क्षुद्रताओं तथा संघर्षों का जीवन्त दस्तावेज यह उपन्यास प्रस्तुत करता है। 'बहुत लम्बी राह' उपन्यास का कालखण्ड लगभग सातवें-आठवें दशक का है। आज़ादी के बाद ज़मींदारी प्रथा खत्म तो हुई लेकिन व्यावहारिक स्तर पर पूर्ण रूप से जमींदारों का खात्मा नहीं हो पाता है। पुराने ज़मींदार तथा नये-नये धनी लोग बड़े किसान के रूप में अधिक शोषण करने लगे हैं। अत: कह सकते हैं भूमिहीनों की समस्या आज भी ज्यों की त्यों बरकरार है। गाँव के परती-पठार, पोखर और ज़मीन पर भी मालिकों का कब्ज़ा बना ही रहा। बिहार जैसे क्षेत्रों में ज़मींदार-पुलिस गठबंधन ने इस अन्याय को शय देने में अपनी महत्त्वपूर्ण भूमिका निभायी है। वरिष्ठ आलोचक विश्वनाथ त्रिपाठी जी का इस उपन्यास के सन्दर्भ में यह कहना है कि 'गोदान ग्रामीण संस्कृति के ध्वंस की कथा है तो 'बहुत लम्बी राह' ग्राम संस्कृति के निर्माण की।'[2]

इस उपन्यास के लेखक कर्मेंदु शिशिर भी कहते हैं कि मुक्ति की राह बहुत लम्बी है, उसकी प्राप्ति हेतु हमें लड़ना होगा, अधिक संघर्ष भी करना होगा। इसी तरह से 2006 में राजू शर्मा का चर्चित उपन्यास 'हलफनामे' भी मुख्यत: किसान आत्महत्या के साथ-साथ जल संकट की समस्या को भी चित्रित करता है। किसान आत्महत्या पर प्रकाशित हिन्दी में यह पहला उपन्यास भी माना जाता है, जो आन्ध्र-प्रदेश के किसानी जीवन एवं उसकी प्रमुख समस्या जल को दर्शाता है। रिश्वत चाहे छोटी हो या बड़ी हो इसके बग़ैर कोई भी व्यक्ति अपना काम कोर्ट-कचहरी, गाँव, कसबे, तहसील, अदालत में नहीं करा सकता है। राजू शर्मा के 'हलफनामे' उपन्यास में हलफनामों अर्थात एफिडेबिट की सच्चाई को भी सामने लाया गया

है। उपन्यास का नायक मकईराम अपने पिता की आत्महत्या को लेकर उन्नीस हलफनामे कमिश्नर को प्रशासनिक भ्रष्टाचार का राजनीतिक गठजोड़ के चलते देता है। इसी तरह 2006 में ही प्रकाशित सूर्यदीन यादव का एक चर्चित उपन्यास 'ज़मीन' हमारे बीच आता है, और इस उपन्यास में ज़मीन को ही आधार बनाकर दो विशेष अंचल की बात की गयी है। इस उपन्यास की भूमिका में ही लेखक सूर्यदीन यादव लिखते हैं कि 'ज़मीन किसी की निजी बपौती नहीं होती, वह सार्वजनिक सर्वराष्ट्रीय बल्कि विश्व की धरोहर होती है। धरती या ज़मीन की गोद और आकाश की छत्रछाया के बिना हवा की कोख से असंख्य जीव सृष्टि में जन्म लेते हैं, और उसे हम मान्य रखते हैं। स्वीकार करते हैं हम जिसे गैर की नाजायज चीज समझकर, उस ज़मीन की उपज यह कृति है।'[3]

ठीक इसी तरह से सीमान्त किसान को आर्थिक उदारीकरण की नीतियों को जिस प्रकार से बर्बाद किया है, उसका यथार्थ चित्रण कथाकार शिवमूर्ति ने 2008 में प्रकाशित 'आख़िरी छलांग' शीर्षक उपन्यास में किया है। शिवमूर्ति का उपन्यास 'आख़िरी छलांग' नयी सदी के किसानों के जीवन पर ही केन्द्रित है, जो प्रेमचन्द की परम्परा की ही कड़ी को ही दर्शाता है। 'आख़िरी छलांग' उपन्यास का कथानक परस्पर उलझी हुई किसान जीवन की अनेक समस्याओं का जंजाल भी है, इसके कथानक का आधार पूर्वी उत्तर प्रदेश का ग्रामीण परिवेश ही है। इसका नायक पहलवान भी एक किसान ही है, उसके समक्ष विरासत में हासिल हुई तथा नयी विकास नीतियों के कारण निर्मित अनेक समस्याएँ भी हैं। वह अपनी बड़ी बेटी के लिए दो साल से लड़का तलाश रहा है, बेटे की इंजीनियरिंग की फीस का जुगाड़ भी नहीं हो पा रहा है, पिछले तीन साल से गन्ने का बकाया भी नहीं मिल पा रहा है, सोसायटी से खाद के लिए लिया गया क़र्ज भी अभी तक चुकता नहीं हुआ है। प्रत्येक दूसरे महीने ट्यूबवेल के बिल की तलवार भी सिर पर लटक जाती है। इस तरह की तमाम परेशानियों को झेलते-भोगते पहलवान किसान के जटिल मुद्दों को कथाकार शिवमूर्ति ने 'आख़िरी छलांग' उपन्यास में उठाया है। वैसे भी शिवमूर्ति ग्रामीण वातावरण के कथाकार माने जाते हैं, उन्होंने किसानों की समस्याओं को बखूबी समझा तथा उन किसानों की समस्याओं को भीतर तक महसूस भी किया है। उपन्यास का नायक पहलवान यह महसूस करता है कि जैसे नहर के पेट के भीतर सिल्ट भर जाती है, ठीक उसी तरह से आज के किसानों की तकदीर में भी वर्ष दर वर्ष सिल्ट भरती चली जाती है। पहलवान जैसा जीवट व्यक्तित्त्व वाला किसान अपने

ही किसानी जीवन की समस्याओं से परेशान होकर इस व्यवस्था से सवाल करता है कि 'सारे हालात तो मर जाने के हैं, जिन्दा कैसे रहा जाये?'[4]

इस तरह से ज़मींदारों के समय में भी किसानों का शोषण भी भरपूर किया जाता था, उसको जेठ की तपती दुपहरी में भी सजा डी जाती थी, और कोड़े से पिटवाया भी जाता था। वह पूरी तरह से ज़मींदारों का ही समय था, परन्तु आज इतने दिनों के बाद भी किसान के जीवन में कुछ भी बदलाव नहीं आया है, उसके उम्मीदों की रौशनी कभी रौशन नहीं होती है। आज भी किसानों का भरपूर शोषण बदस्तूर जारी है। पैसा वसूलने के लिए क़ानून का इस्तेमाल सिर्फ़ और सिर्फ़ किसानों मज़दूरों के लिए ही हो रहा है। किसानों के नए सिरे से होने वाले शोषण को आज पहचान पाना भी कठिन हो गया है। शायद इन्हीं परिस्थितियों के कारण किसानों के मन पर छाया अँधेरा बाहरी अँधेरे से भी अधिक घना है। इन सब बातों से परेशान होकर उपन्यास का नायक पहलवान कहता है कि 'किसान के घर में जन्म लेकर न पहले कोई सुखी रहा है, न आगे कोई रहेगा। इन्हीं परिस्थितियों में ज़िन्दगी की नाव खेना है।'[5]

किसानों के सम्बन्ध में सरकार की घोषणाएँ या तो फाइलों में बन्द हो जाती है, या कुछ बिचौलियों तक ही सीमित होकर रह जाती है। किसानों के सम्बन्ध में सरकार की योजनाएँ वैसे भी कभी कारगर नहीं साबित हुई हैं, बावजूद इसके जो भी योजनाएँ बनाई गयीं उसका भी क्रियान्वयन सुचारू रूप से हो ही नहीं पाया है। इस तरह से नयी सदी के किसानों की समस्याओं को अभिव्यक्त करते हुए कथाकार शिवमूर्ति ने अतीत बौर वर्तमान दोनों को सामने रखा है। यह उपन्यास प्रमुखतः किसान जीवन की बारीकियों के प्रति आगाह भी करता है। इसमें किसान जीवन से जुड़े सांस्कृतिक, राजनीतिक और धार्मिक सन्दर्भों का जिक्र भी हुआ है। 'आख़िरी छलांग' उपन्यास आकर में छोटा होने के बावजूद किसान जीवन की स्थितियों-परिस्थितियों को बड़ी ही व्यापकता से चित्रित करता है। वर्तमान समय में बदलते गाँवों की स्थितियों में यह तो कतई सम्भव नहीं है कि सिर्फ़ खेती-किसानी करके पूरे परिवार के सपनों को साकार किया जा सके। इसका सबसे बड़ा कारण ये भी कि गाँव से आज हल-बैल और बछड़ों का कहीं न कहीं विलुप्त होते जाना भी है। आज हम जिस तेजी से इक्कीसवीं सदी में प्रवेश कर गये हैं कि मज़दूरों किसानों की जगह भी आज ट्रैक्टर और थ्रेसर ने ले ली है। जिसकी क़ीमत भी आज आसमान छोने की तरफ़ अग्रसर है। इन सबके परिणामस्वरूप छोटी जोत के किसानों का खेती करना दिनोंदिन मुश्किल होता जा रहा है। शिवमूर्ति वर्तमान ग्रामीण स्वरूप के

बदलते हुए यथार्थ को 'आख़िरी छलांग' शीर्षक उपन्यास में चित्रित किया है। वे किसानों मज़दूरों दलितों तथा महिलाओं के संघर्षरत जीवन को कथानक बनाने वाले अन्य कथाकारों से भिन्न भी हैं।

भारतीय राजनीति तथा अर्थव्यवस्था का पहला और आख़िरी शिकार भारत का आम किसान ही माना जाता है। 'जिस परिवार में बाहर से कोई नगदी आमदनी नहीं है, उसका आज के जमाने में गुजर होना बड़ा मुश्किल है। जैसे गड्ढे से खोदी गयी मिटटी उसी गड्ढे को भरने के लिए पूरी नहीं पड़ती वैसे ही खेती किसानी की आमदनी खेती किसानी के ख़र्च को भी नहीं अंटती। और कहाँ से अंटे! डीजल, बिजली, खाद, कीटनाशक, जोताई, मड़ाई, मजूरी सबका रेट तो हर साल दस-पाँच रूपये बढ़ जाता है। नहीं बढ़ता तो किसान की पैदावार का दाम। इसीलिए जितनी लम्बी खेती उतना ही लंबा घाटा। जितना ज़्यादा पैदावार उतना ज़्यादा घाटा।'[6]

आज किसानों के लिए योजना बनाने वाले तमाम उद्योगपति हैं, जिन्हें कृषि कर्म से कोई मतलब नहीं है। उन्हें यह भी नहीं पता होता चने का पेड़ बड़ा होता है या अरहर का? आलू ज़मीन के नीचे फलता है या ऊपर। उपन्यास के नायक पहलवान को ऐसा महसूस होता है कि इज्जत चली गयी खेलावन भाई। खेलावन पहलवान को समझाते हैं। 'किसान पूरे देश का अन्नदाता है। वैश्वीकरण के दौर में उसकी भी स्थिति में सुधार होगा ऐसा लगा था। लेकिन आज के बाज़ारवादी दौर में वह हाशिए पर चला गया है। उसकी फ़सल सामाजिक समस्या बन गयी है। उसे अपनी फ़सल का उचित मूल्य नहीं मिल रहा है। क़र्ज की समस्या से वह घिरा हुआ है। खाद बिजली और पानी की समस्याएँ उसे परेशान कर रही हैं। उसका कई आयामों पर शोषण हो रहा है। आजादी के पहले शोषकों को किसान समझ सकता था, लेकिन आज उसका चालाकी से शोषण किया जा रहा है। इससे शोषकों को पहचानना भी मुश्किल हुआ है।[7]

आज के परिवर्तित होते गाँवों का यह बहुत बड़ा सच है कि आज के गाँव सूचना तकनीक और प्रौद्योगिकी के क्षेत्र में काफी प्रगति की है, किन्तु सवर्ण-अवर्ण के नाम पर वहाँ आज भी एकजुटता की कमी है जो इन किसानों को संगठित होकर लड़ने से रोकती है। यह गाँव की प्रगति के लिहाज से बहुत शुभ नहीं है। अपने किसानी इच्छाओं को हासिल करने के लिए उन इस तरह की संकुचित मानसिकता से उबरना ही होगा। 'नहीं लड़ेंगे तो मरेगा, मर तो रहा ही है और जल्दी मरेगा। देश दुनिया के नक्शे से गायब हो जायेगा। कोई रोक नहीं सकता। बहुत सारे मुद्दे हैं,

जिनसे लड़ना भी जरुरी है। जैसे सरकारी नीतियाँ। गेहूँ पैदा करने में लागत बारह रुपया किलो आता है, लेकिन गेहूँ बिकता है सात रुपया किलो, आलू और प्याज तो घर पर पैदा होता है तो दो रुपया किलो बिकने लगता है। दो महीने बाद जैसे किसान घर के बाहर निकलता है, आलू प्याज दस रुपया किलो हो जाता है। पिच्छले पैतीस साल में ज़मीन सौ गुना महँगी हो गयी है। सोना पचहत्तर गुना, डीजल पचास गुना जबकि गेहूँ सिर्फ़ सात गुना। सारी मंदी किसानों के लिए ही है।'[8]

हमारा भारतीय किसान आज हाशिए पर खड़ा है, उसके जीवन में किसानी कर्म के साथ-साथ बेटे की ऊँची शिक्षा और बेटी के विवाह के लिए दहेज़ की समस्या मुँह बाए खड़ी है। उपन्यास की कथा में जब पहलवान बेटी के लिए रिश्ता देखने जाते हैं तो उन्हें निराशा ही हाथ लगती है। वर्तमान बाज़ारवादी व्यवस्था ने इन दिनों नयी सदी के किसानों की तो कमर ही तोड़ दी है। कथाकार शिवमूर्ति के जीवन में किसानी कर्मों का व्यापक अनुभव है, जो आज की इस नयी सदी में किसानों की व्यथा-कथा को ठीक उसी रूप में सृजित करते हैं। शिवमूर्ति की सबसे बड़ी विशेषता तो यह है कि वे अपनी कथा में पूरे गाँव के यथार्थ को ला खड़ा करते हैं, वह भी बिना किसी लाग लपेट के तथा वहाँ का यथार्थ और भी अधिक मुखरित रूप में अभिव्यंजित होता हुआ दिखाई देता है। इस उपन्यास के अन्त में नायक पहलवान चिताओं से अपने आपको मुक्त करते हैं। किन्तु उनकी यह छलांग जीवन के बाहर और मृत्यु के भीतर की छलांग नहीं है। इस छलांग की प्रेरणा पाण्डे बाबा की बरसी पर आयोजित जनसभा से मिलती है।

ठीक इसी तरह से 2016 में प्रकाशित पंकज सुबीर का लोकप्रिय उपन्यास 'अकाल में उत्सव' सरकारी शासन प्रणाली का किसानों के प्रति उनके रवैये का पर्दाफाश करता है। एक तरफ़ हमारा शासन यह कहते हुए भी नहीं थकता है कि भारत एक कृषि प्रधान देश है वही उसी किसान के देश में ही उसका शोषण किया जा रहा है। आज किसान की आवाज़ घुट रही है, उद्योग धन्धों और बाज़ार की चमक-धमक के बीच में कृषि का स्थान उपेक्षित होता जा रहा है। प्रत्येक दिन किसानों के आत्महत्या की खबर प्रकाशित होती रहती है। फ़सलों का समुचित दाम न मिलने से कृषि भी घाटे का सौदा साबित होती जा रही है। किसान प्राकृतिक आपदाओं से उतना सताया हुआ नहीं है जितना की व्यवस्थाओं का मारा हुआ है। पंकज सुबीर के उपन्यास अकाल में उत्सव' शीर्षक से ही यह स्पष्ट हो जाता है कि जहाँ एक तरफ़ भयानक अकाल है तो दूसरी ओर उन्माद और ख़ुशहाली का माहौल

है। एक तरफ़ आम आदमी की भीड़ है तो दूसरी तरफ़ सरकारी तन्त्रजाल। इस उपन्यास के केन्द्र में दो मुख्य पात्र उभर कर आते हैं जहाँ एक तरफ़ कलेक्टर श्रीराम परिहार हैं तो वहीं दूसरी ओर किसानों के प्रतिनिधि चरित्र के रूप में रामप्रसाद हैं।

इस उपन्यास में जहाँ एक ओर किसान जीवन की घुटन भरी भयावह त्रासदी है, वहीं दूसरी तरफ़ प्रशासन में आने वाले आला अधिकारियों के हर्ष और उल्लास का रंगीन दृश्य भी है। आज का किसान काफी परेशान नज़र आता है। खाद, बीज, कीटनाशक, और डीजल की क़ीमतें बढ़ने से कृषि उत्पादों के लागत मूल्यों में जिस औसत से वृद्धि हुई है, उसके अनुपात में उन्हें फ़सलों के दाम बिल्कुल नहीं मिल पा रहे हैं। उन्हें अक्सर अपनी उपज का दसवाँ हिस्सा भी नहीं मिल पाता है। 'सत्ता में आने से पूर्व ही हर सियासी पार्टी किसानों की बेहतरी की बात करती है, लेकिन सत्ता में आते ही सब भूल जाती है।'[9]

जहाँ आज भी भारत की एक बड़ी आबादी गाँवों में निवास करती है, और उस गाँव के केन्द्र में किसान ही होता है, किसानी से ही वह पशुपालन से भी जुड़ा हुआ है, उसी से खेतिहर मज़दूर भी अपना भरण-पोषण करते हैं किन्तु सरकार और प्रशासन बगैर किसानों के जीवन में बदलाव लाये हुए देश को आगे क्ले जाने का प्रयास करेगी तो गाँव की प्रगति एवं उसकी तस्वीर भी अधूरी ही रहेगी। पंकज सुबीर का उपन्यास 'अकाल में उत्सव' किसान की समस्या और उसकी पीड़ा को कई कोण से पकड़ता है। जिस किसान के सामने हज़ारों तरह की समस्याएँ उसके जीवन को जोंक की तरह चूस रही हैं, अब वहीं यह भी कहा जाने लगा है कि आने वाले कुछ समय में कृषि कार्य भी बहुराष्ट्रीय कम्पनियां ही करेंगी। भविष्य में आने वाले इस तरह के ख़तरों को उपन्यासकार ने एस डी एम राकेश पाण्डेय, और सामाजिक कार्यकर्ता रमेश चौरसिया के बीच हुए वार्तालाप से भी ज़ाहिर किया है। 'असलियत में क्या होता है यह केवल वही जानता है जो किसानी करता है। बीज समय पर नहीं मिलता, मिल जाये तो पता चले कि ख़राब निकल गया, अंकुरित ही नहीं हुआ। बीज खराब न हो, किसान के किस्मत से अंकुरित हो जाये तो खाद नहीं मिलेगा। खाद जैसे-तैसे करके लाये भी तो पता चलता है कि बिजली नहीं है, पानी किस प्रकार से फेरा जाये खेत में। ऐसा लगता है जैसे सरकारें खुद ही किसानों को खेती करने से रोकना चाह रही हैं, मल्टीनेशनल के इशारे पर। कभी यूरिया का संकट, कभी बीज का संकट। सारे संकट किसान के सामने ही क्यों पैदा किए जा रहे हैं? ताकि वह घबरा कर अपने खेत बेच दे, मल्टीनेशनल को। यह बहुत बड़ा षड्यन्त्र है, बड़ी कान्सिपिरेसी है।'[10]

किसान के पास उसकी पूँजी होती है, और पत्नी का जेवर जो कभी-कभी उसकी आर्थिक कठिनाईयों में काम आता है। घर में किसी अवसर पर आर्थिक तंगी आने के बाद किसान अपनी पत्नी का जेवर सुनार के पास गिरवी रखकर क़र्ज ले लेता है, और वह भी इस उम्मीद में कि फ़सल तैयार हो जाने के बाद क़र्ज चुकाकर गहना वापस ले लूँगा। किन्तु ऐसा अवसर किसान के जीवन में शायद ही कभी आ पाता हो। यही स्थिति रामप्रसाद की पत्नी कमला की भी है, धीरे-धीरे उसके शरीर के सारे गहने उतरकर बिक चुके हैं, और उसने अपने गले में पति के नाम का काला धागा बाँध रखा है। उसका अन्तिम गहना उसकी एक तोड़ी है, क़र्ज के दबाव में उसे भी बेचने की स्वीकृति कमला अपने पति रामप्रसाद को दे देती है। इस तरह का दृश्य पंकज सुबीर ने बड़ी ही मार्मिकता से चित्रित किया है। किसानों के जीवन में एक से बढ़कर एक परेशानियाँ लगी रहती है, और उसका जीवन भी परेशानियों का जंजाल बनता चला जाता है। एक तरफ़ फ़सल की मार तो दूसरी तरफ़ बाबा जी का मन्दिर बनवाने का प्राण, इसलिए इस उपन्यास में धर्म भी सुख-शान्ति के बजाय दुःख और परेशानियों का ही सबब बनकर आता है। 'कोई बाबा हैं और उन्होंने प्रण ले लिया है कि वह पचास गाँवों में या तो मन्दिर बनवायेंगे, या पुराने मन्दिरों का जीर्णोद्धार करवाएंगे, किन्तु वे इसका पैसा अपनी जेब से नहीं बल्कि गाँव के किसान देंगे। गाँव में खेती के हिसाब से चन्दा तय किया गया है एक एकड़ पर एक बोरा गेहूँ हर किसान को देना है...रामप्रसाद जैसे किसान जो बड़ी मुश्किल से अपने परिवार के लिए खाने का अनाज बचा पाते हैं, वह मन्दिर के लिए अनाज भला कहाँ से देंगे? लेकिन मामला धर्म का है सो देना ही है। भगवान जैसी किस्मत भला किसकी होगी, जिसे इसी भय के चलते अच्छी बातों का क्रेडिट तो मिलता है, लेकिन अगर कुछ बुरा हो जाये तो, उसका भक्त इसके लिए अपने आपको या अपनी किस्मत को ही दोष देता है। दुनिया के सारे धर्मस्थल असल में भय का कारोबार करने वाली दुकानें हैं। इन दुकानों की बिक्री ही भय पर टिकी है, जितना अधिक भय उतनी अधिक बिक्री। डराओ और कमाओ।'[12]

आलोचक मैनेजर पाण्डेय ने पंकज सुबीर के उपन्यास 'अकाल में उत्सव' पर विचार करते हुए लिखा है कि 'यह गाँव और किसान जीवन के दुःख-दर्द कहने वाली रचना है। इस उपन्यास को पढ़कर कहा जा सकता है कि किसान जीवन में आजकल सुख कम दुःख ज़्यादा है।'[12]

वैसे तो देखा जाये तो 'अकाल में उत्सव' जैसे उपन्यास में रामप्रसाद जैसे किसान की समस्या भारत के किसान की ही समस्या है। जहाँ पर श्रीराम परिहार जैसे कलेक्टर अफ़सर शाही की सनक में सत्ता के साथ गोटी बैठाने के फिराक में किसानों का उनके लिए कोई महत्त्व ही नज़र नहीं आता है। उनके लिए तो सिर्फ़ और सिर्फ़ मनोरंजन या उत्सव ही प्रिय हैं, अकाल की चिन्ता तो बिल्कुल भी नहीं तभी तो एक तरफ़ कलेक्टर के साथ एक तरफ़ पूरी टीम जश्न और उत्सव मना रही है, वहीं किसान रामप्रसाद हताश और निराश होकर आत्महत्या करने को विवश होता है। इस उपन्यास पर अपनी बेबाक टिप्पणी दर्शाते हुए रोहिणी अग्रवाल ने कहा है कि 'उपन्यास बड़े फलक के साथ क्रूर सच्चाइयों को महीन परतों को उघाड़ने में समर्थ है। 'अकाल में उत्सव' किसान आत्महत्या जैसे बड़े सामाजिक सरोकार के सन्दर्भ में समय का अक्स प्रस्तुत करता है।'[13]

इस प्रकार हम यह कह सकते हैं कि 'अकाल में उत्सव' में लगातार समृद्धशाली, सुख-सुविधा संपन्न, अत्याधुनिक हो रहे सभी मानवीय समाज में पशुओं से बदतर हताशा से भरे जीवन जीने को लाचार किसान और मज़दूरों के लिए बार-बार उठने वाले सवालों को पूरी आवेगता, प्रखरता के साथ उठाया गया है। इसलिए 2000 से लेकर अब तक के कृषि प्रधान हिन्दी उपन्यासों में रामधारी सिंह दिवाकर का 'अकाल संध्या', कर्मेंदु शिशिर के उपन्यास 'बहुत लम्बी राह', राजू शर्मा के उपन्यास 'हलफनामें', पंकज सुबीर का 'अकाल में उत्सव' सुनील चतुर्वेदी के 'कालिचाट', संजीव के उपन्यास 'फांस', शिवमूर्ति के 'आख़िरी छलांग', जयनन्दन के 'सल्तनत को सुनो गाँव वालों', आदि उपन्यासों में किसान जीवन की समस्याओं और उनकी त्रासदियों का ही चित्रण हुआ है। भारत जैसे कृषि प्रधान देश में किसानों की आत्महत्या एक बड़ी समस्या के रूप में उभरी है। इसका यथार्थ रूप इन उपरोक्त उपन्यासों में देखा जा सकता है। औद्योगिक क्रान्ति होने से कुछ पूँजीपतियों ने किसानों की ज़मीनों को हथियाना शुरू कर दिया। छतवीं सदी के हिन्दी के कृषि प्रधान उपन्यासों में कमोबेश यह स्थिति देखी जा सकती है। जहाँ बहुराष्ट्रीय कम्पनियाँ किसानों को बहला फुसलाकर उनकी ज़मीन पर कब्जा करना चाहती हैं। वह किसानों को बड़े-बड़े सपने दिखाकर उनको किसान से मज़दूर में बनाने में लगी हैं। भारत के खेत अब कारखानों तथा बड़े-बड़े मकानों से भरने लगे हैं। गाँव का किसान तथा मज़दूर वर्ग बैंकों का क़र्जदार बन गया है। किसान क़र्ज नहीं लेता है फिर भी बिचौलियों के द्वारा उसके खाते से ऋण लिया जा रहा है,

और उस ऋण की भरपाई किसानों से ही करवाई जाती है। साथ ही प्रशासन की तरफ़ से ये उपेक्षित किसान और मज़दूर आत्महत्या हेतु विवश हैं। इस तरह की स्थितियाँ 'अकाल में उत्सव' एवं 'आख़िरी छलांग' जैसे उपन्यासों में स्पष्ट देखी जा सकती हैं। इस प्रकार किसानों मज़दूरों की बढ़ती आत्महत्या का सबसे बड़ा कारण सामाजिक, पारिवारिक और बढ़ते हुए औद्योगीकरण इत्यादि समसायिक मुद्दों का यथार्थ चित्रण इक्कीसवीं सदी के इन हिन्दी उपन्यासों में हुआ है।

सन्दर्भ ग्रन्थ

1. अकाल संध्या, रामधारी सिंह दिवाकर, पृष्ठ संख्या-97, भारतीय ज्ञानपीठ
2. मुक्ति का विमर्श, रवीन्द्रनाथ राय, साक्षात्कार, पृष्ठ संख्या-125 मई 2004
3. ज़मीन, सूर्यदीन यादव, भूमिका से उधृत
4. आख़िरी छलांग, शिवमूर्ति, पृष्ठ संख्या-79
5. वही, पृष्ठ संख्या-83
6. आख़िरी छलांग, शिवमूर्ति, पृष्ठ संख्या 79, नया ज्ञानोदय, भारतीय ज्ञानपीठ नयी दिल्ली अंक जनवरी 2008
7. www.apnimati.comèk2017èk11èkblog&post&91html
8. आख़िरी छलांग, शिवमूर्ति, पृष्ठ संख्या-90, नया ज्ञानोदय, जनवरी 2008
9. अकाल में उत्सव, पंकज सुबीर, पृष्ठ संख्या-175, शिवना प्रकाशन
10. जनसत्ता संपादकीय, 2017
11. अकाल में उत्सव, पंकज सुबीर, पृष्ठ संख्या-163
12. पुस्तक विमर्श, अकाल में उत्सव, पृष्ठ संख्या-17, संपादक-सुधा ओम ढींगरा
13. वही

हिन्दी विभागाध्यक्षा

सन्त फिलोमिना कॉलेज, पुत्तुर, कर्नाटक

किसानों की महागाथा

डॉ. नीलोत्पल रमेश

'कविता में किसान' नीरज कुमार मिश्र व अमरजीत कौंके द्वारा संपादित कविता-संग्रह है जिसमें 134 कवियों की किसान-विषयक कविताएँ संकलित हैं। ये कविताएं हिन्दी के प्रारम्भिक कवियों से लेकर आज तक के युवा कवियों की हैं। इसमें किसान के विविध पक्षों को कवियों ने अपने-अपने ढंग से देखने-परखने की कोशिश की हैं। किसान का जीवन प्रारम्भ से ही समस्याओं से घिरा रहा है। ये समस्याएं अपने समय के अनुसार बदलती रही हैं, लेकिन उनकी समस्याएं आज भी ज्यों-की-त्यों बरकरार हैं।

नीरज कुमार मिश्र ने 'आभार' में लिखा है कि 'साहित्य की विभिन्न विधाओं में किसान जीवन की विविध छवियों का प्रामाणिक अंकन समय-समय पर उस समय के साहित्य में हुआ है। साहित्य में किसानों की दयनीय स्थिति, क़र्ज की समस्या तथा किसानों के प्रति हो रहे शोषण के प्रश्न लगातार उठाए जाते रहे हैं। हमारी सामाजिक और साहित्यिक संरचना में लगान वसूली, नज़राना आदि अनेक मुद्दे आपको हर जगह किसी-न-किसी रूप में मिल जायेंगे। कविता में किसान जीवन और उससे जुड़ी समस्याओं को समझने के लिए हमें मध्यकालीन कविता में तुलसीदास से गुजरते हुए समकालीन कविता तक की यात्रा करनी होगी। तुलसी के राम किसानी तो नहीं करते, लेकिन उस संस्कृति का निर्माण अवश्य करते हैं, जिस पर भारतीय किसान-जीवन का पूरा अर्थशास्त्र और समाजशास्त्र टिका हुआ है।'

गया प्रसाद शुक्ल 'स्नेही' ने 'किसान' कविता के माध्यम से किसानों की बहुत ही दयनीय स्थिति का वर्णन किया है। किसानों को सूदखोरों के साथ-साथ महाजनों का भी सामना करना पड़ता है जिसके चलते उनका आर्थिक ढाँचा चरमरा जाता है। वह आर्थिक ढाँचा जिस पर उनका पूरा परिवार निर्भर करता है। किसान सीधे-साधे

होते हैं, पर ज़मींदार के करिन्दे तक उनसे बदजुबान बोलते हैं। उन्हें प्रताड़ित करने की कोशिश करते हैं। कवि ने लिखा है-

कितने ही बेढ़ब सूदखोर, लेते हैं हड्डी तक चिंचोर,
है मंत्रसिद्ध मानो अघोर, निर्दय, निर्गुण, निर्मम, कठोर,
है जिनके हाथों में किसान ॥

मैथिलीशरण गुप्त ने किसान कविता में किसानों की जीवटता का वर्णन किया है। वे कहते हैं कि किसान हर मौसम का सामना करते हुए या सहते हुए चौबीसों घंटे अपने खेत पर डटा रहता है। वह अपने कामों को ईमानदारी पूर्वक करता रहता है। जाड़ा-गर्मी-बरसात में वह अपने ही शरीर को खपाता है, फिर भी उसे चौन नहीं है। वह अपने शरीर का परवाह किए बिना दिन-रात खटते रहता है। कवि ने लिखा है–

बरसा रहा है रवि अनल, भूतल तवा-सा जल रहा,
है चल रहा सन सन पवन, तन से पसीना बह रहा।
देखो कृषक शोणित सुखाकर, हल तथापि चला रहे,
किस लोभ से इस आंच में, वे निज शरीर जला रहे।

त्रिलोचन ने 'उठ किसान ओ' कविता में किसानों का आह्वान किया है कि ऐ किसान! उठो, तेरे बादल रूपी साथी आ गए हैं। अब तुझे थोड़ा भी आराम नहीं है। उनका स्वागत करो, क्योंकि उन्हीं के सहारे तेरे जीवन में ख़ुशहाली आनी है। तेरे सपनों के गीत बजने वाले हैं। कवि ने लिखा है–

हरा खेत जब लहराएगा
हरी पताका जब फहराएगा
छिपा हुआ बादल तब उसमें
रूप बदलकर मुसकाएगा

तेरे सपनों के ये मीठे
गीत आज छाए हैं।

सर्वेश्वर दयाल सक्सेना ने 'शाम-एक किसान' कविता में शाम का मानवीकरण किया है–एक किसान के रूप में। किसान आकाश रूपी पगड़ी बाँधे हुए है और सूरज को चिलम के रूप में खींच रहा है। पहाड़ के घुटनों पर नदी चादर-सी फैली है। पलाश के फूल खिल गए हैं और अंधकार भेड़ों के गल्ले-सा सिमटा बैठा है।

अचानक मोर की आवाज़ सुनाई दी-सुनते हो। चिलम को उल्टा, धुआँ उठा और अंधेरा छा गया। कवि ने इसे इस प्रकार अभिव्यक्त किया है–

आकाश का साफा बाँधकर
सूरज की चिलम खींचता
बैठा है पहाड़,
घुटनों पर पड़ी है नदी चादर-सी
पास ही दहक रही है
पलाश के जंगल की अंगीठी
अंधकार दूर पूर्व में
सिमटा बैठा है भेड़ों के गल्ले-सा।

केदारनाथ सिंह ने 'फ़सल' कविता में किसान की सहजता का बहुत ही मार्मिक वर्णन किया है। किसान झुका हुआ है, पर वह धरती के गुरुत्वाकर्षण से नहीं, बल्कि अपनी सहजता से। वह भी प्यार वश। वह कुत्ते, बिल्लियाँ और सूअर से नफरत नहीं करता है। उसे भेड़ें अच्छी लगती हैं, क्योंकि उसके थनों की गरमाहट से खेतों के ढेले जिंदा हो जाते हैं। जिसमें फ़सलें अच्छी होती हैं। खेतों की उपज बढ़ जाती है। कवि ने लिखा है-

दुनिया में कुत्ते, बिल्लियां, सूअर
सबकी जगह है
इसलिए नफरत नहीं करता था वह
कीचड़, काई या मल से
भेड़ें उसे अच्छी लगती थीं
ऊन ज़रूरी है-वह मानता था
पर कहता था उससे भी ज़्यादा ज़रूरी है
उसके थनों की गरमाहट
जिससे खेतों में ढेले
ज़िन्दा हो जाते हैं।

मदन कश्यप ने 'इन दिनों' कविता के माध्यम से आज के गाँव का असली चेहरा उजागर किया है। यह चेहरा बहुत ही डरावना है। इसमें गाँव के किसान सहमे हुए हैं, डरे हुए हैं। अब किसान मूर्ख नहीं रहे, उन्हें सब चीजों की जानकारी हो गयी

है। सत्ता और सामन्तों का गठजोड़ हो गया है। फिर भी वे अपने-आप से संघर्ष करते हुए अपने अन्दर अदम्य जिजीविषा को बचाए हुए हैं। कवि ने लिखा है-

पुलिस के घेरे में सामन्तों के गुंडों ने
रामाश्रय को मारा
हद हो गयी भाई
लेकिन नहीं, अभी तो शुरू हुई है लड़ाई
निजी सेनाओं पर लगे हैं प्रतिबंध
गफलत में हैं केवल बुद्धिजीवी
जिन्हें नहीं मालूम गुण्डों और पुलिस का अनुबंध
उन्हीं की पुलिस है, उन्हीं के गुंडे
उन्हीं के सैनिक, उन्हीं के हथियार
उन्हीं की संसद, उन्हीं की सरकार
लड़ रहे हैं जिनके ख़िलाफ़
गाँव के मज़दूर और किसान
साथी, सुदामा प्रसाद!
कितना है गाँव का तापमान इन दिनों।'

श्री प्रकाश शुक्ला ने 'किसान' कविता में किसानों की होती जा रही दयनीय स्थिति का वर्णन किया है। इसका परिणाम भी मालूम है कि किसान के आगे आत्महत्या के सिवाय कोई चारा नहीं है। वह अन्ततः जीवन और मौत में से मौत को ही चुनकर अपनी जगह धरती के अन्दर सुरक्षित कर लेता है। कवि ने लिखा है–

न उनका कोई रूप है
न उनकी कोई जाति
न उसका कोई घर है
न उसकी कोई पाति
आकाश उसकी छत है
मौसम उसका आभूषण
हत्या उसका बचपन है
आत्महत्या उसकी जवानी
जिसे आप बुढ़ापा कहते हैं
वह उसकी आजादी

जिसे ढलने के पहले
उसने सुरक्षित कर लिया है
धरती के नीचे
अपने रकबे में।

हरीशचन्द्र पांडे ने 'किसान और आत्महत्या' कविता के माध्यम से किसानों की विडम्बना का वर्णन किया है। वे सदियों से किसानी करते आ रहे हैं, लेकिन कभी भी वे ख़ुशहाल नहीं हुए। उन्हें तरह-तरह से प्रताड़ित करने के तरीके ईजाद कर लिए जाते हैं, जिसकी चक्की में वे पिसते चले जाते हैं और अन्त में उन्हें आत्महत्या करने को विवश होना पड़ता है। कवि ने इसे इस प्रकार लिखा है–

वो पितरों का ऋण तारने के लिए
भाषा-भूगोल के प्रायद्वीप नाप डालते हैं
अपने ही ऋणों के दलदल में धंस गए
वो आरुणि के शरीर को ही मेंड़ बना लेते थे मिट्टी का
जीवन-द्रव्य बचाने
स्वयं खेत हो गए

कितना आसान है हत्या को आत्महत्या कहना
और दुर्नीति को नीति।

सुभाष राय ने 'वजूद' कविता के माध्यम से सरकारी तन्त्र के कारनामे को ही उजागर कर दिया है। किसानों की आत्महत्या को वे बीमारी से या अवसाद से घोषित कर देते हैं। इनके डॉक्टर भी वही रिपोर्ट देते हैं जो यह चाहते हैं। कवि ने लिखा है-

मैं जब भी मरा तुम्हारे फंदे में फंसकर
तुमने प्रचार किया, मैं बीमार था
घर में रोजाना के झगड़े से परेशान था
तुम्हारे डॉक्टरों ने भी रिपोर्ट दी
कि मैं न क़र्ज में डूबकर मरा
न अवसाद से, न जहर से, न भूख से
मेरे पेट में रोटियों के अधपके टुकड़े थे।

शंभुनाथ ने 'गणतन्त्र में ट्रैक्टर' कविता के माध्यम से गणतन्त्र दिवस के अवसर पर दिल्ली में किसानों की ट्रैक्टर रैली के माध्यम से प्रतिरोध का वर्णन किया है। यह उनका सरकार के प्रति विरोध दर्ज करने का एक तरीका है। कवि ने लिखा है-

'यह कारपोरेट भूख के विरुद्ध
जीवन की भूख का परेड है
यह राष्ट्र के विसर्जन के विरुद्ध
धरती की चीख़ का परेड है
यह जल टैंकों की धार के विरुद्ध
जन-जन का परेड है
सूरज दे रहा है उन्हें सलामी!'

कौशल किशोर ने 'बॉर्डर पर किसान' कविता के माध्यम से किसानों के आन्दोलन के विविध पक्षों का वर्णन किया है। ये भोले-भाले किसान अपने घर-गाँव छोड़कर राजधानी में जमे हुए हैं, वह भी ठंड के मौसम में कड़ाके की ठंड से वे कंपकंपा रहे हैं, फिर भी पीछे हटने को तैयार नहीं हैं। वे अपनी मांगें माने जाने तक यहीं जमे रहना चाहते हैं। कवि ने लिखा है–

'किसानों का कहना है कि
हमने चुनी है यह सरकार
फिर वह कैसे दे सकती है आज़ादी कंपनियों को
कि वे आयें और कब्ज़ा जमायें हमारे खेत-खलिहानों पर
अनाज और गोदामों पर
और नीलाम करें दुनिया की मंडियों में
हम अपने ही खेत पर हो जायें मजूर
और बच्चे हो जायें सुख-सपनों से दूर।'

अमरजीत कौंके ने 'ये इस देश के अन्नदाता हैं' कविता के माध्यम से किसानों की वास्तविक प्रतिरोध को अभिव्यक्त किया है। जब दिल्ली में प्रदर्शन के लिए किसान ठिठुरते ठंड में निकल चुके थे और रास्ते में उन्हें जिन कठिनाइयों का सामना करना पड़ा था, कवि ने उसका आँखों देखा हाल प्रस्तुत किया है। कवि ने लिखा है–

'ये अन्नदाता हैं
इस पृथ्वी के पालक

इस देश के सृजक
जिन्हें तुमने राजधानी के बाहर
ठिठुरती रातों में
रहने के लिए मजबूर किया है
जिनके लिए तैनात किए तुमने
हथियारबन्द सुरक्षा बल
ये कोई दुश्मन देश के
सिपाही नहीं
इसी देश के अन्नदाता हैं।'

शहंशाह आलम ने 'बैल पिता' कविता के माध्यम से पिता को बैल की तरह खटते हुए दिखाया है। पिता रात-दिन बैलों की तरह खेतों में जुते रहते हैं। सत्ता उन्हें मूर्ख और पशु ही समझती है। सत्ता को यह पता नहीं है कि किसान रुपी पिता खेतों में काम करते हैं, तभी तो गेहूँ उगते हैं-धरती की छाती फोड़कर। कवि ने लिखा है-

'जब संसद की तरफ़ बढ़ते हैं
तो पूरी दिल्ली डोलने लगती है
दिल्ली का इस तरह डोलना
पूरी सत्ता का डोलना है
दिल्ली के सिंहासन पर बैठा राजा
दिल्ली के डोलने का अर्थ
समझ रहा है बहुत अच्छी तरह से
तभी राजा डरा हुआ है हर बैल पिता से
खेती करने के इस मौसम में।'

भास्कर चौधुरी ने 'किसान' कविता के माध्यम से कहना चाहा है कि किसान ने जिस पेड़ को रोपा था, उसी पेड़ के ऊपर उसकी लाश लटक रही है। उसकी लाश का उस पेड़ से लटकना, उसकी विडम्बना है, नहीं तो उसने उस पेड़ को बहुत ही जतन से लगाया था। उस पेड़ से उसे उम्मीद थी, लेकिन वह सब कुछ खत्म हो गया, जैसे ही वह उस पेड़ से लटक गया। कवि ने लिखा है–

ओ किसान!
भूल गये तुम

तुम्हारे ही हाथों तो
उस पेड़ का नन्हा बीज पड़ा था...
आज झुकी हुई
तुम्हारे ही खेत की ओर
गमछे के फन्दे से
लटक गए तुम
खुली चौड़ी आँखें तुम्हारी
देख रही है किस ओर...
ओ किसान!!

'कविता में किसान' संकलन की कविताएँ किसानों की भयावह स्थिति का वर्णन करने में पूरी तरह सक्षम हैं। ये कविताएँ किसानों के दुख-दर्द के साथ-साथ उनके भूत, वर्तमान और भविष्य की आने वाली कठिनाइयों का साक्ष्य भी प्रस्तुत करती हैं। स्थिति कैसी भी हो, प्रताड़ित किसान ही होते हैं। उन्हें ही अन्ततः भोक्ता बनना पड़ता है।

सम्पर्क : मो.नं. : 9931117537

किसान की ज़मीन से लुप्त होती संस्कृति

योगेश ध्यानी

इतिहासकार और वैज्ञानिक अपनी कल्पना और उपलब्ध तथ्यों के आधार पर आदिम मनुष्य का खाका खींचने की कोशिश करते रहते हैं। उसके क्रियाकलापों, शक्तियों, रंगरूप पर तो मतभेद होते हैं पर एक बात जिससे कोई मुकरता नही दिखता, यह है कि भूख उसे भी लगती थी। भूख का निवारण लम्बे कालखण्ड तक जंगली जानवरों का मांस बना रहा लेकिन एक अनुमान के अनुसार लगभग 10000 साल पूर्व मनुष्य का साक्षात्कार कृषि से हुआ।

अगर गौर से देखें तो हर संस्कृति की उत्पत्ति का बीज मनुष्य की पेट की भूख से जन्मा है। यह पेट भरने की ज़रूरत थी कि लोग साथ आये और उन्होने साथ मिलकर बड़े शिकार करने मे सफलता पायी या फिर बाद मे एक साथ एक कस्बे के तौर पर बड़े-बड़े बन्जर भू-भागों को सामूहिक श्रम और हुनर से अनाज, सब्जी और फलों की नयी-नयी किस्मों से भर दिया।

समूह की उन्नति के साथ-साथ सिर्फ़ पेट भरने की ज़रूरत से अलग दूसरी चीजें या अन्य क्रियाकलाप जुड़ते जाते हैं जो किसी जगह की संस्कृति को समृद्ध करते हैं। उदाहरण के लिए जब मछुआरे अपने जाल पर और जाल फेंकने के हुनर के बल पर इस बात के प्रति आश्वस्त हो गये होंगे कि उन्हे सप्ताह भर की ज़रूरत भर मछली मिल ही जायेगी, तब उन्होने जाल फेंकते समय किंचित आश्वस्ति की मुद्रा मे गाये होंगे अपने गीत। इसी प्रकार जब उनके पास इतनी खाद्य सुरक्षा हो गयी होगी कि कुछ देर के लिए कस्बे का कोई भी मछुआरा तट पर न जाये तो भी उन्हे भूख की चिन्ता न सताये, तब उस कस्बे मे रह रहे मछुआरों मे उत्सव मनाने की परम्परा की शुरुआत हुई होगी।

इसी तरह कृषि से जुड़े किसानो ने एक लम्बा समय देखा है। क्रमिक विकास मे अपने अनुभव से उन्होने मिट्टी की क्षमता पहचानी है और उसके अनुसार उसके लिए फ़सलें तय की हैं। एक ही ज़मीन पर साल मे दो से तीन तरह की फ़सलों को उगाने का हुनर विकसित किया है। खाद के प्रयोग से पैदावार को बढ़ाया है और सिंचाई के लिये बाँध और नहरों का निर्माण भी किया है। यह सब कुछ किसान ने धीरे-धीरे और आपस में एकजुट रहकर पाया है।

ज़ाहिर है कि कृषि के क्रमिक विकास के साथ किसान जीवन की संस्कृति में भी कई गीत, रिवाज, उत्सव आदि अनेक चीज़ों का जुड़ाव होता गया। निश्चित रूप से इन गीतों और रिवाजों में क्षेत्र विशेष की भौगोलिंग स्थिति का विशेष हस्तक्षेप होता है क्योंकि एक तो इसी के आधार पर फ़सलो के प्रकार तय हुए होंगे। और दूसरा यह कि देवी देवताओं की कथाओं से भरे हुए हमारे देश में अक्सर यह पाया जाता है कि एक गाँव मे एक कुलदेवता होता है या कोई देवी होती है जिसे सारा गाँव अपना आराध्य मानता है। अब उस गाँव की पूजा की रस्मो मे वह कुलदेवता ही सबसे प्रमुखता से पूजा जायेगा और पूजा की विधि और गीतों में उसका वर्णन ही आयेगा। इस प्रकार थोड़ी-थोड़ी दूरी पर अलग-अलग संस्कृतियों के दर्शन हमे होते हैं।

जब विज्ञान और तकनीक की मदद से विशाल उपकरणों से खेती नही की जाती थी तब ज़्यादा पैदावार का एक ही तरीका होता था, ज़्यादा श्रम। यदि औजार भी पैने करने हों तो उन्हे पत्थर पर घिसने जैसे मानव श्रम से ही किया जाता होगा। इस सामूहिक श्रम का श्रेय उन लोगों ने अपने देवताओं को दिया। यहाँ तक कि मिट्टी भी कोई देव थी और पानी भी कोई देवता। इन सभी मान्यताओं ने मिलकर उस संस्कृति को पाला पोसा।

एक ही एक जगह पर अन्य लोगों के साथ रहने वाला व्यक्ति अपनी संस्कृति से गहरा जुड़ा होता है। उसके जीवन के तौर-तरीके, पूजा-पाठ, स्तुति आदि सब पर वहाँ की संस्कृति का प्रभाव देखा जा सकता है। भारत के साथ ही साथ दूसरी जगहो पर खेती की यह संस्कृति जाने कितनी पीढ़ियों तक पिछली पीढ़ी से अगली पीढ़ी को हस्तान्तरित हुई है। लेकिन औद्योगिक क्रान्ति ने इस हस्तान्तरण में बाधा डालना आरम्भ कर दिया था।

उद्योगों के विकास ने आजीविका के लिए नये द्वार खोले। अब एक व्यक्ति फैक्ट्री मे श्रमदान करके भोजन के लिए ज़रूरी अनाज तथा सब्जियाँ बाज़ार से

खरीद सकता था। इसका दूसरा पहलू ये है कि धीरे धीरे बहुत से लोगों का पलायन कृषि से उद्योगों की तरफ़ और इसके फलस्वरूप गाँव से शहर की तरफ़ हुआ। साथ ही कृषि में बचे हुए लोगों ने अपनी उत्पादकता बढ़ाने पर जोर देने के साथ ही उसे बाज़ार तक पंहुचाकर उचित मूल्य प्राप्त करने के प्रयास किये। कृषि की पहुँच अब बाज़ार तक हो चुकी थी और अपना पेट भरने के साथ ही उसका ध्यान अब बाज़ार से मुनाफा कमाने की तरफ़ भी था। उद्योगों के जरिये उन्नत तकनीक के उपकरण खेतों तक पहुँचने लगे थे और इस प्रकार खेती राष्ट्र की व्यापारिक गतिविधियों और आर्थिक विकास का एक अहम हिस्सा हो चुकी थी।

समय के किसी भी कालखण्ड मे किसान को नज़रअंदाज नही किया गया होगा। उसके पास अन्नदाता की उपाधि थी। और वह ज़रूरत के समय पर 'जय जवान जय किसान' जैसे नारों का हिस्सा भी था। फिर भी खेती कर रहे लोगों के लिए शहर एक बहुत बड़ा प्रलोभन था जहाँ चमक दमक बढ़ती जा रही थी और सुविधाओं का अम्बार लगता जा रहा था। शहर और गाँव की आय में फर्क बढ़ता जा रहा था। ऐसे में शहर की तरफ़ खिंचाव स्वाभाविक था। जिन बड़े किसानों की अगली पीढ़ियां शहर में या विदेशों मे बस गयीं, उन्होने अपने खेत रिहायशी बस्तिसों के लिए बिल्डरों को दे दिये और किसानी से मुक्ति पा ली। इसी तरह शहर के बढ़ते विस्तार ने खेती योग्य ज़मीन को खरीदना आरम्भ कर दिया था। यह भी देखा गया कि बड़े या सम्पन्न किसान अपनी खेती की देख रेख किसी दूसरे व्यक्ति के सुपुर्द करके स्वयं शहरी दुनिया मे खो गये जबकि उनके खेतों पर प्रवासी मज़दूरों ने अन्न उगाकर अपना मेहनताना कमाया। भूमि का मालिक फ़सल होने के बाद केवल अपना हिस्सा लेने अपने खेत पर आता या फिर वह हिस्सा भी कोई उसके शहरी निवास तक पहुँचा देता था।

इस सबसे क्या हुआ? वह संस्कृति जो एक क्षेत्रीय भौगोलिक परिवेश मे धीरे-धीरे शताब्दियों के सामूहिक श्रम से विकसित हुई थी, सबसे अधिक नुकसान उस संस्कृति का हुआ। बाहर दूसरे प्रदेश से आये हुए व्यक्ति को वहाँ बुआई के समय गाये जाने वाले लोकगीत के बारे में पता नही होगा। और वहाँ बचपन से उस गीत को गा रहे लोग अब उस जगह को छोड़कर चले गये थे। इस तरह उन लोकगीत पर विलुप्त होने का ख़तरा मँडराने लगा है।

अक्सर हम अपने शहर के घरों के आसपास देखते हैं कि कुछ लोग अपना कोई उत्सव मनाने के लिए अपने रिवाज़ दोहराने का प्रयास करते हैं जैसे कुआँ

पूजना। लेकिन कुओं का अस्तित्व अब समाप्त हो गया है तो वो बाल्टी में पानी भरकर उसकी पूजा करते हैं। ऐसे ही अनेक उदाहरण हो सकते हैं जो यह दिखाते हैं कि खेत से बिछड़ा हुआ आदमी अपने खेतों को याद तो करता ही है फिर भी अन्य जरूरतों और शहरी प्रलोभन उसके लौटने की राह पर पर्दा डाले रखता है। जैसे मेरी बूढ़ी माँ अब इन्टरनेट पर पुराने गढ़वाली लोकगीत ढूँढ़ा करती है।

अब अन्तिम सवाल कि उस संस्कृति के न रह जाने पर इतनी हाय तौबा किसलिए?

शहरी जीवन और चौतरफा अन्धाधुन्ध विकास की होड़ ने विश्व को इस मोड़ पर ला दिया है कि अब हमारे सामने वैश्विक तापमान वृद्धि को इस सदी के अन्त तक 1.5 डिग्री सेल्सियस पर रोकने की चुनौती है। साथ ही संयुक्त राष्ट्र संघ मे हाल ही में हुई एक बैठक मे हम अपनी प्राकृतिक भूमि, जंगल और समुद्री तटों का एक हिस्से को संरक्षित करने पर भी सहमत हुए हैं। जाहिर है कि पृथ्वी के बाशिन्दे अब पृथ्वी के भविष्य को लेकर चिन्तित हो रहे हैं।

अब जबकि शहरों मे अपराध लगातार बढ़ रहे हैं और सम्बन्धों से अपनत्व रीतता जा रहा है। जब पड़ोसी नामक शब्द का अर्थ पाकिस्तान और चीन तो हो जाता है लेकिन पड़ोस मे रहने वाला परिवार नही तब हमे उस संस्कृति का अभाव महसूस होता है जिसमे सब साथ बैठते थे, बात करते थे। जहाँ एक आदमी का दुख गाँव का दुख होता था और एक आदमी की ख़ुशी सारे समूह का उत्सव। हांलाकि गाँव अब भी अपने उसी स्वरूप में बने रहें, ऐसा चाहना या सोचना स्वयं को धोखे में रखना ही होगा।

सम्पर्क : मो.नं. : 9336889840

किसान अतीत और वर्तमान : साहित्य और सिनेमा के सन्दर्भ में

शाम्भवी

साहित्य और सिनेमा ने किसानो की समस्या को सदैव ही उकेरा है। किसान इन दोनो की ही पाठभूमि का चहेता नायक रहा है। कभी उसके व्यक्तिगत जीवन को लेकर, कभी उसके सामाजिक परिवेश को लेकर। उसके सुख-दुःख, आनन्द, आमोद-प्रमोद सभी को व्याख्यायित किया गया। हम सभी जानते है कि भारत कृषि प्रधान देश है। लगभग 70 प्रतिशत लोग कृषि पर ही निर्भर है। यही नहीं, देश की वाणिज्यिक व्यवस्था का 60 प्रतिशत कृषि पर आधारित है। बहुधा कहा जाता है कि किसान भूखा नंगा रहता है। वह दो वक्त की रोटी के लिये तरसता है। किसान अपने बच्चो को शिक्षा तक नही दे पाता है। वास्तव मे ऐसा नही है। देश की आज़ादी के स्वप्न किसानो ने भी देखे थे। आज़ादी के लिये उन्होने भी संघर्ष किया। अपने प्राणो का उत्सर्ग किया। देश के तमाम स्वतन्त्रता सेनानियों के साथ वह भी कंधे से कंधा मिलाकर चला था। आज़ादी के स्वप्न के साथ उसने अपने सुन्दर भविष्य का स्वप्न देखा था। 1917 में गांधी जी के नेतृत्व में किसानो ने चम्पारण आन्दोलन प्रारम्भ किया था। इसी तरह गुजरात मे खेड़ा आन्दोलन हुआ था। 2020 में भी हमने किसानों का एक विशाल आन्दोलन देखा है किसान हमारे समाज की रीढ़ है वह कड़ा परिश्रम करके खेतों में फ़सल उगाता है और अरबों लोगों का पोषण करता है।

किसान इस पूरी धरती की भूख मिटाता है जिसके लिए वह हाड़तोड़ श्रम करता है। लोग अपने अपने श्रम का मूल्य माँगते हैं। अपने द्वारा किये गये कार्यों का मूल्यांकन करते हैं मगर किसान ऐसा कभी नहीं करता। वह न अपने कार्यों की समीक्षा करता है न अपने श्रम का मूल्य माँगता है। किसानों की समस्याओं से जुड़े

मुद्दे यदा-कदा समाज के पटल पर रखे गए मगर हर बार उसे अनसुना किया गया है। यह भी सत्य है कि समय के साथ किसानों की समस्यायें भी भिन्न-भिन्न रही है। स्वतन्त्रता के पहले किसान ज़मींदारी प्रथा से परेशान थे। तत्कालीन समाज में अंग्रेज़ों की कर प्रणाली, ज़मींदारी व्यवस्था, साहूकार, बेदखली के बीच किसान पिसता रहता था इसके अतिरिक्त खराब मौसम ओला वृष्टि, वर्षा, आँधी यह सब प्राकृतिक आपदाओ से उसकी कृषि प्रभावित होती थी। खेती में नुकसान हो जाता था। कभी-कभी भोजन खाने योग्य अन्न खेत से नहीं मिल पाता था, उस पर भी सरकार की तरफ़ से लगान वसूली होती थी। साहूकार, ज़मीदार का क़र्ज उस पर लगा ही रहता था। बच्चों बीमारी, बच्चों की परवरिश, शादी-ब्याह, तीज-त्यौहार, यह सब उसकी कृषि पर ही निर्भर था। आज़ादी के पहले किसानों के पास कोई आर्थिक आधार नहीं था। जो भी था वह खेती से ही था। शादी-ब्याह तीज त्यौहार, बीमारी इन सब का खर्च खेती से उत्पन्न अन्न बेचकर ही पूरा किया जाता था। उसका पूरा जीवन सभी रूपों में खेती पर ही निर्भर था। कभी-कभी प्राकृतिक आपदा आ जाने से खेती में नुकसान हो जाता था। पैदावार न होने पर वह उसकी थोड़ा बहुत जो आर्थिक सहायता होती थी वह भी छिन जाती थी। अंग्रेज़ सरकार की लगान व्यवस्था के चलते किसानों में असन्तोष की भावना बल पकड़ने लगी। अंग्रेज़ों के अत्याचार के ख़िलाफ़ किसानों, मज़दूरों एवं आदिवासियों में विद्रोह हो गया। सन् 1917 में किसानों के इस असन्तोष को गांधी जी का समर्थन प्राप्त हुआ। बंगाल जाकर किसानों के आन्दोलन में उनका साथ दिया। चम्पारण में किसानों का यह बहुत बड़ा आन्दोलन था। इसके पहले भी 1857 की क्रान्ति में भी किसानों ने सैनिकों के साथ मिलकर क्रान्ति में अपना समर्थन दिया और अंग्रेज़ों की गोलियाँ खायी। किसानों के इस आन्दोलन को तमाम कवियों ने भी अपनी कविता, कहानी और उपन्यास में चित्रित किया।

रवीन्द्रनाथ टैगोर की कविता 'दुई बीघा जोमी', किसानों की दयनीय स्थिति का मार्मिक चित्रण करता है। यह कविता रवीन्द्रनाथ टैगोर की उत्कृष्ट रचना है सबसे पहले यह कविता कोठा हो कहानी मे प्रकाशित हुई थी। कविता मैं ज़मींदारी प्रथा का वर्णन है कैसे ज़मींदार किसानों को वरंगल आते हैं उन्हें मूर्ख बनाकर उनकी ज़मीनों का अतिक्रमण करते हैं

शुद्ध बीघे
दुई बीघा जमी

छिल्लो मोर भुई, अर शोबी गेछेराइन
बाबू बोली, बुझे छो उपेन? ई जोमी लोइबोकिन
कोहिलमछी अमी, तुम्हारी भु-शमी
भूमि पर नाई

टैगोर उस गरीब किसान की स्थिति की बात करते हैं जो बहुत अधिक क़र्ज ले लेने के कारण और गरीबी के कारण अपना सब कुछ खो देते हैं। उसके पास ज़मीन का एक छोटा सा टुकड़ा है। ज़मींदार बाग बनाने के लिए उससे वह ज़मीन मांगता है, उसे आदेश देता है। किसान उपेन निराश हो जाता है वह ज़मीदार का विरोध तो करता है लेकिन कड़ाई से विरोध नहीं कर पाता। उसे गाँव से पलायन करना पड़ता है। एक लम्बी अवधि की यात्रा के बाद वह पुन: वापस गाँव लौटता है तो भी उसे उसकी ज़मीन वापस नहीं मिलती। उसकी गिड़गिड़ाहट और उसकी चिरौरी-विनती का ज़मींदार पर कोई असर नहीं पड़ता।

पोरमैश देरे भीते मतिछेरे बहिर होइनु पोथे कोरिलो दीकरी,
शोकोलि बिकरी मिठ्ठानार खोटे
तै लेखनी दिलो बिशो-निखिल-बिन्धार पोरिबॉटे
शोनाशी बेशे फिरी देशे देशे होइया
शाघुर शिशो कोतो हेरिलम मोनोहोर धाम,
कोतो मोनोरोम दिशो भू।

अपनी भूमि के प्रति किसान के मन में जो प्रेम और संवेदना है उसका प्रकटीकरण इस कविता में टैगोर ने किया है। सन 1953 में विमल राय के निर्देशन में इस कविता पर ही एक फ़िल्म बनाई गयी 'दो बीघा ज़मीन'। बलराज साहनी ग़रीब किसान की भूमिका में थे। थोड़े से बदलाव के बाद कहानी का कथानक कविता पर ही आधारित था। फ़िल्म में किसान ज़मीन छिन जाने के बाद शहर जाकर रिक्शा चलाकर परिवार का पेट पालता है लेकिन एक हादसे में उसे चोट लग जाती है उसकी पत्नी को भी एक दुर्घटना में चोट लग जाती है। उसकी कमाई की सारी पूँजी गुम हो जाती है। सारी पूँजी गंवाकर वह गाँव वापस लौटता है तो देखता है कि उसकी ज़मीन बिक चुकी है और उस स्थान पर एक मिल बन रही है

उसका पिता पागल होकर गाँव में घूम रहा है। अन्त में वह अपनी ज़मीन की एक मुट्ठी मिट्टी लेने की कोशिश करता है तो गार्ड उसे लेने नहीं देते और वहाँ से भगा देते हैं।

ब्रिटिश शासन काल में भारतीय किसानों की यही दारुण स्थिति थी। उनके जीवन की डोर ज़मीदार, साहूकार और सरकारी कारिन्दो के हाथ में होती थी। अवैध लगान वसूली ज़मीदारों का भू अधिग्रहण साहूकारों के अत्याचारों में किसान अकारण एवं निर्दोष ही पिस रहा था। इसके सिवा किसानों की अपनी व्यक्तिगत और पारिवारिक समस्याएं भी थे। गोदान उपन्यास में प्रेमचन्द भोला और होरी की बातचीत का प्रसंग लिखते हैं कि बुजुर्गों के लिए अतीत के सुखों और वर्तमान के दुखों और भविष्य के सर्वनाश से ज़्यादा मनोरंजक और कोई प्रसंग नहीं होता। दोनों मित्र अपने-अपने दुखड़े रोते रहे। भोला ने अपने बेटों की करतूत सुनाई। होरी ने अपने भाइयों का रोना रोया और तब एक कुएँ पर बोझ रखकर पानी पीने के लिए बैठ गए।

किसानों की यह समस्या स्वतन्त्रता के बाद भी कम नहीं हुई है। सन् 1986 में प्रकाशित केशवचन्द्र मिश्र के उपन्यास 'कोहबर की शर्त' में लेखक बताते है कि किस प्रकार जोत की ज़मीन पर दबंगों के कब्ज़े को लेकर दो गाँवों में झगड़ा काफी बढ़ जाता है।

ठाकुर अपने गाँव के लठैतो के साथ हल-बैल लेकर बीस बिगहवा पर आ पहुँचा। इधर से बलिहार के लोग भी लाठी भाले के साथ खेत पर बाढ़ की तरह फैल गए। ठाकुर तिवारी जी से कहते है कि–'इस बीस बिगहवा खेत का, जिसे डुमराव महाराजा ने मुझे पट्टा लिख दिया है।'

और ठाकुर ने पट्टा का काग़ज़ काका को लिखकर दिखा दिया।

यह पट्टा लिख देने से कुछ नही होगा, ठाकुर। डुमराव महाराजा के बाप ने जिस बीस बिगहवा खेत को बलिहार को माफी दे, दान कर दिया था, उस खेत का पट्टा लिखने का उनके लड़के को कोई अधिकार ही नही है। तिवारी जी अदालत के फैसले पर आगे जवाब देते हुये कहते है कि–'हुआ होगा, लेकिन इस खेत के सहारे जीने वाले बलिहार के लोगो का पेट कैसे भरेगा, इसका फ़ैसला तो अदालत ने किया ही नही।' 'किसी की धरती और बेटी निकाल लेना खिलवाड़ नही है ठाकुर।' उक्त संवाद बेहद क्रान्तिकारी और चुनौतीपूर्ण है।

किसान इस पूरी धरती की भूख मिटाता है। जिसके लिए वह महान श्रम करता है वह धरती का अन्नदाता है। लेकिन वह भी आख़िरकार मनुष्य ही है। मनुष्यगत प्रेम, त्याग, स्वार्थ, अहंकार, घृणा-द्वेष आदि किसान में भी है। वह पाप भी करता है और पुण्य भी करता है। लेकिन अपने कर्म को ही वह अपना सर्वस्व मानता है।

अपने खेतों के डीहदेव की उपासना-अर्चना करता है। उसी के लिए जीता है उसी के लिए मरता 1859-62 में यूरोपीय लगानो के चलते किसानों ने नील की खेती न करने के लिए आन्दोलन शुरू किया, जिसे नील विद्रोह के नाम से जाना जाता है। जबरन कर वसूली के ख़िलाफ़ बंगाल में 1870-80 में किसानों का पावना आन्दोलन हुआ। किसानों के इस आन्दोलन को इंडियन एसोसिएशन का समर्थन प्राप्त हुआ। दक्कन विद्रोह मारवाड़ी और गुजराती साहूकारों के अत्याचार के ख़िलाफ़ किया गया था। गांधी जी के समय मे चम्पारण सत्याग्रह, खेड़ा आन्दोलन, बारदोली सत्याग्रह भी किसानों द्वारा संपादित था। ज्ञात हो, यह सभी किसान आन्दोलनो का उद्देश्य ब्रिटिश सरकार को उखाड़ फेंकना नहीं अपितु भारतीयों और भारतीय समाज में जागरूकता पैदा करनी की थी। इन आन्दोलनों ने किसानों की शक्ति बयान की एवं स्वतन्त्रता के बाद की कृषिगत स्थितियों में सुधारों को प्रोत्साहित एवं मार्गदर्शन किया लेकिन बावजूद इसके भी किसानों की समस्याएँ समाप्त नहीं हुई।

ब्रिटिश काल में समस्याएँ और थीं। आज समस्याएँ और हैं। गाँव का सीधा साधा कहाने वाला किसान राजनीति को अच्छे से समझता है। वह भी पढ़ा लिखा शिक्षित है, जागरूक है। वह बच्चों की शिक्षा के लिए विशेष जागरूक है क्योंकि खेती किसानी के लिए पैसे की आवश्यकता होती है। बीज, खाद, पानी, बिजली सब कुछ खरीदना पड़ता है। बिना पानी-बिजली के सिंचाई सम्भव नहीं है। बिजली, पानी, खाद के बढ़ते दाम सब्सिडी-जीएसटी इन सब से खेती करना मुश्किल हो रहा है। यह स्थितियाँ किसानों के श्रम और अर्थ का दोहन करती है। इसके अतिरिक्त आज का किसान अपने बच्चों को बेहतर भविष्य देना चाहता है। उन्हें अच्छी शिक्षा देने के लिए शहर भेजता है। अर्थात भाव के कारण कभी-कभी उसे खेत बेचना पड़ जाता है। यही कारण है कि गाँव की पगडंडियों और खालिहानों से निकलकर बच्चे ऊँचे पदों पर कार्य कर रहे हैं। वर्तमान मे तमाम फ़िल्में किसान और किसानी के बदलते सामाजिक समीकरणों को दिखाती है। श्याम बेनेगल के निर्देशन में बनी फ़िल्म 'मंथन' उन किसानों की कहानी है जो खेती के साथ-साथ पशुपालन करके अपने परिवार का पोषण करते हैं। 'गाभ्रीचा पाऊस' उन किसानों की कहानी है जो आत्महत्या करने को विवश है। फ़िल्म में किसान कई सालों से बारिश न होने के कारण परेशान है। फ़िल्म में किसान के परिवार वालों के मन में बैठा डर दिखाया गया है कि कहीं किसान परेशानी के हालात में आत्महत्या न कर ले। 'मेकूं थोड़ारची मालाई' यह फ़िल्म खेत मज़दूरों की कहानी है। ये मज़दूर अपने खेत का सपना

देखते हैं। जिसका मालिक वह स्वयं हो। 'मदर इंडिया' फ़िल्म में एक माँ से लेकर किसान तक के जीवन संघर्ष को बेहतरीन ढंग से दर्शाया गया है। कैसे साहूकार लाला किसानों को बेवकूफ़ बनाकर उनकी ज़मीने अंगूठा लगवाकर हड़प लेता है। यही नहीं उसकी बुरी नज़र गाँव की बहन बेटियों और उनके गहनों पर भी रहती है। फ़िल्म का अन्त ख़ूनी संघर्ष से होता है। 'उपकार' अपने समय की सर्वश्रेष्ठ सफल फ़िल्मों में मानी जाती है। इस फ़िल्म में किसानों के संघर्ष के साथ-साथ लाल बहादुर शास्त्री के 'जय जवान जय किसान' के नारों का आदर्श भी दिखाया गया है। 'पीपली लाइव' मनोरंजन के साथ व्यवस्था पर प्रहार करती एक हास्य व्यंग फ़िल्म है ऐसा व्यंग जो हंसाते हुए तीखा प्रहार करता है।

ऐसी तमाम फ़िल्मे किसान और किसानी पर बनी। सिनेमा और साहित्य, दोनो ने ही देश और समाज को अपनी रचना के माध्यम से किसानो से जोड़े रखा। लोगो के मन मे किसानो के प्रति संवेदना को जागृत रखे रहा।

सम्पर्क : 177/1 भुलई का पुरा, गोविन्दपुर, प्रयागराज-211004

सम्पर्क : मो.नं.: 8765224899

अपना हिन्दुस्तान कहाँ

ऋचा वर्मा

हमारी पीढ़ी के लोगों के कानों में जैसे ही 'किसान' शब्द गूँजता है, में पाठ्यक्रम में पढ़ी बहुत सारी कविताएँ और लेख वगैरह अनायास ही कौंध जातें हैं। मसलन–

'हुआ सवेरा सूरज निकला
पूरब की लाली पहचान,
चिड़ियों के जगने से पहले,
खाट छोड़ उठ गया किसान।'

या फिर

'है अपना हिन्दुस्तान कहां
वह बसा हमारे गाँवों में।'

सदी चाहे कोई भी हो पर हमारे पीढ़ी के लोगों के लिए किसान का मतलब वह व्यक्ति होता है जो सर पर मुरेठा या पगड़ी बाँधे बैलों के साथ खेत में हल जोतता हो, बीज बोता हो यानी खेती बाड़ी करता हो, मछली पालन करता हो, पशु पालन करता हो या मधुमक्खी पालन करता हो। पर नयी पीढ़ी यानी इक्कीसवीं सदी में होश संभालने वाले लोगों के नज़रिए से देखें तो किसान खेत में हल बैल के साथ नहीं, ट्रैक्टर पर दिखने वाला होता है, कभी-कभी इतना धनाढ्य होता है कि हेलीकॉप्टर पर चलता है, उसके बड़े-बड़े फार्म हाउस होते हैं और कभी-कभी इतना गरीब कि उसे आत्महत्या तक करनी पड़ती है।

मैं व्यक्तिगत रूप से बचपन से लेकर आज तक गाँव से किसी न किसी रूप में जुड़ी ही रही हूँ, आना जाना लगा ही रहता है। सो अव्वल तो किसी भी परिस्थिति के सान्निध्य में निरन्तर रहने से उसमें आये फ़र्क़ पर ध्यान जाता ही नहीं, अगर फिर भी ध्यान से सोचें तो तब और अब के किसानों की आर्थिक स्थिति में कोई

खास अन्तर दृष्टिगोचर नहीं होता। हाँ, तकनीक के प्रसार ने किसानों को अपेक्षाकृत जागरूक अवश्य बनाया है।

बिहार से हूँ तो बिहार के किसानों की भी बात करूँगी। बीते वर्षों में बिहार के विकास की बात करें तो सबसे अहम दो बातें हुई हैं जिसने बिहारियों, चाहे वे प्रवासी हों या यहाँ स्थाई तौर पर रहने वाले, की तकलीफ़ों को बहुत कम किया है। एक तो गाँव-गाँव के घर-घर तक सड़कों और नल-जल की पहुँच और दूसरी शराबबन्दी। इन सड़कों और पुलों के जाल ने गाँव के खेतिहर और किसानों के लिए शहर तक पहुँचना आसान कर दिया है। तो स्वाभाविक तौर पर शहरवासियों के साथ रब्त-ज़ब्त ने ग्रामवासी किसानों के पहनावे-ओढ़ावे और मानसिकता पर खासा प्रभाव डाला है, किसी की वेशभूषा देखकर यह अन्दाज़ा लगाना मुश्किल हो जाता है कि अमूक व्यक्ति गाँव का है या शहर का। दूसरा लाभ शिक्षा के प्रचार प्रसार है, अब गाँव का हर व्यक्ति अपने बच्चों को अच्छे से अच्छे अंग्रेज़ी माध्यम के स्कूल में पढ़ाना चाहता है और माँग और आपूर्ति के सिद्धान्त के अनुकूल ग्रामीण इलाकों में भी ऐसे विद्यालयों की बाढ़ सी आ गयी है, जहाँ बच्चों के सर्वांगीण विकास के क्रम और इन्टरनेट के पहुँच ने पहनावे-ओढ़ावे के बाद जिस चीज़ को सबसे ज़्यादा प्रभावित किया है वह है उनके बोलचाल का लहजा। अब बोलने का वह ठेठ देसी अंदाज आने वाली पीढ़ियों में लुप्तप्राय हो जायेगा और बहुत सारे देसी शब्द भी हमारे शब्दकोष से गायब हो जायेंगे। गाँव की कृषक कन्यायें भी खेती-बाड़ी या पशु पालन के कार्य से इतर ब्यूटिशियन कोर्स, कुकिंग कोर्स जैसे शब्दों से रूबरू हो रहीं हैं। वहीं इस शहरीकरण या कह लें कस्बाईकरण के बुरे नतीजे भी सामने आयें हैं। भड़भूंजा या घुंसारी में भूनें अनाज के ताजे भुंजे की जगह कुरकुरे और चिप्स ने ले ली और मुंज की बुनी मौनियों (छोटी छोटी टोकरियों) की जगह प्लास्टिक के रैपर या पाउच ने। उपयोग के बाद फेंके गये ये रैपर्स और पाउचेज वहाँ की शस्य-श्यामला धरती पर मवाद भरे घाव का दृश्य प्रस्तुत करते हैं। शहरीकरण की अंधी नकल ने गाँव की संस्कृति और परम्परा पर भी गहरा आघात किया है, शादी ब्याह के मौसम में जहाँ वातावरण में महिलाओं के स्वर में पारम्परिक गीत सुनाई पड़ते थे वहीं अब भौंडे फ़िल्मी गीत बजते हैं, वह भी कानफाडू आवाज़ में और रात भर, क्योंकि शहर की तरह रात दस बजे के बाद ऐसे शोरगुल पर प्रतिबन्ध जैसा कोई नियम वहाँ के लिए लागू नहीं होता। शहरी वातावरण से प्रभावित नवयुवकों को खेती-किसानी में कोई ग्लैमर नहीं दिखता, नतीजा यह होता है कि बड़े बड़े भूखण्डों के मालिक भी जो पूर्व में इन भूमिहीन किसानों से खेती करवा लिया करते थे, उन्हें मौके पर मज़दूर किसान नहीं मिल पाते और उनकी खेती परती ही रह जाती है।

जनसंख्या वृद्धि ने सबसे ज़्यादा जिस वर्ग या समुदाय को प्रभावित किया है वह सम्भवत: कृषक समुदाय ही है। बहुत सारे कृषक तो पहले से ही भूमिहीन थे ऊपर से पीढ़ी दर पीढ़ी भाइयों के बीच आपसी बंटवारे के कारण भूखण्ड छोटे-छोटे टुकड़ों में बंटते चले गए। अब तो हालत यह है कि जिन परिवार के पास थोड़ी बहुत ज़मीन थी भी तो उनकी स्थिति भी भूमिहीनों जैसी हो गयी। ऐसे भूमिहीन परिवारों के नवयुवक खेती से इतर कोई व्यवसाय ढूंढने शहर की ओर पलायन करते हैं। उनमें से कुछ तो सफल हो जातें हैं और कुछ मज़दूरी कर बेहद नारकीय परिस्थितियों में जीने को बाध्य!

ऐसे कामगार या मज़दूर किसी न किसी ठेकेदार या किसी संस्था के यहाँ दैनिक मज़दूर के तौर पर काम करते हैं जहाँ उनका भरपूर शोषण होता है, आर्थिक और शारीरिक दोनों स्तरों पर, और जहाँ भी थोड़ी चूँ-चपड़ की उन्होंने तो जो भी काम मिला उससे भी छुट्टी।

या दुष्यन्त कुमार के शब्दों में,

'सोचा था उनके देश में महँगी है ज़िन्दगी
पर ज़िन्दगी का भाव वहाँ और भी खराब है'

कोरोना के दौरान लगे लॉकडाउन ने इस सत्य को उजागर कर दिया था।

जो भूमिहीन गाँव में रह जाते हैं उनका एक मात्र सहारा 'मनरेगा' के तहत मिलने वाली सौ दिनों की 'रोज़गार गारन्टी योजना' है, ऐसी योजनाएँ किसी भी इन्सान को इतना यांत्रिक बना देती है कि उसके अन्दर का रहा सहा किसान मर जाता है, बचा रह जाता है वह मज़दूर जिसे न धरती की आत्मा से कोई लगाव है न अपने काम से कोई प्यार। उसका एकमात्र उद्देश्य येन-केन-प्रकारेन दिन भर मज़दूरी के नाम पर कुदाल चलाकर मज़दूरी पाना होता है।

ऐसे में हम कह सकते हैं कि हमारी अवधारणा वाली किसान प्रजाति लुप्तप्राय दिख रही है। परन्तु जैसा कि कहा जाता है 'every cloud has a silver lining', कितना भी अंधेरा हो रोशनी की एक किरण दिल में आस जगाती ही है। इन दिनों गाहेबगाहे अख़बारों में पढ़ने को मिल जाता है कि फलां इंजीनियर या एम. बी. ए. ने बहुत मोटी तनख़्वाह की नौकरी छोड़कर कर खेती करने की ठानी है, फलाँ जगह 'खेती नवाचार' के अन्तर्गत कॉरपोरेट सेक्टर के तर्ज पर 'प्राकृतिक खेती' के साथ-साथ कुछ किसान 'कृषि पर्यटन' को बढ़ावा देकर अच्छी कमाई कर रहे हैं। इसके अलावा सरकार और किसान, 'न्यूनतम समर्थन मूल्य' पर विचार

और आन्दोलन वगैरह कर रहे हैं तो लगता है कि किसानों की हत्याओं की खबरें जो हमें अक्सर सुनने को मिल जातीं हैं उन पर शायद विराम लगे।

सरकार भी कृषि बजट में बढ़ोतरी कर रही है साल 2023 'इंटरनेशनल ईयर ऑफ मिलेट्स' घोषित किया गया है। हम 'स्मार्ट कृषि', 'किसान सम्मान निधि' 'किसान क्रेडिट कार्ड', 'कृषि अपशिष्ट प्रबंधन' और कचरे से ऊर्जा उत्पादन द्वारा किसानों की आय बढ़ाने की भी बात सुन रहे हैं। 'सहकारिता मंत्रालय' बना है। सिंचाई की व्यवस्था दुरुस्त करने के क्रम में 'पर ड्राप मोर क्रॉप' जैसी अवधारणा पर बातें हो रही हैं। 'किसान समृद्धि केन्द्र' बन रहे हैं, जहाँ किसान उर्वरक की खरीद और बिक्री कर सकते हैं। अब तो खेती के लिए ड्रोन के उपयोग की भी बात हो रही है हाल ही में खबरों में हमने पढ़ा है कि 19 फरवरी 2022 को प्रधानमंत्री ने 100 किसान ड्रोन एक साथ उड़ा कर ड्रोन की सुविधाओं का उद्घाटन किया। अगर यह योजना क़ामयाब होती है तो ड्रोन के जरिए ज़मीन और घरों के हिसाब किताब के साथ खेतों में दवाओं का छिड़काव और आगे जाकर इसी ड्रोन के ज़रिये किसान अपने खेतों से ताजी सब्जियाँ या फल-फूल बाज़ार भेज सकते हैं इसमें समय कम लगेगा और किसानों को लागत से ज़्यादा मूल्य मिल सकेगा। नयी सदी का किसान केवल गाँव तक ही सीमित नहीं है वरन् शहरों में भी लोग छोटे-छोटे कमरों में केसर का उत्पादन कर रहे हैं, मशरूम का उत्पादन कर रहे हैं। गाँव में भी 'कृषि नवाचार' के तहत कृषि और पशु पालन के ज़रिये बहुत सारे खाद्य पदार्थ एवं अन्य वस्तुओं का उत्पादन और पैकेजिंग कर लघु उद्योग का भी रूप दिया जा रहा है।

जीवन की तीन महत्त्वपूर्ण आवश्यकताओं में से एक की आपूर्ति करने वाला किसान, जो हम सबका अन्नदाता है, का महत्त्व कभी कम नहीं हो सकता। समय की माँग है कि हम किसानों के जीवन स्तर में इतना सुधार लायें, उन्हें इतनी सुविधायें मुहैया करवायें कि किसान, डॉक्टर, इंजीनियर, प्रशासनिक पदाधिकारी और कॉरपोरेट सेक्टर में काम करने वालों के बीच कोई अन्तर दृष्टिगोचर ही न हो, ताकि कोई भी नवयुवक या नवयुवती, ख़ुशी-ख़ुशी खेती को व्यवसाय के तौर अपना सके।

भारत के दूसरे प्रधानमंत्री लाल बहादुर शास्त्री ने 'जय जवान जय किसान' का नारा बुलन्द किया था, जवानों की जय करना तो हमने सीख लिया है, अब हम किसानों की जय भी करेंगे।

सम्पर्क : मो.नं.: 8969643173

सदी की नयी मशीनी अलकन-छलकन

कल्पना मनोरमा

नया शब्द सभ्य होने की संभावना का द्योतक है। संसार में तिनका भर बदलाव क्यों न हुआ हो, उसके चिह्न पृथ्वी से आसमान तक देखे जा सकते हैं। जिस प्रकार प्रकृति को बसन्त पुनर्नवा करता रहता है, उसी प्रकार मानवीय संसाधन, दवाइयाँ, कपड़े, खिलौने, औजार, अस्त्र-शस्त्र यहाँ तक कि भोजन बनाने-खाने के बर्तनों को भी मशीनी-संस्कृति ने बदलकर रख दिया है। बदलना प्रकृति का मूल स्वभाव है यानी कि सभ्यता बदलाव मूलक है इसलिए कहा जाता है कि बदलाव विपन्नता को भी नवा करने की क्षमता रखता है। इस सबसे इतर सोच कर देखें तो बदलने का मूलभूत कारण-उद्देश्य व्यक्ति की आवश्यकता पर निर्भर करता है। जब तक हमें किसी चीज़ की जरूरत का एहसास नहीं होता, हम अपनी दुनिया में मस्त रहते हैं। आवश्यकता का सीधा सम्बन्ध उस सचेत चिन्तनशील व जीवन्त अवस्था से है, जहाँ व्यक्ति अपने बाहर-भीतर की जरूरतों व माँगों का आशय समझते हुए अपने क्रिया-कलापों में बदलाव लाकर, मन मुताबिक लक्ष्य हासिल कर लेता है।

ज़ाहिर सी बात है जिस तरह हमारे पूर्वजों की कार्यशैली थी, हमारी वैसी नहीं है क्योंकि सदी ने अपने बदलने के साथ-साथ मानवीय कृति-कृत्य को भी बदल दिया है। ऐसा नहीं कि इससे हमें घाटा ही उठाना पड़ा हो, बल्कि बदलते-बदलते हमारी छवि भी सुसंस्कृत होती चली गयी और आगे भी बदलाव की सम्भावनाएँ बरकरार हैं। समय-नदी निरन्तर बदलाव को चिह्नित करती हुई चलती है। गयी एक दो सदी नहीं, कई सदियों से जीवकोपार्जन के लिए किसान पशु आधारित खेती करते आ रहे थे। अधिकांश घरों में गाय-बैल-बकरियाँ आय का साधन होती थीं। जानवरों के दूध से आहार और उनके गोबर से बनी खाद से किसान अपनी फ़सल-पोषण करने हेतु खेतों में डालता था। वह समय किसान के लिए भले उत्कर्ष का न रहा हो लेकिन

सन्तोषजनक कहा जाता था। भारतीय किसान वसुधैव कुटुम्बकम के मार्ग पर चलते हुए अपने जीवनयापन को सफल बनाता हुआ दूसरों की मदद के लिए हर सम्भव उपस्थित रहा करता था। मगर अंग्रेज़ों ने अपना निशाना जब इस देश पर साधा तो उनकी सबसे पहली नज़र किसानों के लघु उद्योगों पर ही पड़ी और उन्होंने उन्हें नष्ट करने की रणनीति बनाने में देर नहीं लगाई। जो किसान, 'सांई इतना दीजिये, जामे कुटुम्ब समाये। मैं भी भूखा न रहूँ, साधु न भूखा जाये।' में विश्वास करता था। उसे रेशमी उड़ान वाले सपने दिखा कर अंग्रेज़ों ने किसानों की अन्नमय समृद्धि में भौतिक समृद्धि का दाँव खेलकर उन्हें नील, अफीम, बड़े रेशेवाली कपास, मलबरी रेशम आदि खेती करने के लिए मजबूर कर दिया। जब भारतीय किसान इस ओर तत्पर हो गया, उसके बाद अंग्रेज़ों ने उनकी आय का स्रोत इकलौती खेती पर विभिन्न प्रकार के 'कर' लगाना शुरू कर दिया और इस प्रकार धीरे-धीरे भारतीय किसान क़र्ज के बोझ तले दबता चला गया। जिससे किसानों के जीवन की 'आत्मनिर्भरता' तो ख़त्म होने ही लगी वस्तुत: उनकी भावी पीढ़ी के कार्य-व्यापार भी सीमित हो कुम्हलाने लगे। बावजूद खेती जो अब भी पारम्परिक ज्ञान पर ही आधारित थी, के रंग-रूप धीरे से बदलने लगे। अंग्रेज़ों की चतुराई से किसान निपटना अभी सीख नहीं पाया था कि हरित क्रान्ति ने अपना डंका बजा दिया। हरित क्रान्ति की झोली में क्या है? को न समझते हुए किसान अभी भौचक्का ही था कि कृषि व्यवस्था में 'रासायनिक खेती' का बीज बोकर उसने एक नया आलाप छेड़ दिया।

किसानों को अब बीज, खाद, रासायनिक प्रक्रिया, जैविक खेती, फ़सल, पंचवर्षीय योजनाएँ, ग्राम्य संस्कृति, प्राकृतिक आपदाएँ, क़र्जमाफी आदि शब्दों से सामना पड़ने लगा। बिना पढ़ा-लिखा किसान 'घर का न घाट का' के श्वान की तरह भटकने लगा। विकास के नाम पर भारत में सड़क, रेलवे, बाँध और औद्योगिक विकास के लिए समय-समय पर पड़ती भूमि की जरूरत हमेशा पड़ती रही है। जबकि किसानों की निजी संपत्ति और आजीविका का सहारा उनकी भूमि ही होती है, फिर भी सरकार ने उसकी भूमि औने-पौने दामों में अधिग्रहित करने की कोशिश की जिसके परिणाम स्वरूप किसान और सरकार के बीच एक बड़ी टकराहट देखने को मिलने लगी। इतिहास की पत्र-पत्रिकाएँ उठाकर देखी जायें तो नर्मदा बचाओ आन्दोलन, नन्दीग्राम, सिंगूर, महा मुम्बई सेज़, वेदाँता, यमुना एक्सप्रेसवे इत्यादि इस बाबत प्रमुख उदाहरण उनमें अंकित मिल जायेंगे। उस पर भी भारत में भूमि अधिग्रहण को लेकर अंग्रेज़ों ने 1894 में एक क़ानून बनाया था,

2013 में नए भूमि अधिग्रहण क़ानून से पहले उसी पुराने क़ानून से किसानों की भूमि को अधिगृहित किया जाता रहा था। 1894 भूमि अधिग्रहण अधिनियम में कई सारी कमियाँ थी। लेकिन किसान का समय फिर बदला और अब किसानों के पास तक प्रिंट मिडिया, इलेक्ट्रानिक मिडिया के द्वारा कृषि की नयी तकनीकी और विकास सम्बन्धी समाचार पहुँचाने के लिए कृषि पत्र-पत्रिकाएँ प्रमुख साधन होते चले गये। इन पत्र-पत्रिकाओं से किसान खेती से जुड़ी आधुनिक जानकारियाँ और नयी कृषि तकनीक के बारे में जानकारी प्राप्त करने में सक्षम होता चला गया। वाबजूद इसके किसानों के आन्तरिक हित चयन में सभी की सहूलियत और सलामती की परवाह ज़्यादा शामिल रहती थी।

फिर आई इक्कीसवीं सदी जो हर मामले में बीस नहीं इक्कीस थी और है। जब समय ने अपना जामा बदला तो किसानों के इर्द-गिर्द नयी-नयी तकनीकी भाषा ने दस्तक देना शुरू कर दिया। जैसे किसान के सामने सिर्फ़ ट्रैक्टर, यूरिया, डीएपी जैसे शब्द ही नहीं आये, बल्कि आर्थिक नीति, भूमि अधिग्रहण, जैविक खेती के साथ-साथ आत्महत्या, क़र्ज़ आदि इत्यादि ने उनके जीवन को प्रभावित करना शुरू कर दिया। बदलाव की आँधी ने किसान को सोचने का अवसर बिना दिए उसके जीवंकोपार्जन के संसाधन बदल कर रख दिये। भारत में अन्य व्यवसायों की अपेक्षा कृषि कार्य ज़्यादा मात्रा में हमेशा किया और करवाया जाने वाला व्यवसाय है। जो किसान सूरज उगने से पहले उठता और सूरज ढ़लने के बाद विश्राम के बारे में सोचता था। उनकी लिखी चिट्ठी खोलकर अगर हम बाँचे तो वहाँ हल, बैल, गोबर, सानी, कटिया, चारा, खल, दाना, भूसी, चरी, बरसीम, कुड़ी, पटेला, तिफारा, खलिहान, बैलगाड़ी आदि शब्दों को लिखा पाते हैं। तब के किसान के पास धन-दौलत चाहे ना के बराबर रहा हो लेकिन धैर्य और क्षमा जैसे औज़ार उसके अपने निज को सुरक्षित बचाए रखने के लिए ज़रूर होते थे। तब का किसान प्रार्थनाओं की राख बीजों में लपेट कर अपने खेतों में बोता था जिससे खाने वाले का तन ही नहीं मन भी पुष्ट होता था। वहीं मशीनी क्रान्ति ने जब भारतीय जनता को कई व्यवसायों से नवाज़ा तो सदी की नयी मशीनी अलकन-छलकन ने किसानों को भी प्रभावित करके रख दिया।

आज का नया किसान कहीं पहुँचने की जल्दी में है। वह आनन-फानन कुछ नहीं, बहुत कुछ पा लेना चाहता है। धरती को बीज सौंपकर एक बार में एक नहीं दो-दो फ़सलें काटना चाहता है। वह मेहनत से ज़्यादा पाने की माँग करता है। उसकी

इसी ज़्यादा की भूख मिटाने के लिए शायद दुनिया में कीटनाशकों ने जन्म लिया। आज झक्क-मक्क पहनावे-ओढ़ावे में बाबू बना किसान मोबाइल पर खेती करता नज़र आने लगा है। नया किसान उपज के नए तरीके अपनाकर अनाज उगा ज़रूर रहा है लेकिन बीमारियों की भेंट अपने और अपनों को चढ़ा कर दोगुना-तीनगुना लुटता जा रहा है और का संज्ञान भी उसे नहीं है। उसी तर्ज पर सरकारें भी किसानों और मज़दूरों को रासायनिक कीटनाशकों के छिड़काव के समय सावधानियाँ कितनी और कैसी बरतनी चाहिये का ज्ञान तो बराबर दे रही हैं लेकिन उसकी फ़सल का सही मूल्य न के बराबर ही दे पाने में आजतक सक्षम हैं। कीटनाशकों का बुरा असर फ़सल पर कितना पड़ता है नहीं पता लेकिन कीटनाशकों के छिड़काव से किसानों और मज़दूरों की सेहत पर सीधा-सीधा असर पड़ता नज़र आ रहा है।

सरकार का ये कहना कि किसानों को कीटनाशकों का छिड़काव सोच-समझ कर करना चाहिए, क्या इतना भर कह देने से समस्या हल हो सकती है? जिन बीमारियों का प्रकोप भारत में बढ़ता जा रहा है, वे नयी तकनीकीकरण का ही नतीजा है। या यूँ कहा जाये कि किसान विकास कीटनाशकों की देन है तो क्या गलत होगा? आज़ादी के बाद किसानों को उम्मीद थी कि उनके घर ख़ुशहाली से भर जायेंगे, उनके बच्चे अच्छे स्कूलों में शिक्षा ग्रहण कर सकेंगे। देश तरक्की करेगा तो उनकी समृद्धि स्वतः बढ़ेगी लेकिन यह क्या हुआ? किसान अपने खेतों में काम करते-करते फाँसी के फंदे तक कैसे पहुँच गया?

'अँग्रेज़ी राज के जमाने की महाजनी सभ्यता से आज की महाजनी सभ्यता अधिक चालाक और अधिक ख़ूँखार है।' मैनेजर पाण्डेय ने कहीं ठीक ही लिखा है। आज के दौर में किसी संस्था या व्यक्ति की वक्र दृष्टि किसान पर नहीं अपितु वह अपनी समस्त आशाओं और आकाँक्षाओं के साथ भौतिकतावाद के बवंडर में पूरी तरह से फँस चुका है। तकनीकीकरण के इस दौर में मझोला किसान आज भी अपनी ज़रूरतें पूरा करने में अक्षम है। किसानों के हित में रोज नये-नये नियम पारित किए जा रहे हैं। जैसे-कभी कृषि स्टार्टअप, एग्रो-प्रोसेसिंग, वैल्यू एडिशन करते हुए अधिक आमदनी के गुर सिखाये जाते हैं तो कहीं कृषि की आधुनिक तकनीक से जोड़ते हुए उसकी आमदनी के उद्देश्य से कृषि मेले का आयोजन किया जा रहा है। खेती-किसानी को और भी ज़्यादा सुविधाजनक बनाने के लिये कई प्रकार की कृषि योजनायें चलाई जा रही हैं। इनमें से कुछ योजनाओं के ज़रिये किसानों को आर्थिक सहायता भी दी जा रही है तो कुछ स्कीम्स के ज़रिये खेती का विकास-विस्तार

किया जा रहा है। सुनने में आया है कि सरकार ने अगले 5 साल के लिये कीट रोग नियन्त्रण, खरपतवार नियन्त्रण योजना चलाई है। इस योजना के तहत किसानों को फ़सल सुरक्षा के टिकाऊ तरीकों के बारे में जानकारी के साथ-साथ विभिन्न कीटनाशकों और स्प्रेयर की ख़रीद पर सब्सिडी भी प्रदान की जायेगी। इससे राज्य में खेती की लागत को कम करने में मदद मिलेगी और किसानों को भी कम ख़र्च में बेहतर उत्पादन मिलने की सम्भावना बढ़ जायेगी लेकिन उसकी मेहनत का सही दाम आज भी मिलता हुआ नहीं दिखता है।

क्या यह नए जमाने के चाल-चलन में ही गिना जायेगा कि कीटनाशक इस्तेमाल करने वाले क्षेत्रों में बढ़ोत्तरी के कम ख़ुदकुशी के ज़्यादा मामले सामने आ रहे हैं? माना हम पश्चमी देशों की नकल करने में ज़्यादा विश्वास रखते हैं लेकिन उसमें भी तो अक्ल की जरूरत होती है। ऑर्गेनिक खेती की मुहिम जगा रहे 'खेती विरासत मिशन' के कार्यकारी निदेशक उपेन्द्र दत्त कहते हैं, 'माना भारत के किसान ने जानकारी के अभाव में ज़्यादा कीटनाशक डाला जिससे नुकसान हुआ लेकिन अमेरिका या यूरोप के देशों में कीटनाशकों को क्यों बैन करना पड़ा? समझना होगा, खेती सिर्फ़ बाज़ार के लिए नहीं है, आहार के लिए भी होती है।'

देखा जाये तो पंजाब में जहाँ कीटनाशकों का प्रयोग ज़्यादा होता है वहाँ किसानों की आत्महत्याओं की घटनाएँ भी ज़्यादा होती हैं। भटिण्डा आज कैंसर सिटी बन गया है। समाचारों की ज़ुबान में देश के किसानों को बड़ी सौगात देते हुए प्रधानमंत्री नरेन्द्र मोदी ने देश में 600 से ज़्यादा प्रधानमंत्री किसान समृद्धि केन्द्रों की शुरुआत का एलान किया है। इस मौके पर पीएम मोदी ने कहा कि किसान समृद्धि केन्द्र किसान के लिए सिर्फ़ उर्वरक ख़रीदी और बिक्री का केन्द्र नहीं होंगे, ये एक सम्पूर्ण रूप से किसान के साथ घनिष्ट नाता जोड़ने वाला, उसकी हर आवश्यकता में मदद करने वाला केन्द्र बनकर सामने आयेगा। वर्तमान दौर सूचनाओं का महान दौर है। आज विविध भारतीय रेडियो, टेलीविजन, एफएम रेडियो में अलग-अलग टेलीविजन चैनल्स पर कृषि से सम्बन्धित विभिन्न कार्यक्रम दिखाये जा रहे हैं। दूरदर्शन पर प्रसारित 'कृषि दर्शन' और 'चौपाल' कार्यक्रम इनमें सबसे लोकप्रिय रहे हैं। यह कार्यक्रम दूरदर्शन पर प्रसारित होने वाले सबसे पुराने कार्यक्रमों में से एक हैं। कृषि दर्शन कार्यक्रम का ध्येय किसानों तक कृषि-सम्बन्धी जानकारी पहुँचाना है। इसके साथ ही चौपाल कार्यक्रम जो ग्रामीण ज़िन्दगी पर फोकस रहता है, इसमें भी किसानों की चेतना को लेकर सूचनापरक कार्यक्रम दिखाए जाते हैं।

'मैं 'इंडियन फार्मिंग' के हिन्दी संस्करण के प्रकाशन का स्वागत करता हूँ। वैज्ञानिक और किसान के बीच नए अविष्कार तथा खेतों में उनके प्रयोग के बीच चिरंतन काल से एक भयंकर भेद चला आ रहा है। मुझे विश्वास है कि भारतीय कृषि अनुसंधान परिषद प्रांतीय तथा रियासती सरकारों की सहायता से देश के प्रत्येक ग्राम में अपने प्रयोगों के परिणाम पहुँचाने का यत्न करेगी। इस समय जबकि हमे अपने साधनों द्वारा इतना भोजन प्राप्त करना चाहिए जितना अधिक से अधिक सम्भव है यह नितान्त आवश्यक है कि जनता तक आवश्यक अनुसंधान पहुँच सकें। ग्रामीण जनता की आर्थिक उन्नत्ति तथा संपन्नता को सुनिश्चित बनाने के लिए प्रत्येक सम्भव यत्न करना सरकार की सर्वश्रेष्ठ जिम्मेवारी है। इसलिए मैं आशा करता हूँ कि हमारे कृषिसेवी लोग 'खेती' की कदर करेंगे और उसे अपने कठिन जीवन में अच्छे और विश्वसनीय साथी के रूप में अपनाएँगे।'

जवाहर लाल नेहरू का उक्त कथन किसी पत्रिका में जब पढ़ा तो उनकी चिन्ता और चिंतन में मन शरीक हो गया। नये-नये आविष्कारों की भेंट चढ़ता किसान सही मायने में विज्ञान की प्रयोगशाला का वह चूहा है जिसके स्वास्थ्य और ख़ुशी की चिन्ता किये बगैर आविष्कारक उस पर निरन्तर प्रयोग किये जा रहे हैं। क्या सच में इस वक्त को किसान-विकास में आँका जायेगा? सदियाँ यूँ ही बदलती रहेंगी, जागरूक किसान को ही नहीं इन्सान को होना है। नयी सदी की तकनीकी आँधी में कितना और कब का ध्यान हमें ही रखना लाज़मी होगा। सत्य, निष्ठा, समर्पण, ईमानदारी, भाईचारा, मर्यादा, क्षमाशीलता, सहिष्णुता, प्रेम जैसे शब्द अपरिहार्य जरूर लगते हैं लेकिन सच्चे आनन्द, विकास और समृद्धि के वितान के यही मजबूत खम्भे हैं।

सम्पर्क : मो.नं.: 8953654363

इक्कीसवीं सदी के हिन्दी उपन्यासों में बदलता किसान

डॉ. महात्मा पाण्डेय

भारत जैसे विशाल देश की जनसंख्या में लगातार वृद्धि हो रही है, जिससे हमारे देश में कृषि संकट का उत्पन्न होना भी जायज है। भारत की इक्यावन प्रतिशत भूमि कृषि योग्य है, अधिकांशत: ग्रामीण समाज के लोग निवास करते हैं, जिनका जीविकोपार्जन कृषि व्यवस्था पर ही निर्भर है। जनसंख्या वृद्धि के कारण संयुक्त परिवार टूट कर एकल परिवार में बदला और जो वहाँ कृषि योग्य भूमि थी उस पर घर बनाकर रहने के लिए विवश हो गया। इसी कारण प्रतिव्यक्ति जो भी भूमि उपलब्ध थी वह धीरे-धीरे कम होती जा रही है। आज भी कुछ लोगों के पास तीस-चालीस बीघे ज़मीन है तो वहीं कुछ छोटे किसानों के पास एक से लेकर तीन बीघे तक और कुछ किसानों के पास तो ज़मीन ही नहीं है। वे बड़े काश्तकारों के ज़मीन पर मज़दूर के रूप में काम करते हैं, जिससे उनका जीवनयापन बड़ी ही कठिनाई से चलता है, इस कारण वे विवश होकर गाँव से शहर की ओर पलायन करते जा रहे हैं। गाँवों में आज मज़दूर न मिलने के कारण कृषि संकट की स्थिति उत्पन्न होने लगती है। इक्कीसवीं सदी के कृषि संकट और ग्रामीण समाज का बड़ा ही यथार्थ चित्रण रामधारी सिंह 'दिवाकर' के उपन्यास 'अकाल संध्या' में हमें देखने को मिलता है। रामधारी लसह दिवाकर के इस उपन्यास में बिहार के लोग आर्थिक रोज़गार की तलाश में गाँव से शहर की ओर पलायन कर रहे हैं। 'दिल्ली, पंजाब हरियाणा से लेकर जम्मू तक काम की तलाश में निकलने वाले इन मज़दूरों के कारण गाँव की कृषि व्यवस्था चरमरा गयी है।'[1]

खेती का संकट और ग्रामीण समाज के लिए प्राकृतिक आपदाएँ भी कृषि संकट के लिए काफी हद तक ज़िम्मेदार हैं। प्राकृतिक आपदाओं में बाढ़, अकाल एवं

सूखा, अतिवृष्टि और अनावृष्टि आदि के कारण फ़सलों और उपजाऊ मिट्टी का भी क्षय हो जाता है। इस तरह की समस्याएँ किसानों के जीवन में आज भी यथावत बनी हुई हैं। देखा जाये तो हमारा भारतीय समाज पूर्णरूप से कृषि पर ही निर्भर रहता है। फ़सलों के बर्बाद होने के कारण लोग भुखमरी के शिकार होने लगे हैं, उनके पास इतना धन नहीं है कि वे अनाजों का क्रय करके अपने परिवार का भरण-पोषण सुचारु रूप से कर सकें। कोसी नदी जिसे बिहार का शोक कहा जाता है, प्रत्येक वर्ष बाढ़ आती है जिससे वहाँ नदी के आस-पास के इलाके एवं फ़सलें भी प्रभावित होती हैं। भूमि की उपजाऊ परत भी नदी की बाढ़ के साथ बह जाती है, और साथ ही ग्रामीण लोगों में बीमारी तथा महामारी फैलने लगती है। इस कारण से भी वहाँ का जीवन पूरी तरह से अस्त-व्यस्त हो जाता है। यह सिर्फ़ बाढ़ की ही नहीं बल्कि पूरे देश में बाढ़ प्रभावित इलाकों की समस्या है। इस त्रासदी पर लगभग कई उपन्यासों कहानियों में चर्चा हुई है।

इस दृष्टि से श्यामबिहारी श्यामल का चर्चित उपन्यास 'धपेल' 1993 में पलामू जिले के अकाल सूखा प्रसंग को केन्द्र में रखकर ही लिखा गया है। अन्याय, शोषण, उत्पीड़न, बन्धुआ मज़दूरी, सूखा, भुखमरी, जंगलों की अवैध कटान, पशुओं की तस्करी जैसे अनेकों क्रूरतम अमानवीय कृत्यों द्वारा धन उगाहने तथा लूटने की प्रवृत्ति का ऐसा धपेलीकरण हो रहा है कि पूरे पलामू जिले में वह रुकता ही नहीं है, बल्कि वह दिन प्रतिदिन बढ़ता ही जाता है। पिछड़े आदिवासी क्षेत्रों के सीधे भोले और ईमानदार लोग वृक्षों की दुर्लभ वन औषधियों की तरह, वन्यचरों जातियों-प्रजातियों की तरह खत्म होते जा रहे हैं। इसी तरह से कमलाकांत त्रिपाठी का उपन्यास 'बेदखल' और 'पाहीघर' भी तालुकेदारों और ज़मींदारों के अत्याचारों तथा जोतदार किसानों की विवशता एवं उनके दुखों को ही प्रकट करता है। 'बेदखल' उपन्यास में छोटी जोत एवं पिछड़े तथा दलित कहे जाने वाले किसान और खेतिहर मज़दूरों ने अपने सामूहिक प्रतिवाद और नेतृत्त्व के बल पर अपने ही इतिहास को पैदा किया है। यह उपन्यास कहीं न कहीं इस सवाल को भी बड़े ही प्रभाशाली ढंग से रेखांकित करता है कि किसानों का आन्दोलन किसानों के ही दम तथा उनके ही पैसों पर खड़ा होगा।

कर्मेंदु शिशिर का उपन्यास 'बहुत लम्बी राह' सन् 2003 में आता है, और काफी चर्चित भी होता है। उनका यह उपन्यास एक भूमिहीन खेतिहर मज़दूर महतो की व्यथा-कथा कहता है। ग्रामीण समाज की विकृतियों, क्षुद्रताओं तथा संघर्षों का

जीवन्त दस्तावेज यह उपन्यास प्रस्तुत करता है। 'बहुत लम्बी राह' उपन्यास का कालखण्ड लगभग सातवें-आठवें दशक का है। आज़ादी के बाद ज़मींदारी प्रथा खत्म तो हुईं लेकिन व्यावहारिक स्तर पर पूर्ण रूप से ज़मींदारों का खात्मा नहीं हो पाता है। पुराने ज़मींदार तथा नये-नये धनी लोग बड़े किसान के रूप में अधिक शोषण करने लगे हैं। अत: कह सकते हैं भूमिहीनों की समस्या आज भी ज्यों की त्यों बरकरार है। गाँव के परती-पठार, पोखर और ज़मीन पर भी मालिकों का कब्जा बना ही रहा। बिहार जैसे क्षेत्रों में ज़मींदार-पुलिस गठबंधन ने इस अन्याय को शय देने में अपनी महत्त्वपूर्ण भूमिका निभाई है। वरिष्ठ आलोचक विश्वनाथ त्रिपाठी जी का इस उपन्यास के सन्दर्भ में यह कहना है कि 'गोदान ग्रामीण संस्कृति के ध्वंस' की कथा है तो 'बहुत लम्बी राह' ग्राम संस्कृति के निर्माण की।[2]

इस उपन्यास के लेखक कर्मेंदु शिशिर भी कहते हैं कि मुक्ति की राह बहुत लम्बी है, उसकी प्राप्ति हेतु हमें लड़ना होगा, अधिक संघर्ष भी करना होगा। इसी तरह से 2006 में राजू शर्मा का चर्चित उपन्यास 'हलफनामे' भी मुख्यत: किसान आत्महत्या के साथ-साथ जल संकट की समस्या को भी चित्रित करता है। किसान आत्महत्या पर प्रकाशित हिन्दी में यह पहला उपन्यास भी माना जाता है, जो आन्ध्र-प्रदेश के किसानी जीवन एवं उसकी प्रमुख समस्या जल को दर्शाता है। रिश्वत चाहे छोटी हो या बड़ी हो इसके बगैर कोई भी व्यक्ति अपना काम कोर्ट-कचहरी, गाँव, कसबे, तहसील, अदालत में नहीं करा सकता है। राजू शर्मा के 'हलफनामे' उपन्यास में हलफनामों अर्थात एफिडेबिट की सच्चाई को भी सामने लाया गया है। उपन्यास का नायक मकईराम अपने पिता की आत्महत्या को लेकर उन्नीस हलफनामे कमिश्नर को प्रशासनिक भ्रष्टाचार का राजनीतिक गठजोड़ के चलते देता है। इसी तरह 2006 में ही प्रकाशित सूर्यदीन यादव का एक चर्चित उपन्यास 'ज़मीन' हमारे बीच आता है, और इस उपन्यास में ज़मीन को ही आधार बनाकर दो विशेष अंचल की बात की गयी है। इस उपन्यास की भूमिका में ही लेखक सूर्यदीन यादव लिखते हैं कि 'ज़मीन किसी की निजी बपौती नहीं होती, वह सार्वजनिक सर्वराष्ट्रीय बल्कि विश्व की धरोहर होती है। धरती या ज़मीन की गोद और आकाश की छत्रछाया के बिना हवा की कोख से असंख्य जीव सृष्टि में जन्म लेते हैं, और उसे हम मान्य रखते हैं। स्वीकार करते हैं हम जिसे गैर की नाजायज चीज समझकर, उस ज़मीन की उपज यह कृति है।'[3]

ठीक इसी तरह से सीमान्त किसान को आर्थिक उदारीकरण की नीतियों को

जिस प्रकार से बर्बाद किया है, उसका यथार्थ चित्रण कथाकार शिवमूर्ति ने 2008 में प्रकाशित 'आख़िरी छलांग' शीर्षक उपन्यास में किया है। शिवमूर्ति का उपन्यास आख़िरी छलांग' नयी सदी के किसानों के जीवन पर ही केन्द्रित है, जो प्रेमचन्द की परम्परा की ही कड़ी को ही दर्शाता है। 'आख़िरी छलांग' उपन्यास का कथानक परस्पर उलझी हुई किसान जीवन की अनेक समस्याओं का जंजाल भी है, इसके कथानक का आधार पूर्वी उत्तर प्रदेश का ग्रामीण परिवेश ही है। इसका नायक पहलवान भी एक किसान ही है, उसके समक्ष विरासत में हासिल हुई तथा नयी विकास नीतियों के कारण निर्मित अनेक समस्याएँ भी हैं। वह अपनी बड़ी बेटी के लिए दो साल से लड़का तलाश रहा है, बेटे की इंजीनियरिंग की फीस का जुगाड़ भी नहीं हो पा रहा है, पिछले तीन साल से गन्ने का बकाया भी नहीं मिल पा रहा है, सोसायटी से खाद के लिए लिया गया क़र्ज भी अभी तक चुकता नहीं हुआ है। प्रत्येक दूसरे महीने ट्यूबवेल के बिल की तलवार भी सिर पर लटक जाती है। इस तरह की तमाम परेशानियों को झेलते-भोगते पहलवान किसान के जटिल मुद्दों को कथाकार शिवमूर्ति ने 'आख़िरी छलांग' उपन्यास में उठाया है। वैसे भी शिवमूर्ति ग्रामीण वातावरण के कथाकार माने जाते हैं, उन्होंने किसानों की समस्याओं को बखूबी समझा तथा उन किसानों की समस्याओं को भीतर तक महसूस भी किया है। उपन्यास का नायक पहलवान यह महसूस करता है कि जैसे नहर के पेट के भीतर सिल्ट भर जाती है, ठीक उसी तरह से आज के किसानों की तक़दीर में भी वर्ष दर वर्ष सिल्ट भरती चली जाती है। पहलवान जैसा जीवट व्यक्तित्त्व वाला किसान अपने ही किसानी जीवन की समस्याओं से परेशान होकर इस व्यवस्था से सवाल करता है कि 'सारे हालात तो मर जाने के हैं जिन्दा कैसे रहा जाये?'[4]

इस तरह से ज़मींदारों के समय में भी किसानों का शोषण भी भरपूर किया जाता था, उसको जेठ की तपती दुपहरी में भी सजा दी जाती थी, और कोड़े से पिटवाया भी जाता था। वह पूरी तरह से ज़मींदारों का ही समय था, परन्तु आज इतने दिनों के बाद भी किसान के जीवन में कुछ भी बदलाव नहीं आया है, उसके उम्मीदों की रौशनी कभी रौशन नहीं होती है। आज भी किसानों का भरपूर शोषण बदस्तूर जारी है। पैसा वसूलने के लिए क़ानून का इस्तेमाल सिर्फ़ और सिर्फ़ किसानों मज़दूरों के लिए ही हो रहा है। किसानों के नए सिरे से होने वाले शोषण को आज पहचान पाना भी कठिन हो गया है। शायद इन्हीं परिस्थितियों के कारण किसानों के मन पर छाया अँधेरा बाहरी अँधेरे से भी अधिक घना है। इन सब बातों से परेशान होकर उपन्यास

का नायक पहलवान कहता है कि 'किसान के घर में जन्म लेकर न पहले कोई सुखी रहा है, न आगे कोई रहेगा। इन्हीं परिस्थितियों में ज़िन्दगी की नाव खेना है।'[5]

किसानों के सम्बन्ध में सरकार की घोषणाएँ या तो फ़ाइलों में बन्द हो जाती है, या कुछ बिचौलियों तक ही सीमित होकर रह जाती है। किसानों के सम्बन्ध में सरकार की योजनाएँ वैसे भी कभी कारगर नहीं साबित हुई हैं, बावजूद इसके जो भी योजनाएँ बनाई गयीं उसका भी क्रियान्वयन सुचारू रूप से हो ही नहीं पाया है। इस तरह से नयी सदी के किसानों की समस्याओं को अभिव्यक्त करते हुए कथाकार शिवमूर्ति ने अतीत बौर वर्तमान दोनों को सामने रखा है। यह उपन्यास प्रमुखतः किसान जीवन की बारीकियों के प्रति आगाह भी करता है। इसमें किसान जीवन से जुड़े साँस्कृतिक, राजनीतिक और धार्मिक सन्दर्भों का जिक्र भी हुआ है। 'आख़िरी छलांग' उपन्यास आकर में छोटा होने के बावजूद किसान जीवन की स्थितियों-परिस्थितियों को बड़ी ही व्यापकता से चित्रित करता है। वर्तमान समय में बदलते गाँवों की स्थितियों में यह तो कतई सम्भव नहीं है कि सिर्फ़ खेती-किसानी करके पूरे परिवार के सपनों को साकार किया जा सके। इसका सबसे बड़ा कारण ये भी कि गाँव से आज हल-बैल और बछड़ों का कहीं न कहीं विलुप्त होते जाना भी है। आज हम जिस तेजी से इक्कीसवीं सदी में प्रवेश कर गये हैं कि मज़दूरों किसानों की जगह भी आज ट्रैक्टर और थ्रेसर ने ले ली है। जिसकी क़ीमत भी आज आसमान छोने की तरफ़ अग्रसर है। इन सबके परिणामस्वरूप छोटी जोत के किसानों का खेती करना दिनोंदिन मुश्किल होता जा रहा है। शिवमूर्ति वर्तमान ग्रामीण स्वरूप के बदलते हुए यथार्थ को 'आख़िरी छलांग' शीर्षक उपन्यास में चित्रित किया है। वे किसानों मज़दूरों दलितों तथा महिलाओं के संघर्षरत जीवन को कथानक बनाने वाले अन्य कथाकारों से भिन्न भी हैं।

भारतीय राजनीति तथा अर्थव्यवस्था का पहला और आख़िरी शिकार भारत का आम किसान ही माना जाता है। 'जिस परिवार में बाहर से कोई नगदी आमदनी नहीं है, उसका आज के जमाने में गुजर होना बड़ा मुश्किल है। जैसे गड्ढे से खोदी गयी मिटटी उसी गड्ढे को भरने के लिए पूरी नहीं पड़ती वैसे ही खेती किसानी की आमदनी खेती किसानी के ख़र्च को भी नहीं अंटती। और कहाँ से अंटे! डीजल, बिजली, खाद, कीटनाशक, जोताई, मड़ाई, मजूरी सबका रेट तो हर साल दस-पाँच रूपये बढ़ जाता है। नहीं बढ़ता तो किसान की पैदावार का दाम। इसीलिए जितनी लम्बी खेती उतना ही लम्बा घाटा। जितना ज़्यादा पैदावार उतना ज़्यादा घाटा।'[6]

आज किसानों के लिए योजना बनाने वाले तमाम उद्योगपति हैं, जिन्हें कृषि कर्म से कोई मतलब नहीं है। उन्हें यह भी नहीं पता होता चने का पेड़ बड़ा होता है या अरहर का? आलू ज़मीन के नीचे फलता है या ऊपर। उपन्यास के नायक पहलवान को ऐसा महसूस होता है कि इज्जत चली गयी खेलावन भाई। खेलावन पहलवान को समझाते हैं। 'किसान पूरे देश का अन्नदाता है। वैश्वीकरण के दौर में उसकी भी स्थिति में सुधार होगा ऐसा लगा था। लेकिन आज के बाज़ारवादी दौर में वह हाशिए पर चला गया है। उसकी फ़सल सामाजिक समस्या बन गयी है। उसे अपनी फ़सल का उचित मूल्य नहीं मिल रहा है। क़र्ज की समस्या से वह घिरा हुआ है। खाद बिजली और पानी की समस्याएँ उसे परेशान कर रही हैं। उसका कई आयामों पर शोषण हो रहा है। आज़ादी के पहले शोषकों को किसान समझ सकता था, लेकिन आज उसका चालाकी से शोषण किया जा रहा है। इससे शोषकों को पहचानना भी मुश्किल हुआ है।'[7]

आज के परिवर्तित होते गाँवों का यह बहुत बड़ा सच है कि आज के गाँव ने सूचना तकनीक और प्रौद्योगिकी के क्षेत्र में काफी प्रगति की है, किन्तु सवर्ण-अवर्ण के नाम पर वहाँ आज भी एकजुटता की कमी है जो इन किसानों को संगठित होकर लड़ने से रोकती है। यह गाँव की प्रगति के लिहाज से बहुत शुभ नहीं है। अपने किसानी इच्छाओं को हासिल करने के लिए उन इस तरह की संकुचित मानसिकता से उबरना ही होगा। 'नहीं लड़ेंगे तो मरेगा, मर तो रहा ही है और जल्दी मरेगा।' देश दुनिया के नक़्शे से गायब हो जायेगा। कोई रोक नहीं सकता। बहुत सारे मुद्दे हैं, जिनसे लड़ना भी जरुरी है। जैसे सरकारी नीतियाँ। गेहूँ पैदा करने में लागत बारह रुपया किलो आता है, लेकिन गेहूँ बिकता है सात रुपया किलो, आलू और प्याज तो घर पर पैदा होता है तो दो रुपया किलो बिकने लगता है। दो महीने बाद जैसे किसान घर के बाहर निकलता है, आलू प्याज दस रुपया किलो हो जाता है। पिच्वले पैतीस साल में ज़मीन सौ गुना महँगी हो गयी है। सोना पचहत्तर गुना, डीजल पचास गुना जबकि गेहूँ सिर्फ़ सात गुना। सारी मंदी किसानों के लिए ही है।'[8]

हमारा भारतीय किसान आज हाशिए पर खड़ा है, उसके जीवन में किसानी कर्म के साथ-साथ बेटे की ऊँची शिक्षा और बेटी के विवाह के लिए दहेज की समस्या मुँह बाए खड़ी है। उपन्यास की कथा में जब पहलवान बेटी के लिए रिश्ता देखने जाते हैं तो उन्हें निराशा ही हाथ लगती है। वर्तमान बाज़ारवादी व्यवस्था ने इन दिनों नयी सदी के किसानों की तो कमर ही तोड़ दी है। कथाकार शिवमूर्ति के जीवन में

किसानी कर्मों का व्यापक अनुभव है, जो आज की इस नयी सदी में किसानों की व्यथा-कथा को ठीक उसी रूप में सृजित करते हैं। शिवमूर्ति की सबसे बड़ी विशेषता तो यह है कि वे अपनी कथा में पूरे गाँव के यथार्थ को ला खड़ा करते हैं, वह भी बिना किसी लाग लपेट के तथा वहाँ का यथार्थ और भी अधिक मुखरित रूप में अभिव्यंजित होता हुआ दिखाई देता है। इस उपन्यास के अन्त में नायक पहलवान चिताओं से अपने आपको मुक्त करते हैं। किन्तु उनकी यह छलांग जीवन के बाहर और मृत्यु के भीतर की छलांग नहीं है। इस छलांग की प्रेरणा पाण्डे बाबा की बरसी पर आयोजित जनसभा से मिलती है।

ठीक इसी तरह से 2016 में प्रकाशित पंकज सुबीर का लोकप्रिय उपन्यास 'अकाल में उत्सव' सरकारी शासन प्रणाली का किसानों के प्रति उनके रवैये का पर्दाफाश करता है। एक तरफ़ हमारा शासन यह कहते हुए भी नहीं थकता है कि भारत एक कृषि प्रधान देश है वहीं उसी किसान के देश में ही उसका शोषण किया जा रहा है। आज किसान की आवाज़ घुट रही है, उद्योग धंधों और बाज़ार की चमक-धमक के बीच में कृषि का स्थान उपेक्षित होता जा रहा है। प्रत्येक दिन किसानों के आत्महत्या की ख़बर प्रकाशित होती रहती है। फ़सलों का समुचित दाम न मिलने से कृषि भी घाटे का सौदा साबित होती जा रही है। किसान प्राकृतिक आपदाओं से उतना सताया हुआ नहीं है जितना की व्यवस्थाओं का मारा हुआ है। पंकज सुबीर के उपन्यास 'अकाल में उत्सव' शीर्षक से ही यह स्पष्ट हो जाता है कि जहाँ एक तरफ़ भयानक अकाल है तो दूसरी ओर उन्माद और ख़ुशहाली का माहौल है। एक तरफ़ आम आदमी की भीड़ है तो दूसरी तरफ़ सरकारी तन्त्रजाल। इस उपन्यास के केन्द्र में दो मुख्य पात्र उभर कर आते हैं जहाँ एक तरफ़ कलेक्टर श्रीराम परिहार हैं तो वहीं दूसरी ओर किसानों के प्रतिनिधि चरित्र के रूप में रामप्रसाद हैं।

इस उपन्यास में जहाँ एक ओर किसान जीवन की घुटन भरी भयावह त्रासदी है, वहीं दूसरी तरफ़ प्रशासन में आने वाले आला अधिकारियों के हर्ष और उल्लास का रंगीन ख्रश्य भी है। आज का किसान काफ़ी परेशान नज़र आता है। खाद, बीज, कीटनाशक, और डीजल की क़ीमतें बढ़ने से कृषि उत्पादों के लागत मूल्यों में जिस औसत से वृद्धि हुई है, उसके अनुपात में उन्हें फ़सलों के दाम बिल्कुल नहीं मिल पा रहे हैं। उन्हें अक्सर अपनी उपज का दसवाँ हिस्सा भी नहीं मिल पाता है। 'सत्ता में आने से पूर्व ही हर सियासी पार्टी किसानों की बेहतरी की बात करती है, लेकिन सत्ता में आते ही सब भूल जाती है।'[9]

जहाँ आज भी भारत की एक बड़ी आबादी गाँवों में निवास करती है, और उस गाँव के केन्द्र में किसान ही होता है, किसानी से ही वह पशुपालन से भी जुड़ा हुआ है, उसी से खेतिहर मज़दूर भी अपना भरण-पोषण करते हैं किन्तु सरकार और प्रशासन बगैर किसानों के जीवन में बदलाव लाये हुए देश को आगे क्ले जाने का प्रयास करेगी तो गाँव की प्रगति एवं उसकी तस्वीर भी अधूरी ही रहेगी। पंकज सुबीर का उपन्यास 'अकाल में उत्सव' किसान की समस्या और उसकी पीड़ा को कई कोण से पकड़ता है। जिस किसान के सामने हज़ारों तरह की समस्याएँ उसके जीवन को जोंक की तरह चूस रही हैं, अब वहीं यह भी कहा जाने लगा है कि आने वाले कुछ समय में कृषि कार्य भी बहुराष्ट्रीय कम्पनियाँ ही करेंगी। भविष्य में आने वाले इस तरह के ख़तरों को उपन्यासकार ने एस डी एम राकेश पाण्डेय, और सामाजिक कार्यकर्ता रमेश चौरसिया के बीच हुए वार्तालाप से भी ज़ाहिर किया है। असलियत में क्या होता है यह केवल वही जानता है जो किसानी करता है। बीज समय पर नहीं मिलता, मिल जाये तो पता चले कि खराब निकल गया, अंकुरित ही नहीं हुआ। बीज ख़राब न हो, किसान के किस्मत से अंकुरित हो जाये तो खाद नहीं मिलेगा। खाद जैसे-तैसे करके लाये भी तो पता चलता है कि बिजली नहीं है, पानी किस प्रकार से फेरा जायें खेत में। ऐसा लगता है जैसे सरकारें खुद ही किसानों को खेती करने से रोकना चाह रही हैं, मल्टीनेशनल के इशारे पर। कभी यूरिया का संकट, कभी बीज का संकट। सारे संकट किसान के सामने ही क्यों पैदा किये जा रहे हैं? ताकि वह घबरा कर अपने खेत बेच दे, मल्टीनेशनल को। यह बहुत बड़ा षड्यन्त्र है, बड़ी कान्सिपिरेसी है।'[10]

किसान के पास उसकी पूँजी होती है, और पत्नी का जेवर जो कभी-कभी उसकी आर्थिक कठिनाईयों में काम आता है। घर में किसी अवसर पर आर्थिक तंगी आने के बाद किसान अपनी पत्नी का जेवर सुनार के पास गिरवी रखकर क़र्ज़ ले लेता है, और वह भी इस उम्मीद में कि फ़सल तैयार हो जाने के बाद क़र्ज़ चुकाकर गहना वापस ले लूँगा। किन्तु ऐसा अवसर किसान के जीवन में शायद ही कभी आ पाता हो। यही स्थिति रामप्रसाद की पत्नी कमला की भी है, धीरे-धीरे उसके शरीर के सारे गहने उतरकर बिक चुके हैं, और उसने अपने गले में पति के नाम का काला धागा बाँध रखा है। उसका अन्तिम गहना उसकी एक तोड़ी है, क़र्ज़ के दबाव में उसे भी बेचने की स्वीकृति कमला अपने पति रामप्रसाद को दे देती है। इस तरह का दृश्य पंकज सुबीर ने बड़ी ही मार्मिकता से चित्रित किया है। किसानों के जीवन में एक से

बढ़कर एक परेशानियाँ लगी रहती है, और उसका जीवन भी परेशानियों का जंजाल बनता चला जाता है। एक तरफ़ फ़सल की मार तो दूसरी तरफ़ बाबा जी का मन्दिर बनवाने का प्राण, इसलिए इस उपन्यास में धर्म भी सुख-शांति के बजाय दुःख और परेशानियों का ही सबब बनकर आता है। 'कोई बाबा हैं और उन्होंने प्रण ले लिया है कि वह पचास गाँवों में या तो मन्दिर बनवायेंगे, या पुराने मन्दिरों का जीर्णोद्धार करवायेंगे, किन्तु वे इसका पैसा अपनी जेब से नहीं बल्कि गाँव के किसान देंगे। गाँव में खेती के हिसाब से चन्दा तय किया गया है एक एकड़ पर एक बोरा गेहूँ हर किसान को देना है...रामप्रसाद जैसे किसान जो बड़ी मुश्किल से अपने परिवार के लिए खाने का अनाज बचा पाते हैं, वह मन्दिर के लिए अनाज भला कहाँ से देंगे? लेकिन मामला धर्म का है सो देना ही है। भगवान जैसी किस्मत भला किसकी होगी, जिसे इसी भय के चलते अच्छी बातों का क्रेडिट तो मिलता है, लेकिन अगर कुछ बुरा हो जाये तो, उसका भक्त इसके लिए अपने आपको या अपनी किस्मत को ही दोष देता है। दुनिया के सारे धर्मस्थल असल में भय का कारोबार करने वाली दुकानें हैं। इन दुकानों की बिक्री ही भय पर टिकी है, जितना अधिक भय उतनी अधिक बिक्री। डराओ और कमाओ।'[11]

आलोचक मैनेजर पाण्डेय ने पंकज सुबीर के उपन्यास 'अकाल में उत्सव' पर विचार करते हुए लिखा है कि 'यह गाँव और किसान जीवन के दुःख-दर्द कहने वाली रचना है। इस उपन्यास को पढ़कर कहा जा सकता है कि किसान जीवन में आजकल सुख कम दुःख ज़्यादा है।'[12]

वैसे तो देखा जाये तो 'अकाल में उत्सव' जैसे उपन्यास में रामप्रसाद जैसे किसान की समस्या भारत के किसान की ही समस्या है। जहाँ पर श्रीराम परिहार जैसे कलेक्टर अफ़सर शाही की सनक में सत्ता के साथ गोटी बैठाने के फ़िराक़ में किसानों का उनके लिए कोई महत्त्व ही नज़र नहीं आता है। उनके लिए तो सिर्फ़ और सिर्फ़ मनोरंजन या उत्सव ही प्रिय हैं, अकाल की चिन्ता तो बिल्कुल भी नहीं तभी तो एक तरफ़ कलेक्टर के साथ एक तरफ़ पूरी टीम जश्न और उत्सव मना रही है, वहीं किसान रामप्रसाद हताश और निराश होकर आत्महत्या करने को विवश होता है। इस उपन्यास पर अपनी बेबाक टिप्पणी दर्शाते हुए रोहिणी अग्रवाल ने कहा है कि 'उपन्यास बड़े फलक के साथ क्रूर सच्चाइयों को महीन परतों को उघाड़ने में समर्थ है। 'अकाल में उत्सव' किसान आत्महत्या जैसे बड़े सामाजिक सरोकार के सन्दर्भ में समय का अक्स प्रस्तुत करता है।'[13]

इस प्रकार हम यह कह सकते हैं कि 'अकाल में उत्सव' में लगातार समृद्धशाली, सुख-सुविधा सम्पन्न, अत्याधुनिक हो रहे सभी मानवीय समाज में पशुओं से बदतर हताशा से भरे जीवन जीने को लाचार किसान और मज़दूरों के लिए बार-बार उठने वाले सवालों को पूरी आवेगता, प्रखरता के साथ उठाया गया है। इसलिए 2000 से लेकर अब तक के कृषि प्रधान हिन्दी उपन्यासों में रामधारी सिंह दिवाकर का 'अकाल संध्या', कर्मेंदु शिशिर के उपन्यास 'बहुत लम्बी राह', राजू शर्मा के उपन्यास 'हलफनामें', पंकज सुबीर का 'अकाल में उत्सव' सुनील चतुर्वेदी के 'कालिचाट', संजीव के उपन्यास 'फांस', शिवमूर्ति के 'आख़िरी छलांग', जयनन्दन के 'सल्तनत को सुनो गाँव वालों', आदि उपन्यासों में किसान जीवन की समस्याओं और उनकी त्रासदियों का ही चित्रण हुआ है। भारत जैसे कृषि प्रधान देश में किसानों की आत्महत्या एक बड़ी समस्या के रूप में उभरी है। इसका यथार्थ रूप इन उपरोक्त उपन्यासों में देखा जा सकता है। औद्योगिक क्रान्ति होने से कुछ पूँजीपतियों ने किसानों की ज़मीनों को हथियाना शुरू कर दिया। 21वीं सदी के हिन्दी के कृषि प्रधान उपन्यासों में कमोबेश यह स्थिति देखी जा सकती है। जहाँ बहुराष्ट्रीय कम्पनियाँ किसानों को बहला फुसलाकर उनकी ज़मीन पर क़ब्ज़ा करना चाहती हैं। वह किसानों को बड़े-बड़े सपने दिखाकर उनको किसान से मज़दूर में बनाने में लगी हैं। भारत के खेत अब कारखानों तथा बड़े-बड़े मकानों से भरने लगे हैं। गाँव का किसान तथा मज़दूर वर्ग बैंकों का क़र्ज़दार बन गया है। किसान क़र्ज़ नहीं लेता है फिर भी बिचौलियों के द्वारा उसके खाते से ऋण लिया जा रहा है, और उस ऋण की भरपाई किसानों से ही करवायी जाती है। साथ ही प्रशासन की तरफ़ से ये उपेक्षित किसान और मज़दूर आत्महत्या हेतु विवश हैं। इस तरह की स्थितियाँ 'अकाल में उत्सव' एवं 'आख़िरी छलांग' जैसे उपन्यासों में स्पष्ट देखी जा सकती हैं। इस प्रकार किसानों मज़दूरों की बढ़ती आत्महत्या का सबसे बड़ा कारण सामाजिक, पारिवारिक और बढ़ते हुए औद्योगीकरण इत्यादि समसायिक मुद्दों का यथार्थ चित्रण इक्कीसवीं सदी के इन हिन्दी उपन्यासों में हुआ है।

सन्दर्भ ग्रन्थ

1. अकाल संध्या, रामधारी लसह दिवाकर, पृष्ठ संख्या-97, भारतीय ज्ञानपीठ
2. मुक्ति का विमर्श, रवीन्द्रनाथ राय, साक्षात्कार, पृष्ठ संख्या-125 मई 2004
3. ज़मीन, सूर्यदीन यादव, भूमिका से उधृत

4. आख़िरी छलांग, शिवमूर्ति, पृष्ठ संख्या-79
5. वही, पृष्ठ संख्या-83
6. आख़िरी छलांग, शिवमूर्ति, पृष्ठ संख्या 79, नया ज्ञानोदय, भारतीय ज्ञानपीठ नयी दिल्ली अंक जनवरी-2008
7. www.apnimati.comèk2017èk11èkblog&post_91html
8. आख़िरी छलांग, शिवमूर्ति, पृष्ठ संख्या-90, नया ज्ञानोदय, जनवरी 2008
9. अकाल में उत्सव, पंकज सुबीर, पृष्ठ संख्या-175, शिवना प्रकाशन
10. जनसत्ता संपादकीय, 2017
11 अकाल में उत्सव, पंकज सुबीर, पृष्ठ संख्या-163
12 पुस्तक विमर्श, अकाल में उत्सव, पृष्ठ संख्या-17, संपादक-सुधा ओम ढींगरा
13. वही

सम्पर्क : मो.नं.: 8454027187

बहुराष्ट्रीय कंपनियों का फैलता जाल एवं किसान

डॉ. प्रतिभा मिश्रा

भारत में स्वतन्त्रता के बाद कृषि की प्रक्रिया में अनेक सुधार करने के प्रयास किये गए। कई योजनाएँ चलाई गयीं, कृषि क्रान्तियाँ आईं जिससे कृषि की दशा में सुधार लाया जा सके। कृषकों की दशा में सुधार लाने के लिए देश में अनेक कृषि अनुसंधान खोले गये। भारत में 1910 में आईटीसी लिमिटेड कम्पनी ने अपना कारोबार शुरू किया और भारत में अपनी पैठ बनानी शुरू की धीरे-धीरे उसने हमारे यहाँ से कॉफी, गेहूँ, मछली, आदि ख़रीद कर अपना विस्तार करना शुरू किया। देश में पहली हरित क्रान्ति ने रासायनिक खाद, हाइब्रिड बीज आदि को इस्तेमाल करने पर जोर दिया तो दूसरी हरित क्रान्ति में अमेरिका से कृषि व्यापार को जोड़ा जा रहा है।

अमेरिकी कंपनियाँ वालमार्ट मोसेंटों ने भी देश में लगातार अपने व्यापार को बढ़ावा दिया है। हमारे देश में बहुराष्ट्रीय कंपनियों के बढ़ते हस्तक्षेप ने किसानों को बहुत प्रभावित किया है। आज वे अपने रसायनों और बीजों का हमारे देश में प्रचार कर रही हैं किन्तु उन बीजों से किसान एक ही बार अन्न उपजा सकता है। अगले साल फिर उसे नए बीज ख़रीदने की जरूरत पड़ती है ऊपर से इन रसायनों के इस्तेमाल से खेतों की उर्वरा शक्ति दिन प्रतिदिन घट रही है। प्रभाकर श्रोत्रिय के शब्दों में–"कृषि उन्न्त खेती के उपक्रम हुए और बहुराष्ट्रीय कंपनियों को धड़ल्ले से आमन्त्रित किया गया। कृषियोग्य भूमि पर बड़े-बड़े कारखाने लगाने, इमारतें बनाने और उन्नत कृषि-बीज, उर्वरक तथा कीटनाशकों के अति प्रयोग से पृथ्वी की उर्वरा शक्ति को अपूरणीय क्षति पहुँची इससे किसान की अन्न उपजाने की सामर्थ्य भी लगातार घटी है क्योंकि उपज, क़र्ज़ और धरती की उर्वरता के क्षरण में अटूट सम्बन्ध कायम हो गया जो बढ़ता गया और किसान को हताश करता

गया।'[1] सरकार ज़मीन का बड़ा हिस्सा इन कंपनियों को खेती करने के लिए दे रही है, जिससे कृषि ज़मीन घट रही है और खेती किसानों के हाथ से निकल रही है। सरकार द्वारा चलाई गयी नीतियों से किसान अपनी ज़मीन से बेदखल हो रहा है। गौरीनाथ जी के शब्दों में–"धरती पर अनाज, फल, सब्जी बगैरह की पैदावार तो तब भी होगी, लेकिन खेती किसान नहीं, बहुराष्ट्रीय कम्पनियाँ करेंगी अपने फार्म हाउसों में। सकल कृषि भूमि पर उन्हीं कम्पनियों का अधिकार होगा और कृषक जन मज़दूर बन जायेंगे।'[2] देश में खेती का व्यापार करने वाली कंपनियाँ किसानों के साथ मिलकर काम नहीं करती वो तो सिर्फ़ किसानों को खेती से बाहर करने के मौके तलाशती है। आज सब कुछ नकदी हो गया है। किसान को हर काम के लिए नकद पैसा देना पड़ता है।

बहुराष्ट्रीय कंपनियों के दुष्प्रभाव को संजीव ने अपने 'फांस' उपन्यास में इस तरह से अभिव्यक्त किया है–'किसान से साहूकार बनने चले थे न। अन्न नहीं पैसा चाहिए, कच्चा पैसा। थूक लगाकर हरी-हरी नोट गिनोगे। इस पर मोहन दादा ने क्या कहा था, लड़कों को फीस देनी है, क्या दोगी धान, जोआरी या कापूस? रेल, बस में टिकट मागेंगे, कौन सा अन्न दोगी? पैसा! पैसा! पैसा! हर जगह पैसा! तुम चाहो तो भी गुजरे जमाने में नहीं लौट सकतीं, जब सामान से सामान की अदला-बदली हो जाती।'[3]

हरित क्रान्ति के आगमन ने भारत में कृषि के नए तकनीकि एवं नए बीजों के प्रयोग पर बल दिया। इससे बड़े किसानों को तो फायदा हुआ किन्तु छोटे किसान कर्ज में डूबते चले गए। बहुराष्ट्रीय कंपनियों के आगमन से भारत में रासायनिक खाद एवं संकर बीजों का प्रयोग बढ़ता गया। इन कंपनियों का मुख्य उद्देश्य देश में अपने व्यापार को बढ़ावा देना होता है। देवेन्द्र शर्मा के अनुसार–'अमेरिकी कंपनियाँ वालमार्ट और मोसेंटों ने हाल ही में यह कह दिया कि उनकी दिलचस्पी शोध और उस पर आधारित विकास में कतई नहीं है। बल्कि उनकी आँखे भारत में अपने व्यवसाय को बढ़ाने के अवसरों पर लगी हुई है जिनकी वहां अपार सम्भावना है।

बहुराष्ट्रीय कंपनियों के बढ़ते प्रभाव से किसानों के सामने खाद-बीज की समस्या उत्पन्न हो गयी है। पहले ये कंपनियाँ ख़ुद के बीज महँगे दामों में बेचती हैं, यदि किसान किसी तरह से बीज ख़रीद ले तो उसे इन्हीं कंपनियों द्वारा बनाये गये कीटनाशक भी खरीदने पड़ते है। इन कंपनियों से ख़रीदे गये बीज को किसान दोबारा अपने खेतों में नहीं बो सकते हैं। उन्हें हर साल नए बीज ख़रीदना पड़ता है। संजीव

ने 'फांस' उपन्यास में इस विषय पर इस प्रकार लिखा–'पहले साल इसके कुछ फायदे हुए हों तो हुए हों, किसान चौकें, तब जब दूसरी बार ये बीज जमें ही नहीं। उन्हें तो अभ्यास था एक साल के बीज से उत्पन्न बीज को दोबारा, तिबारा इस्तेमाल करने का! वह हुआ नहीं। देसी बीज 7 रूपये किलो था, बी. टी. 930 रूपये प्रति किलो। पहले जो-जो वादे किये गए थे। सब खोखले साबित हुए। निराश लुटा हुआ निरुपाय शेतकरी। यहाँ से शुरू होती है किसानों की आत्महत्याएँ। ''' बहुराष्ट्रीय कंपनियों के गलत प्रचार से किसानों को परेशानी का सामना करना पड़ता है। पहले किसान अपने खेत के बीज को संजोकर रखता था और साल दर साल उन्हीं बीजों से खेत की बुवाई करता था।'[5]

महाराष्ट्र में किसान कपास की नयी किस्म बी.टी कॉटन उगाने लगे। इस बीज से शुरुआत के कुछ सालों तक तो उन्हें फायदा हुआ। बाद में उसमें रोग लगने शुरू हो गए। इसके लिए उन्हें कीटनाशक का छिड़काव करना पड़ा। कीटनाशक भी ऐसे कि फसल भी ख़राब हो गयी। 'फांस' उपन्यास में इसका उल्लेख इस प्रकार किया गया है–'बी.टी कॉटन इस आश्वासन के साथ आया था कि प्रथम दो छिड़काव की ज़रूरत कम होती जायेगी। मगर हुआ उल्टा। इल्लियाँ क्या मरतीं, मीलबाग जैसे कई भुनगे पैदा हो गये। ऐसे जर्म्स इसके पहले यहाँ नहीं थे। अब इन्हें मारने के लिए और ज्यादा तगड़े कीटनाशक की ज़रूरत आ पड़ी। फल यह हुआ कि फसल बीज, पानी, कीड़े और मित्र सब का नाश।'[6]

पहले किसान देशी बीजों को खेतों में बोते थे। देशी कीटनाशक से मिट्टी की उर्वरा शक्ति भी बनी रहती है और किसानों को क़र्ज़ लेने की ज़रूरत नहीं पड़ती। देशी कीटनाशक किसान स्वयं बनाते थे। इस कीटनाशक का हमारे पर्यावरण पर भी कोई दुष्प्रभाव नहीं पड़ता है। इससे उत्पन्न अन्न भी मनुष्य के लिए फायदेमन्द होते हैं। किन्तु हाइब्रिड बीज और रासायनिक खादों के प्रयोग ने हमारे देश में बीमारी को भी बढ़ावा दिया है। संजीव ने 'फांस' उपन्यास में लिखा है कि–'कीटनाशक या मनुष्यनाशक? यह सत्र बीज सत्र के साथ टकराता रहा। पंजाब की रिपोर्ट पेश हुई, फ़सलों में कीड़े न लगें अत: कीटनाशकों का छिड़काव ज़रूरी है सबसे पहले प्रचलित केमिकल कीटनाशकों के साथ यह दिक्कत है कि वे मिट्टी, पानी, बीज में मिलकर हमारे संहारक सिद्ध हो रहे हैं। पंजाब और गुजरात के कितने ही किसान कैंसर और दूसरी बीमारियों से ग्रस्त हो चुके हैं।'[7] मोंसेंटो कंपनी के प्रभाव से महाराष्ट्र में जिस बी.टी कॉटन का प्रचार बढ़ा उसने किसानों की समस्याओं को

बढ़ा दिया। महँगे बीज, महंगे खाद से किसान तबाह हो गये। देशी बीज, देशी कपास का मूल्य घट गया, जबकि मोंसेंटो द्वारा महंगे दामों पर बीज बिक रहा था। इस तरह किसानों की लागत बहुत ज्यादा बढ़ जाती है। प्रो. नवले ने कहा है कि–'इस उपन्यास में मोंसेंटो कंपनी के बी.टी कॉटन के उत्पाद को लेकर गलत प्रचार किया गया है। मोंसेंटो कंपनी ने दावा तो यह किया था कि जेनेटिकली मोडिफाइड अर्थात बी. टी. कॉटन को नहीं खायेंगे, लेकिन ऐसा नहीं हुआ।'[8] बी.टी. कॉटन आने के बाद से पुराने देशी बीज का मिलना ही बन्द हो गया।

एम.एम.चंद्रा के उपन्यास 'यह गाँव बिकाऊ है' का बल्ली मध्यम दर्जे का किसान है जिसकी दुर्दशा और आत्महत्या का मूल कारण बहुराष्ट्रीय कंपनियां ही हैं। वह मल्टीनेशनल कंपनी से बढ़िया बीज ख़रीदकर फसल की बुआई करता है। उसे लगता है कि उसका पुराना क़र्ज़ उतर जायेगा। लेकिन खेत में एक भी कपास नहीं उगता है। महँगे, खाद, बीज, कीटनाशक प्रयोग के बावजूद उसे कोई लाभ नहीं प्राप्त हुआ। इस तरह से बल्ली क़र्ज़ में डूब गया–'बल्ली को नहीं पता था कि बढ़िया बीज के साथ, उसी कंपनी का महँगी क़ीमत पर खाद और कीटनाशक भी खरीदना पड़ेगा, क्योंकि अन्य खाद और कीटनाशक का कोई प्रभाव आधुनिक खेती पर नहीं पड़ता। बीज, खाद और कीटनाशक एक ही कंपनी से ख़रीदना बल्ली की ज़रूरत नहीं, मजबूरी थी।'[9] आत्मनिर्भर किसान अब धीरे-धीरे कंपनियों के ऊपर निर्भर हो रहा है। आधुनिक बीज और खाद के इस्तेमाल से पहले तो किसानों को मुनाफा होता है, लेकिन बाद में वही उनके क़र्ज़ का कारण बन जाती है।

संदर्भ सूची

1. नया ज्ञानोदय; (सं.) अखिलेश जैन; (सं.) किसान आत्महत्या क्यों करता है; 18 इंस्टीट्यूशनल एरिया, लोदी रोड, पोस्ट बॉक्स नं. 3113 नयी दिल्ली-110003; मार्च, 2006; पृ. 5
2. गौरीनाथ; हम किस दिन के इंतजार में हैं; सबलोग (सं.) किशन कालजयी; बी-3/44, प्रथम तल, सेक्टर-16 रोहणी, दिल्ली-110089; अगस्त, 2017; पृ. 29
3. संजीव फांस; वाणी प्रकाशन, 4695, 21-ए, दरियागंज, नयी दिल्ली-110002; संस्करण : 2016; पृ. 41
4. शर्मा, देविंदर; अब खेतों में किसान नहीं दिखेंगे; हंस (सं.) राजेन्द्र यादव, अक्षर

प्रकाशन प्रा.लि. 2/36, अंसारी रोड, दरियागंज, नयी दिल्ली- 110002; अगस्त, 2006; पृ. 194

5. संजीव, फांस; वाणी प्रकाशन, 4695, 21-ए, दरियागंज, नयी दिल्ली-110002; संस्करण: 2016; पृ. 201
6. वही, पृ. 201
7. वही, पृ. 201
8. (सं.) प्रो. संजय नवले; किसान आत्महत्या; यथार्थ और विकल्प; वाणी प्रकाशन 4695, 21 - ए, दरियागंज, नयी दिल्ली-110002; संस्करण: 2016, पृ. 158
9. चंद्रा, एम.एम.; यह गाँव बिकाऊ है डायमंड पॉकेट बुक्स प्रा.लि, X-30, ओखला इंडस्ट्रियल एरिया, फेज-2, नयी दिल्ली- 110020; संस्करण: 2019; पृ. 48

संपर्क : मो.नं. : 9935552695

किसानों की उम्मीद

मीरा श्रीवास्तव

विख्यात कृषि विशेषज्ञ देविंदर शर्मा की ये पंक्तियाँ, 'वो सुबहा कभी तो आयेगी' स्वतन्त्रता पूर्व एवं स्वातन्त्र्योत्तर भारतीय किसान की उस अनकहे दारिद्रय, दारुण्य की मार्मिक कथा को शब्दांकित करती है जिसे प्रेमचन्द, फणीश्वरनाथ रेणु, रांगेय राघव जैसे कथाकारों ने अपनी गहन संवेदना से कृषक जीवन की त्रासदी को अपनी रचनाओं में जीवन्त दस्तावेज़ों का रूप दिया तो सही लेकिन फ़र्क़ इतना ही आया कि कृषक गाथा अनकही तो नहीं रही लेकिन आजतक अनसुनी रह ही गयी।

यह सच है कि स्वतन्त्रता प्राप्ति का अमृत उत्सव राष्ट्रीय विकास के मुद्दे को राष्ट्रीय स्तर से कहीं ऊपर ले जाकर वैश्विक स्तर पर पहचान बनाने की स्वीकृति को गर्व के साथ गुंजायमान कर रहा है, वहीं प्रेमचन्द के 'गोदान' का होरी आज भी देश के हर गाँव में अपनी हर साँस के लिए महाजनों के साथ साथ सरकारी तन्त्र के विषैले और घातक अष्टपाद में फंसा रोता कलपता छटपटा रहा है उसका चेहरा दर्द और विषाद के भावों से सना दिखता है। अनेक कल्याणकारी योजनाओं की घोषणा के बावजूद भी अपने अस्तित्व को कुचक्रों के षड्यन्त्र से बचा पाने में असमर्थ ही रहा है। सरकारी आश्वासन कभी न खत्म होने वाले इन्तज़ार में तब्दील हो चुके हैं किसानों के लिए। अपनी कमरतोड़ मेहनत करने की जुनून के बाल पर भी उनकी बम्पर फ़सल उगाने की आस तो कभी पूरी नहीं ही हुई, हताशा और विफलता ने उनके भीतर जीने की उम्मीद ही तोड़ दी। आधुनिक कृषि तकनीक से साल दर साल अच्छी फ़सल उगने के रिकार्ड तो टूटे लेकिन किसानों की अपनी स्थिति बद से बदतर होती चली गयी। एक नयी सुबह की उजास के इंतजार ने उनकी आँखों की रोशनी को धुंधला सा दिया है, परिवार के लिए दो जून की रोटी की व्यवस्था करने की चिन्ता ने उनके चेहरे को चिन्ता की गहरी लकीरों से पाट दिया है।

स्वतन्त्रता पूर्व कृषि एवं किसान ही देश के विकास की जीवन रेखाएँ हुआ करते थे किन्तु स्वतन्त्रता मिलते ही देश के विकास को निचले पायदान से एकबारगी झटके से उठा सबसे ऊपरी पायदान पर ले जाने की हमारे महत्वाकांक्षा ने पंचवर्षीय योजनाओं, मशीनीकरण, नयी शिक्षा नीति को क्रियान्वित करने में हमारे नव राष्ट्र निर्माता इस कदर अस्त व्यस्त हुए कि सामान्य जीवन जीने को अभ्यस्त किसानों की आँखें इन सर्वथा अपरिचित एवं अभिराम परिवर्तनों से चकाचौंध हो गयीं। देश के रहन सहन, आचार विचारों में आमूलचूल परिवर्तन आया और सामाजिक स्थितियाँ रातों रात करवटें लेने लगीं।

स्वतन्त्रता प्राप्ति के दो दशक पूर्व का काल संघर्षों एवं टकराव का काल था। सामन्तवादी समाज और महाजनी समाज वर्चस्व के लिए संघर्षरात थे। ज़मींदारों, किसानों, पूँजीपतियों तथा मिल मालिकों में भी संघर्ष छिड़ा हुआ था। महाजनी सभ्यता, सामन्ती सभ्यता को नेस्तनाबूत करने पर तुली थी। अस्पृश्यता एवं सामंती आभिजात्य समाप्ति की कगार पर था किन्तु आज तक जिस संपदा की मिल्कियत राजाओं, महाराजाओं के पास थी, वह अब उद्योगपतियों को हस्तान्तरित हो चुकी थी। अत: दोनों के बीच संघर्ष एवं द्वन्द्व का होना स्वाभाविक था। दूसरी ओर विदेशी शासन पूंजीवाद का समर्थक था। पूँजीवाद के उदय से मज़दूरों और उद्योगपतियों के संबंधों में एक तनाव की स्थिति उभरने लगी थी।

इन तमाम वर्गों के बीच भारत का बहुसंख्यक किसान वर्ग भी था जो प्रत्यक्ष अथवा परोक्ष रूप से इन सभी वर्गों से कहीं न कहीं जुड़ा हुआ अवश्य था। वैसे तो किसानों का सीधा सम्बन्ध ज़मींदारों से ही था किन्तु सरकारी अहलकार भी इनकी हड्डियाँ निचोड़ने से बाज नहीं आते थे। किसानों की बदहाली ने छोटे छोटे साहूकारों और ऋणदाताओं के रूप में महाजनी सभयाता को देहातों में पनपने का पर्याप्त मौका मुहैय्या कर रखा था जो किसानों की रक्त का एक एक बन्द चूस लेने के लिए कृत संकल्प थे। दूसरी तरफ, धर्म भी अर्थमउलक रूप में अंधविश्वासी किसानों का शोषण करने में बड़ी भूमिका निभा रहा था।

प्रेमचन्द ने अपनी कहानी 'पूस की रात' में हल्कू के चरित्र के माध्यम से कृषक जीवन का निर्मम यथार्थवादी मार्मिक चित्रण प्रस्तुत किया है जो अपनी व्यापकता में सम्पूर्ण कृषक जीवन की व्यथा कथा को शब्दों में उकेरा। हल्कू कृषक वर्ग की दीनता-हीनता, आर्थिक विपन्नता का जीवंत उदाहरण है जो पूस की रात की कंपकंपाती ठंढ में अपने खेत की फ़सल को जंगली जानवरों से बचाने के लिए

विवश और अभिशप्त है, तो दूसरी तरफ ठंढ से हाड़ को थरथराती हड्डियों को गरमाहट देने के लिए एक कंबल तक खरीदने की उसकी औकात नहीं। तभी तो जब जानवर उसकी फ़सल को रौंद कर चले जाते हैं, तमाम ग्लानि, क्रोध और पाश्चाताप के भावों के बीच भी एक सन्तुष्टि और आश्वस्ति की भावना भी उसके भीतर जागती है, 'चलो अब पूस की रात में खेत में ही रहने की कोई विवशता नहीं रहीं'।

अपनी हड्डी पसली को खेत की कुदाल, हाल और बैल के साथ जोतने के बाद भी किसान अपने परिवार को दो जून की रोटी तक मुहैय्या नहीं करा पाता तो हल्कू की पत्नी मुन्नी ऐसे सैकड़ों हजारों ही नहीं, लाखों भूखे कृषक परिवारों का प्रतिनिधित्व करती उनके आक्रोश को अभिव्यक्ति देती है, तुम छोड़ दो आबकी से खेती। मजूरी सुख से एक रोटी तो खाने को मिलेगी। अच्छी खेती है, मज़दूरी करके लाओ, वह भी उसी में झोंक दो, उस पर धौंस मज़दूरी हम करें, मजे दूसरे लूटें। प्रेमचन्द के ये कथा पात्र मानो हमारे पराजित, शोषित और जीवन को अभिशाप के रूप में जीते जीते अपनी नियति के सामने घुटने टेके उन अन्नदाताओं की प्रतिच्छाया हैं जो गाँवों से पलायन कर शहरों में मज़दूरों की भूमिका एक बेहतर ज़िन्दगी की आस में सवेक्षा से स्वीकार तो करते हैं, लेकिन यहाँ भी वे छलावे का ही शिकार बनते हैं।

प्रेमचन्द का 'गोदान' उपन्यास किसान जीवन का महाकाव्य माना जा सकता है। एक किसान जीवन की विभिन्न समस्याओं को उजागर करने में पूर्णतः सक्षम है। महाजनों एवं साहूकारों की शोषक प्रवृति को बड़ी विशदता एवं मार्मिकता के साथ चित्रित किया है। भोला होरी के प्रसंगों को उजागर करते हुए प्रेमचन्द ने किसान जीवन की त्रासदी से पाठकों को अवगत कराया है, 'कौन कहता है तुम आदमी हो? हममें आदमीयत कहाँ? आदमी वह है जिसके पास धन है, इख्तियार है, इल्म है। हमलोग तो बैल हैं और जुटने के लिए ही पैदा हुए हैं।'

स्वतन्त्रता पूर्व किसान का जीवन तो अनगिनत समस्याओं से भरा पड़ा ही था, स्वतन्त्रता पश्चात भी जिस बेहतरी के खुशगवार सपने उनकी आँखों में झिलमिला रहे थे, वे भी खण्डित होते चले गए। 'वो सुबहा कभी तो आयेगी' की उनकी आस अधूरी ही रह गयी। स्वतन्त्रता के सात दशकों के बीतने के बाद भी किसानों के जीवन का परिदृश्य भी जैसे एक बिन्दु पर आकर ठिठक सा गया है, आज भी उनके जीवन में कमोबेश उन्हीं समस्याओं की उपस्थिति बनी हुई है जिनसे आजतक वे जूझ रहे थे, भले ही उनके रूप बदल गये हों, किन्तु भारतीय किसानों की नियति

पूर्ववत ही रही। कृषक परिवार की अगली पीढ़ियों का शहरों की ओर प्रत्यावर्तन इसी मोहभंग का परिणाम है। अपने पूर्वजों की उनके खेत के प्रति ऐकांतिक चिन्ता और अतिशय समर्पण भाव के बावजूद भी उनकी बदतर स्थिति में निश्चित तौर पर अपने भविष्य के प्रति उन्हें भयावह अनिश्चिंतता में ला खड़ा किया और अपनी माटी का मोह छोड़ वे शहरों की ओर पलायन करते जा रहे हैं। लेकिन इस पलायन की स्थिति ने निरन्तर बढ़ती जा रही जनसंख्या के सामने खाद्यान्न का संकट उपस्थित कर दिया है।

ज्ञान चतुर्वेदी ने अपने व्यंग्यात्मक उपन्यास, दंगे में मुर्गा में भारतीय किसान की दिन हिन अवस्था का अत्यन्त मुखर चित्रण किया है। यह एक कटु यथार्थ है कि भारतीय किसान अपनी जान पर खेल अपने खेतों में कमरतोड़ परिश्रम के बाद भी कुछ ख़ास उपार्जित नहीं कर पाते। उनकी बदहाली और फटेहाली इन सरकारी अधिकारियों एवं राजनेताओं की चिन्ता अथवा पीड़ा के विषय ही नहीं जो स्वतन्त्रता पश्चात निरन्तर उनकी बेहतरी की काग़ज़ी योजनाएँ बनाने में ही व्यस्त रहे। इसी सन्दर्भ में 'दंगे में मुर्गा' की ये पंक्तियाँ सरकारी तथा राजनैतिक तंत्र की मिलीभगत और सांठगांठ को व्यंग्यात्मक तरीके से उजागर करती हैं, 'प्रशासन जानता है कि भरे पेट बदमासही सूझती है। जब खाली पेट किसान इस कदर बदमाशी कर रहा है तो तो पेट भर जाने पर तो नया जाने क्या करेगा। प्रशासन ऐसा अंधेर नहीं होने देगा। देश को भूखा किसान चाहिए जो खाने की आशा में चुपचाप खेतों में मारता खपता रहे। देश को नंगा किसान चाहिए जो शर्म से अपनी झोंपड़ी में छुपा रहे।' ये पंक्तियाँ जिन किसानों की मन:स्थिति और जीवनस्थिति को निरूपित करती हैं, क्या उन्हें स्वतन्त्रता पूर्व और स्वातंत्र्योत्तर किसानों में किसी अन्तर को चिन्हित करने में सक्षम हैं?

आज़ादी के पहले और आज़ादी के इतने वर्षों बाद भी जीवन पर्यंत किसान जिन समस्याओं से आजतक जूझता रहा है उनमें सर्वाधिक प्रमुख हैं सूदखोर महाजनों के हाथों उनका शोषण। खेती से लेकर घर के हर छोटे बड़े कामों के लिए उन्हें साहूकारों के सामने गिड़गिड़ाना पड़ता है। साहूकार अपनी शर्तों पर भारी और अंतहों अवधि तक सूद का शिकार बना एक जोंक की तरह किसान के रक्त की एक एक बूँद चूसता ही जाता है, उनकी संतानों के भविष्य को भी दीमक की तरह चाटता चल जाता है। कुंठा, हताशा, निराशा, और निरर्थक ज़िन्दगी से मुक्ति पाने का सहज उपाय आत्महत्या में ही किसानों को दीखता है।

1990 में प्रसिद्ध अंग्रेज़ी समाचारपत्र, 'द हिन्दू' के ग्रामीण मामलों के संवाददाता

पी साईनाथ ने किसानों के नियमित आत्महत्याओं की दी। शुरुआत में ये मामले महाराष्ट्र तक ही सीमित थे। किन्तु बहुत जल्दी ही आंध्र प्रदेश से भी ऐसे मामलों की सूचना मिलने लगी। आरम्भ में ऐसा कयास लगाया गया कि महाराष्ट्र के विदर्भ क्षेत्र विशेष से ही कपास उत्पादक किसानों में ही आत्महत्या की प्रवृति सामान्य है किन्तु महाराष्ट्र के राज्य अपराध शाखा कार्यालय से जो आँकड़े उपलब्ध कराए गए उससे यह अनुमान भ्रामक सिद्ध हुआ और पुख्ता जानकारी के तौर पर यह बात सामने आई कि पूरे महाराष्ट्र में कपास सहित अन्य नगदी फ़सलों के किसानों के आत्महत्याओं की दर बहुत अधिक रही है। आत्महत्या करने वाले किसानों में केवल छोटी जोत वाले ही नहीं बल्कि मध्यम और बड़े जोत वाले किसान भी शामिल थे। तत्कालीन सरकार ने विदर्भ के किसानों की आर्थिक सहायता के लिए ठोस कदम भी उठाने के उपाय भी कीये किन्तु आत्महत्या की प्रवृति ने एक संक्रामक रोग की काली छाया की तरह केरल, आंध्र प्रदेश, पंजाब और छत्तीसगढ़ के किसानों को भी अपने घेरे में ले लिया और इन राज्यों में भी आत्महत्या के मामले भयावह रूप से बढ़ने लगे। 2009 में किसानों की आत्महत्याओं के सर्वाधिक मामले दर्ज हुए।

भारत में कृषि का नुकसानदेह होना तथा किसानों में आर्थिक रूप से स्वावलंबन की कमी भी इन आत्महत्याओं का मूल कारण है। जोत का छोटा होता जाना खेती को अनुकूल परिस्थितियों में भी एक जोखिम भर और अप्रत्याशित चुनौतियों से परिपूर्ण आर्थिक प्रस्ताव बनाती है। प्रत्यक्ष तौर पर जोत के छोटे होने से किसानों को मशीनीकरण, आधुनिक सिंचाई, अन्य निवेश आधारित तकनीकी सुधारों के फायदों से वंचित रखता है। प्राकृतिक स्थितियाँ कृषि उत्पादन को प्रतिकूलता में प्रभावित करती हैं। ओलावृष्टि, अतिवृष्टि, अनावृष्टि, अल्पवृष्टि फ़सल को प्रभावित करती हैं। गाँव से कस्बों एवं शहरों की ओर पलायन ने जहाँ श्रम की उपलब्धता को काम किया वहीं इसकी लागत में वृद्धि की है। इन तमाम प्रतिकूलताओं और अनगिनत समस्याओं के बीच भी आज का किसान जिजीविषा से भरा हुआ है। इक्कीसवीं सदी में अपनी नयी पहचान को नए रूप में परिभाषित करने को कृतसंकल्प है। उसके इस संकल्प को पूरा करने में किसान आन्दोलनों की प्रमुख भूमिका रही है। ये किसान आन्दोलन न केवल कृषक अस्मिता के संरक्षण की माँग कर रहे बल्कि स्वतंत्रत्तापूर्व या आठवें दशक के आन्दोलनों से कई मायनों में अलहदा हैं। ब्रिटिश राज्य के दौरान जीतने भी किसान आन्दोलन हुए उनका मूल उद्देश्य औपनिवेशिकतावाद तथा विदेशी शासन द्वारा स्थापित शोषक कृषि व्यवस्था का विरोध करना था। मोपला

विद्रोह, चंपारण सत्याग्रह, तेभागा किसान आन्दोलनों ने कृषि व्यवस्था के सबसे शोषित वर्ग के न्यूनतम अधिकार की आवाज उठाई। अन्यायपूर्ण लगान, नील की बंधुआ किसानी, बटाईदार को फ़सल का एक तिहाई हिस्सा देने की माँग के समवेत विरोध की गूँज से ब्रिटिश शासन भी थर्रा उठा, साथ ही इन आन्दोलनों को भी एक राजनैतिक पहचान मिली। आज़ादी के पहले चार दशकों तक स्वराज में अपने हक और हकुक के सपने भरे किसानों की आँखें न्याय मिलने की आस में पथरा गयीं। सब्र का प्याला भर ही गया और फिर कर्नाटक, महाराष्ट्र और उत्तर प्रदेश में उस वर्ग के नेतृत्व में जो राजनीतिक सत्ता के तो भागीदार थे किन्तु किसान होने के नाते आर्थिक समृद्धि से वंचित थे। किसान आन्दोलनों की शुरुआत ही हुई न्यूनतम समर्थन मूल्य में किसानों की बढ़ोत्तरी के मुख्य मुद्दे से।

आज भारत का किसान अपनी आर्थिक समृद्धि के लिए कृषि पर ही निर्भर नहीं है, वह केवल बड़ा भूस्वामी ही नहीं बल्कि मंझौला और छोटा किसान भी है, ठेके पर किसानी करने वाला बटाईदार और खेतीहर मज़दूर भी है। जमीन जोतने के साथ पशुपालन, मुर्गीपालन, मछलीपालन करने वाले को भी किसान के दायरे में शामिल किया जा रहा है। 'कृषक' शब्द आज इक्कीसवीं सदी में बहुआयामी रूप ले चुका है। आदिवासी और दलित भी किसान की श्रेणी में शामिल हैं तो खेती में दो तिहाई मेहनत करने वाली महिलाओं को भी किसान की परिभाषा की परिधि में प्रवेश का अधिकार मिया है। कृषक वर्ग को उचित सम्मान एवं स्वीकृति प्राप्त हो इस उद्देश्य की पूत्र्त के लिए यह प्रशंसनीय प्रयास है।

आज के भारत का नया किसान वैचारिक सरोकार एवं मुद्दों से भी ऊर्जावान बना हुआ है। नया किसान आज़ादी के बाद की दोहरी मानसिकता से मुक्त है, उसके भीतर कोई द्वन्द्व नहीं, किसानों में कोई छोटा या बड़ा नहीं, वर्ग संघर्ष की भवन की बजाये परस्पर जुड़ने की प्रबल भवन आज के किसान का अभीष्ट है। किसान बनाम ग़ैर किसान के संघर्ष से मुक्त हृदय में यह भाव है कि खेती और किसानी को बचाने की लड़ाई प्रकृति को बचाने की लड़ाई है जिसके लिए एकजुटता आवश्यक है। वैचारिक जकड़न से सर्वथा मुक्त आज के नए भारत का नया किसान अपने क़दम निरन्तर आगे बढ़ाने के जुनून से भरा हुआ है।

संपर्क : मो.नं.: 8709732548

किसान होना इन दिनों अभिशाप बन गया है!

डॉ. हरेराम सिंह

किसानों का शोषण हर काल में हुआ है और आज भी हो रहा है। प्राचीन भारत का इतिहास हो या मध्यकालीन भारत का इतिहास किसान सबसे ज्यादा शोषित हुए हैं और सताए भी गए हैं। आधुनिक भारत में भी सबसे ज्यादा शोषण के शिकार यदि कोई हुआ है तो वह किसान ही हैं। जबकि यह सच है कि किसानों पर ही हमारी और हमारे समाज की निर्भरता रही है। किसान पर निर्भर कल राजा भी थे, सैनिक भी थे, कर्मचारी भी थे, शिल्पी तथा पशुपालक थे। और तो और यहाँ तक कि पुरोहित और भिखारी थे! यह देखते हुए हैरत होती है कि जिस किसान के बल पर पूरा समाज जी और पल रहा था; वही काल में इतना उपेक्षित क्यों? जबकि पशु भी उन्हीं के बल पर कहीं न कहीं जीवित थे। घोड़ा पर तो बाबू लोग सवारी भी करते थे। नीलगाय भी उनकी फ़सलों पर ही निर्भर थी–

प्रेमचन्द की कहानी 'पूस की रात' (1930 ई.) इस बात का गवाह है। प्रेमचन्द के उपन्यास 'गोदान' (1935 ई.) का यह दृश्य बहुत ही त्रासद बन गया है जब किसान के खलिहान से पुरोहित और साहू दोनों उनकी राशि तौल करा ले रहे हैं और किसान के घर में अन्ततरू बहुत कम राशि पहुँच पाती हैं जिससे कि उसका परिवार भी ठीक से नहीं चल पाता है। फ़कीर मोहन सेनापति के उपन्यास 'छमाण आठ गुंठ' (1897 ई.) का किसान ज़मीन से ज़मींदार द्वारा बेदखल कर दिया जा रहा है और आज भी संपन्न लोगों द्वारा अपनी जमीन वह औने-पौने दाम पर बेचने को मजबूर है। किसान अर्थाभाव में कल भी मृत्यु को वरण करता था और आज भी। लगभग 120 वर्ष पूर्व के किसानों और आज के किसानों में देखा जाये तो बहुत ज्यादा अन्तर नहीं है। अन्तर है तो बस यही कि कुछ किसान के बेटे अपनी मेहनत और प्रतिभा के बदौलत कुछ छोटी सरकारी नौकरी पा गये हैं या पा रहे हैं; लेकिन

ऐसा नहीं है कि उनकी आर्थिक स्थिति पहले से बहुत सुधर गयी है और वे ख़ुशहाल हैं। यह अलग बात है कि नयी तकनीक ने कृषि-कर्म को आसान बना दिया है किन्तु प्रति व्यक्ति जोत किसान की इतनी कम हो गयी है कि किसान बमुश्किल गुजारा कर पा रहा है। वह तो आज भी क़र्ज़ व अभाव में पहले की तरह दम तोड़ रहा है या आत्महत्या करने पर मजबूर। महाराष्ट्र से लेकर बंगाल तक इसके कई उदाहरण हैं। आज खाद और बीज इतने महँगे हो गये हैं कि उसे खरीद पाना किसान के बूते की बात नहीं। सन् 2022 में दक्षिणी बिहार में उर्वरक की किल्लत से परेशान किसान हताशा, निराशा और थकान से इतना टूट गया कि किसानी उसे एक अभिशाप- ा लगने लगी। कुछ किसान तो खाद के लिए इतना दौड़े की बीच में ही एक्सीडेंट वगैरह के शिकार हो गए!

किसान के बच्चे अधिकतर अर्थाभाव के कारण कम ही उम्र में पढ़ाई-लिखाई छोड़कर दिल्ली-मुम्बई-गुजरात आदि जगहों पर प्राइवेट फ़ैक्ट्रियों में काम करने चले जाते हैं। कोरोना-काल में किसानों के बच्चे की ज़िन्दगी और दुर्दशा को लगभग सभी ने देखा। जब नोट बन्दी हुई थी उस वक़्त किसान की कमर टूट गयी थी। सरकार के पास किसानों के लिए आज भी न कोई अच्छी योजना है और न ही कोई ऐसा कानून जो विपरीत जीवन स्थिति में उन्हें संभाल सके। खेतों के सिंचाई के लिए खेत तक पानी का सहज पहुँच भी आज तक नहीं बन पायी है। इसे क्या कहा जाये? किसान आज भी बहुत हद तक बारिश के पानी पर या अनुकूल मौसम पर निर्भर हैं जबकि तकनीकी तौर पर देश को सक्षम बताया जा रहा है। रोहतास के तिलौथू आदि कुछ एक जगह नमूने के तौर पर रेखांकित किये जा सकते हैं पर हर जगह ऐसी स्थिति नहीं है। देश के हर कोने में अभी तक न नाहर की उपलब्धता है और न ही बिजली की। कुछ जगह तो बिजली के नाम पर केवल 'पोल' गड़े हुए ही दिखते हैं। जहाँ यह वास्तव में है वहाँ धान, गेहूँ की अच्छी फ़सल हो जाती हैं। पंजाब-हरियाणा-दिल्ली आदि जगहों पर किसान संगणन की सक्रियता अच्छी देखने को मिलती है पर बिहार में किसान की पहचान जातियों के भुलभूलैया में ही समाप्त हो गयी है। बिहार या देश के अन्य हिस्सों में बहुत से ऐसे गाँव हैं जहाँ नाहर की व्यवस्था आज भी नहीं है जिससे किसान सिंचाई की उत्तम व्यवस्था नहीं रहने की वजह कई बार मारा जाता है। कभी-कभी तो अपनी ज़िन्दगी हार जाता है। अगर वह ज़िन्दगी जीता भी है तो बिचौलिए उससे कहीं अधिक सुख में जीवन बिताते हैं। बनिया या साहूकार वर्ग तो आज भी उनसे मालामाल हो रहा हैं। वे कई बार उनसे फ़सल उधार लेते हैं और पैसा

आध या एकाध साल बाद पैसा लौटाते आते हैं। कई बार तो ऐसा भी होता है कि धान तौलाने वाला बनिया उन्हें दाम से कम पैसा देता है कि यह कहकर की सौदा घाटे की रही या नमी की मात्रा उसमें अधिक होने के कारण रेट नहीं मिल सका।

किसान अपनी बेटियों की शादी में खेत 'बंधकी' रखने या उसे बेचने पर आज भी मजबूर है। हाँ, इतना जरूर है कि किसान प्रेमचन्द कालीन किसान की तरह खेती को अपना सर्वस्व या मान की चीज़ समझने के भ्रम में नहीं जी रहा है और न ही उसे जमीन से मरने की हद तक अब लगाव बचा है कारण कि वह जानता है कि जोत बहुत कम है और इससे उसे कुछ होने वाला नहीं है। वह इन दिनों उसे बेचकर रोज़गार या दुकान करना ज़्यादा पसन्द कर रहा है। उसमें उसे इज्जत व ज़िन्दगी का भविष्य दिखाई दे रहा है। किसानी किसानों की मर्यादा का अब पर्याय नहीं रह गयी है। इस के दौर के किसानों में अपेक्षाकृत धर्मभीरुता ज़रूर कम हुई है किन्तु धर्म से वह पूरी तरह कटा नहीं है और न ही धर्म के दरवाज़े पर माथाटेकना वह बन्द किया है। इसके मूल कारण में उसकी गरीबी ही है। कुछ हद तक भय अभी भी उसका पीछा कर रहा है, वह पूरी तरह समाप्त नहीं हुआ है। किसान से पुरोहित या पुरोहितों के नए एजेंट भक्ति के नाम पर, मजहब के नाम पर दान स्वरूप उनसे मोटी रकम वसूल करते हैं। चाहे क्यों न किसान का बेटा या बेटी पैसे के अभाव में पढ़ाई छोड़ दे या बीमारी की वजह मृत्यु को प्राप्त कर ले। डॉक्टर की फ़ीस अदा करने की क्षमता वह नहीं रखा पा रहा है। धार्मिक रुढ़ियों से मोहभंग उसके भीतर से समाप्त नहीं है, उनके यहाँ उच्च शिक्षा की कमी आज भी बनी हुई है।

किसानों के पास पशुधन का अभाव होने की वजह, चरागाह की अनुपलब्धता वजह वह खेती पर हल-बैल की जगह पूरी तरह मशीन पर निर्भर है। खेती और किसान का जीवन पहले से ज़्यादा इस अर्थ में चुनौतीपूर्ण हो गया है कि किसान के पास इतने पैसे नहीं हैं कि वह खेती करा सके। क्योंकि खेती करने के लिए जो ट्रैक्टर इस्तेमाल इन दिन हो रहे हैं उसे चलाने के लिए डीजल चाहिए और वह भी इन दिनों बहुत महँगी हो गयी है। केन्द्र की नीतियों के नीतियों के विरोध में पिछले सालों लगभग हर जगह किसान आन्दोलनरत दिखा; किन्तु इसी बीच किसानों की मृत्यु की ख़बरें भी अख़बारों में छपती रही जो कि बहुत ही निराशा पूर्ण रहीं। वह बिल्कुल भाय पैदा करने वाली थी। उसे देख लगा कि देश में किसानों का कोई अपना है ही नहीं। यह किसी विकसित हो रहे देश के लिए कम शर्मनाक बात नहीं है कि जिस देश की अधिकतर जनता किसानों के फ़सल पर निर्भर है वहाँ के किसान, उनकी

आँखों के सामने दम तोड़ रहे हैं और शेष मूकदर्शक बने उनकी मृत्यु का तमाशा देख रहे हैं या कोई धार्मिक प्रवचन दे रहा है या कोई राजनीतिक रोटियाँ सेक रही हैं! आज कई राजनीतिक पार्टियाँ किसानों के फ्रंट पर काम करने की दाँवा कर रही है किन्तु वह किसानों को कितना लाभ पहुँचाई है—यह अनुसंधान का विषय है। इन पार्टियों से कुछ हो या ना हो इतना तो स्पष्ट है कि ये इतनी चतुर हैं कि किसानों को कई टुकड़ों में बाँट दी हैं जिससे कि किसानों का कोई आन्दोलन, समय से पूर्व ही टांय-टांय फिस्स हो जाती है।

हिंदी साहित्य में इन विषयों पर बहुत कम लिखा जा रहा है। राजनेताओं की तरह लेखक भी किसान जीवन से बहुत दूर चले गए हैं। और यहीं कारण है कि किसानों के जीवन का विद्रूप सच उनके साहित्य में उभर कर सामने नहीं आ रहे हैं। जो लिखा जा रहा है उससे उतनी सन्तुष्टि नहीं मिल पा रही है जितनी की मिलनी चाहिए। यह अलग बात है जो भी इन दिनों लिख रहे हैं वे या तो नगरीय जीवन के हिस्सा बन चुके हैं या विश्वविद्यालयों से सम्बन्धित हैं। उनका रिश्ता भी किसानों से बहुत दूर का है। कुछ है भी तो गहराई वहाँ नहीं हैं। किसानों की ज़िन्दगी जितना विषाद पूर्ण और गहरी है उसे लिख देना बड़े जिगर से ही सम्भव है। 'रामायण' या 'रामचरितमानस' में क्या लिखा है इस पर चर्चा तो है ख़ूब है पर किसानों की दशा कैसी है? इस पर एकदम चुप्पी है। धार्मिक विषयों पर पुनः चर्चा करवाना दक्षिणपंथियों व पूँजीपतियों या जो सत्ता में हैं; उनकी साजिश है।

आज पॉकेटबन्द बीजों पर ही अधिकतर किसान निर्भर हैं क्योंकि उसके पास बीजों के भंडारण के लिए समुचित व्यवस्था नहीं है। ताकि वह बीज को फफूँद से बचा सके। बाजार में जो बीज उपलब्ध हैं उनमें अधिकतर अन्य विधियों से तैयार किए गए हैं जो कि खेत में लगाने पर फ़सल तो दे देते हैं किन्तु किसान को बीजों के लिए पुनरू बाज़ार पर निर्भर रहना पड़ता है। अनन्त कुमार सिंह ने अपने उपन्यास 'ताकि बची रहे हरियाली' में बीजों व किसानी को लेकर जो चिन्ता व्यक्त की है वह जायज है। आज बाज़ार से जो टमाटर और हरी धनिया उपलब्ध हो रही है उसके स्वाद में भी काफ़ी पहले से अन्तर है। यह ठीक उसी तरह है जैसे बाजारु घी से उसका सुगन्ध गायब है। करण कि गाय, भैंस जैसे पालतू जानवर के लिए बाज़ार में उपलब्ध आहार, चोकर, खड़ी आदि के पोषकत्व का जितना बखान है उससे गृहस्थल व मवेशी कितने खुश होते हैं, वह वे ही जानते हैं! बाजार ने कृषि-संस्कृति को नष्ट कर दिया है।

भारतीय भाषाओं की कविताओं में किसान जीवन से सम्बन्धित कविताओं को देखकर खुशी मिलती है। और कुछ नहीं तो उन कविताओं को भी जिनमें किसान जीवन, खेत या गाँव से जुड़े प्रतीक, बिम्ब, भाषा और दृश्य का इस्तेमाल हुआ रहता है। 'समकालीन भारतीय साहित्य' पत्रिका के मई-2010 के अंक में छापी भविलाल लामिछाने, शांति थापा व रामस्वरूप की कविताएँ इसलिए आकर्षित करती हैं कि उन्होंने गाँव को लिखा, फ़सल को लिखा, ऊसर भूमि को लिखा, नदी या बैल को लिखा।

'किंवदंती में मेरा गाँव' कविता में लामिछाने **लिखते हैं**-

उजाला घातक भी हो सकता है उन क़समों-वादों के लिए
जो देश की स्वतन्त्रता के समय किए गए थे
और आज तक दफन है अंधेरे के नीचे
इसलिए डरना मना है चाँद को बादल छँटे हुए
दिन-खुले आकाश में
खेत भी जोतकर शेष करना है अंधेरे में ही
बो लेनी है फ़सल अलसुबह उजाले से पहले
दिन तो फ़सल काटने के लिए है औरों के हाथों से
और किसी को भरना है भंडार। (पृ. 38)

शांति थापा ने लिखा है-

ऊसर भूमि से कलकल करते
बह रहे थे हम
आकाश-ऊसर भूमि-पानी जितनी अनमनीय थी
नम्रता कठोर, करुणा, पाषण
सूरज ने अनुवाद में ढाला था अनुराग
और, पानी ने लिख छोड़ा था पत्थर पर इतिहास (पृ. 43)

राजस्थानी कवि **रामस्वरूप किसान** ने '**इकलौता बैल**' में खुद को बैल घोषित करते हुए लिखा है-

बैल तो मैं भी हूँ
पर बेकार बैल
जो जागते हुए भी

लिख रहा है कविता
और तुम हो
जो नींद में भी
खींच रही हो गाड़ी (पृ. 80)

किसान और लोक का रिश्ता

किसान और लोग का रिश्ता भी बहुत गहरा है। किसान है तो किसानी है और किसानी है तो किसान है। धनंजय चोपड़ा ने लिखा है–'खेती-किसानी लोक जीवन का मूल आधार है। दरअसल पूरा लोकजीवन उस धरती से जुड़ा हुआ है जो जीवन के पर्याय है। सीधे-सीधे कहा जाये तो लोक-जीवन में खेती के बिना लोकजीवन अधूरा है। सामाजिक नैतिकताएँ सामाजिक संगठन शक्ति, सामाजिक नातेदारी, सामाजिक साहचार्यता और सामाजिक मूल्य पाठशालाएँ खेती-किसानी के रास्ते लोक जीवन का हिस्सा बनती हैं।' (पृ. 79, वागर्थ मई 2022) मगर आज किसान पूरे देश में संकट में है उसकी खेती बाड़ी संकट में है। उसकी खेती-बाड़ी संकट में हैं, उसके बच्चे संकट में हैं, फिर यह कैसे सम्भव है कि किसानों के संकट में रहते हुए-लोकजीवन सुरक्षित रह जाये! लेकिन यक्ष प्रश्न है कि क्या 'ग्राउंड लेवल' पर उसे बचाने के लिए कोई काम हुआ है? फिर लोक-संस्कृति हमारे बीच से विलुप्त क्यों हो रही है? क्या करमा व छठ पूजा के द्वारा ही वह पूरी अभिव्यक्ति पा जाता है? या गणतन्त्र दिवस के अवसर पर झाँकियाँ निकाल देने मात्र से लोक संस्कृति सुरक्षित हो जाती है? आज किसान के पास सबसे बड़ा संकट अपने को बचाने का है जिसमें वह असफल है। और सरकारी स्तर पर जो क़दम कुछ उठाये जा रहे हैं उसकी 'मॉनिटरिंग' ठीक ढंग से नहीं हो पा रही है। किसान की उदासी भला उन्हें चौत व फाग के गीत-कंठ से कैसे फूटने देंगे?

कुमार मंगलम ने ज्ञानेंद्रपति की कविताओं की समीक्षा करते हुए नयी आर्थिक नीति तथा जोतों के कम होने की स्थिति का जायजा लेते हुए किसानों के संकट को उजागर हैं। वे लिखते हैं–'नयी आर्थिक नीति, जोत के खेतों का कम होना, खेती से पलायन, शहरीकरण के चलते सिर्फ़ गाँवों की अर्थव्यवस्था ही नहीं, उसके सांस्कृतिक रूप में भी तेजी से क्षरण हुआ है। गाँवों की सामूहिकता में बदलाव धीरे-धीरे अजनबीपन के रूप में लक्षित होने लगा है। अब गाँव में भी अलगाव और टूटन दिखने लगा है। सामाजिक विसंगति के विद्रूप चेहरे का वास स्थान गाँव भी है।

इंटरनेट और टीवी के माध्यम से बाजार की पहुँच अब गाँवों में भी है, बाजार ने गाँव के मूल्यों पर भी हमला बोला है, बाजार के साथ गाँव में कितनी विद्रूपता पहुँची है, इसकी बानगी आज के गाँव में देखी जा सकती है, अब गाँव में सिर्फ़ स्त्रियाँ, बूढ़े और बच्चे ही रहते हैं।' (पृ. 38, आजकल, जनवरी 2023) जिस गाँव में नौजवानों की उपलब्धता कम हो गयी हो, वहाँ भला खेती की क्या सम्भावना बची रहेगी? एक समय था जब पूरी खेती नौजवानों पर थी। यदि किसी घर के नौजवान किसी कारण बाहर चले जाते तो उस घर की खेती चौपट हो जाती थी। और आज स्थिति यह है कि जोत के खेतों के कम होने की वजह, नौजवान अगर बाहर न जाये तो पेट भरना मुश्किल है! हमारे किसानों के लिए सरकार के पास न कोई पेंशन की योजना है और न ही उन्हें 'भारत रत्न' के रूप में सम्मान मिलता है। वृद्ध किसानों की स्थिति बनी हुई है कि खटिया पर पड़ जाने के बाद एक लोटा जल भी मिलना मुश्किल है। वृद्ध किसान को आज फ़ालतू समझा जा रहा है या फ़ालतू का बना दिया गया है। उपभोक्तावादी संस्कृति ने उसे उस लायक छोड़ा ही नहीं है कि वह इज्जत पा सके। पूँजीवादी मूल्यों की वृद्ध की वजह सीधे तौर पर पूँजी की महत्ता बढ़ गयी है। वही सबकुछ-सा हो गया है। जिसके पास पूँजी है या पूँजी उगा सकता है–वह तो टिकेगा, पर जिसके पास पैसे का अभाव है या पैसा उगाने की क्षमता नहीं है वह सीधे 'रिजेक्ट' कर दिया जायेगा। पैसे के अभाव या अनुपलब्धता की वजह वृद्ध किसान का जीवन नारकीय सा बन गया है। वे बच्चों को खेलाते भी हैं फिर भी गाली, बात, लात सहते हैं! यह किसी त्रासदी से कम नहीं है। वृद्ध किसानों के जीवन पर साहित्य में कुछ शोध हो रहे हुए हैं। यह अच्छा संकेत है। आजकल वृद्ध जिसमें किसान भी हैं अकलेपन और अलगाव के शिकार हैं। अलगाव पर मार्क्स का विचार जानना अपेक्षणीय है। गाँव में इन दिनों बुजुर्गों से बात करने वाला, उनका हालचाल जानने वाला लोग भी कहाँ हैं? नज़्म सुभाष ने किसानों के दर्द को निम्न रूपों में अभिव्यक्त किया है–

मौसम का अनुमान लगाए बैठे हैं
जो सूखे में ध्यान लगाए बैठे हैं

बारिश के आसार समझने की ख़ातिर
जर्जर छप्पर कान लगाए बैठे हैं

टीस रहा है खेतों का मंजर
'बीजगणित' में जान लगाए बैठे हैं।

(पृ. 47, वागर्थ, मई 2020)

भारत कृषि प्रधान देश है। यहाँ कि लगभग 80 प्रतिशत जनता कृषि पर निर्भर है। फिर भी यहाँ कृषि को उद्योग का दर्जा प्राप्त नहीं है। यह किसानों के लिए विडम्बना नहीं तो और क्या है? कथाकार मिथिलेश्वर ने भी 'वागर्थ' के मार्च 2020 के अंक में लिखा था–'उद्योगों का जितना महत्व है, कृषि को भी उतना ही महत्व मिलना चाहिए।' (पृ. 63) प्रेम कुमार मणि ने भारतीय किसानों के बारे में, ख़ासकर जहाँ स्थायी बन्दोबस्ती थी से अवगत कराते हुए उस सच को सामने रखते हैं जिस पर अधिकतर उच्च वर्ण के लोग या रचनाकार चुप्पी साध लेते हैं। उन्होंने लिखा है–'भारत में ज़मीन के अधिकांश मालिक वे लोग हैं, जिनके लिए हल-पैना छूना, फावड़ा और हँसिया छूना हराम है। इन लोगों ने भी ख़ुद को किसान घोषित किया है।' (पृ. 71, वागर्थ, मार्च 2020) और किसान को जो कभी-कभार सरकार द्वारा प्रोत्साहन राशि मिलती है उसे ऐसे ही लोग हड़प लेते हैं। भारत में 'हरी पगड़ी' बांधकर असली किसान होने के नकल करने वाले लोग भी बहुत हैं। जब तक असली किसान को वाजिब सम्मान नहीं मिलेगा, तब तक ये बनावटी किसान मजा मारते रहेंगे; तब तक उन किसानों का कल्याण नहीं होगा जो सचमुच हल चलाते हैं, खुरपी चलाते हैं और सर पर धान-गेहूँ के बोझ ढोते हैं, जो सचमुच पीछे हैं। मधुकर सिंह, बनाकर चन्द्र, कैलाश वानखेड़े की कहानियों में असली किसानों को दिखा जा सकता है। हिन्दी कवियों में अरुण कमल, ललन प्रसाद सिंह, नीरज सिंह, कुमार वीरेन्द्र, अरुण शीतांश, हरेराम सिंह, शिव कुशवाहा, ओम प्रकाश मिश्र, लक्ष्मीकान्त मुकुल आदि की कविताओं में भी किसान जीवन से जुड़े प्रतीकों, बिम्बों और दृश्यों का दर्शन प्राय: हो जाते हैं, जिससे संवेदना के स्तर पर बड़ी राहत मिलती हैं।

संपर्क : 8298396621

❑❑